精《せい》霊《れい》を宿《やど》す国《くに》
青《せい》雷《らい》

佐伊
Written by
Sai

吉茶
Illustrated by
Yoshicha

The land of spirits 1 “Seirai”

この物語はフィクションであり、
実際の人物・団体・事件等とは、いっさい関係ありません。

人物紹介

キリアス

ヨダ国の第一王子で、屈指の力動（生命エネルギー）を持つ。王に次ぐ力を持つ五大精霊の精霊師＝神獣師になる決意を抱いて入山する。国の生き神である「先読」は妹で、その妹が弟を次の王に選んだため、王になる道を断たれた。

オルガ

精霊師になる修行をするために入山した辺境育ちの少年。国を守る五大精霊のひとつ、神獣「青雷（せいらい）」を宿しているが、なぜなのか、理由はオルガ自身も知らない。その出生は秘密に包まれ、かつて国を揺るがした大事件と繋がっているらしい。

神獣師たち

神獣と呼ばれる最強の五大精霊を所有する精霊師たち

紫道《しどう》の神獣師　ライキ

五大精霊「紫道」の神獣師（操者）。極貧の中でのしあがり、紫道の神獣師に選ばれる。クルトの従兄弟で半神。近衛団と護衛団の長。

紫道《しどう》の神獣師　クルト

五大精霊「紫道」の神獣師（依代）。最も神獣師を輩出するアジス家の出身。二歳から幽閉生活を送り、感情を失うように育てられた。

神獣師たち

百花《ひゃっか》の神獣師　ミルド

五大精霊「百花」の神獣師（操者）。幼い頃から共に育ったユセフスに執着し、愛を捧げ、尽くす誰よりも忠実な半神。

百花《ひゃっか》の神獣師　ユセフス

五大精霊「百花」の神獣師（依代）。国の行政を握る機関「内府」の長官。国王カディアスの弟。冷徹な頭脳と比類ない美貌の持ち主。

千影山の師匠たち

引退した元神獣師。精霊師となる者は皆師匠の下につく必要がある。

ジュド

元百花の神獣師(操者)。オルガとキリアスの師匠。半神のラグーンにいつも振り回されている。

ラグーン

元百花の神獣師(依代)。オルガとキリアスの師匠。エッチな言葉を多用する特殊な教え方で、信条は『とりあえずヤッとけ!』

千影山の師匠たち

ダナル

元光蟲（こうき）の神獣師（操者）。ユセフスの前の内府長官で、激しい性格から「烈火の宰相」と呼ばれた。

ルカ

元光蟲（こうき）の神獣師（依代）。無口で感情を滅多に表に出さない。天才として知られ、様々な術に通じる。

最強の精霊師

ゼド

元青雷の神獣師（操者）。現在は人の記憶を操る単体精霊・香奴（こうど）を所有し、単独で諜報活動の任につく。セツの半神。

セツ

元青雷の神獣師（依代）。顔半分を失う怪我を負いながら、赤子のオルガの命を救うため青雷をオルガの守護精霊にした。

用　語　集

精霊師	精霊と契約を交わしてその身に宿し、操る者たち。「操者」と「依代」の二人で一つの精霊を所有する。
力動《りきどう》	生命エネルギー。強い力動を持つ者は、それを体の外に放出し、物を動かしたり、精霊を操作することができる。
依代《よりしろ》	その体に、精霊を宿すことができる斑紋《はんもん》を持つ。精霊による力動の乱れを自分で治すことに限界がある。
操者《そうじゃ》	精霊を操作できるほど強い力動を持つ。己の力動を注ぐことで、精霊を共有する依代の乱れを調整できる。
半神《はんしん》	依代、操者、互いの呼び名。ヨダ国では半神同士のみ同性同士の婚姻も認められる。
間口《まぐち》	依代と操者が精霊を共有した時に心が繋がるつなぎめ。修行をすると、戸のように開けたり閉めたりできるようになる。依代と操者が共鳴すると、操者は間口を通って、依代が宿す精霊の中に入ることができる。
神獣	ヨダ国を守護する最強の五大精霊。すべてを浄化する赤い鳥「鳳泉《ほうせん》」、諜報活動に従事する金の虫「光蟲《こうき》」、攻撃力最強の青い竜「青雷《せいらい》」、毒の花を撒く翼の生えた銀馬「百花《ひゃっか》」、国全体を結界で守る大蜘蛛「紫道《しどう》」。神獣の精霊師は神獣師と呼ばれる。

第一章

青雷《せいらい》

1

山に入る前に、オルガは養母が持たせてくれた背負い袋を抱えなおした。

その山に入った瞬間から修行が始まると言われている。足を踏み入れたが最後、何が襲ってくるか分からない。

辺境育ちゆえに、賑《にぎ》やかな王都に入るよりはずっと楽だとオルガは思っていたが、家を出る前に養父は甘く見るなと念を押した。

「まず、修行の場にたどり着けないと意味がないんだ。精霊師になりたいという思いだけでその力がない者が入山しようとしても、たちどころに行く手を阻《はば》まれる」

「お父さんはたどり着いたの？」

「ま……まあ、一応な。しかし、二日かかったなあ。それでもマシな方だったんだが」

心配性の養父は、念のため携帯食のスパドはたくさん持たせるようにと養母に伝えた。養母はできるだけ腹持ちがいい食品を背負い袋に詰め込んでいた。

そんな養父母の姿を思い出しながら、オルガは山に足を踏み入れた。

精霊師の修行をするための山の名を、千影山《ちかげやま》という。

太古数多くの精霊たちがこの山から誕生し、やがてそれらは人間と契約を交わし、この国の民は精霊と共存しながら生きてきた。

精霊と契約を交わしその身に宿し、操《あやつ》る人間を精霊師という。

大国に挟まれ、特に国土の面積も大きくなく人口が多いわけでもない。それでも千年以上この国——ヨダ国が生きながらえているのは、精霊師という人材を生み出すことができるからであった。

精霊師は、国の宝として崇《あが》められている。

どれほど貧しい生まれでも、精霊師になれば将来は約束されている。才能がなくとも、もしかしたら入山できるかもしれないという一縷《いちる》の望みをかけて山に入ろうとする者は、後を絶たないという話だった。

今年の入山はすでに始まっているが、オルガは山に入ってから誰にも会わなかった。

十日間の山開きの最中に国中から集まった希望者でごった返すと聞いていたのだが、人の気配が感じられない。

木々の間を縫って柔らかな陽光が降り注ぐ中を、オルガは軽やかな足取りで進んだ。

なんだろう。ここは、結界が清浄な空気を作り出しているのだろうか。鳥の声も、枝葉を撫でる風の音も、全てが優しい。

自分は、ここが好きだ。知らぬ山に入れば精霊たちに必ず警戒されてきたというのに、ここでは逆に歓迎されている気さえする。

オルガは坂道を走り出したい気持ちになった。背中の大きな袋が弾むほどに足が進む。が、それは空気を裂くような詰問《きつもん》の声によって止まった。

『入山する者は修行者に限る！』

自分のことを言われているのかとオルガは声のした方向を探ったが、どこから声が届いているのか分からなかった。

『付添人は即刻下山せよ！』

山全体に響くような声だった。誰の声なのだろう？やはり声の主がいる方向は分からない。

「無礼者！　この方はキリアス王子であらせられるぞ！　王子お一人での入山など許されるはずなかろう！」

今度の声は分かった。オルガは声の方向に走った。木々の間を通り抜け崖下を覗《のぞ》き込むと、獣でも通らぬと思われる狭い岩場に、男が二人立っている。

『王子だろうとなんだろうとこの山に入った瞬間から一人の修行者にすぎない。不満があるなら従者とともに王宮へ戻られよ。今後あなたの入山を千影山は禁ずる』

やはりどこから響いているのか分からぬ声が、空を包んだ。それきり声は届かなかった。

漆黒の髪を後ろで結んだ青年が、声を残さぬ空に鋭い視線を向けていた。その真夏の空よりも濃い青の瞳に、思わずオルガは身を乗り出した。

辺境を転々として育ったオルガは、高貴な人間を見たこともない。

幼い頃から多くの人間の目に触れる生活をしてきた青年は、陽の下にさらけ出すことでより輝きを増す、圧倒的な存在感を放っていた。自分の生まれを、力を、ひけらかすような鮮やかな青い瞳を、オルガは吸い寄せられるように見つめた。

「王子……」

り返った。
苛立《いらだ》ちと困惑が入り交じった顔で、従者は青年を振
「よい、お前は王都に戻れ。これより一人で入山する」
王子と呼ばれた男は、腰の剣の位置を変え、従者が
背負っていた荷物に手を伸ばした。従者を下山させる
ことに対しては、異《い》を唱《とな》えるつもりはなさそうな様子
だった。逆に従者は明らかに逡巡しており、やがてし
ぶしぶといった様子で荷を渡した。
「下で、お待ちしております」
「馬鹿を申すな。それは俺が入山できぬかもしれぬと
いう意味か？　俺にはもう、戻る場所はない。何がな
んでも精霊師とならねば、王宮どころか王都に戻るこ
とさえできぬのだ」
何かを思い出したのか、王子の顔が一瞬歪む。従者
は膝をつき、顔を伏せた。
「王宮にて、お待ちしております」
「ああ。必ず神獣師《しんじゅうし》となって、王宮に乗り込んでや
る」
青い目の奥に怒りが宿る。その双眸《そうぼう》を、オルガは上
から見つめていた。
神獣とはこの国を守護する五大精霊のことだ。それ
を所有する精霊師たちを神獣師と呼ぶ。
神獣師……。それは誰もがなりたいと思うだろう。
しかし王子様か何かは知らないが、男は見た感じ、も
う年齢的に成人してはいないだろうか。
オルガは十四歳である。精霊師の修行は、十四歳か
ら十六歳までの入山しか認めていないと聞いていた。
しかし先程の〝声〟は従者の存在は咎《とが》めても、年齢
的なことに文句はつけなかった。
「誰だ」
従者の顔が上を向き、睨《にら》むような視線がオルガに突
き刺さった。
オルガは反射的に身を隠そうとしたが、従者の矢が
狙いを定める方が早かった。従者の詰問がオルガに向
けられる。
「入山者だろう。おい、お前、降りてこい」
有無を言わせぬ声が届く。
「王子の荷を持て」
その命令に、オルガは身体を硬くさせた。王族に対
しては、どんな命《めい》にも従わねばならないのだろうか。
関わったら最後、自分はどんな目にあわされるのか。
逃げよう。崖を這い上がってまで追っては来るまい。

オルガはすぐ身を翻《ひるがえ》そうとした。

オルガが身体を動かした瞬間、従者がつがえた矢を放った。

「おい！」

まさか従者が矢まで放つとは思わなかったのか、王子の驚いた声が崖下から聞こえた。

オルガは、自分に向かってくる矢に対し、動くこともできなかった。蛇に睨まれた蛙のようにただ立ち尽くし、矢が自分に向かってくるのを目にした。射《い》られる、と頭のどこかで叫んだ時、驚くようなことが起こった。

矢が、止まったのである。

弓の力で放たれた矢が、こちらに鏃《やじり》の先を見せた状態で、空中に静止している。

一瞬オルガは死を目の前にして頭がおかしくなったのかと思ったが、微動《びどう》だにしないその矢を見て、一つのことに思い当たった。

これは、〝操者《そうじゃ》〟の能力だ。

己の生命力《りきどう》を力動に換《か》えて放出し、あらゆる物や精霊さえも自在に操る。

あの王子が、〝操者〟なのか。

静止していたはずの矢の先端が揺れるのを見て、オルガは我に返った。

これはまさか、この距離から再び放たれるのか。

矢は動かず、そのまま鏃《やじり》を落とし砕かれていったのだが、その前に、本能的な死の恐怖がオルガを包んだ。

同時に、オルガの身体にも変化が訪れた。

身体の内側が熱くなったかと思うと、己の身体から青白く発光する稲光が走るのを、オルガは目にした。

胸の周辺からいくつもの稲光がほとばしる。それは次第に大きく、渦《うず》を巻くようにオルガを包んだ。

引き裂かれる、とオルガが思った時には、凄まじい衝撃が襲ってきた。

そして次の瞬間、雷鳴が、地を貫いたのである。


それは、一筋の雷だった。

崖上で発光したかと思うと、天に、地に向かって、上下にまっすぐ一筋の亀裂を描いたのである。

上に向かって天を裂くように走った光を目にした時、キリアスはまるで竜が生まれ出たようだと思った。

そして下に向かった光は、地を割り、キリアスらがいる崖の下に無数の土の塊《かたまり》を降らした。

「うわあ！」

逃げ場のない従者が身をすくめて悲鳴を上げる。キリアスは瞬時に力を内に集中させ、一斉に放出した。

大きな土の塊が細かく砕け、降り注ぐ。ばらばらと降ってきたそれは、頭を庇《かば》う腕にぶつかってきたが、たいした衝撃ではなかった。空から降る砂と土の塊に耐えた後、土埃の舞う空間に、光が浮かぶのをキリアスは見た。

それは、先程の雷だった。より小さく、より淡い光であったが、雷がぱちぱちと煌《きら》めきながら少年を包んでいた。意識を失った少年の身体は、その周りにまとわりつくような雷によって守られ、砂塵《さじん》すら近寄らせていなかった。

雷光は、少年を包んだまま浮いていたが、砂塵が風に流されるとともに少しずつ地に降りていった。まるで意思を持って動いているかのようなその光に、キリアスは吸い寄せられるように近寄った。

「王子！」

雷に触れようとするキリアスに仰天《ぎょうてん》した従者が後方で叫んだが、キリアスは迷わなかった。力を己の表面に膜のように固定すると、雷の中に手を入れることができた。

意識を失った少年の身体が、キリアスの腕の中にふわりと横たわる。雷はまだ少年を包み込んだままだ。少年の重みはキリアスの腕には伝わらない。

キリアスは目の前に浮いたままの少年の着物を左右に割った。中の下着をたくし上げると、そこにあったのは、腹から胸にかけて広がった鮮やかな斑紋《はんもん》だった。

齢《よわい》十四を過ぎ、斑紋が身体に残る者はこの千影山に入山を果たす。しかしキリアスは、未だかつてこれほど見事な斑紋を見たことがなかった。

まだ小柄な少年の身体とはいえ、あまりにこの斑紋は大きすぎる。

そして、キリアスはもう一つ、信じがたいものをその腹の上に見た。

斑紋に重なるように浮き上がっていたのは、まぎれもなく精霊との契約紋であった。

ではこの者は、すでに精霊の〝依代《よりしろ》〟か。

通常はこれからここで修行し、精霊と契約し、身に精霊を宿すことで初めて精霊の〝依代〟となる。

だがこの少年には、すでに精霊が宿っている。

その精霊がなんなのか、キリアスには心当たりがあった。それは雷を操る精霊だ。

次の瞬間、いきなり雷光は少年の身体に吸い込まれるように消え失せた。それと同時に、少年の全体重がキリアスの腕に落ちてきた。

今まで少年の体重を感じていなかったキリアスは、突然の衝撃に思わず身体を傾かせた。慌てて腕の中の少年を抱きしめるように抱える。キリアスは、少年を地に落とさずに済んだことに安堵のため息をついた。


オルガ、この時十四歳。

キリアス、この時十八歳。

のちにこの国の命運を握る神獣の〝依代〟と〝操者〟になる二人の、運命の邂逅《かいこう》だった。

◇◇◇

千影山が修行するに値する者、つまり入山者を選ぶというのはこういうことだったのだと、キリアスは嫌というほど実感した。

精霊師は、精霊を宿す能力を持つ〝依代〟と、精霊を操る能力を持つ〝操者〟の二種類に分けられる。

入山前に聞いていた話を思い出す。

「精霊らは基本自分らを操ろうとする〝操者〟を嫌う傾向にあるから、力の強い〝操者〟ほど排除しようとします。山の修行場に到着するまで、これでもかというくらい嫌がらせをしてくるんです。まあ、それでも無事たどり着ける力がなきゃ〝操者〟になる資格なんて当然ないんですけどね」

そのせいか、自分は山に入ってすぐに道に迷わされ、崖下の道を選ばざるを得ない羽目になったのだ。山に潜《ひそ》む木霊《こだま》らが、くすくす笑いながらその様子を見ていたのも知っている。何人かの入山者ともすれ違ったが、まんまと木霊らに騙《だま》されて山を追い出されたり、道に迷わされたり散々な目にあっていた。

ところがどうだ。この巨大な斑紋を持ち、すでになんらかの精霊と契約を交わしているらしい少年を背負って道を歩けば、精霊らは実に足に優しい道を歩ませ、木霊らは少年の荷物までえっさほいさと皆で抱えてついてくる。

〝依代〟と〝操者〟。能力の差でこんなに違いが生じるのはなぜだ。

そんなのあたりまえじゃなーい、あたしたちこのコは好きだけどお前なんて大嫌い、と樹の幹からきゅわきゅわと木霊が顔を出して騒ぎ立てる。やかましい、とキリアスがひと休みするのに選んだ樹の幹を拳《こぶし》で殴ると、木霊らはスポスポと樹の中に引っ込んでいった。

ふと、樹の根元で眠らせていた少年が瞼《まぶた》を震わせた。髪の毛は灰色がかっているが、その瞳は青を孕《はら》んでいた。

キリアスは少し驚いた。この国では、瞳は黒か茶色の人間がほとんどである。青い瞳は王家の特徴で、稀《まれ》に先祖返りで一般人にもその色を宿す者がいるが、キリアスの知る限りでは王族に近い血筋の人間にしかいなかった。

キリアスは、王家の中でも誰よりも強く鮮やかな青い瞳を持つ。父親である国王でさえ、陽の下でなければその瞳に青が浮かんでいることなど気づかれないくらいなのに。だからこそキリアスは、自分が王家を担《にな》うのだと信じて疑わなかったのである。

目の前の少年の瞳は、光を映し出すと青が薄く溶けた。

この国では髪でも瞳でも薄い色は稀なので、キリアスは驚いた。少年は、キリアスが自分の瞳を見て驚いたのに気づいたのか、顔を伏せてしまった。珍しいと思われることを恥じているようだった。灰色の髪が幼さの残る頰にかかる。

「お前……もしかして他国の者か?」

思わずそう訊《き》いてしまったが、このヨダ国以外の人間があれほどの斑紋と精霊を宿すまい。

少年は無言で首を横に振り、その後少し首を傾《かし》げた。

「口が利《き》けんのか」

再び無言で首を横に振る。キリアスは困って首の後ろを掻いた。このくらいの年齢の者と接したことがないのでどう対処していいのか分からない。

「名をなんという。どこの者だ。お前はなぜ精霊を宿している」

少年は青のにじんだ瞳を揺らめかせながら、キリアスに一言だけ告げた。

「オルガ」

しばし待ったが、言葉が続かなかったためキリアスは諦めるしかなかった。まるで会話にならないのはどういうことか。市井《しせい》の十四歳くらいの男は、こうした反応をするのがあたりまえなのか。王宮では誰に語りかけても打てば響くような答えしか返ってこなかったので、キリアスは困惑するしかなかった。

ぐう、という音に、キリアスは最初木霊らが何か音を響かせたのかと思った。だが、目の前のオルガが腹のあたりを押さえ、わずかに身を屈める。

「どうした。精霊が騒いでいるのか」

「……おなかすいた……」


スパドと呼ばれる穀物を混ぜて作られた携帯用の食物は、固いがそれだけに腹持ちもいい。

力を使いすぎてキリアスも腹が減っていた。オルガが大事そうに並べたスパドに、いつもの癖で手を伸ばした。

「あ！」

オルガの叫びに、キリアスの手が止まった。オルガは口を丸く開け、宙に浮いたキリアスの手を凝視している。口を開いたままのオルガの目がじろりと向けられ、キリアスは手を引っ込めた。

「腹が、減って……無意識だ無意識。そんな顔を向けるな」

「山に入るのに食事は持ってきていないんですか」

「さあ……あったかな？　分からん」

荷物は従者が用意したものであり、中に何が入っているかなどキリアスは想像したこともなかった。

今までは、望むものはなんでも出てきた。手を伸ばしたものは与えられて当然であり、相手に断りを入れたことはなかった。

荷を探ると、王宮で作られた携帯用の食事が下の方に入っていた。

包みを広げると、覗き込んでいたオルガが感嘆の声を上げた。

「すごい！　これお肉なの？　花の形をしている！」

切られた肉が輪のように重ねられているだけの、キリアスにとってはどうということはない盛り付けだった。

オルガが弁当に涎《よだれ》が落ちそうなほど顔を近づけてくる。キリアスは弁当をオルガの方へ向けた。

「食ってみるか」

オルガが仰天して顔を上げる。

「いっ……いいの？」

「代わりにお前のスパドをくれ。ほんのり香《かお》って、美《う》味《ま》そうだ」

先程とは打って変わった無邪気な表情でオルガはスパドをキリアスの目の前に差し出した。

「美味しいよ！　お母さんが作ったんです。長持ちさせるための香草入りで、干し肉もたっぷり入っているから栄養満点」

オルガの母親が作ったというスパドは、思った以上に柔らかかった。手でちぎって口の中に放り込むと、口内にふわりとさわやかな香りが広がった。

「これは、干し肉の塩気が利《き》いていて美味いな。香りも絶妙だ。お前の母親は料理人か？」

「ううん、違います。けどお父さんよりもずっと料理が上手なんです」

オルガは花の形をした肉を崩さぬように一切れ取ると、そろそろと口に入れた。

「お、おいひい……」

目を閉じて口を動かすオルガにキリアスは告げた。

「全部食っていいぞ」

オルガが驚いた顔を向けてくる。

「ここで全部食べるのは駄目です。いつ到着できるか分からないのに。人によっては数日かかると言われているんですよ」

「どうせ、陽が高いうちにたどり着く。精霊らはお前を早く修行場にたどり着かせたくてたまらんらしいからな」

「そんなことないよ。俺は精霊に嫌われています」

オルガはそう言って契約紋が入った腹を撫でた。

「みんな、これを怖がる」

「その精霊はいつから宿らせたんだ。お前、もしかしてもう精霊師なのか？」

「いえ、これから修行しようと思って入山したんです。これは、生まれつきなんだ。ここに来れば、他にも俺みたいな奴がいると思ったんだけど……」

敬語がめちゃくちゃなのはまともな教育を受けていないからか不遜《ふそん》だからか、キリアスはそこはもう気にせずオルガの言葉に首をひねった。

「それは精霊との契約紋だぞ。母親の胎内にいるうちから契約するなど無理な話だ。それはお前を守っているようだが、普通はここで修行をしなければ精霊と契約するなど不可能だと思うんだが……」

キリアスの言葉に今度はオルガが首をひねった。

その時、空間が不自然に変わる気配にキリアスは意識を集中させた。

『……さすがお生まれが違いますな。すでに修行者の域を超えてらっしゃる。神獣師様らの傍《かたわ》らでお育ちになると、自然とその力の御《ぎょ》し方を身につけられますのか。それとも内府《ないふ》直々の手ほどきを受けられているのでございますか』

先程の無礼な〝声〟だった。

内府。キリアスは瞼の裏に王宮、いやこの国を掌握する立場にある神獣師の顔を思い浮かべた。

あいつから手ほどきだと？　冗談ではない。王宮の神獣師など、どいつもこいつも第一王子である自分を眼中にも入れていない。

事実、五大精霊を所有するわずか十人の神獣師たちは、王に次ぐ位を持ち王子の自分よりも上の立場である。

この国の宰相《さいしょう》である内府は、神獣師の中から選ばれる。そしてその者こそが、キリアスから王位継承権を剝奪《はくだつ》し、千影山に追いやった人物だった。

──〝操者〟の力を備えている以上、王子だろうが入山せねばならない。例外は、一切認められない。王宮に戻るのは、精霊師となってからである。

表情一つ変えずに言い放ったあの冷酷な美貌が脳裏に浮かぶだけで、キリアスははらわたが煮えくり返る思いがした。

「お前はどっちだ。千影山の総責《そうせき》（総責任者）か。それとも管理人か」

キリアスが〝声〟に詰問すると、〝声〟はゆらりと包み込むように音を広げた。

『総責のアンジと申します。少々変わったことが起きましたので、様子を見ておりました。本来修行場にたどり着くまでは手出し無用なのですが、あまりに激しい力がぶつかり合いましたので迎えに参りました。……そこにおりますのが私の半神《はんしん》で千影山管理人のマリスと申します』

キリアスは人の気配に気がつかなかったことを恥じた。山の管理人である男は、すでにオルガの後方に立っていた。精霊師は例外なく気配を消せるが、ここまで空気のように感じるとは。

マリスと呼ばれた男は、四十をいくばくか越えている愛想のよさげな男だった。驚いて声も出せないオルガにニコリと微笑むと、キリアスを無視してオルガの様子を確認する。

「怪我はないね。よしよし、かわいそうに。いきなり矢を放たれたらびっくりするよな」

目の前の俺に直接文句を言えと言いたかったが、キリアスは睨みつけるにとどめた。

「このやかましい木霊らがお前の精霊か？　お前、〝依代〟の方だろう」

「まさか。こいつらは契約すらされていない野放しの精霊たちですよ。下級ですが年だけは食っていますのでね、少々人間くさいんです。千影山の総責と管理人の精霊の属性は〝結界〟です」

「お前、いくつだ？」

いきなりマリスに年齢を尋《たず》ねたキリアスに、オルガは怪訝《けげん》な顔を向けた。だが、その理由を知っているマリスは薄く微笑みを見せた。

「四十三歳です。こんなに年食った精霊師を見たことはないでしょう」

「精霊師は四十を過ぎたらお役御免《ごめん》だろう」

「ええ。精霊を宿す年齢の限界が四十と言われていますからね。ですが王子、中には永年に精霊と契約をしなければならない者もいるんですよ。絶対に敵に奪われてはならない場所には、結界の契約紋があるのはご存知ですか？　王宮にもありますね。そしてこの千影山の契約紋は」


私の中にあるのです。


〝管理人〟マリスは決して笑ってはいない瞳を細めた。

「私はいわばこの山に永遠に捕らわれた結界という名の人柱です。我が半神、アンジとともにね。……ようこそ王子、精霊師の世界へ」

……この国が精霊とともにある以上、そこには選ばれる人間の意思はない……。

キリアスの耳に、王宮を出る前に呼び止めた父王の声が蘇《よみがえ》った。

全てが精霊とともにある。それだけだ。人の意思は、そこにはない。

その意味にお前が気づくのは、はるか、先だ。

そしてそれゆえに、我らが始祖は、半神を求めたのだ。

己一人ではその運命に耐えきれぬがゆえに。

精霊師は、必ず二人で一人である。

一つの能力を二人で分かち合う。

喜びも、哀しみも、人生も、運命も。

その唯一無二の存在を、彼らは半神と呼ぶ。

◇◇◇

千影山の中腹に修行場と呼ばれる建物がある。

毎年修行者を招き入れるわりにさほど大きくもない。少なくとも講堂は、座ることもできずに立ちっぱなしの状態でひしめき合っていた。

「……あたりまえだ。ここからあっという間に脱落していくんだからな。明日にはおそらく半数以下になっているだろうよ」

キリアスの声がオルガの頭に降ってきた。

キリアスは講堂の隅で壁にもたれ、まるで教師のような存在感を出している。修行者は皆十四、五歳なのだからキリアスを同じ修行者などと思っていないだろう。当然、王子だと知る者もいない。

オルガは人の少ない田舎で育ったため、熱気あふれる人の波に押されるだけで具合が悪くなりそうだった。こっそりキリアスを盾《たて》にしようと身をよじり、キリアスの陰に身を寄せてほっと息をついた。顔を上げると、キリア人の圧を押しのけているキリアスがじろりと睨んできたが、オルガは気にしなかった。

「皆さん、こんにちは～！　ようこそ千影山へ！　修行、頑張りましょうね！」

やたら明るい声を出して壇上に立ったのは、教師の男だった。まだ齢二十五、六といったところか。

「ジーンといいます。これでも一応精霊師でーす。みんな、俺を目指せえ！　なんてね、ハハ」

　場が沈黙に包まれ、ジーンは軽く咳ばらいをして続けた。

「えっと、あれだね。皆ここにいるのは、身体に斑紋があるか、力がありあまっている子だよね。精霊師は知っての通り、〝依代〟か〝操者〟の二つに分けられます。生まれつき身体に斑紋がある子が依代になります。でもこの斑紋って、ヨダ国の子は皆生まれつき持っているんだよね。ちょっとそこの君、斑紋見せられる？　どこにある？」

　ジーンに促されて壇上に上がった少年は、腕、と答えた。

「あ〜よかった、お尻とかじゃなくて。いや、実際いるんだよ？　俺の半神なんだけどね」

　ジーンに本がぶつけられる。壇上の端に座る二十代半ばの男が、顔を真っ赤にして怒りに震えていた。

「お尻……は、嘘です……もう少し下……嘘！　ごめんなさい、テレス！」

　どうもこのジーンという男は賢い男ではないらしい。

「じゃあ君、斑紋見せてもらっていいかな。うわー、結構大きいね！　すごくはっきり出てる！」

　すげー！　という声が講堂を包んだが、オルガには確認できなかった。背伸びをして目を凝《こ》らすが、指二本分くらいの大きさの痣《あざ》のようなものにしか見えない。見上げると、キリアスは肩をすくめてみせた。明日にはいなくなる程度だとでも言いたげだった。

「皆生まれつき斑紋を持っていても、精霊を宿す器《うつわ》がなければ斑紋は次第に消えていってしまうんです。だから十四歳ぐらいで入山させて、それを確認するんですね。斑紋がある子は依代になります。精霊と契約を結んで、その身体の中に取り込む器になる子です。だから依代は別名〝器《うつわ》〟とも呼ばれるんだよね。そして、斑紋は早々に消えちゃったけど、やたら力持ちとか手を使わずに石を浮かせたりできるぜっていう子、いるかなー？」

　はい、はいと手が上がる。ジーンはその中の、やたら体格のいい少年を一人壇上に上がらせた。少年は大きく息を吸い、机の上に置かれた石をふわりと浮かせてみせた。すげー！　と再び声が響く。

　オルガはキリアスに目を向けた。キリアスはもう壇上を見てもいなかった。壁に寄りかかって目を伏せている。

「こういう力を持った子が、〝操者〟になるんですねー。俺も操者なんだけど、昔から腕白《わんぱく》で家の品物を次々ぶっ壊してしまったって母親が言ってました。操者は己の力動によって依代に宿った精霊の能力を操作します。だから精霊が宿った〝器《うつわ》〟に対し、器をかき鳴らす道具として操者は〝弦《げん》〟とも呼ばれるんだよね。今回の入山者は、およそ二百人という話ですけど、まあこれでも少ない方かな。明日から本格的に修行を開始して、そうだな、ひと月後に残れるのは十人ぐらいかと思います」

講堂に沈黙が落ちる。ジーンは変わらぬ明るい調子で続けた。

「精霊師は毎年一組ほど、多い年でせいぜい三組しかこの山から生み出されない。君らの中で精霊師として下山できる子は存在しないかもしれない。じゃ、もう一回言ってみようか？　みんな、俺を目指せえ！」

沈黙は、重いままだった。


キリアスが半分に減る、と予言した通りのことが起こった。

その修行を行ったとたん、半数が意識を失って脱落したのである。

それは、ほんの小さい精霊を体内に宿らせる、という修行だった。

ジーンとその半神のテレスが並んでいる少年少女らに次々精霊を宿していくが、次の瞬間意識を失う者、具合が悪くなる者、ある程度平気な者、とに分けられていく。

そして、当然平気な者しか残らせてもらえないようだった。ジーンとテレスの手伝いをしているのはここで修行している者たちだったが、脱落者が多すぎて救護活動が追いつかないくらいだった。

「何をやってるんだ、これは？」

キリアスは意味が分からないようだった。隣に並んでいるオルガが振り返る。

「王子……キリアス様、呪解師《じゅかいし》って見たことないんですか？」

「ああ……〝浄化《じょうか》〟する人間だろ？」

「浄化……うん、取り憑《と》いた精霊を追い出す仕事をしている精霊師ね。精霊がいたずらして人間に取り憑くと気が触れたりするでしょ。下手すると死んじゃうし。でも、ある程度器が大きいと多少取り憑かれても平気だし、力動が強いと弾《はじ》くことができるから精霊は逃げていくんだそうです。それを確認しているんですよ」

「お前詳しいな」

「うち、両親が呪解師だから。二人とも精霊師なんです」

キリアスはしばし前方を睨んでいたが、ふとオルガに視線を戻した。

「半神同士か？」

「はい」

「ということは、女同士の？」

「男同士」

「お前、養子か」

オルガは頷《うなず》いた。

オルガの養父母は二人とも男性である。

一つの精霊を二人で所有する半神同士は、必ず同性同士である。男と女、では絶対にありえない。精霊師で女の割合は男の五分の一だ。

精霊師の中でもわずか十人の神獣師は妻帯することも子供を持つことも禁じられているが、精霊師は結婚が禁じられているわけではない。だが、精霊師の中で半神以外と婚姻する者はほとんどいないと言われている。精霊師に限っては、その特殊性ゆえに同性である己の半神を生涯の伴侶にする婚姻が認められていた。

女はどちらかが種を貰って自分の子を産むこともあるが、精霊師の子供は大抵養子だった。

オルガの養父母は辺境を転々とする呪解師としての道を選んだが、精霊師は普通は国の機関に所属して出世する。貧しさや意に添わぬ妊娠で、やむを得ず子供を手放した親から子を引き取って大事に育てている精霊師夫夫《ふうふ》は珍しくなかった。

「俺が精霊を生まれつき宿してるでしょう。今は滅多《めった》なことじゃ出ないけど、やっぱり身の危険を感じたりすると雷が出てしまうから、人里から離れて生活するしかなかったんだと思います。でも腕のいい呪解師だから、皆歓迎してくれた。辺境じゃ呪解師なんてあまり来てくれないし、大きな町まで出てもなかなか見てもらえる順番が回ってこないんだって」

「まあ、そうだろうな。本来はお前の両親のような精霊師をもっと増やすべきなんだろうな。全く、王都でろくに仕事もしないくせにのさばっている精霊師が多すぎ……」

「はい、次!」

気がつけばオルガの番だった。ジーンが面倒くさそうに手招きしている。

その左手に、ほわほわと綿毛のような精霊が乗っていた。見たところ邪気は一切孕んでいない。ちゃんと契約された精霊なのだろう。生まれたての木霊なのかもしれない。

千影山の木霊は年を重ねているのでふてぶてしく、逃げようともしないだろうが、生まれたての木霊などは、力動の強い者には寄りつくことさえできない。同時に精霊も苦手である。大きな精霊にはあっさり喰われてしまうからだ。

ふと投げられるように飛んできた精霊は、オルガの身体に触れずに横に逸《そ》れていった。

「はい、〝操者〟ね。次!」

え? とオルガは首を傾げた。これは、オルガの中に入っている精霊を嫌って弾け飛んだだけなのだが、説明しなくてもいいのだろうか。キリアスを振り返ると、視線を逸らしている。


「はい次! お? なんだ、でかいな。いくつだ?」

「十五歳です」

キリアスは大嘘をつくことに決めたらしい。

「随分とでけえな! 何を食ったらそんなに発育がよくなるんだ」

ジーンはやはり素で頭がよろしくないらしい。キリアスに投げられた精霊は逃げるように弾き飛ばされた。

「いいのかなあ?」

「いいんじゃないのか。あいつが阿呆《あほう》なだけだ。まあ、俺もお前も今更あいつらに教わることなんてないだろう」

「キリアス様はないかもしれないけど、俺はあるよ。俺は、この雷を制御しなきゃならないんです。そうでなきゃ、いつまで経《た》っても学校に行けないし両親に守られて生きなきゃならない」

キリアスは大げさにため息をついた。

「お前、その精霊がなんなのか、親に話を聞いたことはなかったのか?」

オルガが頷くと、キリアスは睨み据えるように前方を見つめながらぼそりと呟《つぶや》いた。

「まあ……無理もないか……」

「キリアス様は何か知っているの？」

「腐ってもこの国の王子なんでな。うっすら心当たりがあるというだけだ」

「なんなんですか？　これは？」

キリアスはオルガの問いに答えなかった。考え込むように、腕を組んだまま視線を動かさない。

「俺らがいるこの場所はな、表山《おもてやま》と呼ばれているんだ。千影山の裏山《うらやま》が、本当の修行場だ。毎年一組ぐらいしか出ないと言われている精霊師の卵が、裏山で修行している」

オルガはキリアスが睨みつけている山を見つめた。山に影を落とす雲の動きが速い。それは流れるように模様を変えた。

「裏山にいるのは、元神獣師どもだ。四十を過ぎて引退し、王宮を去っていった神獣師どもが精霊師の師匠として、あそこにいる」

おそらく裏山に通じる道は、表山とは比べ物にならないくらい困難な道に違いない。

招かれざる客が突破しようとしても、樹々は幾重にも行く手を遮《さえぎ》り、木霊は豹変《ひょうへん》し牙を剝《む》き、八つ裂きにしようとしてくるだろう。

オルガは、青い瞳を鈍く光らせるキリアスを、胸騒ぎを感じながら見つめていた。

2

夜に羽ばたく鳥はいない。それは精霊に取り憑かれた鳥だけ。他の動物たちは夜に遊ぶから、そこに混ざりたい精霊は鳥の中に潜《ひそ》むんだ。

いいね？　だから夜に森の中に入ってはいけないよ。夜の森に子供が入ると仲間だと思われて引き込まれてしまうからね。

優しい養母の声を思い出して、オルガは目頭が熱くなるのを感じた。

養父母と別れて十日も経っていないというのに、もう恋しくてならない。

同じ年の子供とあまり遊ぶことのなかったオルガは、この修行場でもどう関わっていけばよいのか分からずに途方に暮れていた。

入山して二日も経つと、皆勝手に自己紹介を始め、気の合いそうな匂いを嗅ぎつけて輪を作り始めている。

オルガは学校に通ったことがなく、勉強は全て養父母から教わってきたため、中身はどうあれ、これが初めての学校、と内心楽しみにしていたのだ。

だが、生来口が重く、表情が豊かな方ではないオルガは、輪に入り込むことができなかった。

加えてオルガの色素の薄い瞳は見ていて気持ちのいいものではないらしく、あからさまに無視することはしないがあえて近寄ろうとする者は皆無《かいむ》だった。

しかも、オルガは〝操者〟の組に分類されてしまったため、余計に浮いていた。

依代の組は女の子も多く、男も年相応の体格と容姿の者が多い。現時点では斑紋があるというだけなのだから当然だろう。

操者は生まれつき力があり余っていて内側に抑えきれず外に出てしまうような連中だから、気性が荒く、気が強い。体格も本来の年齢より一、二歳上に見える。オルガは年齢よりも小柄で年相応の発育がまだ訪れていないため、操者の組にいると三つも四つも年下に見えた。

力に自信がある子供は、自然発育もよくなるのだろう。寄ると触るとケンカばかりで、教師らはその収拾にかかりきりで、一人ぽつんと浮いている子供のことなど目の端にも入らなかった。

一人浮いている子供は、もう一人いた。正しくはもう子供ではないので浮いていて当然だった。

キリアスが王族ですでに十八歳ということは、もう表山に知れ渡っていた。まんまと騙されたのはジーンぐらいで、その存在が異質なことは明らかだった。

子供らだけでなく、山の修行者や教師らでさえキリアスには近寄らなかった。オルガと違い、キリアス自身が近寄るなという気を出しているのだからあたりまえであるが、表山の教師らが教えることがすでにないというのも理由の一つだった。

それは、力動の授業ではっきりとした。

依代の組と操者の組の合同で、自分の内なる力をいかにして制御するかという授業だった。

「例えば石を浮かせる、これは力動を放出する〝放《ほう》〟。十個の石をいっせいに放つのが〝散《さん》〟」

ジーンが小石を使って示してみせる。いきなり石がポーンと跳ね上がり、地に落ちている二、三十個の石がいっせいに浮き上がった。皆、驚愕の声を上げる。

「一点集中、石を破壊するのが〝突《とつ》〟」

ジーンが軽く蹴り上げるようにした石が、空高い位置で割れる。

「力動で結界を作って攻撃を止めるのが〝界《かい》〟」

ジーンの半神のテレスが大きく振りかぶって石をジーンめがけて投げつける。勢いよく飛んできた石は、ピタリとジーンの顔の前で止まった。

「あの……テレス、この石ちょっと大きくない？　あと、投げる時〝放〟の力利用しなかった？」

テレスは無言で背を向けた。

「というように、力動には四つの使い方があります！　依代も操者もこれを完全に習得する必要があります」

ジーンの声に、不思議に思った依代の組から手が上がる。

「先生、私は石を動かしたりなんてできません」

「依代の子はほとんどそうだろうけど、修行するうちに力が表に出てくるようになるの。今は斑紋がそれを抑えつけているだけ。逆に操者で力があり余っている子はこれを覚えることで荒々しさが収まっていくからね。だから十四歳ぐらいで入山してもらわないと困るのよ。大人になっても使い方分からないと犯罪者になっちゃうの」

ちなみに、ここで修行しても精霊師になれないまま下山した者は、依代は神官に、操者は武官の道を選ぶことが多いという。

「まあ、それもここで一年もった者に限るけどね……。依代は力動の修行と合わせて、器を大きくしていく修行もやるけど、操者はひたすら、力動の修行だけ」

おー、やった、と操者側のクラスから声が上がる。

「やったじゃねえよ。血反吐《ちへど》を吐くほどの苦労だと思え」

テレスは喜ぶ子供らに容赦なく言い放った。

「依代はな、精霊を身体に宿し、その能力を使わせることで操者の身体を守ってやっているのに、力の加減を知らない阿呆な操者に蹂躙《じゅうりん》されるんだ。技術も力もない操者に当たった依代は最悪だ。依代を生かすも殺すも操者次第だ。器のない力馬鹿のお前らに求められる力動の強さは、依代の十倍だ。十倍の修行を求められると思え！」

静まり返った子供らの前で、ジーンが恐る恐るテレスに声をかけた。

「あの……テレス、個人的な文句は後で聞くから……ね？」

「まあ、力動を自在に扱えなければ、半神を得る資格などないというのは本当だ」


ジーンの脇から登場した男の声を、オルガはすでに聞いたことがあった。初めて姿を現した千影山の総責任者を、キリアスは目を細めて睨み据えた。

アンジは、この山で最高位を表す紫の上衣《マント》をゆったりと肩にかけていた。

「依代の命は操者の手の中にある。操者が己の力動とともに動かすのは依代の命だ。精霊師となる者が一番に学ばねばならないのはそこだ。強くなければ、守れん。己のためではなく、相手のために精進する修行だ。精霊師となることができなくとも、この意味を知って下山できるよう、励むように」

子供らにとってアンジはちょうど親の世代だろう。見上げる無垢な瞳にわずかに微笑んで、アンジは背中を向けた。テレスはその姿に一礼した後、半神に向き直った。

「さあ、復唱してみようかジーンくん」

「お……俺え!?」

最初に声を聞いた時は厳しい口調に恐れを抱いたが、実際のアンジは穏やかそうな容貌で、温かい雰囲気を持った男だった。オルガは養父母を思い出し、懐かしむ気持ちに浸《ひた》りそうになったが、目の端に入ったキリアスの表情にそれは引っ込んだ。

キリアスはオルガを睨むように見つめていた。

決して憎しみが浮かんでいるわけではなかったが、挑むような力を放つ瞳だった。理解できずにオルガは視線を逸らしたが、心臓は早鐘を打っていた。

キリアスの鋭い視線は、間の抜けたジーンの声で逸らされることになった。

「あのー、そこの、やたら大きい自称十五歳の御方……力動、使えますよね？　どの程度使えるかちょっと教えてくれませんか～」

キリアスはため息をつき、ジーンの方に石を放ってみせた。

ジーンがその石を両手に受け取るか受け取らないかのところで、石は、粉砕された。

子供らが驚いたのは、反射的にジーンが精霊を発動させたことではない。ジーンの顔の目の前で石が砕けたにもかかわらず、離れていたテレスが軽く声を上げて身を屈めたからである。

「テレス！」

ジーンが反射的にテレスを振り返る。テレスは片膝をついていたが、ゆっくりと顔を上げてキリアスを睨みつけた。テレスの額はわずかに切れ、一筋の血が流れていた。

「力を発動させれば操者は自分の身を守れる。だが、相手を守るのを忘れるとこの有様になる。依代は無条件で操者を守るのに。力のない操者を持つと確かに割に合わんな」

キリアスが馬鹿にしたような口調でジーンに言い放つ。

「てめえ……！」

ジーンが身にまとわりつかせる精霊は、髪の長い女のような姿だった。蜃気楼《しんきろう》のようにゆらゆらと揺れながら女のぽっかりと空いた瞳の部分に、青白い灯《ひ》のようなものが揺らめく。

「やめろジーン！　丸腰の相手に精霊を出すなど、それでも教師か！」

ジーンを止めたのはテレスだった。

「テレス……」

「そいつの言う通り、今のはお前が油断したからだ。いい例を見せてくれたじゃないか。依代を生かすも殺すも操者次第。皆、この意味がよく分かっただろう」

テレスはキリアスに向き直り、鋭い視線で言い放った。

「どれほど力があろうと、依代を大事にできぬ操者は絶対に精霊師にはなれないってこともな」

キリアスはわずかに顔を歪め、テレスに背を向けた。

その様子を見ながら、オルガは不思議でならなかった。

王宮には多くの精霊師がいるはずだが、キリアスは彼らの何を見てきたのだろう。

今、ジーンはテレスを心配しながら這いつくばるようにして謝っている。テレスはうんざりしている様子を見せながらも、ジーンを決して責めはしない。阿呆な操者に蹂躙されるしかないと言いながら、依代としてただ一人の操者に、半神に完全に身を委《ゆだ》ねている。

オルガの養父母も同じだった。彼らは、常に二人で一人だった。養父母はオルガの身体の斑紋を撫でながら、いつか必ずお前も唯一無二の半神に出会えると言った。お前の精霊を、意のままに操る人間が必ず現れると。

キリアスは、半神を得るためにこの山に入ったのではないのだろうか。

少なくとも自分とは目指すものが違う。オルガは、キリアスのことを何も知らないが、そこだけは、はっきりと理解した。

◇◇◇

昼間の修行で疲れきった子供らの寝息が響く大部屋で、ふと目を覚ましてしまったオルガは両親のことを思い出し寝つけなくなった。

お父さんとお母さんのところに帰りたい。

十四歳になったら入山して精霊師の修行をし、半神を見つけなければならないのだと教えられてはいたが、これほど毎日が寂しいとそんなことはどうでもよくなってくる。

まだ修行は始まったばかりである。こんなことで、身の内に住む雷を出す精霊を制御することなどできるのだろうか。オルガはため息をつきそうになった。

その時いきなり、口を塞《ふさ》がれた。

全く気配を感じなかった。

これも力動によるのだろうか？　そういえばマリスも山中で近づいてきた時に気配を感じさせなかった。

片手でオルガの口を塞いできたキリアスの顔が、静かに近づいてくる。キリアスは、わずかに空気を震わせる程度の韻《おと》を発した。

「……一緒に来い」

外は、夜の森だ。

精霊が羽ばたく音がする。キリアスには、あの音が聞こえないのだろうか。

それとも誰にも教えてもらわなかったのだろうか。

闇夜には、人を惑わす精霊の見えない手が蠢《うごめ》いていることを。


暗闇の中を灯も点《つ》けずにキリアスが進む。オルガの右手は、キリアスにしっかり握りしめられていた。なぜ松明《たいまつ》もなしに闇の中を進むのだと言いかけて、オルガは悟った。いざとなれば剣を使わねばならないので、利き手を空けておく必要があるのだろう。


月ははるか遠くにあった。わずかしかその光が届かないうっそうとした山中を、キリアスは勢いよく突き進んだ。手を握られているオルガは足場の悪さに、何度か転びそうになった。そのたびにキリアスに腕を引っ張られ、身体を起こされる。力任せにされるので腕が痛いと何度訴えても放してくれなかった。

「どこ行くんですか、ねえ、キリアス様」

オルガの訴えなど、キリアスの耳には届いていないようだった。ひたすら前方を睨み据え、行手を遮る樹々の枝を振り払いながら大股で歩む。

ふと、キリアスの足が止まった。

キリアスにぶつかる格好となったが、ようやく息をつくことができたオルガは、肩を上下させて息を整えた。オルガを背中で支えながら、キリアスは微動だにせず静かな声を闇に流した。

「……俺には十歳年下の弟がいる。二年前にこれが、この国の世継ぎとなることが決定した」

オルガの身長はキリアスの背中の半分ほどまでしかない。暗闇の中でキリアスの頭は、首から上が漆黒の闇に食われてしまっているように見えた。思わずキリアスの背中から離れる。

「この国の未来を予知する能力を持つ〝先読《さきよみ》〟は年の離れた俺の異母妹だ。俺の母は俺が幼い頃に王宮を去り、新たに迎えられた妃らが先読と、そのすぐ下の弟を産んだ。それでも俺は自分が王になるのだと信じていた。弟は、身体が弱かったしな。だが神獣師らは、先読が弟を次代の王に選んだと告げた。父王は弟を世継ぎとすることを決めた。そして俺には、王宮を出て精霊師の修行をするように伝えてきた」

キリアスはそこで大きく息をついた。興奮を逃がそうとしているのか、力が抜けたのかは分からない。張りつめた背中だけは変わらなかった。

「操者としての余りある力は、王宮に破壊をもたらすかもしれないと言って、内府は俺から王位継承権を剝奪し、王都から追い出す命を父王からもぎ取ったんだ」

闇の中でも、キリアスの背中が小刻みに震えるのが分かった。

「この国の王……王族はな、神獣師の言いなりだ。まだ先読が幼すぎて役に立たないからよけいに、神獣師どものいいようにされている。父王とて、結局内府には逆らえん。国の方針も何もかも王ではなく神獣師が決めてしまう。この国は、神獣師どもの手で動かされているんだ。お前が王都に戻れるのは、精霊師になってからだと言われた」

そこでキリアスは、ようやくオルガを振り返った。

夜闇の中で、あの鮮やかな青の瞳はその色を映し出さなかった。その双眸には、ひたすら深い闇だけがあった。

「精霊師……冗談じゃない」

キリアスは闇に吐き捨てるように言った。

「精霊師なんぞに留《とど》まって、あの神獣師どもにいいようにこき使われる人生など、今ここで捨ててやる。俺は必ず、神獣師になってやる。父より、内府より、この国を掌握する神獣師になる。絶対に」

キリアスが胸元で握りしめた拳が、細かく震えていた。

その激しい感情を前に、オルガは恐ろしさで震えるしかなかった。闇夜の中でこれほど負の感情をさらけ出すなど、自分が何をしているのか分かっているのだろうか。

基本精霊とは、魔だ。

欲望の塊でしかないそれらは、契約の力によって操られているだけだ。本来は、隙あらば人の心の闇に巣くおうと、舌なめずりして浮遊している。

　思いがけず不安や憎しみに捕らわれた時、精霊が身体に憑依《ひょうい》してしまうことがある。そのために呪解師がいるのである。

　子供のうちはよほどのことがなければ精霊に巣くわれることはない。子供の小さな生命力では、巣くったとしてもすぐに死んでしまうからだ。大人の負のエネルギーがあふれる身体の方が、使える。だから精霊は十八歳前後の若い、様々な煩悩に捕らわれた未熟な肉体を好む。

　いかにキリアスが生命力にあふれていようと、ここまで負の感情に支配されてしまっては魔を撥《は》ね返すことは不可能かもしれない。オルガの耳にはざわざわと葉音をかき鳴らす風が、まるで精霊が喜んで手を擦り合わせているように聞こえた。さあ落ちろ。闇に。お前の身体をよこすがいい。

「キリアス様、落ち着いて。悪い心に支配されちゃ駄目だ。精霊に、食われてしまう」

　恐ろしさにオルガは涙声になった。

「オルガ」

　オルガはその呼び声に驚いた。


　キリアスから名前を呼ばれたのは、これが初めてではないだろうか？

「ヨダ国の五大精霊がなぜ神獣と呼ばれ、これらを所有する精霊師がなぜ神獣師と呼ばれるか知っているか」

　オルガは首を傾げ、首を横に振った。

　王都にいる、精霊師の頂点に立つという十人の神獣師は、この国を守る最大の精霊をそれぞれ所有しているとしか聞いていない。

「その精霊たちが動物の姿を模《も》しているからなんだ。無論、現実ではありえない姿のために人はその姿を見て神獣と呼んだ。銀色の翼の生えた馬の姿という〝百花《ひゃっか》〟、紫色の蜘蛛に似た〝紫道《しどう》〟、赤い鳥の姿の〝鳳泉《ほうせん》〟、金色の蛇の姿である〝光蟲《こうき》〟。俺はそれらを所有する神獣師を全員知っている」

　キリアスは、そこでいきなりオルガの着物に手を伸ばした。力強い手で着物を左右に広げると、中の下着をたくし上げる。オルガは突然のことに思わず悲鳴を上げた。

「だが一つだけ所有者がおらず、どこにあるのかも分からない神獣がいる。それを継ぐ者がいないために王宮に隠されているというのが通説だが、どんな神獣か文献で俺は調べた。それは、青き竜の姿の神獣。天空を舞い、水の恵みを与えるという精霊だ。名を、〝青《せい》雷《らい》〟！」

次の瞬間、自分の身体に起こったことをオルガは理解できなかった。

腹が、熱い。痛みはなかった。ただ、焼けるような熱さが腹を覆った。

「……許せ、オルガ」

キリアスの右手に、短剣が握りしめられている。その刃先についているのが己の血だと理解した時に、オルガの身体からより熱いものがほとばしった。

◇◇◇

その凄まじい衝撃に、アンジは飛び起きた。

地を揺るがすほどの地鳴りと、隣に寝ているマリスの悲鳴が重なる。


「マリス！」

突然のことに、マリスは身体を屈めて衝撃に耐えていた。一気に結界に負荷がかかるほどの何かが、起こった。

「すまん、マリス、こらえてくれ！」

アンジはマリスを通して何が起こったのかを確かめた。マリスの中にある千影山の結界紋を通し、アンジはこの山のどこにでも意識を飛ばすことが可能だ。

目に映ったのは、信じられない光景だった。

どうする。どうすればいい。腕の中のマリスは、呼吸を浅めに繰り返し、突然の衝撃に乱れた力動を整えている。

「マリス……表山には修行者の子供らが集《つど》っている……巻き込むわけにはいかない。今少し、耐えられるか」

マリスは浅い呼吸のまま、瞳だけで頷いてみせた。少しでもこの乱れを整えてやりたい。アンジはマリスの唇に自分のそれを押し当て、己の力動を注ぎ込む。

強張ったマリスの身体が、わずかに緩《ゆる》んだ。

それを感じながらも、アンジは心を鬼にした。

「御師様《おしさま》!!」

裏山に住む師匠らに、アンジは呼びかけた。

『青雷が目覚めたな、アンジ』

「は。時間がありません。雷によって山を壊されるわけにはいきません。時空を反転させます。どうかそちらで受け取っていただきたい」

『よいぞ。我らの力でどこまでできるか分からんが、我らがすべて息絶えた時はそのまま時空を閉じよ。分かったな？』

「御意」

アンジは目の前に横たわる自らの半神の胸に、手を当てた。

マリスは、微笑んだまま瞳を閉じた。心に声が響いてくる。

心配するな。持ちこたえるから。

その声を抱きしめながら、アンジは青雷の現れた一帯の時空を、反転させた。

◇◇◇

世界が反転した時も、キリアスはオルガの身体を抱えながら必死に意識を保った。

樹にしがみつき、身体が上下左右に揺さぶられる衝撃に耐える。

気を失ったオルガの身体だけは落とさぬように、手足を絡めるように抱きしめ続けた。

世界が回る衝撃が収まった時、目の前にあったのは昼間の世界と、空を覆う青き竜の姿だった。

キリアスは神獣師らがどの神獣を所有しているか知ってはいても、その姿を実際に見たことはない。

彼らは神獣の能力を出すことはあっても、滅多にその姿を具現化しない。

出さないのも道理だとキリアスは理解した。空一面を占める巨大な姿。本来実体のない精霊のはずなのに、鱗《うろこ》の一つ一つまで玉のように光り輝き、竜がとぐろを巻くたびに陽光がきらきらと反射して青い星を生み出す。

自分の遠い先祖が、本当にこれを封印し人に従うように契約を成したことに、キリアスは信じられぬ思いがした。

昼の世界が、あっという間に灰色の雲で覆われる。竜の咆哮《ほうこう》が空を裂くとともに、雷鳴がびりびりと世界を震わせた。

身体に叩きつけるように降ってきた大粒の雨に、キリアスは身体の表面に〝界〟を張った。オルガの身体を濡らすわけにはいかなかった。ごく浅い傷とはいえ腹に刀傷を負わせたのだ。血が止まらなくなる。

「そこまでしっかりと〝界〟を張ることができるとはな！　王宮でかなり修行してきたと見えるな、王子よ！」

雷雨の中に、ひらりと白い着物が舞った。

まるで獣のような身軽さで、キリアスがしがみついている樹の対面に二つの人影が舞い降りた。

「誰に習った。ユセフスが、お前に力動を教えることを許可するわけがあるまい」

「どうせザフィあたりであろ。あやつは子供には甘い」

五十を超えているらしい男二人だった。この事態にもかかわらずキリアスの事を呆《あき》れたように見ている。

「神獣師だな？」

キリアスの問いに、ぼさぼさの髪の初老の男がうんざりしたように頷いた。

「元〝百花〟の神獣師よ。外に出ていることが多かったから、まだ幼かったお前とはあまり面識はなかったがな」

「全く、親父以上に我儘《わがまま》な王子だな。いったいどういう教育していたんだ、ダナル」

その名前にキリアスは対面の樹に目を凝らした。木の枝に立つ老人二人のそのまた上の樹の枝に、赤い羽織を肩にかけた男が立っていた。

「内府……！」

「その役職はユセフスに譲りました。お久しぶりです、王子。全く、父上以上に手のかかる青年に成長されたようで、嬉しくて涙が出そうですよ」

かつてこの国の行政を手中にしていた男は、わずかに生えた顎髭《あごひげ》に手をやりつつキリアスを冷めた目で見つめてきた。

「よくその者の身体に青雷が宿っていると気がついたものだ。そこは褒めてやる。だが、お前一人の意思で神獣が手に入れられると思うな。お前の未来を決めるのは、お前ではない」

敬語を取り払ってキリアスを見下すように言い放った元神獣師に、キリアスは口元を歪めてみせた。

「そうかな」

完全に油断していた、としか言いようがない。

もう精霊を所有していないとはいえ元神獣師、キリアス一人くらいオルガを傷つけることなく難なく捕らえることができたはずだった。

キリアスが左腕に巻いた包帯の下に隠しておいたのは、精霊との契約を成す授戒紋《じゅかいもん》であった。

「俺の命と引き換えに戒を授《さず》ける、我に従え、青雷！」

「しまった！」

三人の元神獣師らが動くより、授戒紋を描いた左腕にためらいなく刃物を突き立てたキリアスの方が早かった。オルガの腹の血とそれが重なった時、大地が啼《な》いた。


五人精霊、〝青雷〟の依代と操者の誕生だった。

◇◇◇

オルガはあまりの身体の熱さに、目を覚ました。

だが、目覚めても意識はまだ灼熱の中にあった。

目を動かすと、瞼はしっかりと開いているというのに視界がなかった。闇ではない。物体を映さないのだ。

赤、白、青、様々な色がにじんでは消え、流れるような色彩しかそこにはなかった。

声も、聞こえる。だが、それが音にはならない。耳にしたこともないような波動のようなものが伝わるだけだ。

これは、なんだろう。自分の身体はどうなってしまったのか。襲いかかる恐怖にオルガは悲鳴を上げた。

ありったけの力で父を、母を呼んだ。

誰かがいる。何かが、自分の傍《そば》にいる。だがそれがなんなのかオルガには分からなかった。ただ、助けてほしかった。元の世界に戻してほしかった。声帯の震えだけが、己の感情が外に間違いなく出ていることの証だった。

「オルガ……オルガ！　オルガ！」

「うわあ、来るな！　誰？　こっち来るなよ！　お母さん！　お父さん！」

錯乱して泣き叫ぶ我が子をかき抱こうとしても、手足をばたつかせて触れさせようとしない。カイトは、頬を張られ髪を引っ張られようとオルガの身体に腕を絡めて胸の中に抱いた。それでも恐怖で身体を動かすことを止めない我が子を、足で蹴られようが腕で殴られようが抱きしめ続けた。

「カイト……」

ひたすら子を抱く伴侶の姿を、コーダはなすすべもなく見つめるしかなかった。

男同士でありながら、幼いオルガが周りと同じようにお父さん、お母さんと分けて呼ぶようになってしまってから、自然その呼び名の通りに役割は定まったようなものだった。

どちらに叱られても、泣きながら必ずオルガはカイトの胸に飛び込んでいった。ごめんなさい、と泣いて謝る胸は、父ではなく母のそれだった。そして今、どれほどの目にあわされようと、子を抱くのは母の身体だった。

オルガの身体が、再び眠りにつこうとしていた。力が弱り、腕が回らなくなる。それでもお父さん、お母さんと舌が動く限界まで呼び続けるその声に、カイトはとめどなく涙を流した。たまらずコーダは息子を抱く伴侶を抱きしめた。

「……許せよ、コーダ。カイト。お前たちがどれほど大事に愛《いと》しんで育ててきたか、オルガを一目見れば分かる。雷を放つ赤ん坊を押しつけてしまった我らに対し、何も言わず何も聞かずに王都を去り、各地を転々としながらこの子を育ててくれたものを。我々がこんな失態をしてしまうとは、面目ない」

「御師様……」

コーダは涙を拭《ぬぐ》い、かつての師匠と向き合った。

「カイトと二人、大事な預かりものとしての意識を失《な》くさずに育ててきたつもりです。いつか、手放す時が来ることは覚悟しておりました。この入山が別れになるかもしれないと心のどこかで思いながら旅立たせました。しかし、しかしこれはあまりに惨《むご》い……」

コーダは本来穏やかな男である。だがさすがに膝の上で握りしめる拳が震えている。

向き合うのはこの山最高齢の元神獣師であるガイだった。齢五十六だが若かりし頃鍛《きた》え上げた身体はいささかの衰えもなく、山のように座している。

そこにやってきたのは、かつて神獣〝光蟲〟を所有し、内政を統《す》べた神獣師二人だった。齢四十を迎えたのを機に八年前に引退したが、ガイ同様、その肉体は衰えを知らず、着物の裾を軽やかに捌《さば》きながらダナルは部屋に入ってきた。その少し後ろから、半神であるルカが続く。

「キリアスはどうだった」

ガイが問いかけると、ダナルは肩をすくめてみせた。

「発狂するか、死ぬか、それとも魔獣になるかすれば方法があったものを」

忌々《いまいま》しそうにダナルは乱暴に床に胡坐《あぐら》をかいた。

「ザフィの奴め、今度戻ることがあったら問い詰めてやる。〝放〟、〝散〟、〝界〟、〝突〟、この力動の他に〝調《ちょう》〟まで知っているということは、精霊と仮契約させて修行させていたに違いない。だからキリアスは腕に授戒紋を描いていたのだ。阿呆な奴だと思っていたが、小僧に騙されてここまで修行をつけてしまうとは、それでも神獣師か」

「と、いうことは意識があるのか？」

ガイの質問に答えたのはルカの方だった。静かに頷く。

「さすが王家の血だな。ザフィが多少修行をつけたとしても、正式な段階を踏まずに精霊と、しかも神獣級と契約してしまったというのに己を保つことができるとは……」

「契約を解くことはできますか」

コーダがせがむようにルカを見つめたが、ルカは無言で軽く頭を振った。

「ルカができないのではこの国で呪解できる者はおらん。呪解以外の方法で契約を解くには、キリアスを殺すしかない。殺して事が済むならいいが、そうすればオルガは〝青雷〟を永遠に宿したまま、いずれはその生命力を奪われて死んでしまうだろう」

きっぱりとしたダナルの声に、コーダとカイトはうなだれた。

「キリアスは己の命を懸けて腕に描いた仮紋によって青雷と契約した。オルガと〝共鳴〟させれば、青雷といえど呪解することは可能だろう」

ルカの言葉に、コーダとカイトは衝撃を露《あらわ》にした。ルカは、滅多に表情を崩さない冷静な瞳で、夫夫をまっすぐ見つめていた。

「ルカ様……それは……き、共鳴をしてしまっては、呪解する意味がありません……！」

カイトの腕の中で、オルガがまたしても苦しそうにうめき声を上げる。

「王子の意識はあるのだな？　ダナル」

ガイの言葉にダナルは頷いた。

「ああ。ジュドとラグーンが見張っている。何も言ってこないということはまだ魔獣にはなっていないだろうよ」

ガイは立ち上がり、コーダとカイトに告げた。

「オルガを地下牢に連れてゆく」

「御師様！」

「聞いただろう。他に方法はないのだ。二人とも、生かす方法を考えるのだ。お前らも精霊師ならば覚悟せよ。これは、キリアスの選んだ道ではなく、この国が、精霊が選んだ道なのだと」


陽の光がわずかしか届かぬ地下牢で、キリアスは鎖で腕を吊られ、足にも錠をはめられていた。

発熱と悪寒の繰り返しの中で、身体中の皮膚から汗が噴き出しては冷え、また噴き出すのを繰り返していた。俯《うつむ》く顎からぽたりぽたりと静かに汗が滴《したた》る。

意識を保つために何度も噛みしめた歯からは血が流れ、唇は切れていた。血の混ざった涎《よだれ》が汗と一緒に地に落ちしみを作るが、苦痛から発する泣き言だけはキリアスは一度も口にしなかった。

かつて神獣〝百花〟を所有していたジュドとラグーンは、そんなキリアスの様子を牢の鉄格子の向こう側から眺めていた。ジュドがため息を漏らす。

「強情者よ。こんなところも親父に似ている」

「扱いにくいんだよなあ、こういう性質は」

「お前は王に嫌われていたからな」

「俺だって嫌いだよ、あんなクソガキ。素直に泣きを入れれば可愛いものを。もっともっと苛《いじ》めたくなってくる」

「やめとけやめとけ。なんだかんだ言って、ガイもダナルもこういう奴が嫌いじゃないんだから」

そこでジュドとラグーンは言葉を切った。ガイらがやってくる気配を感じたのである。

同時に、苦痛に顔を歪めていたキリアスも顔を上げた。真っ赤に充血した目を見開き、がしゃりと手首にはめられた鎖を鳴らす。

「……オルガ……！」


オルガはその光景がなんなのか分からなかった。

相変わらず世界は色が混じり、耳は流れてゆく音を拾わず、何かがまとわりつく触感が悪寒しか与えぬのに、牢獄で自由を奪われているキリアスの姿だけが、克明に映し出されていた。

「オルガ！」

耳に、言葉としてははっきりとそれが届く。全くの孤独だった世界に、ただ一人の人間が、ようやく登場した。

「キリアス様！　キリアス様！　俺が分かる!?　どうなっているの、俺どこにいるの!?」


「オルガ！」

なぜキリアスは腕を上げ、足を動かせずに何かに張りつけられているのだ。そしてなぜ、自分の身体はキリアスとの間にある何かに阻《はば》まれてそちらに行けないのだ。傍《そば》に、行きたいのに。その傍に。

「キリアス様、なんで？　どうなってるのか、さっぱり分かんないよ！」

「オルガ……！」

鉄格子にしがみついて泣き叫ぶオルガを見て、キリアスは手足を繋ぐ鎖を激しく引いた。鎖で擦られ、手首や足首は肌が裂けて鮮血がほとばしる。だがキリアスは、鎖を引きちぎらんばかりの勢いで暴れながらわめきたてた。

「これを解け、神獣師ども！　解け！　俺のもとに、オルガをよこせ!!」

「解いたら最後、お前は野獣と化してオルガを犯すであろ。これが、欲しくてたまらんだろう。全く、かつて俺もそうだったんだろうがあさましいの一言だな。理性を失った人間はケダモノと同じだ」

狂ったように吠え続けるキリアスに、ラグーンは吐き捨てるように言い放った。

「しかしラグーン、おかしくないか。ここまで我を忘れていてなぜ、魔獣と化さない。気配すらないようだが」

ジュドが首を傾げ、ルカを振り返った。ルカは頬に手を当てて、じっとキリアスを見ながら考え込んでいるようだった。

「ダナル、剣を持て」

ガイが短くダナルに命じ、牢の前で泣き叫ぶオルガの腕を取った。

「ジュド、牢を開けろ」

「御師様……！」

何をするのかとコーダとカイトがオルガを奪おうとするが、ルカに止められた。ジュドが開けた牢の中に剣を携えたダナルが先に入る。そして、キリアスの傍《かたわ》らにつくと首の位置にぴたりと刃をあてた。

牢の扉が開き、オルガは引き寄せられるようにキリアスに近づいた。

キリアスの姿だけが、この世界で認識できるただ一つの物体だった。キリアスの声だけが、内まで響く唯一の音だった。

その声は、実際に外気を震わせ韻《おと》として運ばれてくるものではなかった。声は、感情を孕んでいる。それは耳ではなく、体内に響く。オルガ。オルガ。ああ、なんて声だろう。世の中に、これほど切なく自分の名前を呼ぶ声が存在するとは。

「ああ、キリアス様……！」

ああ、欲しい。欲しい。その声が、その感情が、その命が欲しい。

砂漠で水に飢えた旅人がようやくオアシスに辿り着いたように、オルガはキリアスの口を貪《むさぼ》った。

本能を剝《む》き出しにした野生の行動に、その理由が分かっていてもその場にいた全員が思わず目を伏せたくなった。

乱れた息と血が混じり、互いの口内をまさぐりすり合う音に、カイトが顔を両手で覆う。その身体をコーダが抱きしめた時に、それは起こった。

オルガが、いきなりキリアスから離れて尻もちをついた。

夢から覚めたように、目の前で鎖に繫がれるキリアスを見つめ、その有様に仰天して後ずさった。

「オルガ!?」

父と母が己を呼ぶ声に、弾かれたようにオルガは振り返り、大声で叫んだ。

「お父さん、お母さん!!」

キリアスの意識がもったのはそこまでだった。

オルガが牢を這い出して親の胸元に飛び込んでいく姿を朦朧《もうろう》とした意識で瞳に映した後、がくりと首を垂らした。

そんなキリアスの横顔を見つめながら、ダナルはキリアスの首にあてていた剣を空に舞わせた。

キリアスの手と足から鎖が飛び、繋がれていた身体が地に落ちた。

◇◇◇

オルガは目の前に座った初老の男二人を、上目遣いでじっと見つめた。

養父母のもとに行きたくて振り返るが、二人は後ろでちゃんと話を聞きなさい、と声にならない声で伝えてくる。

「力動を表で学び、精霊師になる資格がありそうだと判断されたら、皆この裏山で俺らのもとで修行するんだ」

「この依代とこの操者は相性よさそうだから対《つい》にしようって、独断と偏見で決める」

「力の均等さを見てな。相性が悪いと、才能があっても伸びないことがあるから」

「すごいモサい男にすごい美人あてがったりするの。師匠級の特権」

「お前は黙ってろ、ラグーン!」

「なんで？　重要だろ。いいぞ〜、自尊心高い美女が野獣にほだされる様をほくそえんで見ているのは！ああ、神獣師級まで出世してよかったと思う瞬間！」

オルガは意味が分からずに両親を振り返った。二人はさすがに頭を抱えている。

五大精霊の一つである〝百花〟の元操者と依代だという元神獣師の二人は、ジュドとラグーンといった。どちらも五十四歳だった。

オルガが不思議に思ったのは、この師匠らの髪形だった。この国では十八歳の成人を迎えると皆髪を結ぶ。

だがジュドはほとんど白くなった髪をぼさぼさにしており、四方八方に跳ねさせている。ラグーンの方はまるで幼子のようにぱっつんと顎の上で切りそろえているのだ。

この二人だけの奇行ではない証に、少し離れて座っているルカという男は、背中まで覆う髪を流しっぱなしにしてやはり結んでいない。口数の少ない男らしく、ジュドとラグーンが口喧嘩を始めても慣れているのか一言も発せず成り行きを見守っている。どうにかしてほしいとオルガが目で訴えても、じっと見つめ返してくるだけで何も伝わっていなかった。

「お前の萌えどころはどうでもいいんじゃ！　時間がないんだから黙ってろ！　つ……つまりだな、いきなり精霊と契約を交わすわけじゃないんだ。精霊一つにしても、その属性によって苦手とか得意とか出てくるからな。だからその力動を見て、最初は仮契約で小さい精霊を入れるんだ」

ジュドの説明にオルガは聞き返した。

「ジーン先生が、小さい精霊を入れて脱落者を出してたみたいにですか？」

「そう、あの百倍ぐらいの力の精霊だけどな、それを体験させて、力動によって操り、依《よ》り憑《つ》かせても平気って状態の段階を上げていくんだ。それでも最初は誰だって気分が悪くなるしお前が体験したように世界を上手く認知できない状態になるんだ」

「操者は性欲バンバン、万年発情期状態になり、犬のように依代を犯したくてたまらない状態になる」

「ラグーン！」

「対する依代は淫売のようにムラムラ、処女のくせに自分から足を広げたくなる」

「ルカ、こいつ連れてってくれ！」

齢五十を過ぎ、互いに半神となって三十年以上経っているというのにジュドはラグーンを自分の手で黙らせることもできなかった。

「黙れジュド、これが一番分かりやすいんだ！　俺が淫乱だからじゃない！」

「相手は十四歳だ！　もう少し言葉を選んで……」

「やかましい、男で十四だったらもう夢精は経験済みだろうが。いいか、なぜお前の両親が男同士でも結婚できるか。半神は唯一無二の存在で、気持ちが誰よりも通じ合うからなんて大嘘だ！　ただ、ヤッちまった！　それだけ！」

「ラ、ラグーン様……！」

オルガの後ろで養父母は卒倒しそうになった。

「半神同士が同性の理由がこれだ。男と女なんて半神同士にしたら、修行よりも子作りに励んじまう。男同士、女同士だからかろうじて理性が保たれて修行することが可能なんだ。まあ、それでも結局ヤッちまうけどな！　俺を見ろ。ジュドを半神にする前から淫売で誰にでも足を広げてきたけどな、正式に〝百花〟を入れてからはジュド一筋だぞ。ジュドだって吐き気がするほど俺が嫌いだったのに、今はベタ惚れだ」

オルガは放心した目をジュドに向けてみたが、ジュドは壁に手をついてうなだれているだけだった。

「俺が、何を言いたいか分かるか。オルガ」

「分かりません」

「それほど引力がものすごいということだ。精霊を共有するということは。己の意思も、感情も、本能まで支配されてしまうのだ。精霊を共有し、己の力動を乱されてしまうと依代は己の力だけでは乱れを直せない。だからこそ、力動を大きく操作し、調整できる操者を切望するのだ。ああ、もう、俺の力じゃ〝これ〟をどうにかできないからなんとかして！　ついでに好きにして！　って感じだ」

「最後の台詞《せりふ》はいらん」

さすがに黙りこくるジュドが気の毒になったのか、ルカがラグーンに突っ込みを入れた。

「逆に操者の方は、自分の力動を依代に注ぎ込みたくてたまらなくなり、ずっと勃起し続けるという傍から見たら変態にしか見えない状態になる」

ルカの突っ込みはラグーンに少しも届いていないようだった。

「だからお前もキリアスを狂おしく欲したのだ。キリアスも、牢から出したら最後、お前を犯しまくると我らは思っていた。お前はまだ赤子の時から青雷を宿していたからマシだが、キリアスは段階も踏まずにいきなり神獣を入れたのだ。未だかつて、これをやった者はおらんだろう。俺らは絶対にキリアスは無事では済むまいと思っていた。もはや欲望が暴れるのを止められず、精霊に喰われて魔になるか、発狂して死ぬかのどちらかだろうと。よもや人の心が残っているとは、残しておけたのだとは思わなんだ。……お前が、今こうして正気を保っていられるのが何よりの証拠。……キリアスはな、乱れる力動をなんとかしてほしくて本能で口を吸いに来たお前に、自分の力動を注ぎ込み、お前の乱れを調整したのだ。それでいて、自分の欲望をお前にぶつけることは決してしなかった」

　オルガはラグーンの言葉を、どう頭の中で処理していいのか分からなかった。ラグーンはそんなオルガを見つめた後、小さくため息をついた。

「わずかに自分に残っている力をお前に与えればどうなるか。命さえ危うい。それでも生命の危機より、お前を救う方を取ったのだ。あやつの人としての心がそうさせたのか、半神を守ろうとする操者の本能か、それは分からん。一つ分かっていることは、キリアスは精霊に喰われることは今後あるまい。それを確信したから、ダナルは鎖を解いたのだ」

　つまり……？

　オルガには分からなかった。どうしても分からなかった。

「キリアス様が、俺の半神になるの……？」

　オルガにとって半神とは、養父と養母だった。

　彼らは本当に心の底から互いを愛し、尊敬し、何もかも共有していた。

　性欲の果てにそうなったなど、オルガにはとても信じられなかった。

「操者と依代が一つの精霊を完全に掌握できる状態を〝共鳴〟と呼ぶ。……その状態を経て初めて二人は唯一無二の半神となると言っていい。共鳴の世界だけは体感してみないと分からんのだ。キリアスから青雷の仮契約を外すには、まずお前とそこまで到達する修行をさせねばならん」

「じゃあ、キリアス様が俺の半神になると決まったわけじゃないんですね？」

　ラグーンに問うオルガの言葉に重なるように、異議を発したのはカイトだった。

「二神《にしん》だけはお止めください！」

　普段穏やかな養母の責めるような言葉に、オルガは思わず振り返った。

「半神を二人持たせるようなことだけは、絶対に！　それだけはここで命を懸けても止めさせていただきます。共鳴への修行をさせるしか方法がないのでしたら、ここでキリアス様をオルガの半神と決めてくださいませ！」

「お母さん、嫌だ！　俺はキリアス様が半神なんて嫌だよ！」

「オルガ！」

厳しい声を、カイトは息子に向けた。

「どんな半神だろうと通じ合うもの。それを信じて修行しなければ精霊師になどなれぬのです。お前がこれから先どれほど悩み、苦しもうと、ただ一人と運命《さだめ》られた半神を愛し、受け入れることだけを考えなさい。それがお前の最も幸福な道なのです」

カイトは、鋭い視線を緩めずに続けた。

「死ぬほど苦しみ辿り着いた果てにその手を離し、他の男を受け入れなければならない、それが二神を持つということなのですよ。お前はまだ想像すらできないかもしれないが、二神を持つくらいなら死んだ方がマシだと思うような地獄なのです」

人を愛したことも、まして恋すら知らないオルガにとって想像などできるわけがなかった。

顔を真っ赤にして、不満と怒りをあらわにした瞳に涙がにじむ。

「キリアス様が、半神なんて嫌だ。絶対嫌だ」

たった十四歳の子供に半神のなんたるかを教えるなど、到底無理な話だった。だがカイトは、祈るように息子を見つめ続けた。


「ううう」

感情が混乱してまた力動が乱れ、オルガは苦しそうに身を屈めた。コーダは思わず息子を抱き寄せて膝の上に横にした。

ふと、オルガは優しい手に腹を撫でられている気がした。澱《よど》んだ内側に風が通る。

再び明瞭になった視界に、一人の男の姿が映った。オルガの腹の上に手をかざしている。その手が、白く発光していた。

他の元神獣師と同じように髪を結んではいなかったが、それも道理だった。男の顔は右半分、焼けただれるように失われ、惨いことに眼球はおろか目の窪みまで塞がれていた。どうしたらこんな傷を負うのか分からぬほどの傷だが、さらりとした栗色の髪でそれを覆っている。左側半分は元の顔のまま、繊細な輪郭を描いた優し気な美しい容貌なので、なお哀れさを誘う。

男の白い手を見て初めて、オルガは自分の腹の包帯に気がついた。傷を受けた時の熱さを思い出したが、すぐにそれは緩やかな力動の流れとともに消えていった。

「……余計なことをするな、セツ。この状態から救ってくれるのは半神しかいないと自覚するところから始まるんだぞ」

「まだキリアス様は目覚めていない。正式な段階を踏んでいないんだ。これぐらいはいいだろう」

ラグーンの不満に、セツと呼ばれたその男は穏やかな声で返した。涙目のオルガに、にっこりと微笑む。

「これをできるのは私だけだ。多分、今の間だけ。キリアス様を半神として正式に青雷を操る修行を始めれば、私の手は及ばなくなる。今はまだ、青雷は私の力動をかろうじて覚えているから言うことを聞いているだけだ」

どういうことかと、目を瞬かせることで問うたオルガに、セツは静かな、だが響くような声で告げた。

「私は、青雷の神獣師だった。お前の前に、青雷の依代だったのだよ」


なぜ自分に精霊が宿っているのか、オルガは養父母に訊いたことがある。

二人の答えはいつも、分からない、だった。


本当の両親のことも何も知らず、人に頼まれて生後間もない赤子のうちからオルガを引き取ったとしか話してくれなかった。事実、そうだったのだろう。

「そうだよ。私たちがお前をコーダとカイトに託したんだ。二人は王宮で近衛団に所属していた。近衛団の長となるのは、代々青雷の操者なんだよ。私の半神だ」

オルガは両親を振り返った。二人が静かに頷く。

「お前の本当の親のことは話せない。いずれ、お前が神獣師となれば、自然と知ることになるかもしれない。私の一存では話せない。ただ、お前は、出産の際に死にかけていたんだよ。私の半神は、私の中から青雷を取り出し、お前の身体に入れることでお前の命を繋いだんだ。他に、お前が助かる方法はなかった」

静かに、穏やかな口調でセツは語った。

「……私は、その時にはもう虫の息だったから、何がどうなったか全て後になって知ったがね」

セツは原形を留めていない顔半分をほんの少し髪をかき上げて見せた。オルガは、一瞬ぶるりと身体を震わせた。

「無理矢理押しつけ、追い出すように王都から逃がしたというのに、カイトもコーダもよくお前を守ってくれた」

現れたのは、ガイだった。ゆったりとした動作で歩いてくる。ガイは他の連中と違い、きちんと撫でつけた髪を後ろで一つに結んでいたがやはり長さは短かった。オルガの目の前で、ほとんど音もたてずに座る。大きな身体なのに、威圧感を少しも感じさせないその姿に、警戒することなくオルガは訊いた。

「逃がす？」

「神獣は、王家のものだ。選ばれた人間にしか渡せん。勝手に青雷を外したことも、お前の体内に宿したことも、大罪だ。本来はな……。王の意に背いて、我らは全員お前を逃がす方向で一致した」

「どうして俺を助けてくれたんですか？」

ガイはそれには答えなかった。あまりに無垢な、何色にも染まっていないオルガの瞳を見つめる。

「……よう、育てた。よう育てたな、コーダ、カイト。人の目をまっすぐ見つめる子供に育った。それだけで、十分だ……」

コーダとカイトは、師匠の言葉に肩を震わせた。

◇◇◇

ああ嫌だ。キリアス様なんて大嫌いだ。

身体がこんな風になったのも、みんなあの人のせいじゃないか。

いなくなってしまえばいい。

あんな人が半神なんて冗談じゃない。

お父さんみたいな半神がよかったのに。俺も精霊師になるなら、お父さんみたいな半神を望んでいたのに。

唯一無二の、俺だけの人を望んでいたのに。


ようやく意識が戻っても、力は入らず身体の中はオルガの怨嗟《えんさ》で埋め尽くされていた。

その声が、まるで毒を孕んでいるかのように身体を巡る。

それなのに身体は、狂おしいほどにオルガを求めている。

身体の自由を奪うほどの毒と、滾《たぎ》る欲望のせめぎ合いに、キリアスは発狂しそうだった。

「せっかく手を自由にしてやったんだ。自分で抜いたらいいんじゃないか。少しは楽になるぞ」

せせら笑いを浮かべながら牢の前まで足を運んできた人物を、キリアスは睨みつけた。

「人を睨む元気があるとは大したもんだ。これからの修行が楽しみだな。体術の稽古は俺がつけてやることになるんだろうが、俺は操者に対しては血反吐どころか殺す気かというところまでやるぞ。覚悟しとけ」

ダナルは顎髭を軽く撫でながら口角を吊り上げた。

足元に転がるキリアスを見て、実に嬉しそうに笑った。

「後悔しただろう？　なぜ自分から神獣師の世界になど飛び込んでしまったのだろう、と。馬鹿な奴だ。お前が王位にこだわって適齢期を過ぎても入山せず、次第に荒々しさを内にとどめておけなくなったのを危惧《きぐ》して、ザフィはお前に修行をつけてやったのだろう。破滅に向かおうが放っておけと、俺はユセフスに言ったんだ。お前はどうやっても王にはなれん。王を選ぶのは先読様だ。お前に精霊師になる気がないなら自滅の道を選ぶしかない」

ユセフス。キリアスは、この国の行政を司《つかさど》る内府長官であり、自分をこの山に追いやった男の名を耳にしたとたん、激しく認知が歪むのを感じた。感情と知覚が結合し、制御できない。

ダナルの言葉は、そんなキリアスに容赦なく降り注いだ。

「だがユセフスは、強硬手段に出てもお前を生かす道を作ってやったんだ。王宮で疎《うと》まれてここに流されたと思っていたのだろうが、全くの逆だ。齢十八となってもそんなことも読めずに安穏《あんのん》と暮らしていたとは。甘やかされるにもほどがある」

聞くな、とキリアスは自らの意識に命じた。感情を乱されたら力動が乱れ、この身の内の嵐は永遠に収まらない。

「本当に……なぜ好き好んでこんな世界に身を投じてしまったのか」

ダナルはわずかに口調を改めて続けた。

「単なる精霊師として生きる方がずっとマシだったものを……。単なる精霊と神獣では、共鳴の力も雲泥《うんでい》の差だ。このまま依代に拒まれ続ければ、やがて相手を殺したいほどの激情に捕らわれるかもしれんぞ」

キリアスはずっと背けていた目をダナルに向けた。

ダナルは、牢内に顔を向けていたが瞳は遠い記憶を見つめているようだった。鋭い目尻がわずかに緩んでいる。

「オルガの感情が、身の内に入り込んできて止まらぬだろう」

「……オルガにも、俺の感情は伝わっているのか」

「今はまだ依代側は何も受け取っておらん。操者側は選別できぬほどに入り込んでくるけどな。依代側は思う存分感情も五感も全て操者側にぶつけられるが、操者は依代が間口を開けなければ自分の感情一つ伝えられん。……苦しいだろう？　求める心が伝わらんというのは」

ダナルはそこでまた、ふてぶてしい表情に戻り、キリアスに言い放った。

「苦しめ」

クソジジイ。吐き捨てたキリアスにダナルは高らかな笑い声を残して、牢を去っていった。

3

もう少しいてほしいとオルガが訴えても養母は頷かなかった。普段優しい養母にしては頑固なまでの拒絶だった。

「修行者は本来家族と会えません。次は、御師様がお許しになり休暇を頂けるまでは父と母には会えないと思いなさい」

「ええ!?」

「オルガ。キリアス様を半神と定め、青雷を制御する方法を一日も早く学ばねば、一生そのままなのですよ」

「キリアス様が半神なんて嫌だよ！　間違ってこうなったんじゃないか、俺が悪いわけじゃないのに！」

身体の不調から甘えを全開にする我が子にカイトはため息をついて首を振った。

「お恥ずかしいことながら、甘やかしすぎました」

「そのようだな。なんというか、十四にしては幼くないか」

ジュドが眉をひそめる。今時はこんなものなのか？　とルカを振り返る。ルカはいつものように無言で首を傾けた。

「なんか、夢精もしたことない子供のような気がしてきた」

「いい、お前は黙ってろラグーン」

「同い年の子と触れ合う機会が少なかったので、精神的に幼い方だとは思います。まあ、カイトが甘いというのもありますが」

コーダは困ったように笑いながら、甘えて母から離れようとしない息子の肩を摑み、自分の方に向き直らせた。

「次に休暇を頂ける時はな……キリアス様もお誘いして、家に帰っておいで」

オルガは何を言い出すのかと仰天して必死で首を振った。

「お父さん、何言ってんの？」

コーダは笑い声を上げた。

「お父さんは操者だからなあ。だんだんキリアス様の方に、同情してきたんだ」

伴侶の明るい声に、カイトは安心したように肩の力を抜いた。行くか、と目を向けてきたコーダに微笑んで頷く。

「お母さん、お父さん！」

「休暇、楽しみにしているからな、オルガ。お前の成長を祈っているよ」

明るい声を山に残しながら去っていった両親に、もうオルガは甘えた声など届けられなかった。

先の見えない未来に途方に暮れ、泣き出したくなっても唇を嚙みしめるしかなかった。


両親が去ってしまい、オルガは感情の乱れから力動が再び歪み、床《とこ》に臥《ふ》してしまった。

だが今回は、セツも力動を直してはくれなかった。一人部屋に残され、寝具の中でオルガは乱れ続ける己の内に耐えるしかなかった。

力動など、まだ何も教えられてもいないのにこんな目にあうことになってしまった。自分は悪くないのになぜ皆助けてくれない？　オルガは寝具の中で寝返りをうちながら、うめき声を上げて運命を呪った。

ああ、全てキリアス様のせいだ。あの人のせいでこんな目にあわされている。

なんとかして。ああ、キリアス様。

前は、キリアス様に近づいたら世界が戻ったのだった。

また戻る？　この不快感も、収まってくれるんだろうか？

あの人だったらこの状態をなんとかしてくれるのだろうか。

もう誰でもいい。なんでもいい。助けて。キリアス様。キリアス様。


オルガがずっと助けを求めている。

嫌いだ。助けて。キリアス様のせいだ。でも早くなんとかしてよ。助けて。

毒と、甘さの繰り返しだった。

ああ、なぜ俺の想いはあいつに届かない。ここに来い。お前を抱きしめて、触れて、お前を気持ちよくさせることが俺にはできるんだ。なぜ伝わらない。

次の瞬間、びくりとキリアスは身体を震わせた。

とてつもない快感が身の内を襲う。


なんだ？　オルガ？　お前の身に何があった？　何が……。

キリアスは、オルガが何をしているのか気が付いて頭が殴られるほどの衝撃を受けた。

自慰行為をしている。

力動の乱れに性器が反応し、ずっと屹立《きつりつ》していることに気がついたのだろう。

それをなだめようとしているのだ。

力動の基本は、気である。己の内を流れる気を意識し、正しい呼吸法で循環させることで力動を整える。だが、実はそれ以外にも効果的に力動を整える方法がある。それが、乱れて溜まった気を自慰や性交で発散することだ。

なので、オルガが己の精を解放することで力動を整えようとしているのは、理に適《かな》っている。キリアスは力動の調整方法を知っているがゆえに、かろうじて我慢ができているが、異常に半神に対して性欲が湧き、欲求をぶつけたいと思うのは、力動を調整したい本能によるものなのだった。


は……あ、あ……早く……早く、出して……。

気持ちよく、なりたい……。

もっと、気持ちよくして……。

キリアスは身体中の血が逆流するのを感じた。

こめかみが軋《きし》み、耳鳴りがするほどに己の精が高まるのを感じる。

どれほどに飢え、好みの美女を目の前にした時でさえこれほどの欲望を抱いたことはなかった。

股の間がびきびきと引き攣《つ》り、太ももにまで血の巡りの痛みを感じるほどだった。これだけは何があってもと戒《いまし》めてきた己の右手を、キリアスはついに限界まで滾った己の股間にあてた。

信じられん。

操者として依代を求めるがゆえに、この異常な性欲が湧くのだと思っていた。

実際、そうなのだ。これは精霊を共有しているがゆえの反応にすぎない。

ああ、なのに、オルガ。あの身体を、あの快楽を貪りたい。

男なのに。まぎれもなく少年の性欲が己の内に入ってきているというのに、なぜこれほどまでに淫猥《いんわい》なのか。

キリアスはうずくまりながら荒々しく己の陰茎をしごいた。瞼の裏には、同じように自分を慰《なぐさ》めて身体を寝具に擦りつけているオルガの姿が映る。実際に目にしているわけではないのに、声にならない乱れた息遣いさえ伝わってくるようだった。

キリアス様。オルガが精を放つ瞬間にそう呼んだと思ったのは、単なる願望だろうか。

「オルガ……！」

キリアスは、その名を呼んだ。

溜まりに溜まった己の精が右手からあふれ出し、どくどくと止まらない様子を見つめながら、キリアスは収まる間もなく新たに湧き上がる性欲に、茫然《ぼうぜん》とするしかなかった。

オルガ。

お前は、少しは楽になれただろうか。

力尽きて寝てしまったのか、キリアスの中のオルガは静かな心音しか伝えてこなかった。

◇◇◇

一連の事件のあらましを確認しに来たアンジは、ジーンとテレスを連れてきていた。

表山で数日しか教師としてオルガと顔を合わせていなかった二人だが、オルガは見知った顔がやってきてくれたことに素直に喜んだ。

「よかった、とりあえず元気そうだな。無理矢理半神を得ることになってしまったと聞いて、どうなってしまったかと……」

「かわいそうに……ガイ様、やはり表に戻すことはできないんですか。こんな齢の者が裏山に入るなんて気の毒すぎますよ。せめて体術だけでも表で習わせることはできないんですか」

裏山の修行は表に比べて段違いに厳しいのだと、テレスとジーンはオルガに教えた。

「通常は最低でも三年は表で体術の修行をしないと絶対にもたないって！　身体が出来上がってない子供相手に御師様らが修行をつけられるわけない。なんてったってこの人達は、天才なんだからな⁉」

ジーンの文句にガイは少し首を傾げた。

「キリアスの体術の指導はダナルが名乗り出てきたけどな。オルガの方はルカにでもさせようかと思っていたが」

それを聞いてジーンとテレスは傍目《はため》にも分かるほど震え上がった。

「こ……殺す気ですか」

「まあ、ダナルはそのつもりかもしれんが、キリアスは自業自得だからな。仕方ない。ルカはそれに比べて優しいだろ」

「優しくありません！　ルカ様は依代かもしれませんが、神獣師の中でも特に天才と言われる方ですよ！　とにかく天才って方は教えるのが本当にド下手くそなんですよ！」

「しかしセツは体術を教えられる身体ではないしなあ。俺も、子供相手は自信がない」

「そうですね、ガイ様は止めてください。確かに御師様方は、手加減の程度がちょっとズレてらっしゃる。表山でさんざん鍛えられてからここに放り込まれる精霊師の卵を相手にするのとでは訳が違います」

アンジの言葉にガイは腕を組んで首を傾げるしかなかった。そんなにひどいか？　とでも言いたげな様子である。

ジーンは操者としてここで修行を終えたのがつい三年前だが、同期入山者の中に神獣師となった者がいる。入山した時から別格だったが、裏山でガイとダナルに指導されていた様子は見ているだけで戦慄を覚えるほどに凄まじいものだった。あれでなぜ死なないのか、不思議なくらいだった。

「キリアス様は、どんなご様子ですか」

情けなどかけるまいと思っていたが、ついジーンの口からキリアスを案じる声が出た。自分が目にしたあの想像を絶する修行がキリアスに待っているかと思うと、キリアス自らが選んだ道とはいえ同情もしたくなる。

「まあ、一言も泣き言は言わんな」

ガイは珍しくその口元にわずかに笑みを浮かべてみせた。

その表情を見て、ジーンはなぜか腑《ふ》に落ちるものを感じた。

精霊は、選び取るものではない。ふさわしい人間を選んでくる。青雷は、無理矢理捕まえられたのではなく、キリアスを選んだのかもしれない。

「ガイ様、オルガの体術の指導に、ジーンとテレスを裏山にやってもいいですか」

アンジの言葉に、ガイは軽く眉を上げた。

「基礎的なことは、この二人から習わせてください。せめて修行だけでも段階を踏ませてもらえませんか。それが、千影山の習いです」

ガイは静かに頷いた。

「よかろう。総責の意思は、千影山の意思だ」

よかった、とジーンとテレスはオルガの頭を抱きしめた。

「先生たちが俺の修行をしてくれるの？」

「体術だけはな。直接的な精霊を操る修行は……あれ？　ダナル様とルカ様ですか？」


「ハーイヨロシク、依代の指導者ラグーンでーす。修行するにあたっての信条は、『とりあえずヤッとけ！』です。修行中の性行為バンバン奨励します。ちなみにそこのジーン君とテレス君は俺らの不肖の弟子でした。俺がさんざんそそのかしたにもかかわらず、ジーン君はテレス君との初夜に成功したのは二十一歳の時でした～。いくら相手が我儘《わがまま》姫でもお前落とすの時間かかりすぎだろこのマヌケ、の最たる例」

「……そこまでにしておいてやれ、ラグーン。え～と、信じないかもしれないが俺らは暴君型のダナルや天才型のルカ、被虐的なまでに自分を追い込む型のガイよりも修行をつけるのは上手いんだ。駄目な子ほど可愛がるのが信条。以上」

　ジュドとラグーンの説明を受けたオルガは、放心した目をジーンとテレスに向けた。二人は床に突っ伏して顔を伏せてしまっている。

「時にオルガちゃん。キリアスともうえっちなことはしたかな？　ほら、頭の中でね？」

　ラグーンの言葉にジーンとテレスはさすがに顔を上げ、敬愛する師匠に申し出た。

「いい加減にしろよこのエロジジイ！　十四だぞ、十四！　俺らの時と一緒にすんじゃねえ！」

「なんだとコラ、また泣かされてーのか！　てめえ師匠になんて口きいてんだ、吊るすぞ！」

「してないです」

　蚊の鳴くような声で呟いたオルガに、ラグーンは何を感づいたのかにっこりと笑った。

「うん、これからいっぱいしなさいね。気持ちよくなると身体楽になるでしょ？　体術より何より性交一発した方が分かりやすいってもんだから。そっちの知識で分からないことがあったらいつでも俺に訊きなさい。ジーン先生に訊いたら駄目だよ？　ド下手クソだからね？」

　返り討ち覚悟で腕を振り上げようとしたジーンをテレスは必死で止めた。

　全て見透かされているような居心地の悪さを感じながら、オルガは訊いた。

「キリアス様は、牢を出たんですか」

「いや、出てないよ。虫の息かどうかくらい、分かってあげられない？」

　意味が分からず首を傾げたオルガに、ジーンはキリアスが気の毒すぎて顔を覆うしかなかった。果たしてどれほどの地獄の中にいることか。依代であるテレスでさえ、しかめた顔をラグーンに向けた。

「自覚を促すことはできないんですか」

「無理だなあ。最初に間口を開けることを自覚するのは依代だ。通常の修行の段階を踏んでいれば自然と身につくことだが、これればかりは待つしかない。まあ、それが修行開始の合図だと思え」

その夜、再びオルガは力動の乱れに悩まされることになった。眠りにつこうと身体を横にすると身体の熱が下半身に集中し、意識が冴えてくる。

ほとんど毎日のように股間に手を持っていっている。オルガは情けなさに涙が出そうになった。でも、これを行わなければ力動が乱れ、自然キリアスの方に意識が向いてしまうのだ。

この状態をキリアスならばなんとかできるともう分かっている。だが、自分がいったいどうなってしまうのか分からない。キリアスが自分に何をしてくるのか分からない。一刻も早く楽になりたいと思う身体と、求めた先に何が待ち構えているのか恐怖を感じる心がぶつかり合って、オルガは悲鳴を上げたくなった。

「ああ、キリアス様……！」

たまらずにこぼれた名は、意識したものではなかった。思わず口を両手で押さえたほど、無意識の声にオルガは動揺した。

呼んではいけない。その名を呼んだら最後、永遠に求め続けることになる。永遠に、ただ一人の人間に心も身体も支配されてしまうという、恐怖。

「キリアス様……！」

唇が震え、その相手を呼ぶ声がまた勝手にこぼれ落ちる。無意識からの叫びにオルガは思わず己の首を締めそうになった。ああ、意思が、意思が動かない。どうして。どうして。助けて。

（オルガ……！）

身の内を貫いたその一言は、まるで雷鳴のようであった。

五感がいっせいに痺れるような衝撃に、オルガは一瞬我を忘れた。それは、一種の恍惚《こうこつ》のような余韻を体内に残した。足ががくがくと震え、立っていられなくなる。

（オルガ、オルガ、オルガ！　俺に応《こた》えてくれ！　聞こえてくれ！）

「キリアス様……！」

（ああ、オルガ！　やった、やっと繋がった！）

その声は、力動の乱れをあっという間に吹き飛ばした。代わりにキリアスの声が、感情が、縦横無尽《じゅうおうむじん》に内部で駆け巡っているようだった。今度はそれに翻弄され、たまらずオルガは地に伏した。

（ああ、オルガ、やっと間口が繋がったんだ。頼む、俺にその乱れを整えさせてくれ）

「間口……？」

（お前の力動の乱れも感情も、俺はずっと受け止めていた。操者は、依代と精霊を共有した瞬間から己の力動の全てが依代に向かうんだ。操者は依代の力動を整え、力を与え、守る存在だから本能のようなものだ。だが依代側が間口を閉ざしてしまっていては、操者は力動を流せず内に溜め込むしかない）

その時ふと、オルガはキリアスの身体の方に意識を飛ばしてしまった。

つい先程までオルガの欲情を感じていた、キリアスの身体の中で最も熱い部分をそのまま感じて、オルガは思わず悲鳴を上げた。


「何!?　嫌だ、何？」

足の間にあるのはまぎれもなく自分の陰茎のはずなのに、大きさも、重さも、熱さも、まるでキリアスのそれがくっついてしまったかのように感じる。ど、ど、ど、と脈が早鐘を打ち鳴らすように血を、力動を凝縮させる。オルガの意思に反してびくびくと痙攣《けいれん》し、そそり立つそれを、思わずオルガは握りしめた。

「キリアス様……！」


……精霊を宿す、ということはこれほどまでに己の意思を、本能を、覆《くつがえ》されてしまうのか。

この欲求を、父と母は、数多《あまた》の精霊師たちは、本当に愛などと呼べたのか。

これを制御し、己を律し、会得した先に、その想いが宿ることが本当にあるのだろうか。

そこに辿り着くのを許されるのは、やはり真に相手を得たいと求め続けた、人間だけだろうか。

果てしなき苦難の道を、半神とともに歩み続けた精霊師だけが、垣間見《かいまみ》られる世界なのだろうか。

依代の状態を優先してくれている。

キリアスが半神となることに、納得できているかと言われたら、納得していない。

だが間口が繋がったことで、キリアスの力動とともに流れてくる優しさや、無理矢理半神にしたことへの後悔などを感じ、受け止めることができるようにはなっていた。

相手の気持ちなど考えずに自分を通してきた王子が、相手が不快にならず、心穏やかに過ごせるように毎日必死で己を律しているのを、オルガは感じていた。

気を遣わせないためだろう。キリアスは今の自分の状態をオルガに悟られないように隠している。それを感じるたびにオルガは、キリアスはもう苦しんでいないのか、いったい、どんな状態にあるのか気になった。

いつになったらキリアスは牢から出されるのか訊いてみたが、師匠となったジュドとラグーンはキリアスを外に出そうとしなかった。

「まだまだ力動の調整ができているという状態ではない。今お前に会ったらビンビンに勃起してしまうことは請け合いだ。常に前屈み状態の男と飯を食いたくないだろう」

◇◇◇

時折頬に当たる草の感触に、オルガは目を覚ました。

師匠の洗濯物を干していたが、陽光の気持ちよさにそのままうたた寝をしてしまっていたらしい。

柔らかかった草が、触れると鋭さを感じさせるようになってきている。千影山の緑が濃く強くなってきた。まろやかだった陽光も、瞼の裏を刺すほどになってきている。本格的に夏が来たのだとオルガは思った。

夏のはじめに千影山に入ってから、あっという間だった気もするし、随分と時間が経った気もする。

キリアスと間口が繋がってから、オルガはもう力動の乱れに混乱することなく、不快な症状は一切なくなっていた。

それはキリアスが、オルガの力動が乱されることのないよう、常に心を配っているからだと、オルガは気づいていた。

自分の力動もまだまだ乱れている状態だというのに、

もうしばし待てとラグーンに言われ、オルガは黙るしかなかった。

それまでキリアスに何度か心の中で声をかけ、対話をしていたが、それを境にキリアスから反応が返ってこなくなった。

間口が繋がっているのは分かるので伝わってはいるのだろうが、禁じられているのか自制しているからか、何も返事はなかった。

今は師匠の身の回りの世話や家事をしているだけだが、キリアスが出てきたら本格的に精霊師としての修行が始まる。

オルガはそこで自分の腹に手を当てた。

精霊師、ではなかった。

神獣師としての修行だ。

眩《まぶ》しすぎる陽光に開けられずにいた瞳を、オルガはそっと開こうとした。

とたんに降り注いできた光に、思わずきつく目を閉ざす。

ふと、目の前に大きな手がかざされるのが分かった。

包まれる気配。同時に身の内に流れる自分以外の力動。

それに乱されるどころか、逆に整えられる感覚に包まれる。

守られている、と本能が安心する。

これがやがて愛と呼ぶものに変わるとしたら。

宿す精霊とともに、相手を守る力がついてからなのだろうか。

だが今は、この心地よさだけを感じていたい。

それにしばし浸った後、オルガは身を屈めて自分を覗き込んでいる人物に、心話で話しかけた。


——眩しくないよ。

——分かってるよ。


かざされていた手がゆっくりと動き、青い空が目に入る。

久しぶりに会ったキリアスは、隣に身体を横たえ、上半身を軽く起こしながらオルガを見つめていた。オルガは、その表情を見つめながら呟いた。

——笑った顔、初めて見た。

「お前もな」

キリアスの方は言葉に出しながら、今度は口元に笑

みをいっぱいに広げてみせた。

「やれやれお前、これに慣れたらもっと口数少なくなりそうだな」

そんなことないよ、おなかすいた、すごい喉渇いた、どのくらい寝ていたのかな、師匠に怒られるかな、とどんどん言葉が流れていくのを面白がり、オルガがキリアスに向かって内側の声でわめきたてる。「やかましい」と文句を言いながらもキリアスは、オルガの身体を肩の上に乗せるようにして抱き上げた。

「ラグーン！　オルガが起きたぞ！　飯と水をくれ！」

千影山の空に煌めく陽光の中を、一瞬の霧雨が走るように通っていった。

第二章

紫道《しどう》

1

ヨダ国王宮の警護に当たるのが、近衛団である。

行政と司法、軍、神殿、学舎まで全て集う王都の中心を守る兵団の数はおよそ三千。その先鋭である精霊師はわずか五組、十人であった。

王の住まいである黒宮《こっきゅう》、王の家族の住まいである青宮《せいぐう》、そのまた奥の神殿。

それらを守るように手前に立つ行政の最高機関を、内府《ないふ》という。頭脳明晰な書記官らを従え、行政を握る神獣師を、この場所にちなんで内府と呼んでいる。内府の先、黒宮に続く神通門《じんつうもん》に、一人の精霊師が剣を地に突いて立っていた。

近衛団第三連隊長・セイルは、ようやく聞こえた足音に顔を上げた。

遠目でも漆黒の上衣はすぐに目に飛び込んできた。

青が王家の色ならば、漆黒は神獣師の色である。艶やかに翻るその黒い布を目にするだけで、人々は彼らが内に秘める巨大な力に思いを馳せ、ただただ圧倒される。結界。攻撃。浄化。操作。この国の全ては、神獣師の手に委ねられているのだ。

「ライキ様」

通常の男の平均身長より頭一つ大きいその男は、足も普通より長い。よって、走っているわけでもないのに追いつくのが困難なほどに足早である。

この男の足を止められる人間はそう多くはないが、セイルは足蹴にされるのを覚悟で前に回り、膝をついた。

「近衛団の長が不在となって十数年、やはり我々連隊長の力では限界があります。本来護衛団の長である〝紫道《しどう》〟の神獣師のあなたが近衛団の長を兼任なさって二年、未だ一度も近衛に姿も見せてくださらないのでは、団がまとまることは困難です」

「そんな暇あるか。護衛団は国境に増え続ける他国の傭兵らを、今すぐどうにかしなきゃならないんだ。お前ら近衛団の連中は、名家出を鼻にかけて牽制《けんせい》しあっているだけだろうが。そんな馬鹿どもを御《ぎょ》するために俺にお前らの営舎に出向けというのか」

「ならば、〝紫道〟の半神を近衛に出向かせてください」

「セイル」

ヨダ国最強の結界力を誇る神獣〝紫道〟の操者であるライキは、足元にひざまずく男を鋭い瞳で見据えた。

「よかったな。俺の半神の名を一言でも呼んだら、ここで切り捨ててやるところだった。あれは、俺のものだ。たとえお前の弟だろうが、煮て焼いて食おうが俺の勝手。今度、あれの話を持ち出したら殺す。分かったな」

それができるのが神獣師という人間だった。改めて問いかけずとも、答えは同じだろう。それと分からぬように奥歯を噛みしめたセイルに、口元を歪めたライキの声がせせら笑うように降る。

「神獣師となった弟の虎の威《い》を借りなければ近衛に幅を利かせられんのか？　それともお前のろくでなしの父親の入れ知恵か。王家に次ぐ名家と言われるアジス家の権威も落ちているのか？」

返す言葉がなかった。唇を噛みしめて耐えるセイルの顔に、ライキが大きく翻した漆黒の衣が跳ねた。

柱の陰でその様子を見ていたセイルの半神であるムツカが、地を見つめたままのセイルに駆け寄った。

「セイル」

黒宮からやってくる人影に気がついたムツカは、セイルの背に手を置いた。

神通門に向かってくるその身を覆うのは先程のライキと同じ漆黒の上衣である。黒の上衣以外に神獣師が身に着ける色は、白。着物も、帯も、清廉な白に輝かせながら歩んでくるのは、八年前、弱冠二十歳の若さで内府の長官となった男であった。

「内府！」

セイルは再び平伏《ひれふ》した。右手に杖を持ち、足早ながらライキとは対照的にほとんど上衣を揺らさず歩いてきた内府長官・ユセフスは静かにその足を止めた。

「内府、どうかクルト様を近衛団の長として王宮にお呼びくださいませんか。近衛がこのまま放置されることはあってはならぬと思われます」

「どう仕事をするかはそれぞれに任せている。セイル、お前、ライキが神獣師という立場でありながら場末の下町に住み、娼館の女どもと遊び歩いているのを聞いているのだろう。遊んでいる暇があったら近衛に顔を出して恫喝《どうかつ》でもしてくれと言いたいところだろうが、あれはあれでそれなりに仕事はしている。お前たちの目に届かないだけでな。俺は今のところライキの仕事ぶりに不満はない」

背中までの漆黒の髪を緩やかにまとめ、肩に流している男の表情は常に同じだ。近衛としてセイルはこの人物を目にする機会がたびたびあるが、喜怒哀楽を表に出しているのを見たことがない。鋭い視線、細い鼻梁の、冷たい美貌の持ち主だった。下々の者の間でついたあだ名が『氷の女王』である。

「では内府は、クルト様に関してはいかが思われます」

同じように膝をついているムツカがセイルの上衣を軽く引いたが、セイルは構わず続けた。

「現在、クルト様が何をなさっているかご存知ですか。ライキ様がなんの仕事も持たせぬゆえ、ただ場末の酒場で皿洗いや清掃をしているのですよ。仮にも〝紫道〟の半神が！」

「弟の境遇を哀れんで近衛に呼んでくれと言うのだな」

ユセフスはやはり表情を変えなかった。

「半神をどう扱おうが半神の勝手であろう。ライキに対する不満など、クルトの口から俺は聞いたことがない。お前はあるのか、セイル」

あるわけがない。セイルは唇を噛みしめた。

「なんの不満も抱かず、命じられたことだけをやり続ける人形を作り出したのは、お前らアジス家の者たちだ。今お前らの手を離れたクルトに、アジス家の次期当主となるお前が何を言える？　あとは半神に任せるしかなかろう」

「ええ、あの弟を作り出したのは我が父であり、私は弟を助けようともせず、結果、加担いたしました。ですが内府、私は弟に言い続けました。いつか、お前の半神が現れると。お前を孤独という地獄から救うただ一人の人間が現れるのだと言い続けてきたんです。それが、ライキですか！」

「セイル！」

さすがにムツカの声が飛ぶ。だが、セイルは長年抱き続けてきた思いが堰《せき》を切ったように流れ出て、止めることができなかった。そんなセイルに対し、ユセフスはやはり顔色一つ変えずに告げた。

「半神を選ぶのは精霊の、この国の意思だ」

「いいえ。クルトにライキをあてがったのはあなたの意思だ。アジスを最も憎む男をクルトにあてがったのは、あなたの意思が働いているとしか思えない」

「だったら？」

ユセフスはやはり一片の感情も浮かばせずに、冷たい光だけをその青い双眸から放った。

「結果がどうあれ、半神は変えられぬ。絶対に。あれらの関係などお前が口を出すことではない。今更弟について後悔するくらいなら、先を考えたらどうだ、セイル。お前は父のやり方を踏襲《とうしゅう》しないと断言できるのか？　王家が何度止めるように言っても、お前の父もお前の祖父も末子を隔離し幽閉同然に育て、一切の感情を消し去るように成長させ、そうして器の大きい依代を作り出した。名家の自尊心を保つためだけに、先祖代々な。お前がそこにいるムツカと結婚するのか、父と同様に半神を捨て家名のために女と子供を作るのかは分からんがな。アジスの長男であるお前が父親以上の魔物にならない保証がどこにある？」

まるで己の血に呪いのように注ぎ込まれるその言葉を、茫然としてセイルは聞いた。ユセフスは、そんなセイルをもう一瞥《いちべつ》もせずに静かに杖の音を鳴らし、去っていった。残されたセイルは、己の忌まわしい血を、家系を思った。

これから先の自分に自信が持てないからこそ、過去の後悔をなんとかしたいと思うのだろうか。

――セイル。俺がいる。

混乱の中に紛れ込んできた己の半神の声を、セイルは聞いた。

ああ、ムツカ。こんな状態の俺に声を届けたら、依代であるお前は混乱を共有するだけだろうに。

俺がいる、とムツカはいつもその言葉だけを届ける。セイルが選ぶ未来を信じている。

「ムツカ……！」

たまらずセイルは振り返りざまにムツカの身体を抱きしめた。

唯一無二の、俺の半神。守るためならば家名も、何もかも捨ててもいいと思う。信じてくれ。それだけはお前を得たあの時から何も変わらない。

だが、俺の弟は。

やがて現れる半神だけを求めて生きてきた弟には、なぜそんな半神が現れなかったのか。

その残酷さが、己を責め続けるのだ。

なぜ、救い出してやらなかったのか。なぜ、助けてやれなかったのか。

「ちょっとあんた、道にある客のゲロ、掃除しておきなさいよ！　踏みそうになったじゃない！　ぼーっと突っ立っているんじゃないわよ！」

暁街《ぎょうがい》はヨダ国の歓楽街でも最も歴史が古く、それだけに場末である。

苛立った女に声をかけられた青年は、夕闇に変わろうとしている空に向けていた目を戻した。

「ちょっと、聞いてんの！」

青年はかすかに頷いただけで、返事はしなかった。その瞳は何も見えていないようにぼんやりとしていた。

「ちょっと、何、あいつ！」

「まあま、案外可愛い顔しているのに一言も口を利かないから、中から下働きに移動させられたって子よ」

「下働きだからってあの愛想のなさ、異常よ！　馬鹿なの!?」

金切り声を出す同僚の女の背中を押して店の中に入らせた踊り子は、くるりと身体を回転させて青年に近づいてきた。

「はい、水蜜《すいみつ》、あげる」

冷やし固めた水蜜をころりと一つ青年の掌《てのひら》に乗せ、「気にしなくていいからね」と告げて踊り子は店の中に入っていった。

その後ろ姿を空洞のような瞳で見つめていた青年は、女が手に乗せた黄色の水蜜を口に運んだ。ツンとするほどの甘さが口内に広がる。

甘さの衝撃が引くと同時に、青年は後方に意識を向けた。離れた場所から届く声を拾う。

「クルト様」

それでも、クルトの佇《たたず》まいは変わらなかった。ぼんやりと空を見つめたままで、その声が届いているのかいないのか全く分からない。

「封印した精霊を一つ、千影山の御師様らに届けるようにとのライキ様からの伝言です。お気をつけて。獰猛です」

ライキの使者の手から、精霊を封印した護符が舞い上がった。

使者とクルトの間には笑いながら歩く女たちがいた

が、風に飛ばされる一通の護符を振り返る者はいなかった。

護符が風に操られるようにクルトのもとに運ばれ、手に収まる。己の懐《ふところ》にそれを受け取ると、クルトはそのまま歩き出した。

〝紫道〟の依代の後ろ姿に、使者はそれと分からぬように一礼した。

2

オルガは森の中を走っていた。

山育ちの自分の方が樹々をかわしながら走るのに慣れているはずなのに、あの速さはなんなのだろう。

腕を掴まれたオルガは、思わず大声を出した。

「嫌だ！」

オルガの腕に込められる力が一瞬怯《ひる》んで緩む。が、それはすぐによりいっそう力が増した。それを振り払うために、オルガは心を全開にして叫んだ。

「キリアス様なんて大嫌い！」

ぎり、と歯ぎしりがオルガの耳に届いた。自分を掴む男の方に視線だけを向けたオルガは、自分を見つめる青い双眸の中の、揺れる炎を目にした。

キリアスの顎にまで滴る血は、まだ止まっていない。額から流れる血と、めちゃくちゃになった服と痣《あざ》だらけの身体、身体中に浮いた玉の汗は、修行から解放されてすぐということを告げていた。呼吸さえ整わず肩で息をしているこの状態で、自分に欲情し、求めてくるなんて何を考えているのだろう。

「仕方ないだろう、力を何も出せずに終わったんだ。力動が溜まってんだよ！」

そんなの知らないよ。それが修行なんだろうし、御師様には何か考えがあってそうなさっただけ。

「違う。あの変態どもが、俺に力動を解放させずにお前のもとへ行かせて、わざと襲わせようとしてるんだ」

またそんなことを言う。御師様に言われている。キリアス様がいやらしい状態になっても応えちゃ駄目だって。

「お前、俺よりあの変態ラグーンのことを信用するのか!?　俺がどれだけ我慢してるか伝わっているだろう！」

キリアス様がスケベだからじゃないか。昨日だって俺の身体舐《な》め回してきたくせに。毎朝御師様に訊かれるんだよ。昨日の夜はどんなことされた？　って……。

「いちいちラグーンに教えるの止めろ！　だからこんな修行させられるんだろ！」

身体を地に押し倒されたオルガは叫んだ。

「いやあッ」

オルガの力でキリアスにかなうわけがない。体術の修行を始めたが、まだまだ成長途上の身体にむやみに負荷をかけることがあってはならないと、身体を鍛え上げるところまでは至っていない。

対するキリアスは、あまりの過酷さゆえにオルガの目に触れない場所で修行させられているが、毎日生傷と出血が絶えない。三日に一度は身体を動かせないほどの状態にさせられるが、オルガの力を押さえ込めるほどに身体が動く時には、必ずと言っていいほど求めてきた。


「修行中は、依代の性欲が淡白すぎてイライラする操者は多い。操者は力動を大きくする修行をさせられるから、差が激しいんだ」

ぼそりとジーンが呟いた時、ラグーンは頷いた。

「つまり、イチモツをでかくする修行をさせられ溜まりに溜まっているのに相手にぶっ放せないということだ。俺ら師匠は無論そんなケダモノを依代に近づけさせられんから、力動の解放を禁止している」

「いや、性欲極限の操者をいつまでも我慢させるのは完全に師匠の趣味ですよね」

ジーンの質問にラグーンは目を逸らして言った。

「ただでさえ操者は精が強い者が多いからな。依代は人によるぞ。俺なんて〝器〟がでかかったから依代になったものの、十分〝弦〟の方も強いと言われていたからな」

「ああ、単にエロ魔人ってだけじゃなくて、精力も強かったんですね」

「若い頃はなんでも来いだったな。浮気して、ジュドに半殺しにされたのも今ではいい思い出だ」

「お前は浮気が一回や二回じゃなかったじゃねえか」

呆れたようにジュドは言った。半神となってからは一筋なんて言っていたが、大嘘だったらしい。

「しかしキリアス様、まだ触るだけってのは偉いですね。よく我慢できているもんだ」

ジーンがそう言った時、オルガは耳を疑った。ジーンの半神のテレスは、キリアスに突っ込まれそうになったら石をぶつけてもいいから逃げなさいと毎日のように言っているのに。

「いやだって、ホントにつらいんだぜえ。俺なんかちゃんと段階を踏んで訓練したのに精霊を入れたらテレスが欲しくて気が狂いそうになったよ。もう、匂いとかも違うの！　他の人間と！　テレスは！」


だから人の身体をあちこち舐めてくるのだろうか？

オルガはキリアスの熱い手によってあっという間に半裸にされながら、ジーンや師匠らと会話した時のことを思い出した。

「……俺だって、なんでお前にこんなに欲情してしまうのか……いつになったら収まるのか我ながらうんざりする。嫌がっているガキに何やってんだって思っても、身体が勝手に反応しちまう」

嫌じゃあないのだ。

自分とて、力動がどうにもならないくらい乱れたら、自然とキリアスを求めるのだ。嫌悪感など持ちはしない。

だが、怖いのだ。

性的に疎いところがあるままに入山し、自慰行為をしたのさえここに来てからだ。

ところがここ最近になって自分に毎日のように欲情

する男を得て、いやらしい会話しかしない師匠に恵まれ、急激に性の目覚めを迎えてしまった。混乱に頭も身体もついていかない。

「……分かっている。通常裏山での精霊師の修行は十八ぐらいからが普通だ。なんの心の準備もないお前を最後まで抱くつもりはない。そうでなくても、俺が無理矢理お前を半神にしたようなものなんだから……」

ほとんど素裸にさせられたオルガの身体に、キリアスは唇と舌を這わせ続けた。

額から流れる血はどうやら止まったようだが、オルガの身体にキリアスの血の線があちこち引かれている。それを見ながらオルガはまるで獣に舐められているようだと感じた。

動物と、同じとしか思えなかったのだ。

オルガの身体の匂いを、肌の感触を味わいながら、自らの陰茎を手で擦り上げているキリアスは、自分の性欲しか頭になかった。

反応して屹立してくるオルガの性器を口に含んだりするが、あくまで己の興奮を高めるための行為で、オルガの快感を引き出そうとするそれではない。

匂いが他の人間と違うのだと、それで我を忘れるのだとジーンは言った。その通りなのだろうと思う。

だが、唯一無二とは、こんなものなのかとオルガは胸の奥にどうしようもないやるせなさを感じるのだ。

突っ込まずに我慢していることで、相手を思いやっているなどとオルガはとても思えない。

全ての依代は、この行為に耐えたのだろうか。

操者が本能で求めてくることに、そこにたとえ心が付随していなくとも、そんなものだと納得したのだろうか。

求められれば求められるほど哀しみが広がるのは、自分が幼いからなのだろうか。それとも自分は、精霊師の、半神に対する気持ちに、過剰な期待を抱きすぎていたのだろうか。

父と母の間には、絶対に入り込めない絆があった。どれだけ愛されていても、それに自分が混ざれないことにオルガは苛立った。両親はそんなオルガをなだめ、それが半神というものだから仕方ないのだと言った。

お前も必ず、その半神を得ることができる。お前の中にあるその精霊を共有する者が必ず現れる。

それがこれかとオルガは顔を覆った。

求め続けた世界が、これか。

もう自分の股間は精を放つ前に萎《な》えてしまっているというのに、そんなことをキリアスは少しも分かっていないようだった。荒々しい息を繰り返して、オルガの太ももを抱え上げて舌を這わせている。

耐え切れなくなり、オルガは思わず大声で叫んだ。

「嫌だ！」

驚いたキリアスが身を起こした隙に、オルガはキリアスの身体の下から這い出して裸のままの姿で森を抜けようとした。

「オルガ！」

森を抜け出す直前に、オルガは再びキリアスの腕に捕らわれて草地に押し倒された。

「離して！」

「なんなんだ、急に……！　痛いことなんて何もしてないだろう。なんで嫌がるんだ」

「嫌いだ、キリアス様なんて嫌い、大嫌い！　俺に触らないで、向こうに行ってよ！」

「オルガ！」

キリアスの手に力が込められて、思わずオルガは悲鳴を上げた。

が、次の瞬間キリアスが身体の上から消え去った。

信じがたいことに、キリアスははるか上空に浮いていた。

空間に、身体がピタリと停止している。

茫然としてその姿を見つめるオルガの頭上に、声が降ってきた。

「半神か？」

その人物は、漆黒の上衣に身を包んでいた。

「神獣師か！」

上空から、キリアスが叫ぶ。声を出せても、やはり身体は動かないらしかった。

オルガは、艶やかな黒の上衣の人物を茫然と眺めた。目や、鼻や、口が顔の表面に貼りついているだけのように、その人物には表情というものが全くなかった。

冷静沈着ゆえ、あまり感情が表に出ないといった類《たぐい》ではない。師匠の一人であるルカは滅多に感情が表に出ないが、それは単なる性格であって、肌の質感やわずかな表情の動きでちゃんと心を伝えてくる。

だがこの人物には、一切それがなかった。これは、魔人なのかとオルガは不思議に思ったくらいだった。魔に取り憑かれているようには見えないが、感情を持っているのだろうか。

「この男は、お前の半神か？」

感情のない声がオルガに向けられた。

オルガは、上空のキリアスを見上げ、唇を噛みしめた。

「違う」

オルガはつい、そう言ってしまった。

「違う。こんな人、俺の半神じゃない！」

次の瞬間、キリアスはその身体を地面に叩きつけられた。

落下した勢いではない。それよりも重みが加わった力で、キリアスの身体がモノのように地面に投げつけられたのである。

刹那《せつな》、オルガの身体に衝撃が走った。

オルガは、キリアスと自分が死んだのだと思った。

なぜなら操者に向けられた攻撃は、依代も受けるのである。

以前キリアスがジーンを攻撃した時に、ジーンは本能的に自分を守り、自分の依代を守れなかったため、テレスが怪我を負ってしまった。

だが、身の内を走るとてつもない痺れは、数秒の余韻を残しはしたものの、オルガの身体に痛覚は残さなかった。

オルガは自らの身体になんの変化も起きていないことを頭の片隅で確認し、地面に叩きつけられてピクリとも動かないキリアスに目を向けた。

キリアスは、倒れている。

なのに自分がわずかな衝撃だけで無事、ということは。

キリアスは自分よりも半神を守る方を優先したのである。

◇◇◇

セツとラグーンは泣きじゃくるオルガの両腕に結界紋を書いていた。

「足にも書くか？」

「それがいいな。通常背中に書ければいいんだが、この子は腹の斑紋と契約紋が大きすぎるからな。どうも見たとこキリアスの具合は最悪そうだ」

それを聞いてオルガはまた声を上げて泣き出した。

「ああ、ほら泣くんじゃない。お前に結界紋を書かないとキリアスに施術できないんだよ」

「おい、できたぞ！」

横たわるキリアスの頭上では、ルカが背中までの髪を一つに括《くく》って着物の半身を脱いでいた。一枚の護符を手に取ると、口を軽く開けた。護符から白い煙のようなものが立ち上り、ルカの口に含まれる。ルカはそのまま、寝ているキリアスの上に身を屈めると、キリアスの唇に接吻《せっぷん》した。二人の口の間から白い煙がほんの少し漏れる。

「あれは、もともと人の身体に入り込んで血を舐め取ったり臓器を食い破ったりする蟲《むし》の精霊がもとになっているんだ。これを医術精霊として授戒した先人の目の付け所がすごいよなあ。簡単な内臓の損傷や、そうひどくない骨折なんかはこれでなんとか治るんだよ」

ラグーンの説明に付け加えて、セツが涙の止まらないオルガに声をかける。

「ちゃんと見ておきなさい。お前も依代ならいずれこれをやらなきゃいけないからね」

「この医術精霊は〝単体〟の精霊、つまり一人でやらなきゃならないんだよ。依代が操者も兼ねるわけ。まあ、そんなに大きな精霊じゃないから、宿らせて操作するってことが依代一人でもできるんだ。操者は基本、精霊を宿すことができねーんだ、器がないからなあ」

ルカはため息をつきながら顔を上げた。吐き出すようにして護符に精霊を戻す。キリアスの傍らに座っていたジュドがそれを受け取り、再び護符の結界を戻した。

「駄目だ。もう少しデカいやつじゃないと、治しきれん」

「別に完全に元通りにしなくてもいいんだろ」

「このままだと後遺症が残る。手伝え、セツ、ラグーン。これの三倍の大きさの医術精霊を入れるしかない」

ルカはそこまで言うと、キリアスの足元に座っていたダナルに目を向けた。

「というわけで出てってくれ」

ルカの言葉にダナルが額に青筋を浮かべた。

「俺もちゃんと立ち会ってやる。お前が一度ガイに施したアレだろう。逆に俺のいないところで、よりによってラグーンの前でやられる方が腹が立つ」

「ああ嫌だ嫌だ男の嫉妬《しっと》は！　これはれっきとした治療なんだぞ、ダナル！」

わめきたてるラグーンに、ジュドが言った。

「お前、ちょっと出てけ。ラグーン」

「なんで！　俺は見たことないんだぞ。治療とはいえ性行為をするんだろ？　挿入まではしないのか？」

「肌を合わせるだけだ！　出てけ！」

ダナルに首根っこを摑まれてラグーンは部屋の外に放り出された。

そのまま戻ってきたダナルは筆を摑むと、泣きながら座り込むオルガの周りに一気に結界紋を描いた。空間が引き攣るような音を立てる。

「ここから何があっても出るなよ」

その間にルカは全裸になった。五十近い男とは思えぬほどに細く引きしまったルカの身体にセツが筆を滑らせ、すらすらと文字を書いた。ジュドが両手に抱えるように持ってきた護符から、黄色い煙が立ち上り、ルカの身体に書かれた文字に吸い込まれてゆく。

横たわるキリアスの服を、ダナルは剣で引き裂くように剝《は》いだ。

精霊が入ったことで、ルカの身体全体に書かれた文字は黄色に発色した。ルカは、裸になったキリアスの身体の上にその身を重ねた。

ルカが小刻みに身体を動かすと、黄色い文字の光は粘《ねば》つくようにキリアスの表面に貼りついた。ルカが大きく息を吸い込むようにしてからキリアスの唇を塞ぎ、身体を擦りつけるとキリアスの身体がぼんやりと発光した。

ルカの身体がびくびくと震え、身体中に書かれた黄色く発光した文字が全てキリアスの身体に移る。

ルカは荒い息を繰り返して下にいるキリアスのことをじっと見つめた。

「ルカ、早く戻せ！　お前の身体がもたなくなる」

ダナルの言葉に、ルカは再びキリアスに接吻して身体を擦りつけた。再び文字がルカの方に移動する。

キリアスの身体から発光が消え、文字が全てルカの方に移った。ルカはぐらりと身体を傾けてキリアスの横に身体を落とした。すかさずその口にジュドが護符を押し当てる。ルカの口から精霊が吐き出された。

「よし、全部戻った」

ジュドがそう言って護符の結界を戻した瞬間、ダナルはルカの身体を抱え起こした。ルカは、気を失っていた。

「文字を、消さないと」

セツが濡れた布を差し出すが、ダナルはルカの身体を着物で覆い、壊れ物を抱くようにして立ち上がった。

「いい、俺が向こうでやる」

ダナルはルカを運んで部屋を出ていった。

セツとジュドはキリアスの身体を確かめていたが、ふと結界の円の中に残されたままのオルガに気づき、

「ごめんごめん」とセツは結界に近づいた。セツが持ってきた筆先から水が滴り、ダナルの書いた文字がにじむ。

「はい、出ていいよ」

その声に、オルガは犬の子のように飛び出してキリアスの傍らに這っていった。

◇◇◇

「半神じゃないって言った」

クルトの言葉に、ガイは頭を抱えていた。

「裏山にいる修行者で乳繰《ちちく》り合っているのなんて半神同士に決まってんだろうが、この狂犬が。確実に殺すつもりだったな。てめーは山を下りたってのにまだ加減を知らねえのか」

部屋を追い出された恨みでラグーンはクルトに苛立ちながら絡んだ。

「だって、子供小さかったよ。俺は十六で〝紫道〟を宿したけど、あの子供は？」

「十四だな。まあ、あれは特例なんだ。ちゃんと修行して裏山に入ったわけじゃない」

ふうん、と興味なさげに言ったクルトの横顔を見つめ、ガイは話題を変えた。

「お前、今何しているんだ？」

「暁街の、女を買いに来る店で掃除をしてる」

「……そうか。ライキは？　元気か」

「さあ……なんか、この頃家に戻ってないかな」

ラグーンは人のことは言えないが、と前置きした上で言った。

「俺も下町に住んで散々勝手やったクチだがな。ガイ、あんたが育てたにしては、ライキは性根がクソのまま

だな。まあ、こんな半神持ったら仕方ねえんだろうけどよ。あ～あ、俺は本当にジュドが半神でよかったぜ。ライキといいダナルといい、ああいう男を半神にした依代は苦労するよな」

「俺がなんだって？」

不機嫌を全開にしながら大股でダナルがやってきた。

ラグーンがせせら笑いながら言い放つ。

「自分はさんざん好き勝手するくせに、半神をひた隠しにする操者はクソだって話だよ」

「雌犬のように遊びまくって半神一人に仕事を押しつけていた依代はクソじゃねえのか」

「もう止めんか。いい年をして」

二人の会話を止めたガイは自分の隣に座るようにダナルに目で促した。ダナルが荒々しく腰を下ろす。

「ルカは大丈夫か」

「目を覚ますのは明日だろうな。……精霊が入っていないと半神の状態も分からねえ。ただの身ってのがこんなに無力なんてな」

「年をとってから〝単体〟を入れると後を引くだろう。しばらく無理をさせんようにな。キリアスはどうなんだ」

「さっき覗いたら、寝息は穏やかになってたな。ったく、オルガはいつまでも泣いてたがしょうがねえなあ……」

「子供なんだ。仕方あるまい」

「おい、クルト！　どこへ行く」

止めるラグーンを無視して、クルトは部屋を出ていった。

「いい加減にしないと、力動が乱れるばかりだぞ。キリアスはこんな状態なんだ。キリアスに触ってほしくないと拒絶するなら、自分の力動ぐらいなんとかできるようになりなさい」

師匠らの中で最も優しいセツからきつい言葉を向けられ、オルガの瞳に涙がにじむ。セツはため息をつくしかなかった。やむを得ない事態だったとはいえ、やはり十四歳というのは幼すぎる。

セツは、半神ゆえの気持ちのすれ違いや悩みを知らない。なぜなら惚れた男の依代となったからだ。最初から唯一無二の存在を、半神にした。葛藤《かっとう》も何もなかったのだ。その点では、誰よりも恵まれていたと思う。

感情も何もかもを共有するがゆえに、半神の存在がどれほどの葛藤を生むか。それはもしかしたら、愛よりも大きいかもしれない。少なくともセツは、悩み苦しむ精霊師たちを山のように見てきた。

部屋に入ってきたクルトの姿を久々に見たセツは、葛藤さえ抱かない人形に、やるせなさを感じた。

オルガは突然現れたクルトを涙目で睨むように見ている。そんなオルガにクルトは首を傾げた。

「半神だったのか？」

たまらずオルガは俯いて肩を震わせた。もう止めてやれ、とセツは立ち上がった。

「……オルガ」

キリアスがかすかに息をついて目を開ける。オルガは身を乗り出した。

「キリアス様！」

身体は完全に治っているわけではない。骨も、完全に結合しているわけではない。激痛に、キリアスは顔を歪めた。

「キリアス様、痛い？　ごめんなさい」

キリアスはオルガの声にため息をついた。オルガが無事であることに安堵したのだ。

そしてふと、キリアスは漆黒の上衣を羽織ったクルトに視線を定めた。

「……どちらの依代だ。〝光蟲〟か。〝紫道〟か」

クルトは答えない。空洞のような瞳をキリアスに向けたままだった。代わりにセツが答える。

「紫道だ。ライキが滅多に表に出さないから知る者は少ないが……。光蟲の依代も王宮で見たことがないのか？」

「なかったな。どちらも操者しか会ったことはない。二人とも、クズ野郎ということしか知らん」

「お前だって同じようなクズだろ」

クルトを追ってきたラグーンがそう言った。

「どんな理由があれ、半神の力動をこんなに乱してしまう奴は最低だ」

ラグーンはオルガを親指で示した。

オルガは俺が悪いから、俺のせいだからと繰り返し、肩を震わせていた。キリアスは今度こそ大きなため息をついてオルガにこっちに来い、と声をかけた。

「いい、自分でなんとかする。キリアス様、今、そんな力ない」

「……ラグーン、ちょっと手伝ってくれ」

次の瞬間、オルガの身体がふわりと浮いた。キリアスの身体の上に浮遊する。

「お、御師様！」

「俺じゃない。さすがにそんな力動もう持ってねえよ」

クルトはオルガの身体をキリアスの身体すれすれに近づけた。身体が触れるか触れないかのところでぴたりと止まる。ぽたりとオルガの瞳から、一粒の涙がキリアスの頬に落ちた。

「ごめんなさい」

「……もう泣くな。お前の心の方が痛いんだよ」

キリアスは口を開きながらオルガの唇を塞いできた。注がれる力動が体内を優しく巡る。


——ごめんな。


オルガは首を振る代わりに、キリアスの血の味が残る唇を思いきり吸った。顔を擦りつけるようにして、口の中を貪った。背中に、そっと触れるぐらいにキリアスの腕が回される。

クルトは漆黒の上衣を翻し、その場から離れた。それは、力動からの解放を意味していたが、二人の身体はいつまでも重なったままだった。


「ほらほらオルガ、いい加減にしないとキリアスの身体に負担がかかるから」

セツの促しに、ようやくオルガは自分が夢中になってキリアスに口づけていたことに気がついた。

「ご、ごめん、なさ……」

羞恥で顔が真っ赤になる。痛みを堪えていたのか、キリアスは大きく息をついた。

「さっきの奴……」

「クルトか？」

「まるで……人形みたいな奴だったな」

「まあ、実際人形だ。人じゃない。近衛を退団して、今は審議院にいるアジス家の当主を知っているか？あれの、息子だ」

「ということはセイルの弟か？」

その通り、とラグーンは頷いた。

「そうか、セイルも近衛だからお前知っているんだったな。知っているか？　今の〝鳳泉〟の依代も、アジス家の人間だ。アジスは過去、最も多く神獣師を輩《はい》出《しゅつ》している。そしてそれはほとんど依代だ。どうしてか分かるか」

キリアスはラグーンに視線だけを向けた。ラグーンは口角をかすかに吊り上げてみせた。

「作り出すんだよ。器の大きい子供を。俺らが禁忌《きんき》だと何度言っても止めない。アジスは王家に次《つ》ぐ名門だ。神獣師を多く輩出してきたから自然そうなったんだが、その家名を維持するためにアジスはより大きな精霊――神獣を宿すための〝器〟を育てることに専念したんだ」

「でかい器って……そんなものを育てることができるなら、皆とっくにやっているだろうに」

「そんな育て方をする親なんていないってことだ。二歳ぐらいから、子供を幽閉して育てるんだよ。一切の感情を持たせないためにな」

その話に、キリアスとオルガは絶句した。

3

クルトが千影山を下りて暁街の外れにある自分の家に戻ったのは、夜も更けてからだった。

いくつかの店が共同で出資して、自分の店で抱える従業員を住まわせている住居である。男と女が酒の匂いにまみれ、階段で絡み合っている横を通り過ぎてクルトは自分の部屋に向かった。

扉を開ける直前から、中に人がいることにクルトは気がついた。女、女、……男。

わずかに扉を開けただけで、中の嬌声《きょうせい》が聞こえてきた。重なり合う、二人の女の声。

クルトは静かに扉を閉め、廊下の壁に身体を預けた。この時期、暁街の周辺は夜も深くなると急激に冷え込む。だがクルトは上衣を身に着けていない。漆黒の上衣は、預け場所に置いてきた。

寒さは感じない。〝界〟によって己の力動を表面に留めることで寒さを排除し、一定の温度に保つことができるからだが、それ以前にクルトは感覚が鈍かった。

「寒くないの？」

顔を上げると、隣の部屋に住んでいるらしい女が自分の部屋の扉の前に立っていた。

「中に、入らないの？　君『赤《あか》い棘《とげ》』の従業員さんだよね？」

「……入れない」

「鍵失くしたの？」

クルトは黙った。失くしたわけではない。ただ、以前も同じようなことがあっただけだ。あの時も、部屋の中から女の声が聞こえた。

女は首を傾げながら、座り込むクルトの前に立った。

「さすがに中に入れてあげることはできないけど、あったかい飲み物持ってきてあげようか」

クルトは首を振った。喉は渇いていない。寒くもない。

女は持っていた鞄《かばん》の中を探ると、油紙に包まれた水蜜を取り出し、ぽとりと一つクルトの手に落とした。黄色いそれを、クルトはじっと見つめた。

「ほら、早く食べないと溶けちゃうよ。手作りだから、溶けるのも早いの」

クルトは口の中にそれを含んだ。そのツンとするほどの甘さに、何かの記憶が掘り起こされた。これの味を、知っている。確か、女からこれと同じ水蜜を貰った。

クルトは目の前の女をまじまじと見つめた。クルトは基本、余程のことがない限り人の顔を記憶しない。以前水蜜をくれた女の顔も覚えていない。だが、今目の前で微笑む女の顔を、クルトは記憶した。

「じゃあね～、ライキ」

女二人が上機嫌で出てきた。玄関に立つ長身の男は、半裸だった。廊下の隅に腰を下ろしているクルトと女に、鋭い切れ長の瞳を向ける。

クルトは立ち上がり、二人の女と入れ替わるように部屋の中に入ろうとした。ふと、思い出したことがあった。物を、貰ったのだった。確か、何かを貰ったらこう言わなければならなかったはずだ。

「……ありがとう」

女は微笑んで、「どういたしまして」と告げてから言った。

「ナーザよ。君の働いている店の向かい側で踊っているの」

クルトは頷いた。そのまま男が立つ部屋の中に入ろうとしたクルトに、ナーザから声が飛ぶ。

「君の名前は？」

クルトはひょっこりと顔を戻した。

「クルト」

ナーザはにっこり笑って「お休み」と手を振り、自分も部屋に戻った。

佇むライキの横を通り過ぎ、クルトは自分の部屋に向かった。

「こっちに来い、クルト」

いつもと若干違うようなライキの声を不思議に思って間口をわずかに開いてみると、ライキの感情が入り込んできた。だがクルトにはやはりそれがなんなのかよく分からない。今回のはやたらと色がたくさん混じっている、と思うくらいだ。だが、確実に分かっている色がある。欲情。

怒り、も分かるはずだったがいつもの色ではない。クルトはぼんやりとそれを選別する作業に没頭していたが、いきなり腕を引っ張られて居間の長椅子に押し倒された。

「脱げ」

その混ざり合った色を、確かめることをクルトは放棄した。言われた通りに帯を解き、半身の着物を脱ぎ、ズボンを下着ごと身体から滑り落とした。ライキはその様子を見ていたが、何も身に着けていない姿になったクルトの身体に身を屈めてきた。

性交中も、クルトは最初、反応をほとんど示さない。股間は自然に反応するが、ライキに命じられない限り、ぼんやりと天井を見つめたままである。ライキがクルトの足の付け根に歯を立てたことで、ほんの少し身じろぎをしたぐらいだった。

ライキがクルトの身体を後ろ向きにして、ぬるりとした香油を足の間全体に塗りつけてきた時にかろうじてかすかにため息のような空気の震えを伝えた。なんの反応もなかった身体の表面にほんの少し汗がにじむ。そこでようやく、ライキはクルトの顎を摑んで自分の方に向けさせ、唇を重ねた。

「……舌を出せ。俺の口を吸っていろ」

再び仰向けにしたクルトの足を抱えながら、ライキはクルトの後孔への刺激を繰り返した。言われた通りに舌を突き出してライキの舌に絡めようとするが、次第に荒くなる息に上手く吸えなくなる。

「……っは……」

息をついて頭を枕に戻したクルトは、枕の下に手を入れた拍子に、指先に引っかかるものを感じた。それは、女の首飾りだった。

指に挟んで、それを引っ張り出す。

小さな飾りがたくさんついている。歓楽街の女たちが今好んで身に着けている類《たぐい》の首飾りだった。

「クルト」

ライキが顔の上で呼びかける声がしたが、クルトは首飾りを指に絡めた。薄闇でも、指の動きで煌めくのが分かる。クルトは無垢な子供の瞳でその輝きに見入った。

「クルト。俺を見ろ」

クルトは部屋の隅の小さい灯の方に、指先に絡む首飾りを向けてみた。が、首飾りがむしり取られるように指先から離れた。飾りを繋いでいた糸が切れたが、次の瞬間ライキの滾《たぎ》ったものがクルトの中心を貫いた。

「ああっ！」

いきなりの衝撃に、クルトの反らせた喉から小さな悲鳴のようなものが出る。だがライキは力を緩めなかった。容赦なく膨張した己の性器を食い込ませてくる。

「あ、ああ、あ……っ！」

反射的に上に這い上がるクルトの腰を抱きかかえ、ライキは持ち上げるようにしてクルトの身体を引き寄せた。

「クルト、俺は誰だ？　言ってみろ」

「は、あ、ん、ああ」

「言えって言ってんだよ！」

激しく律動を繰り返しながらライキはクルトに向かって言い放った。

「ら、ライキ」

「あ!?」

「らい、ライ……ライキ、ライキ……」

「俺は、お前のなんだ？」

薄いが強固な筋肉で引きしまっているクルトの細腰を片腕で摑み、腰の上に抱え上げる。その反動でクルトは再び声を上げた。

「俺は、お前のなんだ？　言ってみろ！」

激しく突き動かされながら、クルトは掠れた声で言った。

「……半神……」

次の瞬間、ライキは中途半端に抱えていたクルトの身体を起こし、その背中を腕の中に収めた。激しい律動が止み、クルトの瞳がそっと閉じられる。しばらくクルトはライキにそのまま寄りかかっていたが、緩やかに始まった動きに、次第に身を任せた。

◇◇◇

闇夜に飛ぶ鳥は精霊に操られている。

鳥は、精霊師たちの間でよく用いられる伝達手段の一つだった。〝操作系〟の精霊を所有する者なら簡単に操ることができる。

『すみません。気がつくのが遅かったですね』

やってきた鳥が話し始めた。

「いや、非番なのに呼び出したのはこっちの方だ。一発やってる最中だったか？　悪かったな」

窓辺に立ち、葉巻に火をつけながらライキはほんの少し笑った。

『いや、そういうわけでは……』

「面倒くせえな、まともに返すなよ。……例の、傭兵らを相手に小銭を稼いでいる流しの売春婦を二人、相手にした。やはりスーファの間諜《かんちょう》だったな。どちらにも子蜘蛛をつけておいたから国境外には逃げられん。すぐに捕らえ、操作系精霊師を呼んで全て吐かせろ」

『こんな小者相手に、ライキ様のお手を煩《わずら》わせることになって申し訳ありません』

「小者とはいえなかなか正体が摑めなかったんだから仕方ないだろう。身体を使うのはお前ら嫌がるだろ。護衛団は気が荒い連中ばかりのくせに、半神一筋で浮気一つできねえんだからな。女の一人や二人くらい黙って抱かせろってんだ。依代も」

『あ……いや、それは、任務とあれば……』

言いよどんだ部下に、ライキは苦笑した。吹き込む風に、煙があっという間に飛んでいく。

「まあ、ウチは半神がアレだからな。俺がどこで何しようが興味ねえ」

『クルト様は、山からお戻りになりましたか』

ライキは部下の質問には答えなかった。考え込むような瞳を歓楽街が放つ鈍い光に投げていたが、葉巻を口に戻し、吸い込んだ。

「コウガ」

『はい』

「うちの隣に住む女、調べられるか。完全に玄人《くろうと》の女だがな」

ライキは部屋に視線を戻した。長椅子の上で毛布にくるまって寝息を立てているクルトの表情は、子供のようだった。

◇◇◇

王宮に住む神獣師は自分の屋敷を持っており、使用人を多く抱えるような生活を送っているが、ライキは昔から暁街のような歓楽街や繁華街の片隅でしか生活したことがなかった。生まれ落ちたのがそういう場所だったからである。

ライキはアジス家出身であり、その血統は本来直系である。

父親がアジス家の長男だったのだ。

だがアジス家は、面白いことに末子になればなるほど精霊師としての才能を開花させると言われている。

父親は、アジスの長男として生まれたが才能がない男だった。精霊師の修行を始めたが、ついに師匠らに精霊を持つことを許されずに下山したのである。

精霊師になるかならないかで、この国においては社会的地位に歴然とした差が出る。

一年に一組か二組しか誕生しない精霊師の力はこの国に必須であり、軍人、文官、技官等様々な要職についている。神獣師がそれぞれの機関の長として君臨している以上、彼らの手足となるのは精霊師であり、出世するのも当然だった。

よって、アジス家では次期当主にライキの父を除《の》け、精霊師となったセイルとクルトの父を立てたのである。

自暴自棄になったライキの父は出奔《しゅっぽん》し、歓楽街の女から女へと渡り歩き、そのうちの一人に産ませたのがライキだった。

ライキは、父親の顔を見たこともなければ言葉を交わしたこともない。

幼い頃に母親が死に、歓楽街で小銭を拾いながら生きてきた。一度はアジス家の分家筋が自分の所在を確認し、施設に入れようとしたが逃げ出した。母親から父親はそれなりに由緒正しい家の出身なのだと聞いてはいたが、当時はアジス家のなんたるかも知らなかった。

十三歳になった頃にはライキは、その辺の大人など軽くのせるぐらいの腕っぷしの強い少年になっていた。あまりに喧嘩が強いので、用心棒として雇われていたくらいである。

体格こそ普通だがライキはかなりの長身である。加えて歓楽街で生き残ってきた粗暴さと身の内に渦巻くあり余る力動が、年相応の子供にはとても見えない風貌を生み出していた。

十四になる直前に、とんとご無沙汰だったアジス家の連中が接触を図ってきた。

その頃にはライキは裏側の情報を知り尽くし、アジス家がどんな家なのか分かっていた。今まで虫けらでも見るがごとく、早くどこかで野垂れ死にすればよいのにと態度で示していた連中が、なぜ入山時期を控えたこの時期に猫なで声で近づいてきたか、ライキにはよく分かっていた。

ライキはあまりに大きな力を持て余し、それをわずかだが制御する方法をすでに身につけていたのである。こういう人間は、必ずモノになることを、アジス家は知っていた。そんな連中の顔を見て、ライキは嗤《わら》った。

◇◇◇

腹が減ったら食事を作る。

一人暮らしが長かったライキは使用人なんぞいなくとも己のことはなんでもできる。かえって、周りを人にうろつかれる方が迷惑だ。

それに、誰かが面倒を見てしまったら、クルトは人形そのものになり、何もせず何も考えず一日空を眺めているだけだろう。

クルトの空腹が伝わってくる。腹を抱えて、首を傾げていた。寝台に腰を下ろして葉巻を吸っているライキに目を向けてくる。

「飯、一人で作ってみろ」

クルトは寝台に横になったまま、裸の身体を毛布に絡めてもじもじと動かしている。嫌なのだろう。ライキは自分も空腹で仕方なかったが、あえて突き放した。

「クルト、お前、俺がいなかった間この部屋では何も食ってないだろう。ずっと店で残飯かっ込んでいたのか。材料、買ってきたからちゃんと作れ。サバイのスープでいい。教えただろう」

（サバイのスープ）

子供でもできる簡単なスープだった。いくつかの野菜とサバイと呼ばれる家畜のもも肉と乳で作ったスープだ。ただ材料を入れるだけで栄養満点のスープが出来る。興味が湧いたクルトが寝台から出て、裸のままで台所に立った。その後ろ姿を見ながら、ライキはちょうど十年前のことを思い出した。


入山前に呼び出されたアジス家で、十二歳だったクルトを初めて見た時に、ライキのアジス家に対する憎悪や侮蔑《ぶべつ》は遠くに投げ出されてしまった。

入山はまだ先になるが、これにはもうすでに体術を教えている。依代なんだがね。手合わせしてみてくれないか。

人と関わることなく監禁されて育てられた子供は、一切の感情を持たなかった。

愛を知らない。慈しみも、優しさも与えられず、哀しみや孤独や怒りは遠い過去のものとなっていた。齢十二で。必要最低限しか人と接触することを許されずに育った子供は、生きる人形そのものだった。

あの時アジス家から逃げ出してよかったと、ライキは思った。俺が、こいつじゃなくて本当によかった、と。

貧しい暮らしの中で、死ぬような目にもあった。アジス家を恨んだこともあった。だが自分はまだ、恨みを抱けるだけマシだった。憤《いきどお》りでお前ら全員殺してやると思える感情が自分にあるのが、救いだった。

同時に、こいつのことを理解できるのは俺だけだという想いが湧き上がった。

俺しか、こいつを分かってやれない。

同じようにアジス家から人間扱いされていなかった、俺しか。

肌寒い室内で、動物のように裸の姿でもクルトは意に介さない。

ほとんど無意識に身体の表面に〝界〟を張るのが可能だからだった。

それも、幽閉生活の中で自力で学び、身につけた本能だった。寒いと思っても、誰も毛布一つ持ってきてくれない。幼い頃から、クルトは生きる術として力動を自分で操作する方法を編み出したのだった。

大きさもバラバラに野菜を切り、塊の肉をぼとぼとと鍋に落とすクルトの身体をライキは毛布で包んでやった。水を入れ、火にかける。振り返ったクルトの顔に、表情はやはりない。だが、ライキの顔を見つめてくる。人と、目と目を合わせるということすら、最初はしなかったのだ。

「そうだ。……よくできたな。あとは俺が見ているから、風呂に入ってこい。ちゃんと温まるんだ。〝界〟を取るんだぞ」

クルトは無言で頷き、毛布を引きずりながら風呂へ向かった。


クルトが散らかした野菜屑を片付けながら、ライキは十年前抱いた想いを思い出していた。

十二歳で体術を大人並みに完成させていたクルトにかろうじて勝ち、その身体を地に押しつけながら、思ったのだ。

早く、早く一日でも早く入山してこい。

俺が、お前の半神になる。必ず。

◇◇◇

秋の夕暮れは一瞬闇に変化する前に、紫を帯びのように空に放つ。

暁街の夜の始まりに、空を眺めるのはクルトの日課だった。

この紫はクルトが最も好きな色だった。自分の中にいる神獣〝紫道〟の色と似ている気がする。

（ライキ）
　紫道の色を知っている半神を、珍しくクルトは呼んだ。だが、返事はなかった。ほんの少し、心にしみのようなものができる。これは〝見ない方がいいもの〟だ。クルトは目を閉じた。しみは、すぐに消えた。

「ちょっと、止めてよ！　今から舞台始まるのよ！」

　振り返ると、踊り子用の露出した服を着た女が男に小突かれていた。

「ふざけんじゃねえよ、人をなんだと思ってんだ、てめえ！　俺の目の前で男に足絡めやがって！」

「仕事よ。仕方ないでしょう！」

　男は女の頬を張り、女は道に投げ飛ばされた。ヒモと踊り子。この暁街ではよく見かける光景だ。だがその踊り子が、珍しく覚えた顔だったため、クルトはその様子にじっと見入った。

　男が女の鞄から金を巻き上げて去っていく。店の従業員用入口付近でその様子を窺《うかが》っていた仲間の踊り子が、女に駆け寄った。

「顔を殴るなんて！　ナーザ、すぐに冷やさないと」

「平気よ。今日は仮面をつけるわ」

「駄目よ、明日からのことを考えたらすぐ冷やした方がいいわ。出番を一つ減らしてもその方が……」

　女たちの会話の意味はクルトにもすぐ分かった。店に戻り、雪氷を包んだ手拭いを手に、女たちのところに戻る。店の責任者らしき人間がナーザを叱りつけているところだったが、クルトは構わず手拭いを差し出した。

　ナーザは驚いてまじまじとクルトを見た。すでに腫《は》れを持っているナーザの目のあたりに、クルトは手拭いを掲げた。

「……ありがとう」

　ナーザは微笑んでそれを受け取り、腫れた部分にあてた。

「気持ちいいわ。よかったの？　この時期雪氷は貴重でしょう」

　冬が訪れる手前なので、雪氷はどこの店でも地下の収蔵庫で少なくなっているが、その分働けばいいだけの話である。平気、とクルトは呟いた。

　なぜか、微笑む女の顔をまともに見られなかった。この間は平気だったはずなのだが、どうしたのだろう。クルトは心に浮かんだものを見るかどうかためらった。

「とにかくナーザ、あいつはダメだ。もう別れろ。つけ上がったヒモは見切る時に見切らないと商売に影響する。ここのところ殴られっぱなしだろうが」

責任者が顔をしかめながら言った。

「分かっているわ。ちゃんと別れる」

「店にも損害が出ることを忘れんなよ」

吐き捨てるように言うと、責任者は店に戻った。同時に、クルトの店側からも声が飛ぶ。

「コラ、クルト！　何やってんだ。とっとと中に戻って客を呼ぶ準備しろ！」

ほら、行かないと。ナーザがクルトの肩をそっと押す。

「氷、ありがとうね。弁償するからって、お店の人には伝えておいて」

クルトは首を振り、ナーザの右肩あたりの痣を指で示した。

「ああ、これは前のやつよ。もう、痛みはないの。舞台に上がる前は、化粧で隠すんだけど……」

ナーザが動いた拍子に、クルトの指先がナーザの腕に触れた。その柔らかさに、クルトはびくりとして指を引っ込めた。今まで感じたことのない感触に、驚く。

ナーザはそんなクルトを見つめ、そっとクルトの引いた手を握りしめてきた。クルトの身体が大きく揺れる。

「大丈夫よ。女に、触ったことないの？　娼館で働いているのに」

その柔らかさは、クルトが今まで体感した中で最も温もりを感じるものだった。動物を抱きしめた時の感覚と似ている。だが、それよりももっと、もっと……。

ナーザが安心させるようにクルトを見つめ、微笑む。その時クルトの心に広がったものは、未だかつて抱いたことのないものだった。

◇◇◇

近衛団第三連隊長・セイルは、十四歳で入山してから修行修行で年相応の遊びなどしてこなかった。娼館になど足を向けたこともなければ興味を抱いたことすらない。

二十歳でムツカという半神を得てからは、生涯縁のない場所となった。

そういう男なので、歓楽街の連中は相手にしないか逆に興味津々《しんしん》かのはっきりした態度を見せてきた。育ちのよさが立ち振る舞いだけでなく顔立ちにも出てしまっているので尚更である。

「あらあ～、いい男！　どっか店決めた？」

「『赤い棘』という店に行こうと思っている」

セイルは馬鹿正直に答えて逆に行く手を阻まれた。

「こっちの方がいいわよ、あんな病気持ちばっかりの店！　絶対後悔するって！」

暁街に入ったセイルを、護衛団第二連隊長のコウガとその半神サードが鳥の目を借りて監視していた。

性質《たち》の悪そうな客引きの女たちに囲まれるセイルを見て、コウガは頭を抱えそうになった。かろうじて衣服こそ私服だが、場違いにもほどがある。

「近衛ってのは軍に入る際、基礎的な潜入や追跡術も習わないんだっけ？」

コウガの半神であるサードが呆れたように言った。

「机上でしか習っていないのかもな。基本、近衛に集められるのは力動が強い〝攻撃型〟精霊師か〝結界型〟だ」

「あれじゃあライキ様も近衛になんて足が向かなくなるよなあ。ご自分から汚れ仕事を引き受けて任務遂行している方が、使えん精霊師なんざ無視するに決まっている」

「本来近衛の長たる〝青雷〟の神獣師が長年不在なのだから仕方ない。内府もあまりにお忙しくて近衛に関わっていられんしな。最も能力の高いセイルがもう少し打算的になって近衛をまとめちまえばいいんだが……セイルも半神のムツカも欲のない男だからなあ」

セイルはなんとかクルトのいる店に辿り着いた。また馬鹿正直に本名を呼んで呼び出すのかと思ったら、さすがにそれはしなかったらしい。

コウガとサードの監視は、クルトが店から出てくるまでであった。クルトは兄に目を向けるよりも先に、樹の上に潜んでいる鳥を一瞬にして捉えた。

瞳が合った瞬間に射貫《いぬ》かれる、と察した二人は反射的に鳥から精霊を外し、意識を本体に戻した。

「……やっぱ、神獣師だ。半端じゃねえ」

サードがため息をついて腰をどさりと椅子に下ろした。コウガも、背中に浮かんだ冷や汗を感じながらも同じことを思った。当たり前だが、ただの人形ではない。

「……やはり、監視がついていましたか」

兄の言葉に、クルトは久々に兄に顔を向けた。

「……お久しぶりです。三年ぶり……ですか。……私を、覚えておられますか」

兄弟とはいえ神獣師とあれば軽々しい口を利くことは許されない。それ以前に、同じ場所で生活したこともなく、言葉を交わすことすら稀《まれ》な兄と弟だった。

かろうじて裏山で修行した時期が重なったことがあるくらいだ。だが、神獣師の修行をしていたライキとクルトは、他の精霊師たちとは別の場所での修行だったため、ほとんど顔を合わせられなかった。

クルトは、無表情のままで言った。

「兄上」

セイルは、無意識のうちに、己をそう呼んだ弟の肩を両手で摑んだ。

「クルト」

はるか昔、幼少の頃にセイルはクルトにこう呼びかけたことがあった。


幽閉されていた地下の牢から、たまたまクルトが母屋の方に出てきたのだ。

その時までセイルは、四歳年下の弟の存在を知らなかった。使用人がうっかり口を滑らせたため、無表情の子供が別に育てられている弟だと知った。

使用人が止めるのも聞かず、自室に連れていき、誰にも構《かま》われず薄汚れたその子供を妹と一緒に着替えさせ、色々と話しかけた。八歳だったセイルには、まさか弟が幽閉されているなど想像もつかなかったのだ。

戻ってきた父がセイルを張り飛ばし、クルトを再び幽閉して、初めて事実を知ったのだ。

監禁。幽閉。なぜ？　なぜそんなことをしているのですか？

代々そうしているのだ。あれはいずれ、お前など足元にも及ばぬ依代になる。神獣師になるのだ。俺の弟が神獣師になったように。アジスはこの手で神獣師を作り上げてきた。感情を持たせずに育てると、その分器が大きくなる。闇の部分を大きくして育ててしまうと精霊を入れても魔獣と化し、依代にはならない。より大きな器を持つ依代を作るためには、人と関わらせず、ただ生命力が強い人間を作るのがいい。

作る。作る。いったい何をおっしゃっているんですか。父上、あの子供はあなたの子ではないのですか。

ああ、その通りだ。覚えておけセイル。お前もいずれ同じことをするのだ。代々、俺の父も、祖父も、皆神獣師を作ろうとしたように、お前も必ずそうなる。名家の血を絶やさない方法を、いずれはお前自ら選ぶだろう。必ず。王家が先読様を生み出すように、アジス家は必ず神獣師を生み出すのだ。

……それが、セイルが当たり前だと思っていた世界が崩壊した瞬間だった。

名家の長男として生まれ、周りからも期待と羨望の目を向けられてきたが、いつだってセイルの手には、四歳のクルトを握りつぶした感触があった。無視をする、見ないふりを、気づかないふりをするという方法で葬《ほうむ》ってきた感触が。

入山一年前に、クルトは幽閉を解かれ、山に入るための勉強をさせられた。

ほとんど人と関わりを持たずに育ったため、クルトは勉学はおろか言語すらまともに話せなかったのである。まさに、獣と同じだった。

妹はそんな弟を恐ろしがって近寄ることもできなかったが、セイルはむしろ積極的に関わった。偽善だと言われればその通りだろう。自分が父と同類の畜生だということは百も承知だった。だが、セイルはどうしてもクルトに伝えたいことがあった。

「神獣師になれば、お前は半神を得ることができる」

セイルの言葉に、最初クルトはなんの反応も示さなかった。

半神とは、お前の味方であり、決して裏切らない存在だ。何があってもお前から離れたりしない。

いつかお前にも必ず現れる。何よりもお前を愛する、唯一無二の半神が。

繰り返されるセイルの言葉に、クルトはようやく反応を示した。

「半神」

「ああ、そうだ。入山すれば、お前はもう一人じゃない。お前の、お前だけの半神が、お前の傍にいてくれるはずだ。だから、……だから」

だから。

幸せを、わずかでも、この弟に。

どうか半神が、この弟の人生に寄り添ってくれますように。

祈ることすら許される立場ではないと分かっていた。だがそう願わずにはいられなかった。

自分は得ることができたからだ。ムツカという半神の存在が、どれほどの救いになったか分からない。

それなのに、よりによってこの弟に授けられたのがあの男か。

「こんな……こんなところで働かされて……仮にも神獣師だというのに……これが、半神に対してやることか……！」

クルトの肩を摑む手が震える。セイルは、込み上げてくるものを抑えられなかった。目の前のクルトが涙でにじむが、必死に見つめながら訴えた。

「クルト、自分から内府に近衛に行くと伝えられるか。ライキ様が許さなくても、お前がそう望めば内府も認めるだろう」

「近衛？　でも俺は、ここで働くようにライキに言われている」

「そんなことは聞かなくてもいい！」

「兄上」

クルトは、ぽっかりと空いた瞳に兄の顔を映しながら訊いた。

「ライキは、俺の半神じゃないんですか？」

……半神ではない。

セイルは、そう言ってしまいたかった。あの男は、お前の半神ではない。唯一無二では、ないだろう、と。

だが、そんなセイルの頭に響いたのは、神通門の前での内府・ユセフスの言葉であった。

〝結果がどうあれ半神は、変えられぬ。絶対に〟

◇◇◇

コウガとサードから報告を聞いたライキは、短く

「そうか」とだけ言った。

「女のヒモの金銭面を調べますか？」

「いや、いい。ただの踊り子なら、警戒することもねえよ。もう放っといていい」

ライキは司令室の窓枠に長身を預けながら、手にしていた葉巻をくゆらせた。ほんの少し、その口元が緩む。

「……あの人形が、初めて女に惚れやがったか」

いつもは人を震え上がらせる目元が細められるのを、コウガは理解できずに見つめるしかなかった。

理解できぬというならば、あの空っぽの人形を半神にできること自体分からない。

半神とは、感情も、五感も、全て共有し、心を響き合わせる共鳴を得て唯一無二の存在になるのではないか。

精霊を入れるための器だけが大きく、喜怒哀楽も何もない真っ暗な心を抱える人間と、何をどう通じ合えるというのだろう。

操者として間口を開けた依代に全てを注ぎ込んでも、相手からは何も返ってこない。そんな状態を経て神獣師になったとしても、共有するのは精霊の力だけだろうに。

これしか知らないから、他の精霊師を羨《うらや》ましいとも思わないのだろうか。力を共有できるなら心など必要ないと思っているのだろうか。

ライキの吐き出す紫煙《しえん》を見つめながら、コウガは目の前の上官が抱える途方もない闇を思った。

4

クルトが裏山に来たのは、十六歳の時である。

本来なら裏山での修業開始は十八歳が妥当と言われている。この国では成人が十八歳であり、その頃になると精神の均衡も取れ、身体も作られるので過酷な修行に耐えられるからだ。

ライキが十八歳で裏山に入山したことで、〝紫道〟の神獣師の引退が決定した。そして相手の依代として白羽の矢が立ったのが、クルトだった。

わずか十六歳だったがその辺の操者よりも力動が強く、なおかつ自在に操作できていた。ライキの方が紫道の操者としてまだまだ足りないと判断されたぐらいである。結果、ライキへの指導は過酷さを超え、凄惨《せいさん》とも言えるほどだった。

紫道の神獣師としての直接の師匠はガイだった。かつて神獣〝鳳泉〟の操者だったガイは半神を亡くしており、同じく半神不在で〝青雷〟の依代だったセツと組んで教えることが多いが、クルトに対してセツは教えることはほとんどなかった。すでに力動の乱れを自分でなんとかする術を知っており、感情の生まれない心は、精霊を入れたからといって混乱することも少なかったからである。

「クルトが自分で力動をなんとかできる以上、お前は独自に力動を調節するしかない」

ガイの言葉は断定的だった。

「本来なら相互作用で、上手く調和して覚えるものなんだが、あちらはそれができないのだからお前はお前で会得するしかないんだ」

会得するまでとてつもない地獄を味わうことになるだろう。お前の半神はなんの助けにもならない。

「無理だというなら、降りろ。依代と操者なら依代の方が貴重なんだ。クルトに合わせて紫道を会得する方法を考えねばならない」

ガイは容赦なく言い放った。

「〝弦〟は鍛え上げれば多少不出来でもそれなりの音を奏でられるようになるが、〝器〟に代わりはいないということだ。紫道という、この国の至るところにその子蜘蛛を散らばらせて結界を張り、最強の結界力を誇る神獣を宿せる逸材は、たとえ作られたものだとしてもそう簡単に現れない」

ライキはガイの何事にも動じないような目を睨みつけた。

「俺が駄目なら、他の男をあいつにあてがうってのか」

それから始まった修行で、ライキは何度死ぬと思ったか分からない。

死ぬ、という本能的な恐怖をともに感じてくれる半神が、他の奴らにはいるのだ。厳しい修行も、それを糧《かて》にできる。互いに互いの半神となるべく磨き合う年月を経て、本当の半神となる。

だが自分にはいない。それを、クルトは感じられない。一生、ただの入れものとしての半神でしかないのかもしれない。どれほど自分が素晴らしい弦となり、見事な音を響かせようと、クルトはその音に何も感じない。他の人間がうっとりと聞き惚れても、クルトは、音が空に流れていくのを見つめているだけだろう。

それに耐えられるかと、修行は言っていた。

この虚《むな》しさに、この孤独に、永遠に耐えられるかと問うていた。

何も与えられなくとも、お前は与え続けることが出来るか。永遠の孤独。その道を歩いていく覚悟はあるか。

崖下に叩きつけられ、出血で朦朧《もうろう》とする意識の中で、ライキは思った。

永遠の孤独というなら、クルトとて同じだ。

生まれ落ちた時から道を押しつけられたクルトと違い、自らの意思でそれを選び取れるだけ、俺は幸せなのかもしれない。

何もない、真っ暗な道でも、ほんの少し、わずかな交錯の際に、一瞬でも光を見ることができるなら。

お前に、その光を見せてやることができるなら。

その奇跡を信じるくらいは、許されるだろう。

◇◇◇

クルトは寝台の上で引きしまった身体をなんの抵抗もなくライキに晒していた。

しなやかで無駄なものが削ぎ落とされた身体の線を、ライキは手で愛《め》でた。

人間とは面白いことに感情がなくとも感覚はある。

クルトは鈍い方だが、何度もライキが繰り返した愛撫を、自然と身体の方が覚えた。

クルトの性の目覚めは十六歳。ライキと初めて練習用に精霊を共有し、ライキの性欲がまともに入り込んだことで勝手に股間の方が反応したのである。

ライキは狂おしいほどの性欲に頭が変になりそうだったが、クルトはいきなり勃起した己の股間をまじまじと見つめ、自分の身体に起こったことが分からずに首を傾げていた。

その時初めて、ライキも山の師匠らも、クルトが精通はおろか、屹立する感覚さえ知らないことに気づいたのである。

クルトが人目をはばからず股間を柱に押しつけて擦りつけるという、あまりに動物的な行為を始めたので、ライキはクルトの身体を抱えて自分の部屋に放り込み、精の抜き方を教えてやった。

誰に何をされているのか分からないだろうと、頭の中で自嘲気味に囁く声がしても、ライキは狂ったようにクルトの身体を求めた。肌も肉もぴんと張った美しい裸体に舌を這わせ続けた。

俺ではなく、他の誰かの手と舌に替わっても、こいつは気がつかないに違いない。

快楽を得てもなお、永遠の孤独の先の、交差する光は遠かった。


「う、あ、ン」

あれから六年。快楽の途中でクルトが漏らす声は十六歳の頃から変わっていない。不用意に出すので最初は思わず動きを止めてしまったほどだった。

「突っ込んで」

「……入れて、って言うんだよ」

「ライキ」

……何を話していいのか分からなかったら俺の名を呼べ。そう伝えたのはいつだっただろうとライキは過去の記憶を軽くなぞった。

それで、求められていると感じるわけではなかったが、少しはマシだと思ったのだ。今でもたまに、情けなさが込み上げるとそれを要求してしまう。

「クルト」

ライキ、と呼ぼうとしたクルトの唇を己のそれでライキは塞いだ。そしてそのまま、滾った自分自身をクルトのきつく引きしまった中に、ゆっくりと埋め込んでいった。

◇◇◇

クルトは寝台の上でゆっくりと目を開いた。

獣のように、気配をひそめるようにして身を起こす。何も映っていない瞳が、わずかに据わる。傍目には分からないほどの変化だ。だが、クルトを知る者がその姿を見たら、いつもとは違う様子に驚いたことだろう。

うっすらとだが、瞳の際《きわ》に感情らしきものが漂っている。

その様子を同じ寝台で横になりながらライキはじっと見ていた。クルトは隣の部屋に続く壁を見つめ、聞き耳を立てていたが、やがてするりと裸身を寝台から下ろした。

「待て、行くなクルト」

素早く衣服を身に着け始めたクルトに、ライキはそう言った。

「一般人と関わったら面倒なことになる。俺が様子を見てくるから、お前はここにいろ」

ライキになんの反応も示さず外に出ていこうとしたクルトの肩を、ライキは摑んだ。が、その手はパシリと振り払われた。

空っぽの心に浮かぶ、怒りという感情。

これは、クルトが〝哀しみ〟に次いで嫌いな感情だった。

いつもはそれが浮かんでも見ないふりをする。自然に心から消えてしまうのを待つのがクルトの自己防衛本能だった。

それでも、これらがクルトの中で完全に死なずに残っていただけマシだったとライキは思う。

ライキとの〝共鳴〟を重ねる中で、一つ一つ浮かんできた感情らしきものを、クルトは〝色〟と呼んでいる。

浮かんできた〝怒り〟がクルトには何色に見えているか分からない。だが、それを眼前いっぱいに広げさせてみるのもいい刺激かもしれない。

ライキは自然、体術の構えを取るために身体の意識を四肢の隅々にまで向けた。

ライキの戦闘態勢に、クルトは逡巡する様子を一瞬も見せなかった。弾丸のような拳による〝突〟が放たれる。

体術に関していえばライキは操者の中で最も強い。そしてクルトは依代の中で最も強い。操者は皆体術に関して達人の域に達するまで鍛えられるが、クルトは並の精霊師の操者程度なら互角、もしくは勝つくらいに強かった。英才教育のせいである。

だがしょせん依代、操者の力動とその差は十倍である。クルトの攻撃などライキは簡単に手で受け止めた。

が、それは単に前振りだった。最初の攻撃を難なく捕らえたことで、ライキの心に油断が生じた。クルトは己の身体全体でライキに突進してきた。

（しまった……！）

己の身体に壁よりも強固な〝界〟を張れば、クルトの身体をかえって傷つける。ライキが反射的に取った行動は、クルトの身体を己の肉体で受け止めるということだった。二つの身体は窓を突き破り、硝子《ガラス》の破片とともに空に浮いた。

衝撃で顔をしかめたライキは、〝紫道〟の主導権をクルトに奪われることを許してしまった。

精霊を操るのは操者の力動である。通常、依代は精霊を動かすことができない。

だが神獣師の中には、依代でありながら己の力動によって精霊を操作することが可能な者がいる。

クルトは己の身体から紫と銀の糸を出した。ライキの身体が蜘蛛の糸で巻かれ、自由を奪われる。

「クルト！」

クルトはくるりと空中で回転し、飛び跳ねるようにそのまま元の部屋の階に戻った。

自由を奪われたまま落下したライキは、舌打ちしながら地面に叩きつけられる寸前で停止した。身体に巻かれた紫に煌めく糸が、静かに空気に溶けてゆく。

ライキは夜空を飛ぶ、精霊に操作されている鳥を目の端に捉えた。

コウガか。もう放っておいていいと伝えたはずだが、気になることでもあったのか、偵察を続けていたらしい。

ライキは一本残った糸を、空に飛ばした。それに気づいた鳥が、すかさず降下してくる。

『ライキ様！　今、ライキ様たちの隣の部屋の女のところで騒ぎが』

「当たりだ、コウガ。女とヒモが部屋で騒いでいる。クルトが俺の制止も聞かず女の部屋に行った。揉み消す必要があるかもしれない。この近くにいる護衛団の連隊をすぐに呼べ」

『私の第二連隊がおります。すぐに向かわせます！』

ライキはその声を背に、空を飛んだ。

クルトがその窓辺に立った時も、部屋の中の女の泣き叫ぶ声と家具が倒される音は止まらなかった。

ためらうことなくクルトは窓を破った。突然の破壊に、中の音が途切れる。

そこにあったのは、ほとんど裸の格好で殴られて顔を歪ませている女と、女の長い髪を掴んで拳を振り上げている男の姿だった。

女の白い身体には、鼻や口から飛び散った血が無数の点を描いていた。恐怖と混乱の入り交じった目を、クルトは捉えた。

「ナーザさん」

男の存在を完全に無視して、クルトはまっすぐにナーザに向かって歩いた。

「なんだ、てめえ!?」

突然窓を破壊して入ってきた男にナーザのヒモは精一杯の声を上げたが、威嚇《いかく》にすらならない声音だった。

「ナーザさん、これは、あなたの半神？」

ナーザは、目の前にいるのがクルトだとようやく分かったようだった。男から逃げるように身体を床に這わせ、クルトの足元に近寄る。

「た、助けて」

クルトは、再度確認した。

「これ、いる？」

クルトのあまりに不可解な態度に安心したのか、男は再びナーザの髪を掴み、自分の方に引き寄せようとした。ナーザの悲鳴が空を裂く。

「いらない、いらない、こんな男いらないいいい!!」

次の瞬間、部屋に散ったのは男の鮮血だった。


ライキがクルトと同じようにその窓辺に立ったのは、男の身体が壁に叩きつけられた直後だった。

やりやがった、とライキは顔をしかめるしかなかった。部屋の半分にまで飛び散った血。確認せずとも即死である。

ナーザは、目の前の光景を頭の中で認識できないようだった。茫然として血の輪が描かれた壁を見つめている。

「クルト」

窓から中へ入ってきたライキを見て、ナーザはびくりと身体を強張らせた。

クルトはライキの呼びかけに応えなかった。無言のまま、じっとナーザを見つめている。

「クルト……あなた、あなた、いったい……」

ナーザの瞳が混乱で揺れ、クルトの闇のような瞳を怯えたように見る。

クルトは自分の服を脱ぎ、震えるナーザの肩にそれをかけた。

「……護衛団の連中が、これを、片付ける。あなたのことも、助ける」

ポツリポツリとナーザに言葉を伝えるクルトの横顔を、ライキは静かに見つめた。

「何も、心配しなくても大丈夫。明日になったら、元通りになる」

クルトの言葉に、ナーザの瞳に戸惑いが浮かぶ。

「護衛団……？　私、どこに連れていかれるの？」

ナーザの手が、クルトの腕を縋《すが》るように摑んだ。

「私、誰にも言わないわ。あいつに、殺されるところだった。クルトがしたことだって、誰にも言わないから」

震えながらナーザは懇願した。

「助けて、お願い」

ナーザの瞳から流れるものを、クルトは見つめていた。空洞のようだった瞳が、わずかに細くなる。

それは、必死に微笑んでみせようとしている表情だった。

大丈夫。

クルトがナーザに向けて伝えたその言葉には、精一杯の慈愛があふれていた。


「破壊の衝撃で人が騒ぎ出しましたので、近くに待機していた第二連隊の者が野次馬の整理をしております」

コウガは第二連隊に属している女性の救護員を連れてきた。

怪我と衝撃で立ち上がれないナーザは、救護員に支えられながら部屋を出ていった。

「部屋の後始末はすぐに行います」

コウガの言葉に、ライキは頷いた。

「ああ。頼む」

クルトは、ナーザが護衛団に連れていかれるのと同時に立ち上がり、何事もなかったかのように外に出ていった。一切を振り返ることもせず、変わらぬ足取りで自室の方へ戻った。

その様子を目の端に捉えながら、ライキは初めてクルトの中の〝紫道〟を見た昔に、思いを巡らせた。

◇◇◇

この国全体に結界を張り、土を司る神獣である〝紫道〟をクルトがその身に宿したのは裏山に来て半年後。数々の修行を積んで、正式にライキが操者になる見込みがあると認められ、王から〝紫道〟の仮契約の紋を入れることを許された。

それまで修行で他の精霊を扱ってきたライキでも、その引力の凄まじさは言葉では言い表せないほどだった。

だが、クルトの心にはそれを入れてもなお、ライキに対する欲求は生まれなかった。

間口はとうに繋がっているので、クルトは抵抗なくライキの欲望を自らの内に迎え入れる。

だが、クルトの中は間口が繋がっていても、変わらず空洞のままだった。ライキがどんな感情を向けても、それを受け止めることすらしない。クルトには感情が生まれていないので当然の反応なのだ。ライキは自分にそう言い聞かせたが、何をどうやっても手ごたえがないままの状態が続くと、次第にやりきれなくなってきた。

これが、半神か。明日、俺ではなく違う人間と間口が繋がっても、こいつはそのまま受け入れるのだろう。

そう考えた時、ライキの心に浮かんだのは憎しみに近いものだった。それは当然、半神として禁忌であった。

師匠であったガイは、弟子に容赦しなかった。

「ライキ、その感情をなんとかしろ。最初から分かっていたことだろう。憎悪は、お前を魔獣にしてしまう。〝紫道〟に喰われてしまうんだぞ。このままの状態なら、仮紋を外すしかない」

ガイに一喝されても、ライキはクルトへの負の感情を抑えられなかった。

食事すらとらず一人で部屋にこもったライキを心配し、ダナルとルカが様子を見に来た。ダナルはライキに諭《さと》すように言った。

「ライキ、想いが伝わらないってのは虚《むな》しいだろう。だがな、これは乗り越えなければならないとしか言いようがない」

ダナルは珍しくライキの顔を覗き込みながら続けた。

「クルトがああいう人形である以上、これは続くぞ。半神になっても、無事に紫道の神獣師になっても、お前の虚しさは、お前の一方通行の想いは、ずっとずっと続く。あいつを変えたいと思わなくてもいい。俺がなんとかしてやろうと思わなくてもいいんだ」

変えられるとは思っていない。

人形を、人間にしてやりたいとは思わなかったのだ。

「……俺が半神にならずに誰がなるんだと思うだけだ」

十二歳のクルトに、アジス家の敷地の外れで初めて会った時から。

俺が、アジスの束縛からこいつを解放してやると。

俺が一生、こいつの傍にいるのだと。

誰よりもアジスを憎み、今に見ていろと思ってきた俺以上に虐《しいた》げられてきたあいつを、俺が分からずに誰が分かってやるのだと思うだけだ。

次の瞬間、身体に起こった感覚を、ライキは一生忘れないだろう。

目の前に映し出されたのは自室ではなく、紫が混じった銀の糸が四方を覆う世界だった。

とてつもない解放感が世界を広げる。銀の糸は、幾重にも弧を描き、また無数の網を描き、至るところに煌めきを放った。

「止めろ、ライキ！」

その叫びにはっとしてライキが現実に戻ると、先程まで座っていた部屋は破壊され、天井には大きな穴が空いていた。

その穴から見えた、空を覆うほどの巨大な物体に、ライキは絶句した。

それは、巨大な紫色の蜘蛛であった。

銀と紫の糸が、大蜘蛛からするすると出されて裏山の樹々を、青い空を、覆っていく。先程見た煌めきが、今目の前で繰り広げられようとしていた。

「なんとかしろライキ！　〝紫道〟だ！　お前が出しているんだぞ！　こんなデカい状態で何かされたら、千影山の結界が潰されちまう！」

すぐ横でダナルが叫んでいた。ダナルがルカを抱えるようにして守っていなかったら、ライキは自分の半神に意識が回らなかったかもしれない。

そうだ。これはクルトの中にあったものだ。こんなものをいきなり出してしまって、クルトの状態はどうなっているのか。俺は操者だ。クルトを守らなければならないのに。

「クルト！」

呼び求めた瞬間、ライキは再びあの銀と紫の糸が綾《あや》を織りなす世界に戻った。

先程は蜘蛛の糸しかない世界だったが、今度はそこに、ライキは自分の半神の姿を見た。

銀と紫の糸をかき集めて繭《まゆ》のようなものを作り、クルトはそこから顔だけ出していた。

訪れたライキを、じっと空洞の瞳で見つめている。

この時初めて、クルトはライキに目を向けたのだった。

「クルト」

これが、〝紫道〟の世界か。

依代が宿す精霊の中にある世界に、依代とともに入る。これが、〝共鳴〟なのだ。

精霊の中は、とてつもなく美しいのだと聞いていたが、これほどとは思わなかった。

お前は、もうずいぶん前からここに来ていたようだな。

クルトは、ライキを見つめながら一言だけ言った。

「あんたが、俺の半神なの？」

……半神。

「俺の、味方で、ずっと一緒にいる人なの？　離れない人なの？」

……アジス家の中にも、少しは心を持った奴がいたらしい。

　その言葉をお前の中に入れてくれたおかげで、こうして繋がることができた。

「……ああ、そうだ。俺が、お前の半神だ」

　ライキが腕を広げると、クルトの身体を包んでいた糸が空に溶けた。星のような煌めきを漂わせながら消えてゆく糸の間から、ライキはクルトの身体を抱え上げて腕の中に抱きしめた。

「クルト」

　子供のように熱い体温。規則的な心音。委ねてくる身体の重み。貼りつく肌の素直さ。全てが、愛おしかった。俺の、半神。

『……どこにも行かないの？　俺とずっとずっと一緒にいて守ってくれるの？』

　言葉ではなく、初めて想いとしてクルトがライキに伝えてきた。共鳴する世界に、クルトの想いが響き渡る。

「ああ、ずっと一緒だ。安心しろ。絶対に俺はお前から離れたりしない」

『名前、教えて』

　紫道を入れて二年だ。ライキは思わず笑い声を出してしまった。クルトの髪に頬を寄せて、教えてやる。

「ライキ」

『ライキ』

　ライキ。ライキ。ライキ。ライキ。ライキ。ライキ。

　紫道をその身に戻してもなお、クルトはその名前を呼び続けたのだった。

◇◇◇

　ナーザの事件の後、暁街を去ったライキが居住地に選んだ場所は、またしても歓楽街だった。

「まともな商店街でクルトに接客業なんてできるわけがないからな。そっちの方がちゃんとした社会勉強ができるのは分かっているが、もう少し人間らしくなるまでは、風俗の連中と付き合わせて人との関わり方を学ばせた方が無難だ」

　上官の言葉にそんなものかとコウガは首を傾げた。

「少しはためになったろうが。結果こうなっちまったが、初めて女に惚れたんだぜ。えらい進歩だよ」

葉巻をくわえた口を歪ませて笑うライキを、やはりコウガは理解できなかった。

クルトは新しい部屋が気に入ったらしい。天窓がついている部屋なのだが、光が天井から注ぐその真下の床に転がって気持ちよさそうに目を閉じている。

「しかし、家具はどうなさいますか。前のところはほとんど備えつけでしたが、ここには何もありません」

「とりあえずは寝台だけでも確保するか。なあ？　クルト。どうせお前は、何もいらないだろ」

クルトはふと、閉じていた目を開けた。

人形のように表情のない顔を、くるりとライキの方へ向ける。その視線に気がついたライキが、首を傾げた。

「どうした？」

「あんたは、いるんだろ？」

ライキはクルトに向けた目を、わずかに細めてみせた。葉巻を外した口元に、微笑みが浮かぶ。

「あたりまえだろ」

ならどうでもいい、というようにクルトは再び瞳を閉じた。すぐに規則正しい寝息が聞こえる。

「こらクルト。床なんかで寝るな。寝台を選びに行くぞ」

半神に近づく上官の背中を、コウガは見つめ続けた。


まどろみの中で半神が近づいてくる気配を感じながら、クルトは遠い昔、聞いた声を思い出していた。

半神とは、お前の味方であり、決して裏切らない存在だ。何があってもお前から離れたりしない。

何よりもお前を愛する、唯一無二。それが、半神だ。

第三章

香奴《こうど》

1

ヨダ国は二つの大国の境界にある。

岩場だけが続く不毛地帯にいきなりぽっかりと穴を空けたように現れるのが、この国だった。

風と砂の激しい国境を抜けると緑豊かな国土が広がる。かつて双方の大国は、この不思議なオアシスの国を中継地点として喉から手が出るほどに欲しがった。が、いかにしてもその望みは叶わなかった。どれほどの兵を出し、どれほどの犠牲を払っても、数多くの精霊とともに生きているこの国を占領することはできなかった。

理由の一つに、国自体が消えてしまうということがあった。

まるで蜃気楼《しんきろう》のように岩場と森だけを残して、国一つが姿を消してしまうのだ。

だから、あの国には近寄るべきではない。二つの大国の統治者は、どちらも代々そう言い伝えていた。

通るのは行商の者ぐらいで、国境周辺はさほど重要な地点でもない。触らぬ神に祟《たた》りなし。自国の正規兵を使うまでもない。大国の国境を警備する兵士は、かき集められた傭兵たちだった。自然、治安が悪くなる。国境を行き来する行商人を狙う山賊の類も増えてゆく。

以前はヨダ国の護衛団は自国の国境から外へは決して出ていかなかったが、ここ数年は国境外の監視と防衛をその任務に入れていた。現在の護衛団の長であるライキは、他国から多少文句を言われることになろうが一般人に害をなす傭兵は遠慮なく潰せ、と厳命を下しているぐらいであった。

◇◇◇

オルガとキリアスが裏山で修行を始めたちょうどその頃。

背中に幼子をくくりつけ深く上衣をかぶった男が、ヨダ国の国境に向かって走っていた。

多少の崖でも平気で登り降りするシンバと呼ばれる

騎獣を移動手段に用いるのが旅人の通例だが、男はひたすら自力で走っていた。崖上から男に狙いを定める山賊らが笑い声を立てる。

男は地面に突き刺さった矢で、足を止めた。

「逃げたって丸見えなんだよ！　ナリからすると、傭兵くずれか!?　命までは取らねえから、荷物を捨てていきな！」

男は周りの気配を探ったが、隠れる場所はどこにもなかった。山賊らは十数名はいるだろう。命まで、などという保証はない。だが、戦って勝てるとはとても思えなかった。

「面倒くせえな。おい、とっとと矢を放て」

頭目らしき男がどうでもいいというように命令する。山賊らはいっせいに弓を構えた。男は、背中の子を守るように弓矢の正面に身体を向けた。

次の瞬間、男は信じられない光景を見た。

放たれた矢が十数本、自分に向かってきている。だが、全て空中で静止しているのである。

「なっ……なんだ、これは」

山賊の一人がこの奇異な光景に呟きを漏らすのと、頭目が叫んだのはほとんど同時だった。

「精霊師だ！　退《ひ》け！」

だが、矢は彼らを逃さなかった。大きく弧を描きながら、彼らの方へ勢いよく戻っていったのである。崖上の連中が、岩の上から悲鳴を上げてぼとぼとと落ちていった。

「退け、退け！」

残された数人の山賊が逃げようとするが、そこへ飛んだのは新たな矢だった。通常の弓矢よりも半分以下の長さの矢が、十数本、空を切り裂くような勢いで山賊らを貫いた。

男は、何が起こったのか分からなかった。

あまりにも一瞬の出来事だったし、彼らを全滅させた精霊師が現れたのは、場が静まり返った後だったからだ。

いや、精霊師ではなかったのか？

子を背中に守りながら男は、突然現れた人物を見てそう思った。

なぜなら、その人物はたった一人だったからである。

精霊師は、必ず二人で一人であると男は聞いていた。

だが目の前の精霊師には連れがいないようだった。

見た目は三十前半、かなり長い旅をしているのを証明するように、身体を覆う上衣は元の色がなんだったのか分からないくらいに陽と砂に焼けてしまっている。同じように顔も薄汚れていたが、その瞳は驚くほどに澄んでいた。乾燥地に突如として現れた湖のように、わずかだが青を孕《はら》んでいる。

ウダは息子を腕の中に抱えた。あの騒ぎでも、息子の瞳は閉じられたままだった。半開きになった口から荒い息を吐き、口元に水を持っていっても飲もうともしない。四肢はだらりと力なく投げ出され、しがみつく力すらなくなった息子をウダはしっかりと支えた。

男は、失礼、と断りを入れてから息子の額に手を当てた。そのまま胸元の着物をわずかに左右に広げ、ため息をついた。

「ああ……ひどいな。相当衰弱してしまっている……。すぐ呪解しましょう。お父さん……お名前は」

「ウダといいます。息子は、レオ」

「私はゼドといいます。ウダさん、息子さんはかなり斑紋が大きい子だ。その上、取り憑かれやすいときている。知らず知らずのうちに溜めてしまった精霊らでいっぱいになっている……これは、育てるのが大変だったでしょう」

斑紋の大きい子供……つまり〝器〟の大きい子供は、多少取り憑かれても平気だが、溜めすぎるとかえって我も我もと精霊が寄ってきて、容量が限界を超え、体調を崩してしまう。

ヨダ国内では、大人も子供も護符を首輪や腕輪の中に入れて身につけていることが多い。精霊避けの意味があるのだが、これは呪解師に頼んで書いてもらう。

呪解師とは主に、精霊師として公職についていた者が、齢四十で引退した後に就《つ》く仕事である。精霊から身を守る護符を書いたり、人に取り憑いた精霊を身体から追い出したりする、ようは精霊のお祓《はら》い屋である。

だが中には、精霊師になれずに千影山から去った者が、この仕事を生業《なりわい》にすることもある。そうした者は当然、能力的に精霊師の足元にも及ばない。辺境をさまよう呪解師の能力など、推《お》して知るべしといったところだった。

「結構な金額を出して護符を二年前に書いてもらったのですが、もう効力はなくなってしまったようで……」

ウダの話に、ゼドはレオの首輪に挟んである護符を取り出して見たが、そのまま首輪には戻さず手の中で握りしめぐしゃぐしゃにした。

「お恥ずかしいことに、呪解師くずれが金目的のためにいい加減な護符を売りつけることがあります」

「まとまった金ができたので、ヨダ国に入ってちゃんとした呪解師に護符を貰おうと思ってやってきたんです」

「東側からいらしたということは、スーファ帝国の傭兵の方ですか」

ウダは、ほんの少し笑って首を振った。

「西側のアウバス国です。元は、士官でした。上官の怒りを買って国外追放となり、一時は傭兵に身をやつしましたが、国境付近のウバドの村で妻と知り合い、レオをもうけました。ですが、三年前に妻を亡くし、レオを残して村を去るように言われたので、東側に逃げてきたんです」

「ウバド……あれは、遠い祖先がヨダと同じだと言われている。余所者《よそもの》を徹底的に排除する遊牧民だ。よく、婿に迎えられましたね」

「妻と、妻の父が生きている時には私もまだ彼らに気に入られていたのですが、二人とも事故で……。レオが精霊に憑かれやすいのは妻側の血なのでしょうが、ウバド族はこういう子供を毛嫌いします」

「精霊師にならないなら、単なる精霊憑きでしかないですからね」

「ですからとても残してはいけなかった。ヨダでは、こういう子供は重宝されると聞きまして……」

「確かに。ヨダ国では斑紋の大きい子供は国の宝ですから、王宮の中にも、親を亡くしたり街中では育てにくかったりする子供を養育する機関がありますよ。しかし、そうなると親権を国に譲ることになりますが」

ウダは息子を膝の上に抱きながら愛おし気に見つめた。その瞳が哀しみに覆われても、父親としての慈愛の方が勝った。

「レオは八つになります。精霊に取り憑かれてばかりでなかなか成長もできず、まだ五、六歳くらいの体格でしかない……。ヨダで大切にされた方が、この子のためにはいい……」

ゼドは、背負い袋から光紙《こうし》を取り出した。

光紙はヨダ国の貴重な産物の一つである。その名の通り光沢のある紙で、水に濡れても全く平気なほどに強度があり、護符として用いるのに必要な紙だった。

二つの大国も昔からヨダ国産のこの紙を公的文書に用いている。政治には記録が必須だ。悪環境下でも劣化しないこの紙の材料はヨダ国にしか生息しない虫が吐き出す糸であることも、大国がヨダ国を無視できない理由の一つだった。

「お子さんを、こちらへ」

ゼドは腰にぶら下げた袋から、筆石を取り出した。

筆石とは、耐水性と保存に優れた天然の顔料だ。ゼドはその場にレオを寝かせ、周りに筆石で結界を描いた。

何も書かれていない光紙をレオの斑紋の上にかざす。レオの身体から精霊が立ち上り、吸い上げられるように光紙に収まるのを、ウダは茫然と見つめた。これが、本来の呪解というものなのだ。

みるみるうちにレオの顔に生気が戻ってゆく。ウダは駆け寄りたくてたまらなかったが、ゼドはそれを止めた。

「ああ、ちょっと待ってください。これをついでに授《じゅ》戒《かい》してしまいますから」

「授戒？」

「勝手に人の身体に入り込んで悪さをしていた精霊を、契約して命令に服従させるようにするんですよ。入っていた精霊は、案外大きいやつでした。授戒するに足ると思うので、こいつを今度は息子さんの守護精霊にします」

「守護精霊？」

「精霊避《よ》けとして最たるものですね。息子さんは今八歳。ということは、ヨダ国で入山し精霊師の修行を始めるのは六年後だ。六年後には契約が切れるようにしておきましょう。六年間、こいつは息子さんを守り、他の精霊を寄せつけません」

そんなことが可能なのかとウダは茫然とするしかなかった。精霊を吸い上げた護符がゆるりと空に浮き、それを手放した精霊師の身体の周りが蜃気楼のように揺れる。

「ゼド・セグレーン・ヨダ・ニルス・アルゴの名において戒《かい》を授《さず》ける」

精霊師の口から流れた正名に、ウダは耳を疑った。セグレーン・ヨダとは、ヨダ国王家の分流という意味である。この精霊師は、ヨダ国王家の傍系の血筋なのだろうか？

「ウダさん、息子さんの正名は」

「レオ・ロウ・ウバド・ニルス・ミリヤ」

ロウ・ウバドとはウバドの直系を意味する。ゼドはちらりとウダを見たが、ウダは懇願するように見つめ返すしかなかった。ゼドは親指を噛み、わずかにそこから血を流して一気に護符に血の線を描いた。

「戒は成した。名を与える。お前の名は〝遠き血〟。これより六年の時をレオ・ロウ・ウバド・ニルス・ミリヤの守護精霊として在《あ》れ」

凄まじい勢いで息子の身体に護符から何かが入っていくのを目にして、ウダは思わず悲鳴を上げそうになった。ひくりとかすかにレオの身体が動く。

「レオ！」

「どうぞ。もう入ってもよろしいですよ。水を飲ませましょう。水は、全ての流れを整えてくれるんですよ」

駆け寄って息子の身体を抱き起こしたウダは、息子の喉の下に見える斑紋の上に、うっすらと契約紋が浮かんでいるのを見た。


その精霊師は、先を急ぐのですまないがと言い残して明朝すぐに発《た》っていった。

「使いの者をよこしますので、ここでお待ちください。あと半日、息子さんとここにいてください。周りに結界を張っておきますので、山賊の目に入ることもありません」

「国境の……護衛団の兵が来るのですか？」

かつて自分は敵国側の傭兵だった。覚悟はしていたが、心の準備というものがある。そんな意を込めて見つめるウダに、ゼドは笑ってみせた。

「いいえ、単なる精霊師夫夫《ふうふ》です。辺境を巡り、あなたのお子さんのようになかなか呪解師に見せられずに弱っている人々を診《み》ています。今はこのあたりにいると聞いていたので会おうかどうか迷っていたんですが、やはり会わずに行きます。息子さんの容態がよくなるまでは、その精霊師夫夫のところに身を寄せてください。息子さんにはもう、六年の守護を付けました。国に預けるまでもない。あなたの手で、息子さんにこの国で生きる術《すべ》を教えてあげてください。たとえ元敵国の傭兵でも、あなたはこのヨダで生きる道を切り拓《ひら》くことができる方だ」

ぐったりとして目を開けるのもやっとだったレオは、父親の手からスープを飲ませてもらえるまでに回復していた。おとうさん、熱いよ、ふうふうして、と文句を言うほどになっている。なんという奇跡かと何度もウダは目頭を押さえた。

「ウダ・ミリヤ殿！」

遠くから聞こえた声に、思わず身構えたウダは、シンバに乗った男二人の姿を見た。

「結界を解きます。ヨダ国の精霊師・ゼド様より伝言を受け取りました。私はヨダ国の精霊師・コーダ。これは私の半神でカイトといいます」

精霊師夫夫。そう言えば、精霊師は必ず同性同士であり、婚姻も認められていると聞いていた。

現れた二人は、まず真っ先にウダよりもレオに目を向けてきた。一瞬にして浮かんだ幼子に対する慈しみの色に、ウダはすぐにこの二人への警戒心を解いた。

「いくつですか」

「八つです」

「可愛い盛りですね。大丈夫。お父さんと一緒に、お風呂に入ったり、ご飯を食べられるところに行こうね」

レオはウダにしっかりとしがみついて離れない。

「すみません、警戒されるのはもっともなのですが、契約紋を確認させていただけますか。息子さんを、ちょっとこちらに向けてくれるだけでいいのですが」

コーダが申し訳なさそうに言う。ウダがなだめながらレオを二人の方に向かせ、首下の紋をちらりと見せると、二人は感嘆の声を上げた。

「なんとまあ、すごい守護精霊を作っていただきましたな。これなら息子さんにどれほどの精霊が襲いかかってこようと安心ですよ」

「あの……ゼドという精霊師様は、どういった方なのですか。精霊師はあなた方のように、必ず二人と聞いていたのですが、ずっとお一人で行動しているご様子でしたが」

ウダの問いに、コーダは微笑んでみせた。

「あの方は、この国が誇る最強の精霊師です」

2

朝早く、オルガは自らの朝勃ちに気がついて不快さに眉をひそめた。

理由は分かっている。毎日のように抜いていたのに、ここ数日、ピタリとそれが止まってしまったからだ。その原因となった人物に、オルガは恨み言と性の不快を伝えてみせた。が、なんの反応もない。

起きてないんだろうか。まだ朝が早いし、熟睡しているのかもしれない。

オルガはしばし考えていたが、思い切って寝室を抜け出した。

本来裏山での修行中は、半神同士二人で師匠の家に居住する内弟子の形をとるのだが、この二人は当分離しておいた方がいいと判断されると別々の家に預けられる。オルガはセツの家で寝泊まりしていた。

キリアスは精霊師としての師匠であるジュドとラグーンの家にいる。

山の冬の訪れは早い。寝着に上衣を羽織り、オルガは窓から白い靄《もや》のかかる外へと飛び出した。すぐにピリピリと外気が頬を刺してくるが、構わずに林の中を走る。

キリアスがオルガに全く触れなくなったのは五日前からだ。

力動をオルガに注ぎ込まなくとも自分の内側でなんとか消化する修行を始めているのだ。

今まではダナルに容赦なく体術を教え込まれ毎日ズタズタにされ、傷を癒すためにも、荒ぶる血を抑え込むためにも、オルガに力動を向ける欲求を我慢できなかったが、ひとまずダナルの修行は休みに入り、力動の調整をジュドから習っている。

そうなるとお役御免とばかりにオルガのことを無視してきたのだった。今まで獣のように暇さえあれば人に襲いかかってきたくせにとオルガは腹が立って仕方なかった。

ジュドとラグーンの家では、キリアスの他に四人の弟子が精霊師の修行中である。同じ師匠とはいえオルガはまだラグーンに何も教わっていない状態のため、まるで接点がなかった。間違えないようにキリアスの部屋の前まで移動する。

突然、窓が開いた。

「馬鹿者」

オルガが自分の方へ向かっていることに気がついていたらしいキリアスが、呆れたように顔を出した。

キリアスの小言を無視して窓から部屋に入り込むと、オルガは上衣を脱いでキリアスの毛布の中に潜《もぐ》り込んだ。先程まで横になっていた温もりが残っている。冷たくなった手足を寝具に擦りつける。

「聞いているのか、オルガ。俺に会いに来るなって言われているだろう。なんのための修行だと思っているんだ」

毛布には、キリアスの匂いが染みついていた。すん、と鼻を擦りつける。

「オルガ」

こっちに来て温めてほしい。オルガは己の心を全開にしてキリアスに訴えたが、キリアスからは何も伝わってこなかった。

「意地悪！」

「そんなの知らない。御師様に言われているの。オルガがいやらしいことしたいって言ってきても、応じちゃダメって」

以前オルガがキリアスに告げた言葉をまぜっ返してきたキリアスに、オルガは腹が立って寝具の上でドタバタと身もだえした。

「キリアス様が悪いんじゃないか！　俺の身体こんな風にしたくせに！　俺がやらしいわけじゃない！　キリアス様なんて大っ嫌いだ！」

「ああそうですね。俺が悪いな。まだ赤ん坊のお前を半神なんかにしちまって。やらしいのは俺です。すみませんでした」

棒読みでそっぽを向きながらキリアスは言った。扉の近くに立ち、寝台の方へ近づいてきてもくれない。

オルガは苛立ってキリアスを睨みつけた。

キリアスが長いため息をつき、頭を抱える。

「オルガ……もう少し修行の意味を考えろ。お前は今、力動の調整を自分で行う修行のために、俺と離されているんだぞ。俺の近くにいると無意識に助けを求めてしまうから近づいては駄目だとラグーンに言われただろう」

知らない。

オルガは自暴自棄になって毛布にくるまり、キリアスに背を向けた。

修行の意味を、オルガとて理解していた。

オルガはキリアスに間口を開き繋がってから、そこを閉ざしたことは一度もない。というより、それがまだできない状態だった。感情も欲情も全て垂れ流しの状態である。

対するキリアスは、強すぎるがゆえに依代の十倍は難しいとされる力動の調整を会得した。

依代とて、生きるために必要最低限の力動の調整を身につけなければならない。全て操者に委ねていては対等な関係が築けないとラグーンは言い切った。

「隠れて浮気もできなくなっちまうぞ」

そんな心配をするのはあなただけだとオルガは思ったが、ラグーンはキリアスに間口を完全に閉ざせと厳命したのである。

オルガからの要求に一切応じるな、と。

オルガは自分一人でなんとかしなければならない状況に不安を抱えたが、焦《あせ》りの方が大きかった。

同じ精霊を所有しているというのに、キリアスはどんどん先に行ってしまう。

これから先、追いつける日が来るのだろうか？

追いつくためには修行をしなければならないのは分かっている。

自分が甘ったれなのは、自覚している。

それでも半神なら、分かってほしいのだ。

受け入れてほしい。甘えさせてほしいのだ。

こんな感情も、全て分かっているはずだ。

オルガは肩越しにキリアスに目を向けたが、キリアスは腕を組み立ったままだった。

「五日間、俺を閉ざしたままだったの？」

「ああ」

「嘘だ。だって俺が来るの、分かったじゃないか」

「人の気配に気がついただけだ。って……お前、何してる!?」

キリアスがオルガのくるまった毛布を剝ぎ取った。

オルガは耐え切れずに嗚咽《おえつ》を漏らした。

「だって……匂い、嗅いだりしたら、もう、無理……」

どうせ、どれだけいやらしいことを考えているかなんてお見通しなのだ。自暴自棄になって自分の股間に手をやるオルガは、キリアスを睨みつけた。

「もう、絶対、俺が欲しいって言ってきても触らせてやらないから」

次の瞬間、キリアスはオルガの服を力任せに引き裂いた。

「いやだ、止めて、ああ、もう嫌あ！」

「嫌ぁ!?　ふざけんじゃねえ、人を煽《あお》っといて何言ってんだ！」

「いや、お尻いや、お尻には指入れないで！　それやだあ！」

「うるせえ、もう我慢できるか！　ああくっそ、香油、香油ねえ……！」

血走った目で自室の扉を蹴飛ばすように開けたキリアスは、その向かい側の壁に寄りかかってこちらを見ているラグーンに叫ぶように言った。

「潤滑油よこせ!!」

「うん。それを使ってやろうという理性が残っていたのは褒めてやるが、まず落ち着こうな？」

◇◇◇
「そんな子に育てた覚えはありませんよ、オルガちゃん。自分から股開いて誘うなんて、なんてはしたない」

あなたに育てられた覚えはないと思いつつ、オルガは身体を縮めて蚊の鳴くような声を出した。

「さ……誘ってない……」

「まああ、あれが誘っていないなんて、男を煽るのが本当にお上手だこと。末恐ろしいわあ」

「いい加減にしとけ、ラグーン」

上からダナルの声が降る。恐る恐るオルガがダナルの方へ目を向けると、ダナルは呆れたような視線を隠そうともせずに見下ろしていた。

「修行をして半年、最初はキリアスの方が不相応だと思っていたが、こうも変わらんとお前の方を考えねばならんぞ」

意味が分からずダナルへ不安げな視線を送ると、ダナルは突き放すように言った。

「〝青雷〟はお前の守護精霊だ。お前の命を繋ぐためにやむを得ず入れたが、その契約には期限がある。いったい何歳までか分かるか。十六歳だ。契約が切れたら青雷はお前から外れる。もしそれまでにキリアスと共鳴できず、精霊師になれなかったらもうお前は青雷の依代から外す」

　ダナルの言葉にオルガは青ざめた。ラグーンが助け舟を出す。

「おいおい、そりゃあんまりじゃねえのダナル。十六歳までに共鳴しろって言うのか？　あのクルトでさえ、〝紫道〟をモノにしたのは十八歳の時だぞ」

「こうなった以上はやむを得んだろう。俺は甘ったれは嫌いなんだよ」

　容赦ないダナルの言葉に、オルガは不安から身体が震え始めた。

「オルガ」

　囁かれると同時に後ろから伸びてきた腕に、身体が包まれる。

「何を言った？　ダナル」

　キリアスはオルガの身体を抱きしめながらダナルを詰問した。普段散々痛めつけられている弟子と師匠の間柄ながら、キリアスの口調の強さにダナルは思わず苦笑した。

「お前と共有できなければ、青雷の依代を外すと言ったんだ」

「何を言っている？　オルガはもう青雷を宿しているんだぞ」

「十六歳までだ。その期限が来れば、勝手に外れるんだよ。入山するのが十四歳、力動をそれなりにモノに出来るのが十六歳、そのあたりになれば守護しなくても大丈夫だと思ったんだろう。そして、表山で精霊を多少操る修行をこなして、十八歳頃に裏山で修行できれば……と思っていたんだろうよ、あいつは。まさか入山してすぐ、お前が仮契約しちまうなんてこっちも予想外だったから、修行を始めるしかなかったけどな」

　オルガはダナルの言葉を心の中で反芻《はんすう》した。

　十六歳……。十六歳になれば、青雷が勝手に消える。十六歳までにキリアスと共鳴できなければ、青雷の神獣師の資格がないとされるのは自分になる。予想もしなかったことに、オルガは茫然とした。

「それでは、俺は……？　俺も、その資格なしとされるのか」

　オルガはダナルに問うキリアスの顔を見上げた。

「まあ、お前は継続の見込みありと見なされたら、そのまま青雷の操者として残してやるがな。その際は、また新たな半神を得ることになる」

新たな、半神。

それが二神を得るということなのだと、オルガは初めて知った。


「本当に、鬼だな、ダナル様は」

話を聞いて、表山からやってきたジーンは震え上がった。

「気にしなくていいって、オルガ。十六歳で共鳴なんて無理に決まってんだろう。普通十八歳で裏に来るんだぞ？　あと一年半で完成させるなんて何考えてんだ、あの人は。天才を依代にしたから、ちょっとズレてんだよ」

オルガはもう涙も出ぬほどに打ちのめされていた。

テレスは沈んだオルガの肩にそっと手を乗せる。

「オルガ、悩むと思うけどね、一つ訊くよ。オルガは、キリアス様に自分以外の半神ができても平気？」

オルガは黙った。ジーンがため息をついて首を振る。

「十四歳だぞ。いくら精霊を共有していたって、そんなの自覚できるわけねえだろ」

「黙ってろよジーン。俺だってまだ年相応の修行をさせたいと思っていたけど、いくら十四歳だって自覚しなきゃならないこともあるんだよ」

テレスはオルガに向き合って、すぐ近くからその顔を覗き込んで訊いた。

「オルガ、俺は、二十一歳でジーンと共鳴した。それ以前に、ジーンは操者として不適応だからお前には新しい操者をつけると言われていたとしたら、俺は下山したよ。ジーンが半神として精霊師になれないなら、なれなくてもいい。これはおそらく俺だけじゃない。二神を持つくらいなら精霊師を辞める。ほとんど全員が思うことだろう」

二神だけは止めてくれとはっきりと申し出た養母の言葉が、オルガの脳裏に蘇った。

「オルガがキリアス様じゃないと嫌だ、他の人は嫌だと言うなら、俺たちだってそれなりに厳しい修行を考えなきゃならないんだよ」

オルガは先程のキリアスの表情を思い起こした。

ダナルの言葉を聞きながら、茫然としていたキリアスは、一瞬も自分に目を向けなかった。

「キ、キリアス様は、俺を半神にしなくても別に構わないって思っている、かも……普通に契約が外れて、自分が青雷の操者として残れるなら、それはそれで」

「オルガ！　違うだろ、キリアス様の気持ちはどうでもいいんだよ！　オルガがどうしたいのか、それが一番重要だろ！」

激しいテレスの叱責《しっせき》に、オルガは身をすくめた。あわわわ、と慌ててジーンが間に入る。

「テレス、いきなり自覚しろってそんな、それこそちゃんと説明してあげなきゃ」

その時、ふ、ふ、ふ、と笑い声が風のようにそよいできた。

あまりにも近いその声に三人が反射的に身構えると、林の中から薄汚れた上衣をまとい、大きな荷を背負った旅人の格好をした男が現れた。

一瞬傭兵が紛れ込んだのかと思ったのは、その男が短髪だったからだった。辺境にたむろする傭兵らの間で流行っている短髪に陽に焼けた顔ではあったが、よく見れば品のいい整った顔立ちの男であった。驚く三人に、柔和な微笑みを見せる。

「まだ十四歳なんだから、これが運命の男だと自覚しろなんて無理な話だよな」

その微笑みから、オルガは目を逸らせなかった。

胸がざわざわする。なんだ？　この感覚は何なのだ？　これは、自分の感覚なのか？　それとも……。

次の瞬間、驚いたのは、自分の身体から水が出てきたことではない。

水が急激に渦を巻いてオルガの身体を包み、空にふわりと浮かせたのと同時に、身の内にとてつもない解放感が広がったからだ。

水の渦はオルガを包み、短髪の男の腕の中へ運んだ。

「……大きくなったな、オルガ」

男は微笑みながら、そっとオルガを抱きしめた。

「ああ、大丈夫だ。綺麗な〝器〟だな……。これなら操者の方が、頼むから俺を捨てないでくれ、どうかお前の半神にしてくれとひざまずいて懇願するようになる」

「オルガ！」

その声に、オルガは振り返った。慌てて駆けつけてきたのか、息を切らしたキリアスが信じられないという表情でこちらを見つめている。

オルガは、自分の周りに渦巻いていた水が吸い込まれるように消えていくのを見た。同時に、解放感も失われていく。〝界〟も何も張っていないというのに、あれだけの水に包まれても滴《しずく》一つついていなかった。

「……お前……何者だ⁉」

キリアスの問いに、短髪の男は穏やかに返した。

「〝なぜ俺以外の人間が青雷を動かせるんだ〟って？　単純だ。俺が青雷の操者だったからだよ」

男……ゼドは、オルガを腕の中に抱えたままそう言った。

◇◇◇

先の〝青雷〟の神獣師であり、セツの半神であるゼドが戻ったという話を寄合所にてオルガたちから聞き、師匠らは驚いた。

「また急に。伝令も何もなかったのに。何か聞いていたか？　ガイ」

「いや」

ジュドの問いに、ガイはほんの少し考えるような瞳で宙を見た。

「で？　奴はまっすぐセツのところに行ったのか」

ダナルの質問にテレスが頷いた。

「はい。御師様らにはのちほど帰山の挨拶《あいさつ》をなさるということで」

師匠らは皆独立した屋敷に住んでいるが、修行の道場を兼ねた寄合所がガイの住まいとなっている。最も広いので、ここに現在は三組六人の修行者が居住している。ダナルが顎鬚を撫でながらラグーンに顔を向けた。

「セツのところに住んでいるのは今オルガ一人だったな？」

「そうだな。ゼドのいる間はオルガ、お前ガイのところで世話になれ」

ラグーンの言葉にオルガは首を傾げた。

「どうしてですか？」

「ゼドがいるからだよ。一年ぶりに半神と再会したんだ。やることは一つだろう」

ヤッてヤッてヤリまくるに決まっている。

「そんなところに朝っぱらから半神を襲いに来る十四

歳を置いておけません」

「そんなことしてない！」

全員がそろっている中で恥部を暴かれたオルガは、たまらず床に顔を突っ伏した。いい加減にしろ、とガイが頭を抱える。

「まあ、久しぶりに帰ってきたんだ。二人きりにしてやるのもいいだろう。だがうちはもういっぱいだから、ラグーンとジュドのところ……」

「ダメダメダメ、今禁欲中だから。もうオルガちゃんすっごい誘い方するから、キリアスにまた手錠かけなきゃならなくなっちゃう」

オルガは顔を上げられなかったが、キリアスは苦虫を噛みつぶしたような表情をさらけ出していた。

「それより、さっき〝青雷〟が水を呼んだ気配がしたな。あれはキリアスでなくゼドがやったのか？」

ルカの質問に、オルガは頷いた。以前青雷の依代だったセツが力動の乱れを直してくれた時と同じように思っていたのだが、どうも今回は勝手が違ったらしい。

「本契約されていないとはいえキリアス様とオルガが所有している精霊を、外側からの力でなんて動かせるんですか？」

テレスの質問にジュドはまあ、と軽く頷いた。

「青雷が、まだ記憶しているってことだ。ゼドの力動を。それで、反応した」

「〝初めて〟の男はどうだった？　気持ちよかっただろ？」

ラグーンが意地の悪い笑みをオルガに向ける。オルガは意味が分からずぽかんとした。

「一瞬でも〝共鳴〟しただろ？　あの解放感が共鳴の時に味わう感覚だ。よかったなあ、初めての男が上手い男で」

「止めろ、ラグーン」

さすがに不快、という顔をジュドはラグーンに向けた。オルガは思わずキリアスを振り返った。だがキリアスは硬い表情のまま、オルガに心も、態度も、なんの反応もよこさなかった。

「あの方は、神獣師を引退なさって、ここで教えることもなく何をなさっているんですか？　セツ様をここに置いたまま」

一年ぶりに帰ってくるとは、少し恋人を放ったらかしすぎじゃないか。そんな口調でジーンが訊くと、ジュドが答えた。

「何って、仕事だ。あいつは神獣師の序列からは外れたが、まだ精霊師だからな」

「は？　だって、〝青雷〟の神獣師だったんでしょう？　それを、オルガにあげたから……」

「だから神獣ではなく、他の精霊を所有する単なる精霊師になったんだ」

ジーンとテレスはジュドの言葉が頭に入ってこないようだった。二人とも意味不明、という顔をしている。

「ということは、同じく精霊を所有する半神が他にもう一人いるってことか？」

ずっと黙ったままだったキリアスが発した質問に、ジュドが首を振った。

「単体だ。一人で行動している」

今度はキリアスも意味不明、という顔をせざるを得なかった。

「単体ってなんだ？」

「お前にルカが以前医療精霊を入れただろう。あれが単体だ。一人で依代と操者を兼ねる。通常はあの時のように短い間入れるだけだ。そうでなければ取り憑かせたまま精霊が操作できなくなり、身体の中に潜んで悪さをする。だが稀に、精霊を取り憑かせそれを操作するという離れ業《わざ》をものにする人間が現れる。それが、単体の精霊師だ」

単体。二人で一人の精霊師という業を、たった一人で行うことができる人間が、この世に存在する。嘘だろう、と思わずキリアスは漏らした。

「あいつは青雷の操者だったんだろう。依代ならルカのように単体として憑かせながら操ることもできるというのは分かるが、操者がなぜ取り憑かせることができるんだ？　〝器〟が存在しないはずだ」

「ラグーンと真逆なんだ。ゼドは操者としての力が圧倒的に強かったが、器としての能力も生まれつき備わっていた。過去、文献を見ても単体の精霊師となったのはゼドを含めて三人しかいない。その中で最も強い精霊を所有しているのがゼドだ。あの男は、ヨダが生んだ史上最強の精霊師なんだよ」

想像もできない話にキリアスはしばし茫然としていたが、やがて表情を引きしめながら訊いた。

「それほどの男がなぜ神獣師の序列から外され、王子である俺ですらその名を知らない？」

「罪人だからだ」

ガイが放った言葉に、オルガはびくりと身体を強張らせた。

「なんの罪を犯した」

「王の許可なしに五大精霊の一つ、青雷を外し、生まれたばかりの赤ん坊を助けるために、その守護精霊とした」

思わずキリアスがオルガを振り返る。オルガは、知らず知らずのうちに腹の斑紋を服の上から押さえた。

「青雷の神獣師ではなくなったゼドに、王は新たな半神を持ち、再び神獣師となることを命令した。セツはあの身体になり、もう二度と依代として働くことなど不可能だったからだ。だがゼドは断固としてそれを拒否した。セツ以外の半神は絶対に持たないと言い切った。王はゼドに死ぬよりつらい命《めい》を与えた。二神を持ちたくないというのなら、単体になってみろ、と。精霊〝香奴《こうど》〟を取り憑かせ操る単体の精霊師となれるのであればお前の我儘を許そうと。地獄のような修行の果てに、ゼドは二年で単体となることに成功した」

ラグーンがガイの言葉を引き継ぎ、もはや言葉も出ない面々に教えた。

「〝香奴〟は、人が放ったりその場に残していった体臭を媒介にして、その人間の記憶を奪ったり変えたりできる操作系精霊だ。こういうものが何に使われるか察しがつくだろう」

……諜報活動。

「あいつは、王室の命令で他国に忍び込み情報を探り、撹乱《かくらん》する任務についている。その存在は諜報部隊〝第五〟の連中でさえ、ごく一部しか知らん。そして一年に一度か二度、こっそりこちらに戻ってセツに会いに来る生活を続けているんだ。ずっとな」

重い沈黙が、その場に降りた。

◇◇◇

セツは、頭上にやってきた鳥を見た時、目を疑った。

「ゼド……!?」

なんの連絡もなかったのに、ゼドが普段用いる遣い鳥が冬空に喜んで羽ばたいている。ではこれが伝令かと鳥が伝える言葉を待ったが、鳥は嬉しそうにセツの周りを飛ぶだけで何も語ってこない。

精霊を宿す身ならばこの鳥が何を伝えたいのか、どう操られているのかを探ることができるだろうが、セツは、今ではもうなんの力もないただの引退した元神獣師だった。右手を上げ、鳥を迎え入れるように止まり木の体勢を取ってやると、鳥は興奮した羽を休めるようにその手に降りてきた。

「ゼド……？　近くに来ているのか」

そっと鳥の胸のあたりを指で撫でると、鳥は嬉しそうに顔を擦り寄せてきた。

「ゼド」

そっとセツが鳥の頭に唇を寄せた瞬間、大気の震える振動が裏山の森を走った。鳥が一瞬にして高く舞い上がる。

大気を震わせるほどの力を持つ精霊は、神獣だけである。火、土、風、水。人智の及ばない自然の力をそれぞれ属性として併《あわ》せ持つ神獣のみだ。

「青雷……!?」

オルガに何かあったのだろうか。

朝方勝手に抜け出してキリアスに会いに行ったまま、まだ戻ってきていない。おそらくラグーンあたりに捕まって説教されている最中だろうと、様子を見に行こうと思っていたところだった。

着物の上に羽織る上衣を取りに家に戻ったセツは、戸口が開く音に振り返った。

「オルガ？　戻ったのか？」

そこに立つ人物を見た時に、セツは、精霊を失ったとはいえこの男の気配を誰かと間違えるとは、ここまで腑《ふ》抜《ぬ》けたかと己を嘆かわしく思った。

「セツ」

荷を下ろして微笑んでくる男に駆け寄ったセツは、倒れ込むように抱きついた。

「ゼド……！」

その腕は、いささかも揺らぐことなく恋人の身体を抱きしめた。

重なる唇がわずかでも離れる隙間から、互いにあふれる言葉がこぼれ落ちる。

「風呂……三日、入ってない……ちょっと待っていろ」

「なんで……どうして、連絡して、くれない……鳥の、一羽も、飛ばせなかったのか」

「別のところで使っていて、こっちにまでは……セツ、頼む、一瞬離れてくれ」

野宿をしてきたなら風呂に入ることもできなかっただろう。焼けた土の匂いがゼドの首筋から香る。欲情して、内にひそめられた男の匂いが立ち上ってくる。三日の汚れなどどうでもいいとセツは思った。この肌を、この匂いを、早く確かめたい。

噛みついてくるようなセツの口づけを受け止めながら後方に下がっていたゼドの身体は、風呂場の方へ少しずつ移動した。服を脱ぎ散らかしながらようやく風呂場に辿り着いたゼドは、抱きついていたセツの身体を引き剝がすように下がらせると、全裸の身体に湯船の水を浴びせた。

冬の、真水である。引きしまった裸体に二、三回立て続けに水が掛けられる。ゼドの身体からは湯気が立っていた。力動により、身体の表面を熱くしているのである。水をかぶるほどにもうもうと水蒸気が上がり、ゼドの姿が見えないほどだ。

セツは目を凝らして男の身体を見た。

前に会った時と、どこが変わっているか。新しい傷はどこにあるか。その傷から、ゼドが戦ってきた足跡を探すのがセツの習慣だった。

最近のものらしい傷を見つけ、そこに触れる。これは、どれほどの出血だったのだろう。槍か、刀か。

ゼドがどれほどの傷を負ったとしても、セツがそれを感じることはもう、ない。

もはや、ともに精霊を共有している半神ではないから。一筋の血の流れさえすぐに感じることができた、痛みも、苦しみも、歓喜も、全て共有したあの時代ははるか昔。失ってもう十四年にもなる。

青雷の操者と依代としてともに生きたのは、たった二年だけだった。二十歳で神獣師となり、二十二歳で青雷を失い、失われた時間の方がはるかに長いというのに、こうして肌を合わせるだけであの時代が鮮明に蘇る。

ゼドの燃えるような肌に手を這わせながら、いつしか自分まで一糸まとわぬ姿となっていることにセツは気がついた。

かつて、絶え間なく注ぎ込まれた力動は、今ではもうたった一つだけになってしまった。

己の中心を貫く力の塊。脈打つ鼓動。激しい律動の果てに、注ぎ込まれる、精。

これだけは、変わらない。禁を破って、互いに半神と正式に選ばれる以前から身体を求め合ったあの頃と、何も変わらない。この命の放出を受け止められるからこそ、生きていけるのだ。

久しぶりに受け入れてくれようとしている恋人の後孔を、気にかける余裕がゼドにはなかった。齢三十六だというのに、盛りのついた子供のように求めてしまうのは、初めてセツを抱いた十六歳の頃から何も変わっていない。

「はっ……あ、ああっ、あっ……」

激しい動きに逃げるのではなく、必死でしがみついてくる恋人が愛おしい。繊細な線を描く目尻に溜まった涙を、そっとゼドは舌に含んだ。

セツは、顔の右半分が失われているだけでなく右足にも少し麻痺が残っている。さほど足を引きずっていないので、よく見なければ分からぬほどだが、血の巡りが悪いので右足はいつもひんやりと冷たい。ゼドは、肩に乗せたその右足を取って口づけた。

「あ……あ、動いて……ゼド」

あまりに激しい動きに反省して足を愛でているのに、真下の恋人は突き上げられる快楽の方を求めている。ゼドは再び己の精がみなぎるのを感じた。挿入したままのセツの穴をみちみちと広げてゆく。

「ああ」

それを感じてセツはたまらないというように顎を上げた。それで、ゼドは余裕を失った。十六歳だった頃と同じように、ひたすら腰を振って快楽を性急に求める。

「あっ、あっ、あっ、あっ、ああっ……」

白い引きしまった裸体をくねらせるようにしながら、セツが絶頂へと導かれる。陰茎からこぼれ落ちていた滴は、小さく弧を描いてセツの胸元へ飛んだ。

ゼドの方は、己の絶頂が全て霧散するまで、セツの腰を抱え込んで離さなかった。どくどくと脈打ちながら、セツの中に精が注がれる。

余韻が引いてから腰の力を抜いたゼドに、セツの足に絡みつく。

「もう少し……入れたままでいて……」

かつて感じた、力動の注入に似た感覚を味わいたいのだろうとゼドには分かった。だが分かっていても、脳が痺れるほどの卑猥《ひわい》さと可愛らしさに、苦笑しつつ愛おしい恋人の身体をかき抱いた。

恋人の荒々しさを受け止めて果ててしまったセツの身体にそっと毛布をかけなおし、ゼドは着物を二枚ほど重ねただけの格好で外に出た。

冬空から、凍《い》てついた青い月が見下ろしていた。それを見つめていたゼドは、林の中に視線を流した。

「もう終わりか？　俺の方がまだもつぞ」

ダナルはゼドより十二歳年上である。ゼドはかすかな笑いを闇夜に浮かべた。

「ルカも気の毒に」

「お前、伝令の一つも飛ばさずにどうした。オルガの件で、さすがに腹を立てて乗り込んできたか。青雷を動かしたんだって？」

「いや、別に……。最初あんたから伝言を聞いた時はキリアスをぶちのめしに行ってやろうかと思ったが、考えてみれば入山した以上、何が起こってもおかしくない。ここから先はあの子の人生だ。俺がとやかく言うことじゃない」

「じゃあどうした？　冬とはいえ、こんな急に……」

思い当たったことに、ダナルは口をつぐんだ。

「……そうか……先読様か……」

「五年に一度なだけまだマシなのかもしれん。次の役回りは〝紫道〟だ。ライキとクルトが神獣師になったのはいつだった？」

「四年前だな」

ゼドは、月を見つめ続けた。青白い光を反射するゼドの横顔を、ダナルは見据えながら言った。

「ゼド。役目を全《まっと》うするだけだぞ。余計なことは考えるな」

「分かっている」

答えてからゼドは林に視線を戻した。

「気配を消すのがなかなか上手いな。あんたの修行の成果か？」

「いや、今これをジュドに習っているんだ。力動の流れを止める方法にかけては、ジュドは一番だからな」

二人に指摘されてキリアスは林の中から出てきた。

「どの辺の話に興味がある？　〝オルガの件で、勝手に半神になった馬鹿をぶちのめしてやろうかと思った〟のあたりかな？」

ゼドが笑顔でキリアスに訊いたが、キリアスはゼドの顔を見据えたまま答えなかった。

「もしかしたらその前か？　〝俺の方がまだもつ〟なんて信じているんじゃないだろうな？」

「おいコラ」

「〝青雷〟を授戒した時に、契約紋にあんたの名前が浮いた」

キリアスの言葉に、男二人はふざけた態度を引っ込めた。

「〝ゼド・セグレーン・ヨダ・ニルス・アルゴ〟……あんたは……アルゴ家の人間か」

ゼドは人のよさそうな笑顔を下げた代わりに、ほんの少し口元を歪めてみせた。

「大したものだ。がむしゃらに神獣を入れて成功したわけではないらしい……。少しは安心したぞ」

「答えろ。アルゴ家の人間か⁉」

「そうだ」

ニルス、とは直系の嫡子を表す。ヨダ王家より二代前に分流したアルゴ家の嫡男、を意味するのだ。つまり、現在の国王と祖父を同じくする従兄弟《いとこ》同士ということになる。

そして、もう一つの歴然とした事実がその名前には語られていた。

「お前の生母・セイラ様の実弟だ。この男はな」

キリアスの母は、アルゴ家の出身である。叔父と甥は、初めて対峙《たいじ》した。

キリアスは、自分の考えていることを言葉にするかどうか迷っているようだった。ゼドを射貫くように見据えていた瞳をさまよわせる。

「聞いた方がいいぞ、キリアス」

森の中に視線を流しながら、ダナルはキリアスを促した。意を決したようにキリアスがゼドを見据える。

「母上が……王宮を追放されたのは、俺が四つの時、十四年前だ。アルゴ家が取りつぶしになり、母上が霊廟へと預けられることになったのは、あんたがオルガの命を助けるために勝手に青雷を守護精霊にしたことと関係があるのか」

ゼドは、キリアスの瞳を静かに見つめながら告げた。

「そうだ」

キリアスは、ゼドの瞳を一瞬激しく睨みつけたが、すぐに視線を落とした。握りしめた拳が傍目にも分かるほどに震える。ゼドはその拳をしばし見つめていたが、ゆっくりと視線をキリアスの瞳に定めた。

「言わないのか？　なぜ助けた？　なぜ赤子に五大精霊を入れるなどという真似をした？　助けなければよかったのに、と」

ゼドはキリアスを見据えながら言った。

「一言でもそれを口にしていたら、お前をオルガの半神にするなど絶対に許さなかったものを」

「……貴様に許される必要がどこにある」

青い瞳を激しく怒りに染めながらキリアスは吐き捨てた。その様子を見てふとゼドは穏やかな笑顔に戻った。

「親父《国王》に似てんなあ」

「顔だけじゃねえんだな、これが。中身も同じで昔を思い出して仕方ない。おいキリアス、そろそろ森の中の奴をなんとかしてやれ」

ダナルの言葉に、キリアスは森の暗闇を振り返った。そこにあった気配に、仮にも半神でありながら気づかなかった己の馬鹿さ加減を呪《のろ》った。

「オルガ……！」

森の中へ逃げてゆく姿をキリアスは迷わず追った。

その後ろ姿を見つめながら、ゼドは先の見えない未来を、初めて描きたくなった。

そんな資格はないと分かっている。この国の幸福な未来を、思い願う権利を自分は失った。神獣師であることを捨てた時から。国ではなく、ただ一人の人間を選んだ瞬間に、祈る資格を失った。

だが、あの時助けた小さな命が、運命という嵐に否応なく立ち向かおうとしている。

単なる精霊師として生きてくれたらそれでいいと思った。だが半神となったのはあのキリアスだった。これが精霊の意思か。その意思にことごとく背きながらここまで来たと思っていたが、こうなると自分の選んできた道には、何かの意思が働いていたように思える。そう思うことで、楽になるつもりは全くなかったけれど。

「いつ、王宮へ？」

ダナルの声も、冴え冴えと聞こえる。ゼドはもう一度青い月を見上げた。

「明日には、表山にユセフスの命が届くはずだ」

◇◇◇

暗闇の中、オルガは全力でキリアスから逃げていた。

月明かりが十分に届かない林の中である。この勢いで走り転んだりしたら、大怪我を負ってしまう。キリアスは焦ってオルガに手を伸ばした。

「オルガ！」

まだ少年の華奢《きゃしゃ》さを残すその身体を捕まえたキリアスは、そのまま自分の腕の中に収めた。一気にオルガの混乱があふれるように入ってくるが、あまりの感情の渦に、それが哀しみなのか怒りなのか恐怖なのかも分からないほどだった。

ただ分かっているのは、全身でキリアスを拒絶しているということだった。今までも性的なことを押しつけられるのを嫌がってたびたび拒絶の意を伝えてきたが、それとは比べ物にならないほどの、……逃避だった。

(怖い。怖い。怖い。離して。嫌だ。怖い)

「オルガ」

(俺のせい。俺のせいだ。そう思ってる。絶対思っている。思っているのが怖い。それを知るのが怖い。今は間口を閉ざしているけど絶対そう思ってるに決まってる)

己の心などキリアスにも分からなかった。

心のどこかでそう思っているのだろうか。

このままオルガに力動を注ぎ込めば、それは無意識のうちに流れ込むのだろうか。

それをオルガは恐れているのだろう。自分を罵《ののし》る声など、聞きたくないのだろう。

青雷を自分に渡したことで罪人となり、離れ離れになってしまったゼドとセツに直接話を聞くために訪れたに違いない。勇気を振り絞って。

だがその前に、それにキリアスの母親まで関わっていることを知ってしまった。自分が青雷を宿し生き残ったことが、どれほどの混乱を生み、どれほどの不幸を生んだのか、それだけで衝撃だったというのに、この上、半神からの罵倒など、耐えられないと思って当然だろう。

キリアスは、母が四歳の自分を置いて王宮を去ったことを、罪を犯して追放されたのだと聞いていても、それについて父王を問いただしたことは一度もなかった。たまに面会を許される実母にも、なぜ、と尋ねたことは一度もない。

いずれ分かることだと思ったからだ。政務につき、内情を知ればいやでも知ることになるだろう。実際父王はそういう態度だった。いずれ、分かる。どういう形で知ることになるか分からないが、いずれお前も真実を知ることになるだろう、と。

思いがけず真実の片鱗《へんりん》に触れたことで動揺したが、たとえ青雷が関係しているとしても、オルガのせいになどどうしてできようか。

キリアスは、己の心に問うた。

本当に、そうか？

心の裏側に、オルガの出生を忌《い》まわしく思う自分がほんの少しでもひそんではいないか？

そんなことはないと自信があるのならば口づけるがいい。嗚咽《おえつ》の漏れるオルガの口を塞いで力動を注ぎ、自分の想いをすべて共有してやればいいのだ。

キリアスは、震えるオルガの身体を抱きしめてもなお、それを逡巡する己の心の弱さを認めざるを得なかった。

すまん、オルガ。

俺だけは味方だ、俺だけはお前を責めたりしないと言い切れる自信が、俺にはない。

いったい、なんのための半神か。

心も感情も感覚も共有できる身体でありながら、涙一つ止めることができないとは。

これほどまでに、俺は情けない男だったか。たった一人、哀しみに押しつぶされそうになっているこの小さな魂を救うことができるのは自分しかいないというのに、ためらいが生じるこの、弱さ。

キリアスは、猛烈に強さを欲した。

生まれて初めて、自分のためではなく、相手のために強くありたいと願った。

精霊を追い出す力がなくてもいい。この涙を止めることができるのならば、それだけの強さでいい。

ふと、胸のあたりに顔を伏せていたオルガの頭が揺れた。

腕の力を緩めると、涙でぐしゃぐしゃになった顔が、キリアスに向けられた。

月の光を受けた瞳は、透明な青さを一層際立たせていた。涙で揺れる青い水の底に、キリアスは自分の姿を見た。

半開きになった唇に、そっと己の唇を乗せる。

力動など、意識しなかった。もしかしたら無意識のうちに自分の心が流れ込んでしまっているかもしれない。だが、そんなことはどうでもいいほどに、キリアスは今一つの想いに動かされていた。

この愛おしい唇に、口づけたかった。

オルガの柔らかさは、キリアスにぴたりと寄り添って離れなかった。


千影山の裏山と表山は、時空のひずみによって繋がっている。

同じ時間、同じ山の別々の場所にちゃんと存在しているのだが、裏山に繋がる唯一の道に、千影山の結界の力でひずみを生じさせているのだ。表山の人間が、簡単に裏に辿り着けないようにするためと、外部からの侵入者に備えてである。精霊を宿した者でなければそのひずみを通り抜けられないようになっている。

オルガの身体を抱きかかえるようにして表山に入ったキリアスは、すぐにジーンとテレスを見つけることができて安堵した。

「キリアス様！　どうなさったんですか、表まで」

「すまん、頼みがある。オルガを少しの間こっちで頼めるか」

ジーンとテレスは、キリアスに子供のように抱かれているオルガに目を向けた。オルガは泣きすぎて顔が赤ん坊のようにしわくちゃになってしまっている。

「師匠らはご存知なんですか」

「ちょっと今はあいつらの傍に置いときたくないんだよ」

「キリアス様」

「お前らも知っているだろ。ゼドに、不用意に関わらせると心臓に悪い。ラグーンもダナルも容赦ないからな。俺があいつらに釘を刺してくる間だけだ」

「しかしキリアス様、今、それどころじゃないんですよ。表に王宮からの使いが来たんですが、戒厳令が出されるかもしれません」

「なんだって？」

この国の戒厳令とは、戦時下に軍が指揮系統を掌握《しょうあく》することではなく、神獣師が直接命を下すことである。

　大がかりに神獣が出され、万が一に備えて国の結界を強化し、全軍が臨戦態勢を取るのだが、今回は外敵と戦をするわけではない。ここ数十年、ヨダは大国と小競り合いはしても攻め込まれたことはない。

「表で修行中の子供らを、全員家に戻すようにとの命《めい》が来ました。それと、裏山で修行中の者たちも。アンジ総責とマリス管理人は結界をもう一度張り直し、その付添人として俺とテレスが山に残り、残りは全員下山せよ、三日以内に行うべしとのことでした」

　今子供たちを家に戻す準備にてんやわんやである、とテレスは続けた。

「結界を強固にするための戒厳令は、確か五年前にも出ましたよね。何か、ご存知ですか？」

　キリアスは、記憶をたどるような目で呟いた。

「ラルフネスの浄化だ」

「ラルフネス？」

　ジーンはともかくテレスまで首を傾げたことに、キリアスは驚いた。

「お前ら、この国の先読の名前も知らんのか？」

　ひいっ！　とジーンとテレスは後ずさりした。

「俺ら下々の者がお名前まで存じ上げているわけないじゃありませんか！　そりゃキリアス様にとっては妹君かもしれませんが、俺ら民にとっては生き神様ですよ！」

「生き神なんて大げさな。単に予知能力者というだけだろう。しかも今はその予知でさえ形にならない、単なる置物にすぎん」

　吐き捨てるように言ったキリアスに、ジーンとテレスは改めて彼が王子である、という事実を思い知らされた。修行場では身分も何もない、そう接するようにと通達されていたので忘れがちだったが、目の前の男はついこの間までこの国の王位継承者だったのである。

「先読って何だっけ？」

　キリアスに抱き上げられているオルガがぽつりとつぶやく。

　キリアスはため息をついてオルガを傍の切り株に座らせた。

「先読というのは予知能力者で、王室の直系にしか生まれない。そしてこの国の国王は、先読が選ぶ」

　オルガは、以前キリアスが話したことをうっすらと思い出した。あの後色んなことが起こりすぎて、忘れていた。

「先読は未来を見ることができるが、自分ではそれを言語化したり、上手く表現することができない。それを言葉にするなり描くなり、表側に形にして出すのは王なんだ。この国の精霊師が二人で一人なのは、先読と王の関係がそうだったからだと言われている。未来を見るのは先読、それを形にするのは王、どちらが欠けても予知にはならない。俺はラルフネスより八年先に生まれたが、ラルフネスは自分より二年後に生まれた弟の方を王に選んだんだ」

オルガは自分を見つめて淡々と語るキリアスの心情がはかれなかった。

前に話してくれた時には憎しみに覆われていた瞳が、今は穏やかな青を浮かべている。まるで他人事のように語るキリアスに、オルガはどんな顔をしたらいいものか迷った。

「弟は八歳で、ラルフネスの予知を上手く表すことができない。だからまだラルフネスの予知が告げられたことはない。置物というのはそういう意味だ。前の先読も早くに死んだから、この国はいつ災害が起こるか、いつ大国が攻め込んでくるか未来が読めない状態がずっと続いている」

「キリアス様は、先読様にお会いしたことがあるんですか？」

ジーンの質問にキリアスは顔をしかめた。

「あたりまえだろう、妹だぞ。あっちは王宮でも奥宮の神殿にいて、そう頻繁に会ったりしていなかったが」

「え、ど、どんなお姿なんですか⁉　人にあらざる姿ってのは本当なんですか⁉」

「ジーン！」

不敬を恐れてかテレスがジーンを戒めたが、キリアスは気にしていないようだった。ああなるほど、と合点《がてん》がいった顔で頷く。

「そうか、先読の姿は神官や王族でも限られた者しか見られないからな。国民にはそう思われているんだったな」

「違うんですか？　下半身が獣のようだとか、羽が生えているとか、俺本気で信じていたんですけど！　だって、神獣師様でも会えないんでしょう⁉」

「〝鳳泉〟の神獣師以外はな」

〝鳳泉〟は火を操る赤い鳥の姿をしていると言われ、五大精霊の中でも最高位である。

この神獣が持つ能力が〝浄化〟なのである。

精霊とは、文字通り結界を張り防御となる〝結界〟系、殺傷的な攻撃能力が高い戦闘用の〝攻撃〟系、人を操り動かす〝操作〟系、そして悪しきものを取り除く〝浄化〟系の四つの属性に分かれている。

「普通の精霊ならば属性は一つだが、神獣は複数の属性を備えていると言われている。だがやはり得意分野はある。〝鳳泉〟が浄化なら、〝紫道〟は結界。〝青雷〟は攻撃だ。雷を出すのだから当たり前だな。〝百花〟と〝光蟲〟は操作系だ。鳳泉の神獣師だけが先読に近づけるのは、浄化能力があるからだと言われている」

キリアスの話にオルガは首を傾げた。

「他はどうして近づけないの？」

「先読は常に〝宵国《よいこく》〟と繋がっているからだ」

宵国。ヨダ国の概念で、あの世とこの世の狭間である。

精霊を宿した身で、宵国に足を踏み入れたが最後、引きずり込まれると言われている。それすなわち、死だ。

オルガは幼い頃から宵国に落ちないように、狭間に足を踏み入れないようにとしつこく言われて育った。

危険なことが起こると雷が出るのはそのためなのだと養父母から繰り返し教えられた。子供は特に狭間に落ちやすいから気をつけなければならない、と。ちょっとした事故でも、精霊を宿すがゆえに死に至る。その戒《いまし》めの言葉だった。

「先読はほとんどその世界にいると言っていい。ラルフネスも、一日のほとんどは寝てばかりなんだ。魂を飛ばして宵国に入って遊んでいるらしいが、俺にはよく分からん。だがな、宵国にばかりいるとやはり宵国に集《つど》う悪しきものの影響を受けてしまって、知らず知らずのうちに悪いものを溜め込んでしまうんだ。だから浄化が必要なんだ。依代ならなんとなく分かるんじゃないか。力動の乱れで身体がどうにもならなくなる状態があるだろう」

ああ、とオルガとテレスは頷いた。

「それは王様がなんとかできないんですか」

「そこが本当の半神ではないところだ。王ができるのは先読の予知を形にすることだけだ。本来先読の浄化ができるのは、神獣・鳳泉のみ。鳳泉は、精霊の中で唯一宵国の影響を受けず、ゆえに先読に近づくことができる。それに、先読と同じように魂を飛ばして宵国に入ることもできるんだ」

はああ、とジーンとテレスがため息をついた。精霊師としてある程度は知識もあるのだろうが、神獣の能力や先読のことなどは山の教師職程度の精霊師の耳に入るところではないらしい。

「じゃあ、鳳泉による浄化が今回行われるわけですね」

ジーンの言葉にキリアスはさすがに眉をひそめた。

「なあ、お前ら下級の精霊師は、神獣師について何も知らんのか？」

「下級いらないから！　そんな区別ないから！」

「鳳泉の神獣師は一人しかいない」

三人は、目を丸くするしかなかった。

「神獣師は現在、七人しかいないじゃないか。青雷がないとしてもなんで七人なのか考えたこともないのか？」

「いや、普通に八人だと思っていました！　違うの!?」

「鳳泉は依代しかいない。操者が死んでしまったらしい。だから、鳳泉の力を使えないんだ。鳳泉を宿した、ただの容れ物ってだけだ。唯一宵国でラルフネスの遊び相手になれるくらいの奴だな」

ちょっと待ってくれとオルガとテレスは手を上げた。

依代側から言わせれば、それは絶対にありえない。

「操者がいなかったら、依代の力動の乱れをどうやって治すんですか！　普通、どちらかが死んだら精霊は外しますよ！」

「俺も、それは思った。入山する前は気にもしなかったんだが、なんであいつは一人でいられるんだろうな……？　やっぱり鳳泉の依代ともなると、一人で力動の乱れなんて整えられるのか、他の精霊とは勝手が違うのか……」

なんと言っても、宵国の影響を受けない精霊である。もしかしたら他の神獣や精霊とは似て非なるものなのかもしれない。

「それに、おそらく鳳泉の神獣師は先読にとって必要不可欠だぞ。片方が死んでも、残るしかなかったんじゃないか。ラルフネスとまともに意思疎通できるのは、鳳泉の神獣師であるトーヤしかいないんだ。トーヤがいなかったら神殿は混乱の極みだ。弟のセディアスは身体が弱いし、まだ幼いからなあ……」

神殿も先読も、常人には想像もつかない世界だ。なのに普通の弟妹のことのように話すキリアスに、オルガはこの人は別世界の人間なのだと思わずにいられなかった。

遠くに感じてしまったことが伝わったのだろう。キリアスがふとオルガに視線を向けてきた。オルガはびくりとして身体を縮ませた。

「キリアス様、鳳泉の操者が不在でその能力を使うことができないとすると、先読様の浄化は誰が行うんですか？」

テレスの質問に、キリアスは視線を戻した。

「五年前、ラルフネスが五歳の時は〝百花〟が行った」

「他の神獣師の方々も浄化ができるんですか？」

「鳳泉の浄化能力には到底及ばないらしいがな。内府・ユセフスが足を痛めたのはそのせいらしい。実際、死ななかったのがおかしいくらいだったという話だ」

キリアスの話に、三人とも息を呑んだ。

「鳳泉以外は、下手すると宵国に引きずり込まれるんだからな……。いったいどうやって浄化するのかも分からんが、おそらく命がけだろう。五大精霊の中で〝光蟲〟だけは浄化能力がない。となると、自《おの》ずと今回の浄化は誰が行うのか決まってくる」

〝紫道〟の神獣師・ライキとクルトである。

3

王都の中心に位置する王宮の門を、ゼドは潜《くぐ》った。

かつてここは、近衛団の長として守った場所だった。愛する者と〝青雷《せいらい》〟を携えて、王宮に時に恵みの雨を、時に雷を降らせ、王国の心臓ともいうべきこの場所を守るのだと、誇らしく立った。

その世界が一瞬にして破壊されるなど、あの時は想像もしなかった。父が死に、弟が死に、姉が捕らえられ、王の前に出された時は、すでに自分も罪人だった。忠誠など、あの時にはもう欠片《かけら》も残っていなかった。そもそも、この国のために命をかけたことなど、自分に一度でもあっただろうか。

汚れた上衣を羽織った流れ者の姿を、美しい上衣をまとった近衛兵がじろじろと無遠慮に見てくる。内府までの通行証を手にしているが、外から内府まで辿り着くには四つの大門を潜らなければならない。薄汚れた昔の通行証を見て、かつての青雷の神獣師だと思う者はいないだろう。

内府へ続く最後の門、黒土門《こくどもん》の前で待つようにと指示が出された。

「ゼド・アルゴ殿か」

近衛の連隊長の身分を示す深緑の上衣を翻しながら歩んできた青年二人は、まだ二十代前半に見えた。おそらくアルゴ家の名前も知るまい。

「近衛団第三連隊長のセイル・アジスです。これは副連隊長のムツカ・ナスク。内府より中へ案内するように申し渡されました。どうぞこちらへ」

アジス。思わずゼドはその顔を盗み見た。顔の作りは弟であるクルトの方に似ているようだった。その叔父にあたるもう一人の神獣師、〝鳳泉《ほうせん》〟の依代とはあまり似通ったところはない。

セイルとムツカに挟まれるようにして内府を通り過ぎようとしたゼドは、己の傍らに滑り込むようにして駆け寄ってきた人物に思わず足を止めた。

床に頭を擦りつけているその人物の背中を見た時に、ゼドは迷わず膝をついた。

「サジか」

「〝青雷〟様……！」

かつての部下はもう皆精霊師を引退したと思っていたが、まだ残っている者がいたらしい。

「息災で何よりだ。リーグは？　まだ一緒に第一連隊にいるのか」

「はい……はい……来年四十を迎えますので、ともに引退いたします。ゼド様、今はどちらにいらっしゃいますか。引退したらこの身は自由でございます。精霊を外し、ただの身になりますが、リーグとともに従者としてお連れくださいませ」

「顔を上げろ、サジ。俺は罪人だ。第一連隊長が膝をつくのは王と神獣師のみだ」

「ゼド様……！」

滂沱《ぼうだ》の涙を流しながらサジは震えた。その肩を軽く叩き、ゼドは立ち上がった。茫然とするセイルとムツカの案内も必要とせず、かつて慣れ親しんだ王宮の奥へと迷うことなく足を進めた。


「二年ぶりか」

内府から黒宮へ続く神通門に入ると、神獣師らが居住する外宮《げくう》がある。

もともとは王族の傍流が居を構えた宮で、一つ一つの邸もそう広くはない。もっとも、今ここに定住しているのは〝百花《ひゃっか》〟の神獣師だけである。

内府・ユセフスは役人らが集う内府ではなく、ここで一人静かに政務を執《と》ることが多かった。困惑している様子のセイルとムツカに下がるように指示すると、滑らかな動きで椅子に座った。肩の上で軽く結ばれた黒髪がするりと落ちる。

「実際会うのは二年になるか。しかしお前とは、しょっちゅう精霊を飛ばして連絡を取り合っているから久しぶりという気が全然しないな」

ゼドは薄汚れた上衣を脱ぎ、ユセフスの前に用意された椅子に腰かけた。

「会ったか？」

ユセフスという男は無駄口を叩かない。久しぶりに顔を合わせたというのに、互いの激務をねぎらう言葉一つ愚痴一つこぼさずに用件のみを話す。ゼドはこの男のこういうところが嫌いではなかった。

「どっちに」

「両方だな」

「ああ、会ったよ。互いに半神となったことは、王はもうご存知なのか」

「いや、知らん。下界ではまだ俺一人しか知らんな。ここぞという時のために取っておこうかと思って」

ゼドはもう吹き出すしかなかった。

「全くお前は、いい性格してるよなあ」

「人のこと言えた義理か」

ユセフスがダナルの後を継いで内府長官になったのは八年前、二十歳の時である。当然、ゼドと神獣師としての時期が重なったわけではない。

だがダナルが引退してから、ゼドに諜報活動の命を下すのはこのユセフスであり、ゼドが生きてきた道を全て知っている唯一の人物であった。時に相談し合い、助けを求め合ってきた。

ヨダ王室にまぎれもない忠誠を捧げるこの男のおかげで、かろうじて責務を果たすことができる。ゼドにとって、ヨダ王室はユセフスを通さなければ目を向けられないものになっていた。その役割をあえて引き受けてくれるこの男の存在に、ゼドは感謝していた。

「早速だが禊《みそぎ》してくれんか。あんたが王宮入りすることはもう王の耳には入っている。多分、どんな嫌味を言ってやろうかと頭の中でいくつも台本を考えているだろう。あんまり待たせても機嫌を損ねるだけだしな」

急《せ》かされることは構わなかったが、もう少しユセフスと話したいところだった。

「なんだ？」

氷のように冷たく感情を滅多に表に出さない瞳をしているが、ユセフスは人の心の機微《きび》を敏感に察する。八つも年下の男だが、俺はずいぶんとこいつに甘えてしまっているとゼドは苦笑した。

「キリアスは……セイラとは、会っているのか」

「あんたも知っている通り十年も前から面会は自由だが、最近は会っていないな。このところ王位継承権を失ったり、入山したりでやさぐれているから、母君にも合わせる顔がないんじゃないか」

「お前がそうさせたんだろ」

「仕方ない。あれほどの力動の持ち主を放っておけるか。見るに見かねてザフィが教えさせてくれと言ってきたから許したが、まさか授戒する方法まで覚えてしまっているとは迂闊《うかつ》だった。よりによって〝青雷〟とは……」

「〝鳳泉〟の操者にするつもりだったのか」

「他におらん。あんたも知っている通り、鳳泉だけは依代も操者も神獣師の中でも飛び抜けた力の持ち主でないといけない。他の神獣の世代交代があり、ミルド、イーゼス、ライキ、いずれも神獣の操者としての能力には達していたが、ガイは鳳泉の操者には指名しなかった」

ガイは、先代の鳳泉の操者だった神獣師である。鳳泉だけは他の神獣師の口出しできるところではない。ガイが認めた者だけが鳳泉を所有することを許される。

かつてゼドは鳳泉の操者として名前が挙がったことがある。千影山で修行中に、師匠から打診されたのだ。

だが師匠は、すでにゼドがセツと恋仲になっていることを知っていた。半神に選ばれるまでは惚れたはれたは禁忌だとさんざん言われていたにもかかわらず、表山で修行していた十六歳の頃にはもうセツを手に入れていた。

セツは、万が一互いに半神として選ばれなかったらどうなるのだろうと毎日のように悩んでいた。もう通じ合ってしまったのに、今更他の男のものになれなどと言われたらどうしたらいいのだろう、と。

それゆえの禁忌だった。精霊師として生きる以上、師匠の判断は絶対だった。お前とは釣り合わないから半神にはできないと言われれば、別れるしかないのである。

——あれほど言ったのにセツと通じたな。お前は血筋から見ても鳳泉の操者になる可能性があるから自重《じちょう》しろと言ったのに。セツは巨大な器の依代だが、鳳泉を宿らせるほどの器ではないぞ。今すぐ別れて鳳泉の神獣師になれと俺が命じればお前はどうする。

——否《いな》。

ゼドは即答した。

十六歳でセツを手に入れてからゼドには確固たる意志があった。俺は、セツ以外に半神は持たない。

師匠が話の分かる男でなかったら、他に鳳泉の操者になれそうな者がいなかったら、こんな我儘は許されなかったかもしれない。

しかし結果、あの時と同じ選択をもう一度迫られることになった。

禊を終えたゼドは、着衣の手伝いをしようと脱衣所にいた神官を下がらせた。

目に痛いほどの純白の着物を羽織る。

これを身に着けるのは神獣師のみだ。その列から離れた自分がこれを身に着けるのは儀式のためだが、おそらく無傷では済まないライキとクルトの血を受けろと命じられている気がした。

五年前に同じく浄化の儀式を行った時、この服はユセフスの血で真っ赤に染まった。

仲間の血を見るたびに自覚させられる。これが、お前が選んだ道の代償だ、と。

「長湯だったな」

五年前の儀式のために片足が不自由となった男は、ただの一度としてそれを責めたことはなかった。杖をついているが特に必要としないほど、さっそうと進むユセフスの後ろを歩きながら、ゼドは五年前から意識を戻した。

黒宮へ向かう廊下で、ゼドは向こうから駆け足でやってくる姿を目に捉えた。

神獣師の証である漆黒の上衣を面倒くさがって羽織らず、腰のあたりでぐるぐる巻いてしまっている。肩のあたりまで伸びた髪は、まるで引退した神獣師らのように自由にして結わえてもいない。齢は、三十四。

だが、二十歳の若者にしか見えない鳳泉のただ一人の神獣師が笑顔を浮かべていた。

「ゼドぉー」

息を切らして走ってきたその身体を、思わずゼドは駆け寄って抱きしめた。

「トーヤ」

「わおー、びっくり、これ異国の挨拶？」

抱きしめられて驚いたトーヤがユセフスに尋ねる。

「好かれてんだよ」

「ユセフスもされた？」

「いや、されてない。同じく二年ぶりなのにな。俺とは懐かしいって気がしないんだとさ」

「元気だったたか、トーヤ」

ゼドが訊くと、トーヤはまあね、と笑った。

「なんかごめんね。今回は勘弁してあげたらって王に言ったんだけどね。駄目だって言うからさ、んじゃ俺がクルトの方担当するって言ったんだ。今回の介添人は俺と一緒だよ」

「トーヤ」

目を見開いたゼドに、トーヤは大丈夫大丈夫、と笑ってみせた。

「それよりさ、王が朝から緊張してたよ。王と会うのは五年ぶりじゃない？　どんな嫌味言ってやろうかって頭の中でぐるぐる色んな台詞考えてるよ、あれ」

「それ、さっき俺も言った」

ユセフスに、トーヤ。自分はこの王宮に過酷な運命を負わせたというのに、この場でそれを笑いに変えてくれる二人にゼドは感謝を超えた思いを抱いた。

トーヤ。

俺は、お前の半神にはなれなかった。

だが、お前のために死ねと言われたら、俺は今すぐにでもそうする。

そのぐらいのことは、しなければならないと思っている。

◇◇◇

王の住まいである黒宮の一室に、禊を終えて純白の着物に羽織姿の儀式用の格好をしたライキとクルトが鎮座していた。

その後ろに同じ格好をしたゼドとトーヤが歩み寄る。ライキはゼドに気がついて片眉を上げた。クルトは叔父であり神獣師筆頭のトーヤが自分の後ろに座ったことに首を傾げた。

「そのまま座っていていいんだよ、クルト。……ゼド、俺の介添人とやらはあんたなのか」

「まあそうだな。クルト、久しぶりだな。この間、麗《れい》街《がい》でこいつが客引きしているのを見たが、ライキお前河岸《かし》変えたのか」

「客引きって何？」

赤ん坊並みの一般常識しかないトーヤが訊いてくる。

「そこまでにしとけ、王が入られた」

ユセフスの言葉に皆口をつぐんだ。御簾《みす》の奥に灯がつき、人影が映る。王が椅子に腰かけた後御簾が半分まで巻き上がったが、王は指で顔まで見せるように指示を出した。

濃紺の上衣で身体の片側を覆ったヨダ国王・カディアスが、御簾の中から青を奥深くに秘めた瞳を出した瞬間、自分を捉えるのがゼドには分かった。

「五年ぶりだ。またこの日が来たな、ゼド。五年が長いのか短いのかは分からんが、戒厳令を敷くほどに大がかりな浄化になるのは誰か一人の責任だな」

五年。積もりに積もった恨み言だろう。ゼドは軽く目を伏せてそれを聞いた。

「〝紫道《しどう》〟の二人も、本来国の結界を守る神獣でありながら浄化の役目を負わされるのは、この男が〝鳳泉〟の操者になるのを拒絶したためだ。文句があるならこの男に言え」

「王……今更三十六歳になってゼドが操者になれるわけないんですから、それは」

「お前は黙っていろ、トーヤ」

苛立ったようにカディアスは遮り、再びゼドに目を向けた。

「四十を超えたら精霊を外せると思うなよ。お前には死ぬまで働いてもらう。永遠に王室の、この国の奴隷として生きろ」

「……仰《おお》せのままに」

瞳を伏せ、腕を肩まで上げて握りしめた拳を左手の掌にあてる。この国の臣下が目上の者に対してする敬礼である。

　カディアスはまだ何か言いたげだったが、言葉を飲み込んで立ち上がった。

「先読浄化の儀、紫道の神獣師に申し伝える。依代の介添人はトーヤ・アジス、操者の介添人はゼド・アルゴが務めるものとする。これより先三日間、ヨダ国は戒厳令を敷き、全て内府の意向に任せるものとする」

「御意」

　その場の五人が声をそろえたのを聞いた後、カディアスは御簾の奥に姿を消した。

　ユセフスは茶でも頼むような淡々とした口調で戒厳令を発布した。書記官は弾けるように飛んでいったが、もう準備は整っているのだろう。王が去った後、五人はその場に胡坐《あぐら》をかいて輪になった。

「さてと、お前、自信はあるのかライキ。ユセフスはこの足になっちまったぞ」

　ゼドの言葉に自信もくそもあるか、とライキは返した。

「浄化能力は〝百花〟よりはこっちの方が上だからな。俺はまだマシだろうが、とにかくクルトが先読にどれだけ引っ張られるか、そこが全く読めない」

「お前、黒宮から先に行ったことあるか」

　黒宮の向こうには王の妃や王子が住む青宮が、そしてその先には先読が住まう神殿がある。

「いや」

「行ってみろ。足がすくんで入れないから」

　精霊を宿した身で先読に近づけば、その力に引っ張られ、宵国に引きずり込まれる危険性がある。本能的な死の恐怖で、自然と身体が動かなくなるのだ。

「明日は、お前とクルトは別々の場所で浄化を行うことになる」

　ユセフスの説明にライキは顔をしかめた。

「なぜ同じ場所ではいけないんだ。より近い方が、力を出しやすいんだぞ」

「お前が未だかつて経験したことのない限界を見るからだ。依代の状態を気にかけていては集中できない。浄化が始まれば、もうそれは止められない。浄化が完了するか、お前らが死ぬまではな」

　操者は依代を守るのを優先してしまう傾向にある。己よりも影響を受けやすいのが依代の方だからだ。

「山で習ったはずだ。使命を優先するためには依代を見捨てろ、と。依代は最後の最後は自分の身を自分で守れる。その状態になるだろう」

ライキはユセフスを睨みつけた。

「そんなことは絶対にさせねえよ」

「あたりまえだが皆そう言うんだ」

ユセフスはライキの反応に肩をすくめた。

「万が一クルトが〝血戒《けっかい》〟を出したら、お前は正気でいられるか？」

ユセフスの言葉にライキは目を剝《む》いた。

精霊とは基本魔物である。

例外なく、全て魔物である。人が作った契約の力――〝戒《かい》〟によって縛られているがゆえに、思うがままに操ることができるだけだ。

宵国に魂を飛ばしている先読を浄化するには、こちらも宵国に近づき、一瞬だけでも繫がらなくてはならない。だがその間宵国の影響で精霊との契約が一部解除される状態になる。

当然、紫道は牙を剝いて自由になるべく襲いかかってくる。それを制御しながら先読の浄化も行わなければならない。これは完全に操者の力量にかかっているが、依代の負担も凄まじい。直接攻撃を受けるのは〝器〟である依代の方だからだ。

〝血戒〟とは、己の血、つまり依代の命によって、自由になろうと暴れる精霊を繫ぎ止める最終手段だった。戒が解け、魔獣に戻ろうと暴れ狂う精霊を自身の命によって繫ぐ。

これを行えば否応なく依代の魂は宵国へと飛ぶ。魂を呼び戻すことができれば依代は蘇生し、精霊との契約もそのまま継続する。だが依代が死んでしまった場合、依代の魂は精霊とともに護符に封印される。

魂の浄化もされず、精霊の一部として魂が束縛されてしまうのだ。

絶対に精霊を魔獣化させない、失わせないために、全ての依代が修行中にこの方法を伝授される。

死後も救われないその方法を、依代に使わせることを望む操者は一人としていない。

「俺がクルトにそれを許すと思うか。第一、どんな目にあっても、こいつは己の命を捨ててまで俺を守ろうとはしないだろう」

感情のない目でクルトはぼんやりとそこに座っているだけだった。話が全てクルトの傍を通り過ぎているようになんの反応も示さない。そんな甥を、トーヤはじっと見つめていた。

「だがクルトが血戒を使ったら？　クルトの命が失われるかもしれない恐怖に、お前は果たして正気を保っていられるかな。おそらく、魔獣と化すだろう。クルトの中にあり、お前と繋がっている〝紫道〟に喰われてな」

精霊は、精霊師に宿され、操られていても心の闇を狙っている。

闇に負けた人間は、精霊に喰われる。

己の魂を精霊に喰われた人間は、魔獣と化す。

命も記憶も倫理も全てを失った魔物となるのだ。

「介添人とは、魔物となった神獣師を殺す者だ」

ゼドはライキにそう教えた。

「お前が魔物になれば俺が殺す。クルトが魔物になればトーヤが殺す。……そのための介添えだ」

トーヤはこくりと頷いた。

「大丈夫だよ。殺す時は、ちゃんと見極めるから」

ライキは、挑むように二人を睨みつけた。

傍らのクルトは、何が起こるのか理解していないようにただぼんやりとしたまま、ライキに寄り添うように座っていた。

◇◇◇

4

戒厳令が敷かれ、近衛団や一部の書記官らを除き、侍従や女官らは皆宿下がりを命じられたため、王宮の中はしんと静まり返っていた。

ゼドは白い神獣師の姿のままで黒土門の方へ歩いた。闇夜にも眩しいほどの白い姿に、誰なのか分からずとも近衛の兵たちが頭を下げる。

黒土門。ゼドは、十四年前、ここで起こった地獄を思い出した。

十四年前、異常事態の戒厳令下、その時ゼドは全ての部下、全ての兵を黒土門より先に逃がしていた。

黒土門より内には神獣師と王しかいないはずだった。

神官は一人も生き残ってはいまい。いったい中がどうなっているのか、ゼドには分からなかった。王が生きているのか、それを確かめるよりも先に、ゼドは這いつくばりながら、地面に伏している己の半神に向かった。

生きている。生きている。まだ、生きている。セツ。

力を振り絞ってセツにたどり着いたゼドは、その身体を己の腕の中に抱え上げ、思わず悲鳴のような絶望の声を上げた。

「ああああ……！」

あの美しかった顔が半分、削げるように失われていた。血にまみれたセツの身体をかき抱き、口づける。

己の全ての力動を失っても、なんとしても生きながらえさせてみせる。セツは、ゼドの貪るような口づけに反応し、息も絶え絶えになりながらもゼドの漆黒の上衣を摑んだ。

「……赤子……は」

「セツ！　気がついたか！　俺だ、もう大丈夫だ！」

「ゼド、子供……生まれた、子供は」

言われてゼドは子供のことを失念していたことに気がついた。いつの間にか、赤子の声が止んでいる。

もしかしたら生きてはいないかもしれない。どこまで助けたのか記憶にない。混乱する頭で黒土門を振り返った時、門の陰に隠したことを思い出した。身体をふらつかせながら門に近づく。

まだ産湯にも浸《つ》かっていない赤ん坊は、血にまみれたままだった。母親の産道の血か、それともこの地獄の返り血か、もはや泣き声もない。死んだように動かない赤ん坊の姿に、ゼドは全ての感情が決壊しそうになった。きつく目を閉じて、歯を食いしばる。まだだ。まだ、泣く余裕などない。

赤ん坊はかすかに息があったが、もう時間の問題だった。セツが赤ん坊の安否を気にするので、傍に置いてやる。

「これはもう、助からないかもしれない」

「そんな！　駄目だ……！　そんなのはあんまりだ……！」

「しかし、力動を注げるわけでもないし、どうしようも……」

ゼドの言葉に、セツは衝撃を受けたようにゼドの腕を強く摑んだ。まだこんな力が残っていたのかと驚くほどの強さに、ゼドはセツの顔を覗き込んだ。

「ゼド……俺から青雷を外せ。子供に、青雷を宿すんだ」

その言葉はやがて、破壊されてしまった全ての運命の歯車を動かすことになる。

◇◇◇

セツの言葉を、最初ゼドは理解できなかった。何を言い出したのか、頭がどうかしてしまったのかと不安に思ったほどである。

「何を言っている？」

「生まれたての赤ん坊ならば、それだけで〝器〟の価値がある。器の大きさなど、全くの無の状態の赤ん坊には関係ない。〝青雷〟だろうがなんだろうが、入るだろう。今すぐ、そうするんだ。このままでは死んでしまう」

息も荒くそう語るセツに、馬鹿なことをとゼドは怒鳴った。

「勝手に、青雷を入れるなどできるわけないだろう！それに、青雷を今のお前から外してしまったらどうなると思う！　俺の力動を注げず、それこそお前の方が死んでしまう！」

「ゼド」

セツは、微笑んでみせた。片側にしかなくなった瞳で、血にまみれた半分の顔で、困惑する半神をなだめるように微笑みながら、言った。

「赤ん坊を、殺すな。生かすんだ、なんとしても。生きねばならない、この子は。絶対に」

「セツ……！」

「俺は、大丈夫だ。必ず、生きてみせるから。だから、だから頼む、助けてくれ。この子を、頼む」

耐え切れずにゼドは嗚咽を漏らした。頼む。本来、それを言わなければならないのは俺の方なのに。

青雷を外してしまったら、もう二度とセツの身体に青雷は戻せない。同じ身体に同じ精霊を二度入れることはできないからだ。それが分かっていて、やれ、と言う。子供一人助けるために、己の人生をすべて捨てようとしている。

ゼドは愛おしい身体をきつく抱きしめながら、これから先の未来を睨み据えた。

俺は、お前への想いを貫くためならば、外道《げどう》にでも魔物にでもなろう。

セツの負担にならないようにわずかな水竜を出し、それを闇夜へと飛ばす。目指したのは、千影山だった。助けてくれるという保証はどこにもない。だが、ガイならば、分かってくれると信じた。信じるしか、方法はなかった。

水竜が無事ガイのもとに辿り着き、ゼドの意思が伝わったことを確認してから、ゼドは虫の息の赤ん坊を抱えた。この世に生まれてまだ瞳も開けていない赤ん坊は、当然のことながら名前がなかった。

「セツ、名前を。お前が、名を与えてやってくれ」

正名は、その者の出自を明らかにし、先祖と繋げるための重要なものである。

普通は略式で名乗られ、正名を口にする機会など生涯のうちにそう多くはない。

だがこの子は精霊を授戒するために早急に正名を用いる必要があった。

母もなく、父もなく、先祖を辿ることも許されず、この世界に生まれ落ちるはずもなかったこの幼い命に、ゼドはもはや断絶が決定した己の家名をつけることをためらった。

「オルガ」

息も絶え絶えに、セツは名前を口にした。

「オルガ・ヘルド・ヨダ・ニルス・アルゴ」

ゼドの名前はゼド・セグレーン・ヨダ・ニルス・アルゴ。ヨダ王家二代前の分流アルゴ家の嫡男ゼド、という意味である。

セグレーンが二代前のヨダ王家からの分流なら、ヘルドは三代前の分流、という意味だった。

つまり、三代前にヨダ王家から分流したアルゴ家の嫡男オルガ、という名前は、そのままゼドの息子という意味を表していた。

そしてオルガとは、セツの実家の名前だった。

夫婦から生まれた子供は父親の系譜の姓を継ぐが、名前は母親の系列から取ることが多い。

それはそのまま、婚姻の証だった。

ゼドは、セツを抱きしめてその愛おしい唇に最後の力動を注ぎ込んだ。

齢十四で出会い、半ば無理矢理に受け入れさせ、二十歳でともに青雷の半神となった者。

最愛の半神。たとえ精霊を失い、ただの身となったとしても、お前への想いは永遠に翳《かげ》ることはない。

ゼドは、セツを地に横たえると、着物を剝いで白い胸元に浮かぶ斑紋を露にした。

「今より呪解する。セツ・ヘルド・ラルス・ミグ・オルガ、ゼド・セグレーン・ヨダ・ニルス・アルゴとの契約を外す精霊の名は〝青雷〟。我が手に、戒を戻せ！」

セツの身体から、青い光が凄まじい勢いで空へと立ち上った。

天空に青き竜の姿が描かれる。灰色の雲に覆われた闇夜に浮かんだその青さを、ゼドは目に焼き付けた。

これを手にして二年だった。王家の象徴たる青を表したこの神獣を、この手で操るのはこれが最後。ゼドは天に向かって右手を上げた。

「ゼド・セグレーン・ヨダ・ニルス・アルゴの名において、〝青雷〟に戒を授ける。これより十六年の時を、ここにいるオルガ・ヘルド・ヨダ・ニルス・アルゴの守護精霊として在《あ》れ！」

新たなる戒を与えられた青雷の、空を切り裂くような雷鳴が、大地に響き渡った。

凄まじい衝撃にセツの身に覆いかぶさるようにしてそれに耐えたゼドは、赤ん坊の身体が雷光に包まれているのを目にした。

光に包まれながら空に浮く赤ん坊は、まるで己の存在を証明するかのように大声で泣いていた。

手を差し伸べると、赤ん坊の身体は体重を伝えてきたが、ばちばちとぶつかり合っては光を弾き出す雷は収まらなかった。

「セツ、見ろ、成功したぞ、赤ん坊は、オルガは無事だ」

セツはかすかに微笑んでみせたが、青白い顔をそのまま硬直させていった。

「セツ！」

ゼドは、悲鳴のような声でその名を呼んだ。錯乱しそうな精神状態に陥った時に、自分を呼ぶ声が耳に届き、弾けるように顔を上げた。

「ゼド様！」

近衛団第四連隊長のコーダとカイトだった。

「コーダ、カイト！」

ゼドは救いを求めるように二人を呼んだ。

「ゼド様、申し訳ありません！　青雷が再び出たのでつい様子を……こ、これは……！」

二人はこの惨状に声を失った。

「セツ様！」

悲鳴を上げてカイトがセツに覆いかぶさるように寄り添う。

「まだ息がある。コーダ、早く！」

この二人の精霊が操作系であったことはセツにとって幸運だった。カイトとコーダの所有する精霊は〝千《せん》邪気《じゃき》〟と呼ばれる、人や動物の〝気〟を操作できるものだった。つまり、よくも悪くも催眠状態にさせるのである。

痛みを取り除き、体温を調整できる状態にするだけで、この時のセツにとっては最大限命を繋ぐことができる治療だった。わずかでもその顔に血の気が戻ったことでゼドは身体中の力が抜ける気がした。

「ゼド様、その、その子供は……」

「青雷を入れた。まだ契約が馴染んでいないのだろう。だから雷を出している」

ゼドの言葉に二人は青ざめた。だが、もうゼドには他に頼める者がいなかった。カイトの腕にオルガを渡す。

「千影山に行け。すでにガイに、伝令を飛ばした。千影山に行って、セツを助けるように言ってくれ。頼む。セツと、子供を千影山に連れていってくれ」

「ゼド様は!?」

「俺が一緒に逃げれば王は千影山まで追うしかあるまい。時間を稼ぐ。二人を、ガイの手に渡してくれ。後《ご》生《しょう》だ、頼む」

コーダとカイトはかすかに目配せし合った後、ゼドに向き合ってしっかりと頷いた。

「お任せください。必ず、お助けします」

コーダはセツを担ぎ、カイトは雷を放出する子供を上衣でくるみ、最後に二人はゼドに目を向けた。

行け、時間がない。

頼む。

二人は闇夜に向かって走り出した。どうか、どうか早く、その雷光が消えて見えなくなるように。その姿を目に映しながら、ゼドはついに地に膝をついた。反対側から、兵士たちが駆けてくる音が聞こえる。

兵の到着と同時に、金の蝶がゼドの頭の上に現れた。

『ゼド！　子供は、子供はどうした！』

ダナルの声だった。ゼドは、もう一歩も動かせない身体を放り出していた。さっさと連れていけ。己を囲む兵士たちにそう告げたゼドの耳に、聞き慣れた部下の声が届いた。

「ゼド様！」

コーダとカイトが戻ってこないことを不思議に思ったのか、近衛団がやってきた。

「内府！　これはどういうことでございますか！　ゼド様がなぜ！」

捕縛されようとしている上官の姿に、近衛団第一連隊隊長のサジが声を荒らげる。ゼドは、最後の力を振り絞った。

「近衛に告ぐ！　これが俺の、近衛団長としての最後の命と思って聞け！　すぐに営舎に戻り、内府からの伝達を粛々《しゅくしゅく》と待て！」

「ゼド様‼」

「命令だサジ！　最後の、俺の命だ、従え！」

ゼドは、慟哭《どうこく》する部下になんの説明もできなかった。

いったいどう説明できようか。俺は、王に背き、そしてまた背きに行くのだなどと、伝えようがなかった。


ゼドが気を失うことを許されたのは、ほんのわずかな時間だった。

だが、王宮の中は、一瞬たりとも眠ることなど許されない状況だった。

黒宮謁見の間にて一人王の沙汰《さた》を待つゼドの耳に、侍従らが叫ぶ声、走り回る音が途切れることなく響いてきた。

灯《あか》り一つついていない謁見の間に座りながら、ゼドはこの事態について考えていた。

神殿だけでなく王宮全体でも、多くの犠牲者が出たに違いない。

他の神獣師は、今どれほどの混乱の中にいるだろう。王の怒りは、どのように自分に向けられてくるだろうか。

ゼドは、暗闇の中で己の行動を思い起こした。

多くの命の犠牲の末に生まれた赤ん坊を助けるために、王命に背き、勝手に青雷を外し、そして赤ん坊に宿した。

一度精霊を外してしまったら、もう二度とその精霊を授戒できない。自分はもう、青雷の操者にはなれない。

近衛を率い、王宮を守る青雷が不在となる。あの青き神獣を宿し、操れる者は今千影山にはいない。青雷の後継者を、国は、王は、いったいどれほど長い間待たなければならないのか。

だが、王の焦燥《しょうそう》と怒りの原因は、そこではない。

鳳泉の操者が、死んだ。

鳳泉の依代であるトーヤはかろうじて生き残ったが、神獣は単体では決して成り立たない。

ヨダ国を守るためには、鳳泉だけは絶対に失うわけにはいかない。

今は、トーヤが自分の命と引き換えに、鳳泉を繋ぎ止めている状態である。

先読のためにも、この国のためにも、鳳泉を操る者は絶対に必要である。

ゼドは、膝の上に置いた拳を握りしめた。

今まで何度も、これから先どうなるのだという状況に陥った。

これ以上、最悪な時はあるまい。何度そう思っただろう。

だが、最悪は、あの時ではなかった。

今、この際こそが、絶望の果てだ。

自分の決断が、この国の未来を決定づけることになる。

この決断をしてしまえば、国は先が全く読めない暗闇を進み、神獣師らは苦難の道を歩むだろう。

今ならまだ、絶望を回避できる。

王の命令に一言、諾《だく》と答えれば、トーヤの命も、神獣師らも、国も、未来も、守れるのだ。

謁見の間に近づいてきた足音に、ゼドは閉じていた瞳を開いた。

内府・ダナルは無言のまま近づくと、ゼドの前に胡坐をかいた。

ダナルとその半神のルカは、この混乱に疲れさえ感じる暇もないようだった。ゼドを前にしたダナルは、ついに弱音を吐いた。

「……救ってやれんぞ、ゼド」

ダナルはぽつりと呟くように言った。

「俺は、俺の、やれる、最善を尽くした。極悪非道と罵《のの》られようとな。あとは、お前、好きにしろ。地獄に行くというのなら、一緒に行ってやる」

常に激しい炎を燃やしているダナルの瞳は、さすがに力を失っていた。

誰のせいにもできない。己の行動の責任を取るのは、己のみ。

ダナルの目を、ゼドはまっすぐに見つめた。そんなゼドを見て、ダナルはかすかに微笑んだ。

荒々しい足音が近づいてくる。ダナルはその音に立ち上がった。

現れたヨダ国王・カディアスはこの時二十二歳。ゼドと、同い年だった。

謁見の間に鎮座するゼドに向かって足早に近づいた王は、そのままの勢いで腰の剣を抜き取ると、ゼドの鼻先にそれを突きつけた。

「俺は、命じたはずだ、ゼド！　〝鳳泉〟の操者となれ！　もしこれに逆らうと言うならば、お前はもちろんのこと、セツも千影山に逃がした子供も、全て俺の手で首を刎《は》ねる！」

血走った目で激高する王の剣先が目の前で震えていた。

ゼドは、何度も反芻していた。おそらくこれを告げることで、ヨダ国の歴史に拭えぬほど大きな汚点を残し、自分は人としての何かを失うだろう。地獄行きになろうとも償えぬほどの罪を、負う。

それでも目を閉じれば、瞼の裏に浮かぶのは、微笑みながら青雷を外せと告げたセツの顔だった。

愚か者だと、人は嗤《わら》うだろう。人でなしだと、人は罵るだろう。だが、この身がたとえ畜生に堕《お》ちようと、お前への想いに殉《じゅん》じることができるならば、他には何も望まない。

ゼドは、ゆっくりと瞼を開き、王に告げた。

「私の半神は、セツだけです」

◇◇◇

先読浄化の儀式のために神殿に向かっていた神獣師らが、王の住まいである黒宮を通り抜ける。その時に、真っ先に反応したのはクルトだった。

びくりと身体を硬直させ、足が止まる。トーヤに促されて再び足を進めるが、横の青宮を通り抜け、最後の降神門《こうじんもん》を通り抜けようとした時には、完全にクルトの足は止まった。

それだけではなく、ライキに飛びついてきた。身体を密着させ、背中に腕を回して力を込める。

ライキはライキで、神殿に近づくほどに身体が何か見えない力によって引っ張られる感覚に捕らわれていたが、クルトが抱きついてきたことに茫然とした。

今まで、力動の乱れをなんとかしてほしくて擦り寄ってくることはあっても、こんなに震えて強く抱きついてくるのは初めてだった。

「クルト……」

言いようのない恐怖なのだろう。恐怖はクルトが最も嫌う感情の一つだ。見ないふりもできない本能的な恐怖を、なんとかしてくれるのはライキだけだと信じている。ライキは、クルトの前髪をかき上げるように撫でて口づけた。

心配するな。俺はずっとお前と一緒だ。

注ぎ込まれる力動に、クルトはライキの肩に頬を擦り寄せるようにして頷いた。

その様子を見ていたゼドは、ユセフスを振り返った。

「お前の時はもう少し行ったんだよな」

「まあ、降神門は通ったな。だが、依代はここでもいいんじゃないか。外でやることになるが、誰もいないし、構わんだろう」

「青宮《せいぐう》も空《から》か？」

青宮は王太子の住まう宮である。

王の妃二人と第二王子で王太子であるセディアスが住んでいるが、今は王宮の外れに移動させられている。

王はこの儀式にセディアスも立ち会うようにと命を出していたが、まだ八歳であり、儀式が失敗すれば巻き込まれて命を落とす可能性があることを知った妃ら二人がユセフスに泣きつき、今回は見送られることになったのだ。

その王は今、神殿で先読とともにいる。

「ここに依代を置くとなると、ライキ、お前は神殿の入口付近まで行くことになるぞ。耐えられそうか」

ライキは顔色一つ変えていないゼドを見た。

精霊を宿している依代の方が、操者の何倍も宵国に吸い込まれる恐怖を感じている。

単体とはいえゼドは精霊を宿しているのである。その男に平気か、と問われれば平気だと答えるしかあるまい。ライキは無言のまま大股で神殿に進んだ。

神殿を目の前にして、さすがにライキは息を呑んだ。常人にとってはなんの変哲もないただの豪奢な建物にすぎないが、精霊を所有している身からすれば人外の領域だった。

離れていても、先読の力で宵国に魂が引きずり込まれそうになる。

わずか一歩でも進めば、そのまま死の世界に直結する淵《ふち》に立っている。ライキは生まれて初めて足がすくむ、という体験をした。どれほどの修行をしても、これほどの恐ろしさを感じたことはない。

これが、先読か。ライキは、会ったこともない、今後も絶対に会うこともなければ目にすることもない存在に、畏怖を感じずにいられなかった。この国の精霊をたちどころに消滅させてしまえる存在、それが先読なのだ。

足が止まったライキを、もうゼドは促さなかった。腰に下げていた、魔獣を一時的に封印する戒が張られている剣を取り出し、己の左腕に刃をたてて直線に引く。流れ出す血で、力動によってライキの周りに輪を描いた。

もう一つ、ゼドはライキの後方に輪を描くと、自分はその輪の中におさまった。浄化を行う者も、見届ける者も、事が済むまで逃げ出すことができない結界である。

血止めをし、腰を下ろしたゼドが剣を置くと、それが合図のように空気がぴしりと軋《きし》んだ。

「……クルトの方も、トーヤが準備を終えたようだ。いつでもいいぞ、ライキ」

(クルト)

ライキは、半神に呼びかけた。

(ライキ)

(始めるぞ。用意はいいか)

(ライキ、ライキ)

ライキは、己を呼ぶクルトの声を抱きしめるように力動で包んだ。

クルトの感情にもう恐怖はなかった。ただひたすら半神を信じ、寄り添おうとしているクルトの想いが伝わってきた。たとえそれがこの困難な任務遂行のためであろうと、ライキはその呼び声を、ひたすら愛おしく思った。

(大丈夫だ。俺がいる)

地の神の発動に、大地が揺れる。神獣〝紫道〟が、その姿を久方ぶりに鮮明に人々の目に晒《さら》した。

5

〝紫道〟による大地の震えが千影山まで届いた。

浄化の期間中、国境と辺境は護衛団が、王都周辺は警備団が、王宮周辺は近衛団が各所で結界を張り、この二日間は市井の人々もそう自由には行動できない。

セツは森の中で、紫道による浄化が始まったことを一人祈るような思いで受け止めていた。

ライキもクルトも、無事では済むまい。本来ならば〝鳳泉〟以外は先読の浄化など行ってはならないのだ。だが、行うしか方法がない。先読が毒を溜めすぎて精神に異常をきたしてしまったら、神獣師や精霊師は宵国に引きずり込まれ、精霊の契約も解け、おびただしい数の魔獣と化した精霊が国中を襲い、今度こそこの国は終わる。神獣師すべての命に代えても、浄化は行わなければならなかった。

それもこれも、ゼドが鳳泉の神獣師となることを断ったためだと、裏山の師匠らはもちろん、今の神獣師らも皆知っている。

彼らは口には出さないが、お互い様だと思っている。

二神を持て。果たしてそう命令された時、自分はそうできるのかと問われれば、皆否《いな》と答えるからこそ誰一人ゼドの決断を責めなかったのだ。

だが、だからこそ半神であった自分だけは、あの時ゼドに鳳泉の操者となれと勧めるべきだったのかもしれない。セツは十四年前の自分に、やり切れない思いを抱いた。

◇◇◇

十四年前、断固として二神を持つことを拒否するゼドに対し、王が下した命令は単体の精霊師となることだった。

〝香奴〟を授《さず》けてやろう。これを二年でものにできなければ、お前の未来も、子供も、セツの未来もない。

俺は一生お前を許さん。俺に逆らったお前を、王室の奴隷として一生こき使ってやる。死んだ方がマシだと思うような日々になるだろう。それでも半神に殉《じゅん》じるというのならそうしろ。

気の触れたような目でそう語るカディアス王にゼドが答えた言葉は、たった一言だった。

——御意。

〝香奴〟。

ゼドがそれを与えられたことを、まだ枕も上がらぬ状態で聞かされた時、セツは目の前が真っ暗になった。

香奴は、はるか昔に授戒された、未だ誰も扱ったことがないという単体専用の精霊だった。

人が残した体臭を媒介にその人間の精神と繋がれる香奴は、対象の記憶を自由に見たり、複製したり、改ざんすることが可能なのだが、匂いというあまりに繊細なものを媒介にするせいか、どうしても単体としてでないと精霊を働かすことができないという代物《しろもの》だった。

操作系の中でもこうした特殊能力は非常に役に立つため、神獣師らはこれを習得できる精霊師を求めて山に修行を依頼したが、歴代の山の師匠らはあまりいい顔をしなかった。

精神的に相当強靱《きょうじん》な者でなければ、無理だと判断したからである。

心に闇が広がれば、宿した精霊に取り込まれて魔獣と化す可能性があるのだ。

その抑制として半神がいる。単体は危険だった。

人の心を操作し、裏も表も自在に変えてしまう精霊など、心を強く持っていなければ、半神がいたとしても人によっては潰れてしまうほどの威力がある。

これを習得したとしても使われるのは諜報活動のみ。どれほど孤独な道を歩むことになるか。

精霊師は通常四十歳で精霊を外すが、それは体力的にも精神的にも、四十が限界と判断されるためである。だが王は、ゼドが死ぬまで精霊を外すことを許すまい。

死ぬ思いで〝香奴〟を習得できたとしても、先に待っているものは果てのない戦いだけだ。

思うようにならない身体で、セツは、告げた。

もういい、もう十分だ。これから先一生後悔する生き方をするくらいなら、お前と別れたい。

「セツ……！　頼む、耐えてくれ。俺はやり遂《と》げてみせる。必ず単体の精霊師となってみせる。俺は無理だ、お前以外の人間と半神になれるとは到底思えない。だから俺を信じてくれ。一緒に、負ってくれ。頼む」

お前の半神となってたった二年。共鳴して、たった二年だ。

これから先の人生の方がはるかに長い。はるかに意味がある。

たった二年の半神に殉じる必要がどこにある。

もう精霊を宿していないのだ。この想いは、いずれ風化する。時が、想いを流してくれるだろう。

だから。

「嫌だ！　お前が一緒に負ってくれるというのなら、俺は地獄にでも行ける。だから頼む、俺と一緒に生きてくれ。後悔させるかもしれない。苦しめるのは分かっている。だが、頼む。俺の我儘を受け入れてくれ、頼む」

おかしい。

おかしいだろう、ゼド。

もう青雷は俺に宿っていない。それなのになぜこの心は、身体は、お前を求めてやまないのだ。

精霊を外し、お前ともう共鳴できない身になったというのに、なぜお前の心が入ってくる。

先に救いなどないというのに、なぜ愚かにもこの道を、ともに歩もうと、歩んでくれと思うのか。

「……愛している、セツ。愛している。すまない。お前まで地獄に引きずり込もうとしている俺を、許してくれ。お前なしで俺は生きていけないんだ」

……ならば俺にこれを許すと誓え、ゼド。

おそらく数多くの精霊師が半神に対して抱いた想いだろう。俺もずっとそう思ってきた。

だが、実際にこれを己の心に誓うことになろうとは思わなかった。

お前が死んだら、ともに俺も死ぬ。

◇◇◇

〝紫道〟。土の神と言われヨダ国の結界を守るその神獣の姿は、紫色の大蜘蛛である。

近衛団は全員、黒土門より先に出されていたが、前線にいる近衛団第三連隊長セイルの目には、巨大な蜘蛛が空に脚を振り上げる様が映し出されていた。

「これが……紫道か……！」

神獣師が己の神獣の全貌を晒すことは、滅多にない。セイルの部下らはその迫力に言葉を失っていた。

これほどの精霊を、身に宿しているのか。これを、操ることができるのか。皆、神獣師という存在に改めて圧倒されるしかなかった。

紫道が口から、ぎゅるぎゅると糸のようなものを吐き出し始めた。それは、紫黒色をした糸で、邪気を孕んでいることをセイルは見抜いた。

「全隊、下がれ！」

茫然としている部下を、セイルは突き飛ばすようにして追い払った。

「ムツカ！　皆下がらせろ、万が一あれに触れたら……」

紫道が吐き出した糸が第三連隊の方向に飛んできた。とっさにセイルは自らの精霊〝真樹《しんじゅ》〟を出した。真樹は樹の精霊で、至るところに木の根を張ることができる。糸を木の根で摑むと、木の根はしゅうしゅうと煙を出して溶けた。

「下がれ！　皆下がれ、赤光門《しゃっこうもん》まで下がれ！」

セイルの指示に重なるように、空に金色の帯が煌めいた。

帯状のそれは、黄金の子蛇の集合体だった。すさまじい速さでヨダ国王宮の空を走る子蛇の集合体が、人の声を届ける。

『近衛全体に告ぐ！　青宮のいる黄華門《おうかもん》まで全軍撤退せよ！　第一連隊長、副隊長は近衛団撤退の指揮を執《と》れ！　残る近衛の連隊長らは半神とともに紫道の暴走を阻止せよ！』

「イーゼス様！」

神獣〝光蟲《こうき》〟は数万以上と言われる蟲《むし》の集合体であり、一つ一つは小さい蛇の形や、蟲の姿をしている。それが一つになると金色の大蛇に変化すると言われるが、一つの形になることは稀だ。

神獣〝百花〟が黒土門より先に結界を張っているため、残る一つの神獣〝光蟲〟が王宮中の兵士に伝令を伝えているのだ。おそらく今は、子蛇の集合体が各方面に飛び、指示を出しているのだろう。

セイルは光蟲の神獣師・イーゼスに届くように金色の帯に向かって声を張り上げた。

「イーゼス様、近衛第三連隊長のセイルです！　黒土門は〝真樹〟で守らせてください！」

『よし、セイル、あの紫道を見ろ。本来銀と紫の結界の糸を張る大蜘蛛が、黒い糸を吐いている。あれを阻止しろ』

「黒い糸を吐いているということは、それだけ〝戒〟が解けかかっているということですか」

『そうだな。紫道が完全に戒を解き暴走すれば、その前に介添人が二人を殺すはずだがな』

セイルは、大蜘蛛の真下にいるクルトを思った。国を守護する神獣を宿した弟。ただの精霊師と神獣師では、守るべきものの大きさも、命じられる任の重さもまるで違う。

「セイル、あの糸を黒土門より先には通すな。お前たちの身体とこの空間は俺たちの結界で守る！　存分にやれ！」

近衛団第四連隊長ギーチの言葉を背に聞きながら、セイルは半神のムツカの手を握りしめた。

「最大限に出すぞ、ムツカ」

ムツカは頷いてセイルが握りしめる手に集中した。

闇夜に、紫黒の糸が塊のように吐き出され、石のように飛んでくる。セイルが握りしめたムツカの手から、巨大な樹の幹がとぐろを巻いて飛び出し、蜘蛛が吐き出した糸の塊を粉砕した。

◇◇◇

修行中にどれほどしくじっても、〝紫道〟が黒い糸を吐き出すことはなかった。

クルトの中にある、あれほど美しい銀と紫の綾の世界が、人との契約を成す戒が解けかかっているだけで、これほど醜悪な姿を晒すことになろうとは。

ライキは圧倒されてしまう自分の心を制することが出来なかった。その後ろで、ゼドが檄《げき》を飛ばす。

「しっかりしろ、ライキ！　浄化しろ、ひたすら浄化するんだ！　それしか現状をなんとかする方法はない！」


浄化。これほど神獣が宵国に引っ張られ、本来の魔獣の姿を露《あらわ》にしているというのに、浄化など完全に遂行できるのか。

これを宿しているクルトは今どうなっている。俺は本当にクルトを守ってやれているのか。こんな状態の紫道に引きずられて、クルトはまだ無事でいるのか。

ああ、このために半神と離れたところで浄化を行えという話だったのだ。無事のままでいるわけがない。クルト。クルト、俺に応えてくれ。

「ライキ！　駄目だ、今は浄化のことだけ考えろ！　時間が経てば経つほど、クルトの方が苦しいんだぞ！」

「うるせえな、黙ってろ！　依代の状態が分かんねえのに、力動が使えるか！」

「それを、やるしかないんだ！　どちらにせよ、このままだと死ぬだけだ！」

ゼドの言うことは正しかった。一度始めた以上、後戻りは許されず、成功しか道はない。力尽きようと、力動の全てを使って浄化するしか方法はないのである。

だが。
(ライキ)
ライキは、己の身の内に入り込んできたクルトの声を必死で拾った。

「クルト、クルト、大丈夫か！　身体は動くか⁉」

（うん）

「クルト、こうなった以上一気に力動の全てを浄化の力に変えるしかない。一斉に浄化を発動すれば、先読に引っ張られずに包み込んで毒を消せる。耐えられそうか？」

（……うん）

「よし、もう少しだ、いいな、俺を想っていろよ。俺にしがみついていれば、宵国に引っ張られることはない」
（ライキ）
「ああ、大丈夫だ」


クルトは表情のないままにゆっくりと己の口に指を入れた。

紫道が宵国に引っ張られるのを止めるために、先程クルトは内臓を損傷した。その血が、口内にべっとりと残っていた。


指先に絡んだ血を、クルトは無表情のままに見つめた。

後方で、トーヤはクルトの姿をじっと見守っていた。クルトが、己の血を見つめる瞳に意志を宿す瞬間を、トーヤは目におさめた。

クルトは己の血で濡れた指を、ためらいなく地に描かれた紋の上に叩きつけるように置き、言を発した。

「我が血により戒と成す。〝紫道〟よ。我が命に宿れ」


紫道が黒々と澱《よど》んでいた身体の色を本来の紫色に戻し、黒の糸が紫と銀の煌めきに変わる瞬間を、ライキが見ることはなかった。

見なくて正解だったかもしれない。果たしてそれを見てしまったら、浄化に力動の全てを注ぐことができただろうか。

ライキは宵国と繋がったことで、その中にいる先読の気配を感じた。言われていた通り、先読は宵国に魂を浮遊させていた。その魂の周りに毒の煙のようにまとわりつく〝負〟の気めがけて、一気に力動を放散した。

〝浄化〟によって黒々とした気が霧散するように溶けてゆく。そして、その中にいた人物を一瞬だけライキは見た。

そこにいたのは、二、三歳の幼女だった。

老人のように真っ白な髪、異常なほどに白い肌。

そしてゆっくりと瞼を開けた、その中の色は……。


思わず悲鳴を上げてライキは意識を戻した。

身体中が恐怖に震えている。あれが、あれが先読か。

震える意識を現実に戻したライキは、〝紫道〟が消えていることに気がついた。暗黒の闇が消え、昼間の明るさに戻っている。空を覆うばかりだった大蜘蛛の姿が、ない。

「クルト……」

紫道はクルトの身体に戻ったということか。

「ライキ！　まだだ、すぐクルトと共鳴しろ！　クルトを宵国から引きずり出せ！」

後方から飛んできた声に、ライキは一瞬茫然とした。

何を、言っている？

「クルトが〝血戒〟を使ったんだ！　お前が浄化を行う寸前に、紫道の魔獣化を止めるため、自分の命と繋げた！　今、クルトの魂は宵国に飛んでしまっている！　今ならまだ間に合う、クルトと共鳴してこっちの世界に戻せ！」

〝血戒〟。

それは、依代にとって自殺と同じだった。

ライキは、目の前のゼドが何を叫んでいるのか分からなかった。クルトが血戒を行った？　なぜ？　俺の力では無理だと思ったからか？　己の身体がもうもたないと思ったからか？

クルトにこの国に対する忠誠心などない。神獣の重要性も分かっていない。山で依代としての心得を教えられ、血戒のやり方を教わっても、自分の命を犠牲にしてそれを行うなどありえない。

クルトが分かっているとしたら、自分の中にあるものを、俺と共有しているということだけだ。

自分の中の紫道が暴走したら、俺もそれに引きずられるということだけ。

……何を、助けようとした？

何を、守ろうとしたのか？

……俺を、か？

「殺したのか？」

誰が？　俺が？　この国が？

クルトを、死に追いやったのか？

「ライキ！」

凄まじい感情がライキを襲った。

未だかつて感じたことのない怒り、憎しみ、矛盾、絶望。心を一瞬にして覆ったそれらは、何に分類していいものか分からぬほどの、激情の塊だった。

それは、呪いの言葉にすらならなかった。ひたすらライキは、たった一つだけを叫び続けた。

「クルト……クルト、クルト、クルトクルトクルトクルトクルト!!」

「駄目だ！　ライキ駄目だ！　魔獣になってはいけない！」

ライキの身体が内側から揺さぶられるようにびくびくと動き、顔の側面から紫と黒の斑紋が浮かび上がり、瞳は血の色に染まる。

ゼドはライキに飛びかかり、その身体を地に押しつけた。

「正気に戻れライキ！　クルトを呼べ、まだ助かる、まだ宵国にいるんだ！」

「お前ら……お前ら、よくも、よくもクルトを！　殺してやる、殺してやる!!」

所有する紫道がライキの負の感情を取り込んで、魔獣にしようとしている。ライキの身体中に浮き上がる紫と黒の斑紋も、赤い血も、次第に伸びてくる爪も、異常なほどの力も、全て魔獣になろうとしている予兆だった。

上からのしかかるゼドの腕にライキの爪が食い込んで血が噴き出る。だがゼドはライキの顎を押さえつけたまま、絶対に力を緩めなかった。

「ライキ、ライキ聞け、クルトと共鳴できるのはお前一人しかいないんだ。宵国に引きずり込まれた魂を呼び戻せるのは半神だけだ。あいつは、お前の声を待っている。クルトに声を届けられるのはお前だけなんだ。半神を、死なすな。お前しか助けられんのだ、正気に戻れ！」

そう叫んだゼドは、後方の神通門から一人の神獣師が歩いてくる姿を見た。

内府・ユセフスであった。音もなく歩み寄るその右手にあるのは、つい先程までゼドが持っていた、魔獣を封印するための剣だった。

ゼドに押さえ込まれている斑紋だらけの姿と化したライキに視線を定め、ゆっくりと剣を胸元まで引き上げる。

「待てユセフス！　まだだ、まだ魔獣になっていない！　手を出すな、俺に任せろ！」

ゼドはユセフスを睨みつけてそう言い放ち、赤く染まったライキの目に懇願するように叫んだ。

「呼べ、ライキ！　大声で、半神を、クルトを呼ぶんだ！」


伝える言葉が分からなかったら、俺の名前を呼べ。

クルトにそう伝えたのは、確かに自分自身だったと、ライキは人としてわずかに残る意識の中でそう思った。

その時、ライキの鼻腔に、どこか懐かしい匂いが通り抜けた。


ライキが嗅いだ匂いは、わずかに日なたの匂いがした。

新しい住居で、さんさんと降り注ぐ陽光の下でうたたねをするクルトの姿を思い出した。

陽の当たらない世界で長く幽閉されてきたクルトは、太陽の光を、その温もりを好んだ。

陽光の中で動物のように丸まるクルトの髪に顔を近づけた時に、この匂いがした。
（クルト）
人の心で、クルトを呼ぶ。

相手を想う愛おしさがあふれるままに名を呼ぶと、それは魔獣ではなく人の声になった。

その愛おしさが、伝わるかどうかは分からなかった。

だがライキは、必死でクルトを呼んだ。太陽の匂いが消えないうちに、この想いが、人としての想いが消えないうちに、一回でも多くその名前を呼んだ。

（クルト、クルト、クルト、クルト、クルト……）

銀と紫の綾が一面に輝き、白銀の星を生み出す美しい〝紫道〟の世界に辿り着く。

いつもは紫と銀の糸で繭を作ってその中に入ることを好むクルトが、迷子になった子供のようにきょろきょろと顔を四方に向けながらさまよっていた。

（ここだ、俺はここだ、クルト、こっちだ、こっちに来い）

クルトがようやく顔を向ける。こちらに向かって、全力で駆けてくる。手を伸ばして、必死で摑まろうとしている。

「ライキ」

……名を呼んだ一瞬、クルトの顔に笑みが浮かんでいたのは、願望がそう見せたのだろうか。

◇◇◇

ライキの身体から紫黒の斑紋が消え、血の色の瞳から涙が流れた次の瞬間、いつもの目の色が虚空《こくう》を見つめる。

「……呼び戻したか……？」

ライキの顎を押さえつける手を緩めてゼドが訊くと、ライキは瞳を震わせることで頷いてみせた。

安堵感で一気に脱力したゼドは、ライキの身体からずるりと落ちて地に伏せた。

助かった。

ゼドはライキにかけていた精霊〝香奴〟を外した。浄化の儀の前にライキから、クルトに繋がりやすい匂いの記憶を一部盗んでおいたのである。魔獣と化しても、人としての心を思い出すきっかけになるように。

「クルト、は……」

茫然していたライキが不安そうな声を出す。

「トーヤ！　どうなった！」

地に伏せるライキとゼドの傍らに立つユセフスが、珍しく声を張り上げた。降神門方面からトーヤが、「大丈夫ー！」と大声を出しながらこちらに向かって走ってくる。

「カドレアが処置中！　でも傷自体は程度が軽そうだよ！　俺は王とラルフネス様の様子を見てくるね！」

トーヤはユセフスらの脇を通り過ぎながらそう言うと、神殿に飛び込んでいった。

「〝血戒〟を使ったのによくも呼び戻したものだ。大したもんだな、ライキ」

滅多に人を褒めないユセフスの言葉に、ゼドは思わず笑った。

「お前は、絶対に使わなかったからな」

「当たり前だ。死ぬ気はさらさらないからな」

封印用の剣を放り出し、ユセフスはいつもの杖を手に取ると何事もなかったように神通門の方面へ歩いていった。これから、軍隊に檄《げき》を飛ばし後始末をするつもりだろう。

「ったく、内府ってのは、頑丈じゃなきゃ務まらねえよな」

ゼドは上半身を起こし、地に伏したままのライキに声をかけた。あまりの力動の消耗に気を失う寸前だろうに、クルトのことが気にかかるのかどうにかして身体を動かそうとしているライキにゼドは苦笑した。どいつもこいつも強靭《きょうじん》すぎる。

「もういいよ、しばらく寝てろ」

もう一度〝香奴〟を操り、ゼドはライキの意識を落とした。

ゼドは瞳を上げ、美しい青を取り戻した空を眺めた。国が、神獣が、精霊が澱《よど》めばこの国の空は黒闇に変わる。

青が王家の色だと、先祖はよくぞ決めたものだ。

理に適っている。この空の青さを永遠のものにするために、恵みの青を取り戻すために、全ての精霊師は存在する。

◇◇◇

大地の震えが収まった。

それは紫道が、再び宿主のもとに戻ったことを告げていた。

安堵しつつセツは空を見上げた。おそらく無傷では済まなかっただろうが、とりあえずはクルトもライキも無事のようだ。立ち会ったゼドも、胸を撫で下ろしているだろう。

自宅の方に戻ったセツは、家の戸口の前で佇むオルガの姿を目にして仰天した。

「オルガ！　どうしたんだ、万が一のためにキリアスと二人でガイのところにいるように言われていただろう」

オルガとキリアスは表山にいたが、戒厳令が出されるとともに裏山に戻された。

〝青雷〟を宿し、未だ制御できていない二人である。先読浄化の影響を受けるかもしれないからとガイのもとで結界を張られ、戒厳令が解かれるまではそこにいなければならないはずだった。

「もう大丈夫だろうからって、ガイ様が解いてくれたんです」

オルガはまっすぐセツを見つめてきた。

「ガイ様に、俺が生まれた時のことを聞きました。本当の親のことは話せないと言われたけど、ゼド様とセツ様が俺を助けて、今の両親に渡したって」

ああ、聞いたのか。

セツはどこか安堵した。青雷の依代として生きる道が敷かれた以上、この子が真実を知るのは、時間の問題だろうと思っていた。

「セツ様、俺を、助けたことを後悔しませんでしたか？」

……後悔。

生きていく上で何も後悔しない人生など、どこにあるというのだろう。

何もかも、嫌になるくらいに後悔を繰り返した。この十四年、それしかない人生だったと言ってもいい。

運命などという単純な言葉で、己の罪を紛らわそうなどとは思わない。だが、オルガ。間違いなくヨダ国の次世代を生きていくお前たちに、託す気持ちを抱くようになった。

そのくらいは、許されるだろうか。

「オルガ、あの鳥を見たことはないか」

セツは天空を舞う鳥をまっすぐに指した。

羽の先端がわずかに青く染まる鳥が、千影山の上空に円を描いていた。手を上げたセツに引き寄せられるように舞い降りてくる。

その鳥の、止まっている姿をオルガは見たことがない。遠くからしか目にしたことはない。だが、その鳥をオルガは確かに知っていた。

「青い鳥……」

「これは、ゼドの遣い鳥の一羽で、精霊〝香奴〟によって操作されている。私との連絡に使うのはいつもこれだ。この鳥の見た景色を、ゼドはたまに私に送ってくれる。今どこにいるのか、どんな景色を見ているのか、この鳥の記憶から引き出すことができるんだ」

そう言ってセツは、右手に乗せた鳥の頭のあたりにそっと手を添えた。力動が発せられ、鳥の頭から白い靄《もや》のようなものが出てきた。

「これが、香奴の能力だ。この鳥のように〝依代〟となる器を作り、精霊の能力を留めておくことができる、それが他の精霊には絶対にできない、おそらく香奴が単体だからこその力なのだろう。だからゼドは、各地で収集した人の記憶、土地の情景、各地の様子など、すべて遣い鳥を通して王宮に届けることができる。本来、先読は予知以上に千里眼としての力を求められる。王は、その力をゼドに求めたのだ。千里眼ではなく、実際に見て知った情報を運ぶ能力だがな」

遠くを見るという、千里眼の能力を、代行している。諜報活動とはそういうことだったのだ。

セツは、圧倒されるオルガに優しく微笑んでみせた。力動によって引き出した鳥の記憶を、オルガの前に浮かばせた。

「お母さーん、メリアおばさんが、干し肉熟成したから取りに来てってー！」

真夏の陽光の下、家の中に声を張り上げる自分の姿をオルガは見た。

ああ、思い出した。あれはつい最近の記憶。入山前のことだ。スパドに入れる干し肉を、近所の主婦にお願いしていたのだ。

家の外で、シンバを洗う父の姿。呼ばれて家の中から出てくる母の姿。旋回する鳥の姿を見て、叫ぶ自分。

「あ、またあの鳥来た！」

父の顔が、母の顔が、その鳥を見つめて笑顔に変わる。二人がこんな顔で鳥を迎えていたとは知らなかった。

再び情景が変わる。今度は、十歳くらいの自分の姿。冬のことだ。寒さの厳しい土地に入り、そこで冬を過ごした。近所の人たちが、自分たちの普段着を譲ってくれている。防寒着として適しているこの土地の服を分け与えに来てくれたのだ。幼い自分の身体にも、雪だるまになりそうなほどにもこもこの毛皮が付いた服が着させられる。

「母ちゃん、鳥だ！　見て！」

　母親とやってきた少年が空を指す。

「あらまあ、この寒いのに！　どこの渡り鳥かね、ありゃ？」

「青い鳥！」

「オルガちゃん、目がいいねえ。あれ、青いの？」

「母ちゃん、オルガは男の子だって言ってるだろ！」


　……情景は、いくつもあった。春、夏、秋、冬、様々な季節、様々な土地の、自分の姿を鳥の目は捉えていた。

　大きくなったなとあの人は言っていた。だが、そんなことはもうとっくに知っていたのだ。いつでも、どこでも、その目はあった。そして、こうしてともに助けた半神に、子供の成長を教えていたのだ。

「……ゼドが運んでくるこの記憶だけが、私の救いだった」

　セツの片目から、一筋の涙が頬を伝った。

「これを見るたびに……これだけは、後悔しないで済んだ。……助けてよかった。あの時、助けてよかった。あの子供が、幸せでいてくれることだけが、私とゼドの未来だった」

　過去に囚われてしまった二人の、唯一の未来。

　その記憶の情景を目にしながら、知らず知らずのうちに涙が落ちていることにオルガは気がつかなかった。セツに力強く引っ張られ、その腕の中に抱きしめられて我に返った。

「聞きなさい。お前がこれから成長するにつれて知ることになる真実は、いつかお前を打ちのめすかもしれない。神獣師としての人生を歩むことになった以上、お前の出生の秘密は必ずお前も知ることとなり、それを克服する必要が出てくるだろう。だが忘れるな。その宿命をともに負うのが半神だ。お前の心が潰れそうになった時は、お前を守ってくれる存在がいることを忘れるな」

　震える身体で必死に訴えるセツを、どう受け止めていいのかオルガには分からなかった。

　だが一つだけ分かったことがある。

　自分の生は、決して望まれたものではなかったということ。

本当の父も、母も、分からない。だが、喜びの中で生まれてきたわけではないということ。

その事実に、いずれ向き合わなければならないということ。

青い鳥が、最後の白い靄を吐き出すのを、セツの腕の中でオルガは見た。

幼児が身体を左右に動かしながら、草むらを歩いている。

それを見つめる男が二人。愛《いつく》しみにあふれた目で、幼児の一挙一動に喜んでいる。

幼児が、空を見上げる。陽光を映したその瞳が、空の色に変わる。丸い頬を上げて、大声で笑う。

「とり！」

それに気づいた男二人が、空に向かって声を張り上げる。

「ゼド様！　ゼド様でございますね⁉　〝香奴〟を、〝香奴〟を習得なされたのでございますか⁉」

感極まったように、コーダの足が地に着いた。かつての上官に、涙をあふれさせながら報告の姿勢を取る。

「オルガでございます。二歳になりました。大病もせず、健やかに育っております。ご安心ください、我らの命に代えてもこの子は育ててみせます。この道を選ばせてくださったことを、心より御礼申し上げます」

カイトの方もオルガを腕に抱き、空に高く持ち上げるようにして伝えた。

「ゼド様、どうか、どうかセツ様にもよろしくお伝えくださいませ！　ご安心くださいと、どうか……！」

大きく情景が回る。鳥が、旋回したのだろう。何度も何度も、頷くように旋回する姿を、泣きながら見つめる精霊師夫夫の姿。鳥が回る姿を喜んで笑う、二歳だった自分の姿。

セツの腕の中で、オルガは声を上げて泣き続けた。

◇◇◇

セツの家を出たオルガは、表山に向かった。

裏山から表山の時空の歪みを抜ける際に、キリアスの声が届いた。

（オルガ？　セツの家に行ったらいなかった。今どこにいる？　気配が見えない。遠いのか？）

一人でセツの家に行くとガイには伝えてきたが、キリアスは不安になって追いかけてきたのだろう。声音に、心配がにじみ出ている。オルガはその声を抱きしめるように身の内に響かせた。

（表山。アンジ総責に会ってくる）

（表？　なんで。俺も行くから、ちょっと待っていろ）

（来なくていい。俺一人の話だから）

（お前一人も何もないだろ、俺はお前の半神だぞ）

……半神。

養父母の姿から、その存在に漠然と理想を描いていた。

それが、どれほどの思いを重ねて築き上げるものかも知らずに。

（大丈夫。俺一人で行ってくる）

（オルガ、待て……）

キリアスの声が途切れる。

半神の力動を押し返す感覚を、今初めてオルガは知った。心の底から己一人だけになることを求めた時、自然と間口は閉ざされた。

半神を、遮断する。繋がっていた間口を閉ざす。確かに自分の力で閉ざしたはずなのに、もう心もとない気持ちになる。切なさが胸いっぱいに広がる。

共有する精霊を失えば、これが永遠になるのだ。もう二度と間口を繋げることができない。どれほどの覚悟でセツは、ゼドはそれを解いただろう。

与えられるものを当たり前のように受け止めて育ってきた。それは、養父母がなんら疑いようもない愛情で育ててくれたからだ。本来の両親のことを考えたこともある。だがそれを求めたいと思ったことは一度もない。それほど、盲目的な愛情を受けてきたからだった。

どれほどの犠牲の上で、自分の人生が成り立ってきたか、オルガは初めて知った。キリアスのことがなければ、表山のアンジらも裏山の師匠らも、ごく普通の子供として修行させようと思っただろう。いつか、自分の身に宿る精霊の大きさに気づくまで。

思いがけずキリアスという半神を得て、突然の変化に、運命を呪うだけだった自分に対し、ダナルが甘ったれだと言い放った理由も今ならば分かる。誰かがなんとかしてくれると、これは自分が選んだ道ではないと、修行に対してもどこか他人事だった姿勢を見抜かれていたのだろう。

　実際、力動の状態も何もかもキリアスの方に任せっきりだった。全ておんぶにだっこの自分に対し、巻き込んだのは自分だとキリアスの方は血を吐くほどの努力を積んで、泣き言一つ言わなかった。責められたことは一度もない。意地悪だ、などとどの口が言えたのだろう。キリアスのことなど、一度も理解しようとも思わなかった。半神失格だったのは自分の方だった。

「戒厳令は解かれていないぞ」

　表山の道場に辿り着いた時、アンジは厳しい表情でオルガに言った。だがオルガは、構わずアンジに頭を下げた。

「お願いします。俺を、表山に置いてください」

　生来真面目な男なのだろう。自分の一存では決められないとアンジは腕を組んだが、半神のマリスはオルガの肩を持った。

「いいんじゃないの。精霊を扱う修行を、裏山がどうしても担当しなきゃならないってことはない。はっきり言って御師様方、下手だしね、教えるの。俺は教えられるよ」

「しかし精霊でも神獣だぞ。本来は同じ〝青雷〟の依代だったセツ様が教えようとなさったんだろ。けどあの方は厳しく指導できん。子供相手なんて余計にできないだろうと、ラグーン様が担当なさったんだろ」

「まあ御師様らの中じゃラグーン様は実は一番教え方上手いけどさ、シモの話しかしないからね」

　部屋の隅に座るジーンとテレスがそうだと頷く。

「『ほら、もっと（力動を）欲しがっているから奥まで突っ込め！』なんて言い方でしか修行しませんからね」

　うんざりしたようにジーンが言った。

「表山の子供の数も減ってきているし、夏に入山が始まるまで半年なら集中的に俺らとジーンらでオルガに修行をつけられると思う。覚悟して来ている様子だし、こっちで預かってもいいと思うけど」

「力動の乱れはどうなる。操者と違い、依代は基本自分で自分の力動の乱れを直せない。だからこそ一緒にいなければならないんだぞ」

「ある程度は自分でなんとかできるようにします。ちゃんと、その修行も始めていました。あと、身体が離れていても、互いの力動を感じ合ってそれを直すことは可能だと聞きました」

オルガの言葉にアンジは頭を抱えた。

「そりゃあ神獣師級はな。多少離れていても共鳴の度合いが違うから、すぐに乱れを直すことが可能なんだそうだ。だが、普通は手を繋ぐ位置にいないと乱れなんてそうそう直せないんだよ。まあ、精霊の性質にもよるんだが、俺なんて表に出ない結界精霊でマリスの中を操作するから、密着度が他の奴らよりも高いんだ」

密着度。さすがにオルガは顔を赤らめた。

「変な想像するなよ、最低でも力動を直すには口を吸うしかないって話だ」

「総責、それでも十分刺激的なんですよ。やっぱりこんな子供を、ラグーン様の毒牙にかけるわけにはいきません。表で引き取りましょう」

まあ、とマリスが変な方向に流れてしまった話を戻した。

「それを含めて修行させるってことでいいんじゃないの。やれるだけやってみようよ」

珍しく食い下がるマリスに、アンジはとうとう折れた。

「よし、分かった。裏山の御師様方には、俺の方から伝えてやる」

オルガは、表山の教師らに深々と頭を下げた。


突然力動を押し返したことで、もしかしたら何か不穏なことでもあったのかと思ったのだろう。表山に飛び込んできたキリアスは、汗だくだった。

「オルガ……お前、自分で……？　自分で間口を閉ざすことができたのか」

息を乱すキリアスに、オルガは言葉が出なかった。ひたすらその姿を見つめる。アンジらは皆気を利かせてその場から離れた。

オルガは目に焼きつけるようにキリアスを見つめ続けた。

最初の頃、その青い瞳や輝きを放つ容貌に、別の世界に住む人間としか思えなかったが、今の今までまともに見ていなかった気がした。

もうすでに完成された、大人の男。細くはあるが、どれほどの力を加えられても耐えられるほどの、強さを秘めた強靭な肉体。裏山に来てすぐに元神獣師らの過酷な修行に耐え抜くことができるほどの精神力と身体。四歳年上。果たしてどれほど走れば、追いつけるだろう。

「俺、表山で修行をします」

キリアスが、その真意を量るように見つめてくる。オルガは、青い瞳に微笑んだ。

「体術と、力動の修行をこっちで本格的に受けます。まだまだ俺は御師様らに教わる段階じゃないのは皆が分かっている。キリアス様に追いつけるようにここで厳しく指導してもらうことにしました」

「力動の乱れはどうする」

「キリアス様と離れていても整えられるように、それを含めた修行もします」

「無理だ」

「少なくとも半年、キリアス様なしでも一人でなんとかできるようにしたいんだ」

さすがにキリアスが言葉を失って頭を横に振った。


「オルガ」

「離れて一人で修行しないと、俺みたいな甘ったれはどこまでもキリアス様に頼っちゃうから」

キリアスの長い腕が自分の方に伸びてきたために、オルガは思わず身をすくめた。

何かされると思ったわけではない。逆だった。しがみついてしまいそうで自制したのである。

案の定、頬に右手が優しく触れてくる。頬を摘《つま》むように、軽く指が動く。オルガは強く唇を引き結んで、心地よさに委ねたくなる甘えた己の心を止めた。

「甘えて何が悪いんだ。無理矢理お前を半神にしたのは俺だ。お前の齢なら、年上の俺に委ねて当然だろうに」

「誰かに、運命を、委ねることはしたくない」

オルガは意志を込めて目の前にあるキリアスの目を捉えた。

「俺は、ここまで多くの人の手によって生かされてきた。精霊を宿して、この精霊にすら守られて、ただ安穏《あんのん》として生きてきた。この上、半神にまで生かされる人生は、送れない。送りたくない。俺が、生まれてきた意味に正々堂々と向き合うためには、自分の力をつけなきゃならないんだ。撥《は》ね返せるように。たとえ何が襲ってきても、立ち向かえるように」

愛は、貰った。十分すぎるほどに。

ならばあと必要なのは、覚悟だ。精霊師として、誰かの力となるための、覚悟。

覚悟は、己の心で磨くものだ。強さがなければ、それは絶対に生まれない。

「人ではなく、精霊が宿る人間を選ぶと言うなら、今度は、俺は〝青雷〟に、俺自身を選ばせてみせる。誰かに命じられたわけでなく、俺しかいないって、必ず選ばせる精霊師になってみせる。だから、」

オルガはまっすぐに自分を見つめるキリアスに、伝えた。

「その時は、改めて、俺の半神になってください」

美しい青を孕む瞳が、自分を映し出している。オルガは、口下手ながら必死で自分の思いを伝え、興奮でわずかに震えていたが、頭の片隅で、なんて綺麗な青だろうとキリアスの瞳を見て思っていた。

自分を映す瞳が、柔らかくにじむ。キリアスの顔が、これ以上ないくらいに優しく微笑んだ。

「お前、自分が何を言っているのか分かってんのか」

「え？」

次の瞬間、オルガの身体はキリアスの腕の中にあった。広い胸に、全身が包まれる。湧き上がる幸福感。駄目だ、これを手放そうとしているのだから、感じてはならない、と再び引き結ぼうとした唇にキリアスの声が落ちた。

「塞ぐな」

舌で唇をこじ開けられてそのまま口内に温かいものが入ってくる。

一瞬力動かと思ったら、キリアスの舌だった。

撫で回す感触が、全身の感度を満たす力動の動きと酷似していた。

力動と違うのは、一方的に受け取るだけの快感ではなく、それを求め合いたいと欲求に突き動かされることだった。

ラグーンは嘘つきだとオルガは思った。力動の乱れによる性欲と、この全身を巡る快楽は全然違う。相手を求める心も。

「……どんな修行をするのか知らんが、俺以外の相手にこんな風になったら許さんぞ」

唇から、頬に口づけが移る。顔の上で囁かれる言葉に、ならないよ、と呟く。

「まあ、無理だとは思うが、他の男を絶対に〝中〟に入れるなよ」

「なに？」

「ゼドが青雷を力動で操って、一瞬でもお前の中に入っただろう。あの野郎、嫌がらせにもほどがある。先に手をつけたのは自分だ、みたいにせせら笑いやがって」

「一瞬気持ちよくはなったけど、入ったとかの感覚じゃなかったよ」

「気持ちいいとか言うな！」

オルガの唇を、もう一度キリアスは割ってきた。

あふれんばかりの力動が瞬時に注ぎ込まれる。己の身の内を巡り巡るその力の激しさに、オルガはきつくキリアスの背中に手を回した。

近い春の訪れを知らせる風が、いつまでも離れない二人の身体を包んでいった。

第四章

百花《ひゃっか》

1

精霊師の中で軍隊に所属せず、文官・技官として王宮に配属される者はたった十二人。精霊師の文官は補佐官と呼ばれ、わずか三組六人だけである。

その六人が全て内府《ないふ》に所属し、学府を優秀な成績で卒業した書記官らを束ね、内府長官の手足となって動き、軍人以上の激務に勤《いそ》しんでいる。

内府長官・ユセフスは秀才ぞろいの書記官らが束になってかかってもかなわぬほどの明晰な頭脳の持ち主である。十四歳から二十歳まで千影山《ちかげやま》での修行に明け暮れていたとは思えぬほどの学識で、降るように舞い込む厄介事を片手で捌《さば》く。

ユセフスが六人の補佐官のうち実際に使っているのは、一人だけだった。

理由は簡単だった。首席補佐官であるその男・エルぐらいしか、ユセフスの頭脳についていけなかったからである。

エルは三十六歳になる。二十歳で精霊師となったが長年学府で学びたいと願ってきた夢を捨てきれず、入学して学業をおさめ、文官として王宮に入ったのは二十四歳の時である。そんな経歴もユセフスが気に入ったところだった。

エル以外の文官五人も、直接ユセフスの秘書役にはおさまっていないだけで、各府との連絡係や祭事の手配で休んでいる暇もない。常に王宮は人手不足だった。

「先読《さきよみ》様ご生誕の儀、稚児《ちご》役の返答は千影山から参りましたか？」

エルの問いに、ユセフスは珍しく返事を避け、手にした筆を弄《もてあそ》ぶように指に絡ませた。その様子に、エルは首を傾げたくなった。何か、思うところがあるらしい。

その時、外で侍従らが慌てふためく声がした。

「紫道《しどう》様、紫道様、お待ちを！」

その声を聞いて物思いにふけるのを止めたユセフスは、珍しく口角を上げてみせた。

「見てこい、エル」

機嫌のよし悪しをほとんど表に出さない上司であったが、この人物の一挙一動が面白くてたまらぬらしい。神獣師《しんじゅうし》同士、決して仲が良いとはいえないが、仲間意識がどこかにあるのだろう。エルは言われた通り廊下に出た。

エルが廊下に出たとたん、侍従らに囲まれていた人物……クルトはエルに鋭い視線を向けてきた。

先日行われた先読浄化の際身体を壊したクルトは、王宮の医師の診察を受けていたが、身体が回復した後は様子見という名目でユセフスが内府に引き取っていた。

クルトが不自由な王宮での生活に嫌気がさしていることは、誰が見ても分かる。おそらく王宮から出ていこうとして廊下に飛び出したところを侍従らに止められたのだろう。クルトの身体から不快な感情が放たれ、エルだけでなく侍従らも後ずさりした。

「……紫道様、落ち着かれて……」

エルは自然と両手を前に出し、身を後退させた。情けない話だが、対峙《たいじ》しただけで恐ろしい。

ほとんど表情のない人形のような有様が余計に不気味だ。ユセフスも表情の乏しい人物であるが、これほど感情が削《そ》げた顔はしていない。

ふと、クルトは飼い主を発見した犬のようにぴくりと身体を伸ばした。そのままエルの横を通り過ぎ、こちらに駆けてくる男に体当たりするように飛びかかる。

細身ではあるが長身のその男は、半神に飛びかかられても足をいささかも揺るがせなかった。

「ああ、くっそ、こんなに力動を乱しやがって……！ユセフス、ユセフス！　クルトに何をした！」

ぴたりと張りついて離れない半神を横抱きにし、紫道の操者は力動の力によって執務室の扉を内側に吹っ飛ばした。その力の凄まじさにエルは思わず悲鳴を上げそうになり、中にいる主《あるじ》の身を案じて部屋に飛び込んだ。

「内府！」

ユセフスは机に向かったまま、書類に目を落としていた。破壊された扉が空中に浮遊している。それは、わずかな音を立てて静かに床に寝かされた。

「そんなに嬉しいか？　人形からお前にだけ尻尾を振る犬になったことが。一度死にかけて良かったな。思いもよらなかっただろ、こんな変化が訪れるとは」

「やかましい！　文官の仕事なんざ、こいつにできるわけがないだろう。もう冗談じゃねえぞ、俺のところに返してもらう！」

「無表情の下で、帰りたい帰りたいってさぞかし心はやかましく叫んでいるんだろうな。それが聞こえてお前は仕事どころではないということか。俺も、こいつの表情は少し分かるようになってきたんだぞ。礼儀作法でも何でも口やかましい俺が大嫌いらしい。だろう？　クルト」

クルトはユセフスに目も向けない。ライキの首にかじりついてピクリともしなかった。

「好くより嫌う方が感情の幅が大きい。お前より、俺の方がずっと人間らしい感情を引き出してやれるんじゃないか？」

怒りに顔を染めている神獣の操者を前にして、からかいの言葉を延々と紡ぐ上司がエルには信じられなかった。神獣師の怒りに触れて、この殿舎を吹き飛ばされてはかなわない。どうか煽《あお》るのを止めてほしいと、エルはライキの後方でユセフスに向かって手を泳がせたが、ユセフスの視界を掠《かす》めてもいないようだった。

「まあ、冗談は置いといて、市井《しせい》に戻すのはもう少し待て、ライキ」

ユセフスの言葉に先にクルトが反応した。嫌だ、というようにライキの肩に額を押しつけて首を振る。

「てめえの命令なんぞ聞く義理はねえ。このまま帰らせてもらう」

「俺じゃない。山のガイが、一度こっちに連れてきてくれと言ってきたんだ。様子を確認したいらしい」

ガイはライキの師匠である。さすがに師匠の言葉となると、その真意を量らなければならない。ライキはエルの勧める椅子にクルトを抱えたまま腰を下ろした。

「あの浄化の儀からもう半年だ。俺は毎日のように確認しているが、クルトの中の〝紫道〟も元に戻っているしクルトの力動にも変化はない。師匠は何を知りたいと言うんだ」

「俺だって先の浄化の折には半年以上は様子を見たぞ。まあ、この足になってしまったからというのもあるが。今回クルトは血戒《けっかい》を使ってしまったんだ。その損傷の大きさは、お前が思っている以上のものだ」

ユセフスの言葉にライキはもっと顔をしかめた。操者として〝紫道〟を管理しているのは俺だ、お前に何が分かるという顔だった。

「お前を信用してないわけではない。だが、ガイの気持ちも考えてやれ。ガイは、半神の損傷を止められず、結果、齢《よわい》四十を前にして失っているんだ。万が一、弟子にも同じことが降りかかったらと思うと不安で仕方ないんだろう」

ライキはさすがに視線を落とすしかなかった。

　ガイはトーヤの代の前に〝鳳泉《ほうせん》〟の操者だったが、依代だった半神は先読浄化の際に酷い損傷を受け、結果的に命を縮めてしまった。

　精霊を宿す〝器〟として負担が大きい依代を守るのは操者の役目である。己の力動の調整すら限界がある依代のすべてを気にかけ、守り、常に寄り添う。ガイのせいではなかったにせよ、それができなかったことは、ガイにとって死ぬまで引きずる傷だった。

「千影山は全ての精霊師にとって過ごしやすいところだ。先読様生誕の儀があるだろう。それが終わるまでクルトはガイのところに預けておけ。お前とて、近衛再編でクルトに構っている暇などないだろう」

　この間の先読浄化の際の損害と、近衛第一連隊長だったサジとリーグが齢四十を迎えて引退したのを機に、近衛内部の大がかりな再編にライキも重い腰を上げざるを得なかった。

「クルト、山に行くか？」

　クルトはライキの肩に頭を預けたまま、ぽつりと言った。

「ライキは？」

「俺は……ここに残るしかない。まだ仕事が終わっていないしな」

「一緒にいる」

「……それは……」

　ライキは視線を泳がせるしかなかった。近衛の営舎で、この状態で仕事をする。赤ん坊のように膝の上に抱えたままで。恐ろしい想像に、額に汗をかくライキを、ユセフスはじっと見つめた。どうぞ、存分に。

　掌《てのひら》を差し出して促してやると、ライキはクルトを抱えたまま立ち上がった。外宮《げくう》の〝紫道〟の殿舎に向かって走り出す。

　ユセフスは片手で目を覆い、く、く、と笑い声を漏らした。この人物には本当に珍しいことで、エルは目を白黒させた。

「しかし操者ってのは、どうしてああも依代に甘いのかね。なんだかんだと好き勝手やっていても、結局ベタ惚れになるのは操者の方としか思えんのだが。どう思う、エル」

「はあ」

　この手の話題を振られることは、エルは得意ではない。

エルの容姿は、並かそれ以下といったところだ。正直、学識以外に誇れるものは何もない。

精霊師にならなかったら、この容姿と不愛想な性格では、男でも女でも誰も結婚相手になどなってはくれなかっただろうと思っている。恋の惚れたはれたなど、口にするのも恥ずかしい。たまたま、半神を得ることができた。それだけの話だ。

「しかし、あの操者はどこまで成長していることか……」

ユセフスが再び物思いにふけるように視線を空に飛ばす。

滅多《めった》に変化しないその形のいい薄い唇がわずかに吊り上がるのを、エルは胸騒ぎを覚えながら見つめた。

2

一日の終わりに、表山《おもてやま》と裏山《うらやま》の歪みの位置に立つのがオルガの日課だった。

精霊に反応する結界に心を寄せれば、応《こた》えてくれる声がする。

『オルガ』

キリアス様。キリアス様。

今日は、激しい修行で体力を消耗し、心も疲弊《ひへい》している。これを一瞬にして吹き飛ばし、快楽の世界に導いてくれる男の声に縋《すが》りたくてたまらない。

それを堪《こら》えて、力動を求める己の甘い性根を自制する。間口を全開にしたい思いに耐えて、ほんのわずか、そろそろと間口を開ける。

そこに、ゆっくりと、慎重に流れてくる力動。

気持ちを十分にくみ取って、刺激を与えないように、優しく、春風のように包んでくる。

こんなに思ってくれているのに、その優しさがもどかしい。

(会いたい……)

禁忌《きんき》にしていた想いを、とうとうオルガは半神に向けて流してしまった。

半年、こうして距離を取りながら、力動を伝え合って乱れを操作してきた。最初はもう止めたいと思うほどつらかったが、徐々にそれを克服してきた。

最初の頃のつらさを思えば、こんな乱れは些細《ささい》なものだ。五感の全てを狂わされて、息をするのもつらいほどの力動の乱れは、今ではもうない。だからこそ、身体ではなく心の方がくっきりと浮かび上がるようになった。

これも、本能が半神を求めるがゆえなのだろうか？　奥深くの乱れがいまだにくすぶり続けているからなのだろうか？　この慕う心は、どこから来ているのだろう。

一目でいい。あの青い瞳を、蒼穹《そうきゅう》を映したような瞳を、見つめたい。

『……オルガ、こっちに来たジーンに聞いたが、お前この頃相当力動が強くなったらしいな。それも〝放《ほう》〟が……』

ごまかそうとしてきたキリアスに、オルガは頭の血が沸騰《ふっとう》した。羞恥《しゅうち》と怒りで身体が震える。

「もういい！」

『……オルガ』

オルガは寄りかかっていた樹に向き合って腕を回した。この一帯に多い白樹《はくじゅ》という樹は、木肌が白く、滑らかで柔らかい。木霊《こだま》も多く生まれる樹で、樹にしがみついて涙を拭うオルガを、ポコポコと現れた精霊が不思議そうに見ている。

次の瞬間、身の内に走った感覚にオルガはびくりと身体を震わせた。

キリアスの力動が、背中にひたりと張りつくように集中している。

今まで力動は、身体の中心、臍《へそ》の上あたりを中心に巡るのが常だった。オルガは自分の器がそこにあることを実感できた。器からあふれるように全身を巡ることもあったが、こんな感覚は初めてだった。

背中から抱きしめられているように感じる。キリアスの熱が、耳の後ろに、首筋に、肩に移動する。オルガは思わず後ろを振り返ったが、そこにはやはり何もなかった。だが、背中の熱は、重みは変わらない。

これはいったいなんだろう。キリアスは、こんなことができるようになったのか。オルガは力動の動きに混乱したが、背中を這うように移動する熱に、我が身をかき抱いた。

「キリアス様……前……前の方に熱を回して」

懇願すると、背中の熱がそろそろと胸の方に移ってきた。

熱が強さを増す。同時に、強く抱擁されているように感じた。オルガはきつく自分に腕を回し、キリアスの熱を、抱擁の強さを抱きしめた。

瞳を閉じてキリアスの熱を感じていたオルガは、ふと白樹に寄りかかって顎《あご》を上げた時に、自分を見つめる空洞のような瞳と目が合った。

「わあああああああああ!!」


力動を送るキリアスの腕にも、オルガの熱は伝わってきた。

この力動の動きは習得したばかりだ。間口を繋げることで心情や感覚も共有するが、より細かく相手の状態を知るための修行である。

会いたい、という素直な欲求まで熱とともに伝染してくる。

キリアスは湧き上がる愛おしさとともにそれを感じていた。

だが次の瞬間、オルガの感情が木っ端《こぱ》みじんに吹き飛んだ。

キリアスはびくりとしてオルガの思考を探ったが、届けられるのは散漫な、断片的な感情の流れだけだった。混乱の極み、と言っていい。

(オルガ……!?　何があった!?)

キリアスはオルガが何も伝えてこない状況に、ためらわなかった。すぐに、表山と裏山の歪みの中に身を投じた。

◇◇◇

そこに立っているのが〝紫道〟の神獣師のクルトだと、オルガの頭は認識しなかった。半神を想って自分を抱きしめている状態をいつから見られていたのか。一体どんな有様だったのか、羞恥でオルガはその場にへたり込んだ。

「クルト!?　どうした」

オルガの絶叫に、ライキが顔を覗《のぞ》かせてきた。腰が立たないオルガを見て眉をひそめる。

「修行者か？　なんでこんな外れに。こっちは裏山に通じている。立ち入り禁止と知らないのか」

「〝青雷《せいらい》〟だよ」

クルトの呟《つぶや》きに、ライキはしかめた顔をクルトに向けた。

「は？」

「前に会った。御師様《おしさま》が言ってたよ。青雷を宿しているんだって」

「青雷……？　授戒に失敗して王宮で保管されているって話だったが……修行させているのか？　まだガキじゃねえか。しかし、なんで裏じゃなく表にいるんだよ？」

「欲情を抑える修行でもしているんじゃないの」

どうでもよさそうな口調でクルトは言うが、オルガは羞恥と混乱から意識を戻せなかった。そこへ、大木の上から垂れ下がるツルの葉をかき分けて姿を現した人物がいた。

「……オルガ」

半年ぶりのキリアスだった。

なんて再会かとオルガは情けなくなったが、それにもまして目の前の半神の男ぶりに思わず茫然《ぼうぜん》としてしまった。

もとより精悍《せいかん》な身体つきであったが、身体の幹は強さより美しさを感じさせるほどだった。極めた身体というものは、力よりも美を放つものらしい。陽に焼けた顔も、意志の強い瞳も、尊大さを発していた光に思慮深さが加わり、大人としての成熟を物語っていた。

そしてその青い瞳は、はるか天上の青を宿らせ、息を呑むほどの美しさだった。

ああ、少しは近づけたかと思ったのにまだこんなにも遠い。オルガの心に広がった再会の喜びは、すぐに焦燥《しょうそう》に変わった。

「キリアス王子？」

オルガに近づこうとしたキリアスの足を止めたのはライキだった。

「何やってんだ？　こんなところで」

神獣師は基本王以外に格上の者はいない。ライキはキリアスに同等の口を利ける立場だった。

「何って……俺のことを何も知らないのか？　山に入って一年になるぞ」

「は？　まさか修行かよ？　ホントにあんた、次に即位しないのか？」

「……お前ユセフスに何も聞いてないんだな……あいつにいいようにこき使われるだけで、それでいいのか？　たまには王宮に行って何がどう動いているのか自分の目で確かめろ」

呆《あき》れたような目をライキから外し、キリアスはへたり込んだままのオルガに手を差し出した。

「大丈夫か、オルガ」

情けなくてその手を取れず、オルガは軽く首を振ってよろよろと立ち上がった。だが、次の瞬間身体が宙に浮く。力動によって浮かされたのかと思ったが、キリアスの腕で高く持ち上げられていた。

「キ、キリアス様！」

「お？　体重も少し増えたな。成長したなあ、オルガ」

真下のキリアスが屈託のない顔で笑う。あやすように背中を叩かれ、オルガは半年前にあっという間に逆戻りしてしまったことに、情けなくなって顔を伏せた。それでも、しがみつきたい。よしよし、というようにオルガの頭を撫でるキリアスにライキが茫然としている。

「王子……そいつ……」

「俺の半神だよ。〝青雷〟の依代だ」

◇◇◇

「欲情してたのかもじもじしてた。半神は歪みの近くにいたみたいだから、欲情を堪える練習しているんだろうって思った」

「ほほう……もじもじ、とな。どんな風にもじもじしていたかな？」

「ちんぽは触っていなかった」

「いい加減にしやがれ、このエロジジイ‼」

クルトに詰め寄って詳しく聞きたがるラグーンに、

ライキとキリアスが同時に声を張り上げた。

裏山の師匠らとの久々の再会がこの有様で、オルガは床に突っ伏して顔を伏せてしまっている。

「しかしライキ、キリアスの言うことももっともだぞ。入山前にキリアスは護衛団に配属されていたんだろう。それがいきなり消えて王宮を追い出された経緯を、仮にも神獣師のお前が知らないとは何事だ。お前もイーゼスも、内政に関してユセフスに任せすぎだ」

「俺の言うことなんざあの女王様が聞くかよ。軍隊に関しては口出ししてこないから、こっちも同じ態度を取っているだけだ」

ダナルの文句にライキは吐き捨てるように言った。

「王宮内なんて興味ねえよ。あんな病弱の青宮《せいぐう》がまともに王位につけるかってのが王宮外の意見だ」

青宮とは王太子のことだ。住まう宮の名から、そう呼ばれる。

キリアスはライキの言葉にしばし空を見つめていたが、長いため息をついた。

「王宮を出てようやく、ユセフスが俺を追い出した理由が分かった」

「まあな。お前の方がはるかに王としての器量があるのは誰もが認めるところだ。お前が王宮にいる限り青宮はお前と比べられ続け、お前を王に担ぎ上げようと企む馬鹿が出ないとも限らない。だが、この国では王を選ぶのは絶対に先読だ。そこは、崩れん。ラルフネス様が生まれて十一年になるのに、未だ一度も予知を出されたことがない。国民だって不安にもなる。青宮は青宮で一度も国民の前に姿を現したことがないしな。行幸《ぎょうこう》や、謁見《えっけん》に連れ出そうとすると熱を出してしまうんだろう？」

ダナルの言葉にキリアスは黙り込んだ。

「俺が今も内府のままだったら、熱があろうがなんだろうが引きずり出すんだがな」

「お前は王に厳しかったからな〜」

ジュドが昔を懐かしむように言う。

「さて、師匠。クルトを連れてこいと言われたので連れてきましたが、俺もそうはこんな辺鄙《へんぴ》なところに来られませんよ。先読生誕の儀が終わるまでと思っていますが、ひと月後に迎えでいいんですよね？」

神獣師は皆同等の立場であるため、ライキは他の師匠らにはぞんざいな口を利くが、直接の師匠であるガイに対しては弟子の礼を一応失わない。

「ああ。ひと月ゆっくりしていれば、力動の様子も分かるだろう。クルトはこっちに任せて、お前は仕事に精を出せ」

「分かりました。じゃあ、お願いします。クルト、お前、王子に体術教えてやれよ」

ニヤニヤ笑いながらライキが言う。キリアスは余裕でその挑発を受け止めた。

「いいのか？　お前の半神には以前えらい目にあわされたからな。お返ししてやってもいいんだぞ」

「はあ？　どの口が言ってんだ。たかだか一年入山した程度で……」

そこまで言って、ライキはクルトが背中にしがみついてきたために声を失った。

「ライキが帰るなら俺も帰る」

クルトの言葉に、ライキは硬直した。へえ、とキリアスは感心する。

「人形みたいな奴だと思ったが、やはり半神には違うんだな。……どうした？　お前ら」

クルトの言葉と態度に、ライキだけでなく山の師匠らまで絶句していた。

◇◇◇

師匠らへの挨拶《あいさつ》もそこそこに、オルガはキリアスに手を引っ張られ、寄合所を出た。

師匠らはなぜかクルトとライキを囲んで大騒ぎしている。こんなに変わるなんていったいどうした、何があったと騒ぎ始めたのをいいことに、二人はその場を離れた。

キリアスが何を考えているのか、その広い背中を見つめながらオルガは心臓が飛び出しそうだった。

「キ、リ、アス様、今、ど、どこに……住んでいるの」

「ダナルの家」

オルガは驚いた。ダナルはルカと暮らしているが、自分の居宅に修行者を入れないので有名である。所有欲の強い男で、ルカに対して特定の者が世話を焼いたり近づいたりすることすら嫌がるという話だった。

「ジュドのところに新入りが入って、今はそっちにかかりきりなんだよ。俺は集中的にダナルに体術訓練してもらっている」

それにしては怪我をしているように見えない。以前は気を失うほどの傷を負わされていたのに、包帯一つ巻いていない気がする。

以前の、殺されそうな修行ではないのだろうか。それとも、あの凄絶なしごきに耐えられるほどに強くなったということだろうか。

ダナルの居宅にはルカが残っていた。

オルガはこの家には初めて足を踏み入れたが、いたるところに本、本、本が山積みになっていた。玄関口から廊下まで、大量の蔵書であふれている。

「ルカ!」

本に埋もれてルカは机に向かっていた。昼間だというのに燭台に灯をつけている。壁という壁が本で覆われ、窓も本棚でふさがれているため陽が差さないのだ。ルカはちらりと部屋に入ってきたキリアスとオルガに目を向けたが、あまり表情を変えなかった。

「悪い、一時間ほど、隣の部屋使わせてくれ」

ヤリます、という直接的な言い方はさすがにキリアスは避けた。ルカは無言で燭台に火消し蓋を落とし、立ち上がった。一言も二言も多い師匠らの中で、本当に貴重な存在である。

ルカの書斎の隣がキリアスの部屋だった。驚くことにキリアスの部屋の壁も本で覆われていた。後からキリアスに聞いた話によると、ルカは本に夢中になると弟子の部屋だろうが長時間居座るためダナルが苛立《いらだ》ち、弟子を宿泊させることを滅多に許さないという話だった。

初めて目にするあまりの蔵書の多さに茫然としているオルガの前で、キリアスは服を脱いだ。

引きしまった裸体が陽に照らされて輝く。オルガは、その身体から放たれる圧倒的な力の美に声を失った。

「ぼーっとしているとひん剝《む》くぞ」

キリアスは最初ニヤニヤ笑いながら服を脱いでいたが、オルガが潤んだ瞳で呆けたように見つめているのに気づき、寝台の上にオルガの身体を倒した。服の上から、顔を押しつける。

「ああ……お前の匂いだ、オルガ」

精霊を共有するゆえの、本能であることは分かっている。だがオルガは己を包み込むキリアスの匂いに、熱に、頭の芯が熱くなった。余計な思考など、はるか遠くに吹き飛ばされる。

「キリアス様……キリアス様……！」

力動がさほど乱れているわけでもないのに、嚙むように降ってくるキリアスの口づけを餌を求める雛《ひな》のように欲した。すぐに舌が絡まり、口内が溶け合う音に包まれる。

キリアスの方は頭の片隅で少々驚いていた。

オルガがたまに欲情する時があっても、操者である自分の方がはるかに欲望を抑えられなかったため、オルガの積極性を感じたことはなかった。

無自覚の誘いで人を惑わすことがあっても、性に疎《うと》いがために平気で煽ってくるのだろうと。事実、そうなのだろう。こんなに舌を絡めて鼻にかかる声を出して、男がどう思うのかなど考えてもいないに違いない。

素裸にすると、少年の柔らかさを残していた四肢はすらりと引きしまり、骨も肌もぴんと張り、若々しい生まれたての筋肉に包まれているのが分かる。表山の修行で今まさに作り出されている強固な細胞は、陽の下で艶々と輝いていた。

「かなりきつい修行のようだな」

キリアスはオルガの、滑らかな樹木のようにすらりとした片足を手に取り、手を這わせた。ふくらはぎから内ももへ、舌を這わせる。

股の間のものが、ひくりと頭をもたげる。

「まあ、これの大きさはあまり変わらんか」

片手で包んでやると上半身まで震わせた。先端からぷくりと漏らしたものが、キリアスの指に落ちる。

「こら、堪え性のない」

喜んでいるのが嬉しくて、キリアスは己の欲望を最大限に抑えてオルガの昂《たかぶ》りをしばし見ていたくなった。そろそろと指で性器を弄び、小さく嬌声《きょうせい》を上げる口を吸い上げる。

「は、ああ、うう、ん……っ」

緩やかな刺激で甘やかされるようにオルガは達した。キリアスの頬に自分の額を擦りつけるようにして、ふるふると身体を震わせながら快感を放つ。その可愛らしさに満足しながら、キリアスは右手で受け止めたオルガの精を睾丸から後孔まで滑らせた。

「あ、ああ、ん」

新たな箇所への刺激にオルガが下半身をびくりとさせる。

当然のことながらまだキリアスはオルガに挿入した

ことがない。それどころか、指での刺激もオルガは怖がってなかなか許さなかった。

「穴には触らんから安心しろ。俺のものを尻の間に挟むだけだ」

これはもう何度か行っている。オルガは潤んだ瞳をキリアスに向けた。

「なんだ？」

「お尻の穴、使いたい？」

キリアスは一瞬茫然としたが、そうです、とも言えずにオルガの後孔をぐりぐりと押した。

「あう、ん」

「いずれはな。指さえ怖がるくせに余計なこと考えなくていい」

「怖くないよ。今度会ったら、キリアス様のちゃんと入れようって決めていたし。お尻怖がってたらいつまで経《た》ってもお子ちゃまのままだからなって、前に言われたし……」

「誰が言った!!」

「御師様《ラグーン》」

◇◇◇

ライキがクルトをなだめすかして残し、下山したのを機に、ダナルも自分の居に戻った。

だが、居宅の前でルカが光紙《こうし》を手に、それをじっと見つめている姿が目に入った
「ルカ？　何している。今、ライキが来てクルトを置いてったんだぞ」

「キリアスがオルガに淫行している」

ルカは口数の少ない男である。沸点の低いダナルはこの半神の言葉尻を誤《あやま》って捉えては、周りを振り回した。

「何やってんだ、師匠の家であの野郎！　今日から外で寝起きさせてやる！　ルカ、お前もあっさり逢引宿《あいびきやど》に明け渡してんじゃねえ！」

「いや……これ、ついさっき授戒《じゅかい》してみた精霊なんだけどな。王宮の方から、上手《うま》く使えるようにならないかって言われて色々試している最中なんだが、ちょっ

とこれを試したくてな」

「なんだそれは？」

「木霊の一つでな。人の話した言葉を拾って繰り返すんだ。操作系として、密室での言葉を拾ったりするのに使えないかと王宮は言ってきたんだが、どうも上手くいかない。部屋にいるのはオルガとキリアスなのに、オルガの声しか拾わないんだ。声の高い方しか認識しないのか……」

くそ真面目な顔で護符を見つめるルカに、慣れているとはいえダナルは呆れるしかなかった。いくら確かめるといっても、人の情交の声を拾い上げる馬鹿がどこにいる。片方の声しか聞こえないなら、一方的な淫行に聞こえて当然だろう。

ダナルが向けてくる視線を、どう勘違いしたのかルカは護符から精霊を発動させた。ひょっこりと護符から顔を出した木霊は、顔らしき箇所に丸々と穴を空《あ》けて、そこから喚《わめ》きちらした。

「あ、ああ、いや、お尻、おかしい、止めてキリアス様、俺やっぱ無理、指抜いて、無理、やっぱ無理い、お尻いやだああ」

ダナルはキリアスが気の毒すぎて顔を覆うしかなかった。

とりあえずその精霊を授戒するのはもう少し先にしろ、とダナルはルカの手を引いて寄合所に戻った。

中に入ると、大広間に座っているアンジとマリスが振り返った。二人とも珍しく紫の上衣を羽織っている。アンジはともかく、マリスまで正装をして裏山を訪れるのは珍しい。

「なんだ？　お前ら。二人そろって」

ちょうどその時、ガイが大広間に入ってきた。ガイが上座に腰を下ろすと、アンジとマリスは一礼し、アンジは胸元から濃紺の箱を取り出した。

「勅令《ちょくれい》でございます。たった今、王宮より使者が参りました」

年功序列から、裏山に勅《ちょく》が届けられればガイが受け取る。ガイはアンジの手からそれを受け取ると、濃紺の布を解き、中から現れた瑠璃紺《るりこん》の箱を開けた。

ガイから呼び出されたジュド、ラグーン、セツも大広間に入ってきた。ガイの前に平伏しているアンジとマリスの横に腰を下ろす。

しばし微動《びどう》だにせず広げた紙を見つめていたガイは軽くため息をつき、一番近い場所に座っていたダナルに無造作に勅令を渡した。

「顔を上げていい、アンジ、マリス。本物の勅ではない」

「は？」

他の師匠らはダナルの背後に回ってそれを読み、いっせいにげええぇ……といった顔をした。一人、セツだけが不安で顔を曇らせる。

「こんな勅令を王が出されるわけがないんだ。この文書はユセフスによる偽造だろう」

ガイは淡々と説明したが、ダナルは舌打ちした。

「ユセフスめ。国璽《こくじ》まで用いるとは、手の込んだことをしやがって」

いやいや、とジュドとラグーンが手を振る。

「お前何言ってんだ？　自分でもべたべた勝手に国璽を押しまくって、嫌がる王の手を無理矢理掴んで押させてた奴が」

「俺は許可は取っていないが伝えることはしていた。拒否されても強行しただけだ。だがこれは違うだろう。完全に王のあずかり知らぬところで国璽が使われたということだ」

「いや、ダナル。これ、本物の璽《じ》ではないぞ。おそらく書院番による複製だろう」

「なんだって？」

ルカの言葉に皆がもう一度まじまじと勅令を見つめた。だが、ガイは一目でそれに気づいていたらしく、ぽかんとするアンジとマリスに説明してやった。

「ユセフスが、勅を出すという方法を取ってまで王宮に呼びたい人間がいるということだ。もちろん王の耳に入らぬようにな。正式に王宮を出された身、勅令なしでは呼び戻すことは叶わん」

ジュドがアンジとマリスの前に青く国璽が光る勅令を置いた。

そこに書かれていた内容に、アンジとマリスも息を呑んだ。

〈先読生誕の儀　稚児役に申し付ける者の名は　オルガ・アルゴ〉

〈同じく付添人として申し付ける者の名は　キリアス・ヨダ　テレス・ネロ〉

ていることをご存知なのか？」

「知っていたら激怒して山に乗り込んでくるに決まってるだろう。青雷を宿した子供が今年入山していることも知らんはずだ。おそらくユセフスは、機会を見て王にそれを知らせるためにお前とオルガを王宮に呼ぼうとしたんだろう」

「なぜ今？」

ダナルはキリアスの鋭い目をゆっくりと見返した。

「……オルガの誕生は、国家の存亡に関わる話だったんだ」

オルガは今、ダナルとルカの家で、精が尽き果てて昏々《こんこん》と眠っている。

たのは、オルガは置いて一人で来い、とキリアスが命じられたのは、オルガにはまだ話したくなかったからだろう。

「お前がオルガの半神となったことは、いずれは王に教えねばならぬこと。この生誕の儀がいい機会だとユセフスは思っているのだろう。だがお前にもオルガにも、全ての真実を明らかにするのはおそらくまだ先の話になる。まだ、早い」

ガイの言葉に、食ってかかるようにキリアスは訊《き》いた。

◇◇◇

「偽の国璽を用いるとは勅令をなんと心得るか！　これは王に対する反逆行為だぞ！」

呼び出された寄合所で、師匠らに対して激高したキリアスに、アンジとマリスは言葉を失った。

人の脳天まで貫くかのような支配者の声だった。王になるべくして生まれ、そう育てられた者の圧倒的な力の強さに、さすがにダナルが苦笑して肩をわずかに揺らす。

「褒められた行為じゃないが、俺らならすぐ意図に気づくだろうと考えての勅令だ。お前を王宮に呼びたいんだよ。生誕の儀の稚児の付添人ならば、名目も立つ。王が、お前はともかくオルガを王宮に呼ぶのを許可するはずがないんだ」

「父上は、俺がオルガの半神で、〝青雷〟の修行をし

「ならばいつになる」

ガイは深く皺《しわ》が刻まれた瞼をわずかに緩め、両手を浮かせてみせた。

「右手に国家。左手に半神。どちらかを選べと言われたら、お前はいったいどんな答えを出す？」

キリアスは、ガイの両手を前にして、言葉を失うしかなかった。

「お前が神獣師となった時、この問いをもう一度問われる時が来よう。その時お前は、真実を知ることになる。……否応なくな」

キリアスが視線をわずかに落とす。キリアスの前に置かれた勅令を、ジュドがひらりと手に取った。後方に控えているアンジとマリスに声をかける。

「早速王宮に使いを出すがいい、アンジ。恭《うやうや》しく、勅は受け取りましたってな」

「あの、そのことなのですが、テレスは三十日咳《さんじゅうにちぜき》で下山しております」

三十日咳とは、辺境周辺が激しい風と砂嵐に襲われるこの時期に、行商人らから運び込まれる風土病であった。

成人男性なら命に関わるほどひどくはならないが、二十日間ほど咳が止まらなくなり、完全に治るには三十日かかると言われているため三十日咳という。感染力が強いわけではないが幼い子供や老人はあまりかかりたくない病気だった。

「いつから？」

「症状らしきものが出始めたのは三日前。下山させたのはつい昨日のことです」

となると、当然王宮入りには間に合わない。

「勅令の代行役が許されるのは……」


「なんで俺!?　俺が王宮入りなんてしたら、可愛い俺のテレスは誰が面倒見るんだ！　ああかわいそうに！　きっと一人で咳き込んで、俺の力動を狂おしく求めているに違いない！　待ってろテレス、すぐお前に力動を……」

「寸劇はやめろ、ジーン。うざい。テレスは実家でゆっくり静養中だ。病気は力動では治せない。久々にお前から離れられて喜んでいるだろうよ」

マリスの冷ややかなツッコミにも、一向にジーンはめげなかった。

「そんなことないんですよ〜。ツンツンしているようで甘えっ子なんですから。裏も表もつれないマリスさんと一緒にしないでください。あ〜、休みまで待てない！　俺下山していいですか？」

「人の話を聞け。……しかし他人事ながら心配になってきた。この馬鹿を王宮入りさせていいんですかね？」

呆れ果てた顔でマリスが振り返る。アンジが頭を抱える隣でキリアスは憮然《ぶぜん》としていた。

勅令で名前が出されてしまった以上、こちら側から取り消すことは許されない。

代役を立てるのは可能だが、もしそれが精霊師であった場合、問答無用で半神が代役として選ばれる。

半神とはいえこいつは阿呆《あほう》でとても務まらないので他の者を、などという言い訳は通用しない。

「稚児役と付添人は毎年千影山から出されるんだろう。今回の指名が口実なのは一目瞭然だが、なぜテレスに白羽の矢が立った？　もともと推薦していたのか？」

「いいえ。通常は修行者から選びますから。ただ、テレスは五年前に一度付添人を務めたことがあります。そつのない働きで、後ほど内府からお褒めの言葉と上衣を下賜《かし》されました」

「ああなるほど。優等生だからな、テレスは。ユセフスは礼儀を知らない使えん馬鹿が最も嫌いだ」

そこで三人は再びジーンに目を向けた。

何も考えていないジーンの表情に、アンジは珍しく長いため息をついた。

「キリアス様、事情が事情ですし、どうにか粗相《そそう》のないようにお任せしてもいいですか？」

「俺は先の読めない伏魔殿《ふくまでん》に乗り込んで、半神を守らなきゃならないんでな。馬鹿の面倒は見れん」

◇◇◇

「王宮？」

オルガにキリアスは事情を説明した。

「本来稚児役とその付添い役は表山にいる修行者から選ばれるのが通例だ。というのも、裏山にいる修行者のように精霊を宿していては、神殿やラルフネスには近づけないからだ。生誕の儀では、表に出ることができないラルフネスの代わりに稚児役が儀式を受けるんだ。付添人二人は、〝鳳泉〟の神獣師二人を表している。鳳泉の神獣師も先読同様、国民の前には姿を現さないいんだ。そのために、先読生誕の儀は毎年三人の代役を立てるんだ」

「でも、俺〝青雷〟を宿しているし、先読様には近づけないよ」

「だから、これは口実なんだ。俺とお前を王宮に呼ぶための。儀式は他の者を表山がすでに推薦している。おそらく俺たちを王に謁見させるつもりだ」

王。オルガはふるりと一瞬身体を震わせた。罪人、という言葉が身の内をよぎったのだろう。

「心配するな。俺がついている。お前を半神にしたのは俺の意思だ。責められるべきは俺、お前は何も案ずることはない」

頭を撫でようとするキリアスの手をオルガは強く頭を振って払った。

「子供扱いしないでよ！　もう十五になったんだ、自分の面倒くらい、自分で見れる！」

丸い目をきゅっと吊り上げて睨《にら》んでくる。ああ、そうだな、お前は成長したもんな。そう言ってやりたかったが、キリアスはまだ手の中で愛しんでおきたかった。可愛すぎる。

「アンジもジーンもそう言っていたが、まだまだ身体はふにゃふにゃしているように見えるがな」

「そんなことない！　じゃあやってみる!?　俺、〝界《かい》〟は結構褒められるくらいになったんだから」

寝台の上に立ち上がってオルガは体術の構えをしてみせた。

「キリアス様、〝放〟でも〝突《とつ》〟でも俺に向けていいよ」

「馬鹿を言うな」

「力動を自分の中で調整する〝調《ちょう》〟だって結構習得してきたんだ。依代は〝血戒〟を覚えなきゃならないから、これは半神に頼るわけにいかないって」

次の瞬間、キリアスはオルガを寝台の上に押し倒した。

心臓が、痙攣《けいれん》を起こしたように感じた。

何を、言っている。たった半年、離れただけで、何を口走るようになったのか。

人の許可も得ずに、何を教えたのだ、表山の連中は。

「二度と口にするな。いいな」

真上から見下ろすキリアスに、オルガは小さな声でごめんなさい、と伝えた。

「でも、キリアス様、これは、依代は覚えなきゃならないんだよ」

「黙れ！　いいかオルガ、絶対にそれはもう口にするな。決して行わないと誓え。たとえ俺が死んでもだ。絶対だ。分かったな！」

オルガは困った顔で口を引き結んだ。

キリアスは、そんなオルガを食い入るように見つめながら、半年、離れていたことを心の底から悔やんだ。目を離すべきではなかった。俺のいないところでこんな馬鹿げたことを吹き込むとは。まだこんな幼い者に教えることではないだろうに。

血戒を使うなど、簡単に考えてしまったらどう責任を取ってくれるのか。ああ、やはり俺が片時も離さず傍《そば》で守ってやらなければ。オルガ。お前には俺しかいないのだから。

「キリアス様」

「心配するな、オルガ。俺が守ってやる。一生、責任を取ってやるから、全て俺に委ねていればいい」

可愛いオルガ。キリアスはオルガを抱きしめ、その成長途上の薄い胸に顔を擦りつけた。愛おしい、小さな存在。

いきなり突き飛ばされて、キリアスは茫然とした。

オルガは意志の強い瞳で睨んでいる。

「俺は、キリアス様の半神ではあるけど、玩具じゃない」

玩具？　キリアスはオルガが何を言っているのかさっぱり分からなかった。

「たとえ半神であろうと一人は一人。俺は俺。それを自覚しなければ絶対に共鳴はできないと表山で俺は教わったよ。キリアス様は違うの？」

「そんなことは当然だ。だが、操者は精霊を宿す依代を守る義務があるんだ」

オルガはほんの少し目を細めて、キリアスに告げた。

「依代が死んでも操者は死なないんだよ、キリアス様」

キリアスは、目の前のオルガが理解できなかった。ついさっきまで、人の身体の下で可愛らしく抱かれていたはずだったのに。

「半神で、対《つい》と言っても個々の別のものなんだよ。必要以上に執着したら、いざという時に己の心の闇に負けてしまうんだって。闇に喰われて、魔獣になってしまうんだって。俺はキリアス様の半神だけど所有物じゃないんだ。キリアス様だって、俺のものじゃない。精霊師は、精霊や敵国と戦う時に、絶対に退《ひ》けない予測もつかない事態に陥ることがある。その時に半神を切り離さなければならない。依代は、その最終手段が〝血戒〟なんだと聞いた。自殺の方法を教えるわけじゃない。己一人の力で立つという覚悟を知るためのものだって」

「……キリアス様」

「知らなくてもいい！」

オルガが途方に暮れた顔で見つめてきても、キリアスの目には入らなかった。

執着。この想いが執着？　お前を守るのは俺しかいないと思うことが。

半神を切り離す？　まさか。俺はそんな状態にはならない。お前も守ってみせる。敵も倒してみせる。どちらかを選ぶなんてことがあるわけがない。

……右手に国家。左手に半神。どちらかを選べと言われたら、お前はいったいどんな答えを出す……？

ガイの静かな声が、浮いた両手が、キリアスの心の闇に浮かんだ。

……どちらを、選ぶ……。

全ての精霊師が、この選択を突きつけられていると いうのだろうか。

キリアスはオルガの眉根を寄せた顔を、いつまでも見つめていた。

3

稚児役と付添人に任命された三人に下賜された着物は乳白色、帯は銀糸で作られた見るからに高価なものだった。王宮より運ばれた衣装箱を開けたとたん、明るい光が放たれる。

「わー、キレーイ」

のんきにオルガとジーンは声をそろえる。

「神官の格好だ」

キリアスが説明してやる。

「上衣はない。代わりに、師匠らが羽織っているような羽織を着るんですね。袖がでかくて、力仕事なんてやらねえよって無言で言っているような服だなあ」

「そうだよねえ、ジーン先生。なんか、顔を洗うのも難しいような服だよね」

「だよなー、小便の時に後ろから袖を持ってもらわねえと用が足せねえよってくらいだよな！」

馬鹿二人は無視してキリアスは自分の着物を手に奥へと引っ込んだ。

ジーンとオルガはマリスとセツの手を借りて服を着た。マリスは苛立ちながら、されるがままのジーンに怒鳴り散らした。

「オルガは仕方ないとして、お前は正装用の帯の結び方ぐらいちゃんと覚えろ！　成人して何年になる！」

「いや、テレスにやってもらっていたから……しかもこれ、やたらでかくて硬い帯で難しいし」

早くも前途多難である。オルガの方も、セツから帯の結び方を教わった。

「王宮は、身なりを崩している者などいないから、気をつけなさい」

思った以上に大きい袖をくるくると巻いて、オルガは困ったようにセツを見た。

「セツ様、コレ大きくない？　こんなものなんですか？」

「ちょっと大きいな。まあ、稚児役はこのくらいぶかぶかでも構わないんだよ。本来、ラルフネス様の代役として呼ばれるから、儀式でも神官に抱かれて移動して、歩くことすらしないんだ」

「ひえー、先読様って歩くこともしないんですか！」

ジーンが素っ頓狂《すっとんきょう》な声を上げたところに、キリアスが中へ入ってきた。

いつもは黒髪を頭の後ろで一つにまとめているだけだが、軽く自分で結い上げて頭の上に乗せていた。

全く同じ生地だというのに、醸《かも》し出す品性の違いでこうも意匠が変わるものらしい。マリスは思わずジーンとキリアスを交互に見比べ、ジーンに哀《あわ》れみの目を向けた。

「仕方ないでしょ、あっちは王子！　俺はどうせ屋台のおっちゃんの倅《せがれ》ですよ！」

オルガは口をぽっかりと開けてキリアスに見惚れてしまっている。セツが自分の頭を指してキリアスに告げた。

「キリアス、髪をもう少しちゃんと撫でつけた方がいい。ユセフスから余計な小言を貰いたくはないだろう」

「あいつの小言なんて知ったことか。あんたがやってくれるのか」

「ああ。私でよければ」

椅子に座ったキリアスの後ろに、櫛《くし》を持ってセツが回る。それを見て、オルガは慌ててキリアスの背に回った。セツの手にある櫛に手をかける。顔を真っ赤にし、蚊の鳴くような声で俺がやる、と告げた。

セツはオルガの気持ちに気づき、慌ててその場をどいた。

「そうだったな、ごめんごめん」

この国では髪を結うのは十八歳の成人を迎えてからだが、男の場合、長さはまちまちで、一つに結んでいるだけである。

今は短髪も流行《はや》っているが、男が髪をきちんと輪にしてまとめ頭の上に結い上げるのは、婚礼や儀式に参加するなど、正装をする時である。

ちなみに王宮では軍人以外は皆髪を結い上げている。男が髪を結い上げる時は、恋人か妻がそれを行うのが普通だった。ちなみにこの国では十八歳で成人を迎えると、結婚相手を周りも一緒になって探し始めるが、それを「髪を結う相手を探す」と表現する。結婚式で新郎の髪を結うのは花嫁だからである。

「下手くそかもしれないけど」

頭の後ろの声にキリアスは微笑んだ。後ろを振り返り、なんだっていい、と告げ、真っ赤になっている顔を引き寄せて口づけを落とした。

その向かい側ではジーンがマリスに髪を掴まれて荒々しく櫛を入れられていた。

「いって、痛ってえって！　マリスさん、優しくして！」

「櫛が通んねえんだよ、このくせ毛！　お前ちゃんと洗ってんのか!?　水だけで流してんじゃねえだろうな！」


なんとか髪が頭におさまったキリアスとジーン、そしてオルガは、迎えに来た近衛団と神官に驚いた。なんと、山を下りるのに輿《こし》である。

「この格好で山を下りるのはしんどいとは思ったが、準備のいいことだな」

近衛団第三連隊長のセイルとムツカが、前に進み出て膝をついた。

「お久しぶりでございます」

「やめろ、セイル。俺は修行者で単なる付添人だ。膝をつく相手じゃない」

すたすたと輿に近づくキリアスを追って、オルガも慌てて靴を履いて外へ出ようとしたが、駆け寄ってきた神官二人に横から抱え上げられた。

「ひゃああ！」

手足を泳がせるオルガに神官らの方が驚く。

「身体を地につけてはいけません、あなたは先読様の代わりとして王宮に入るんですから！　……説明してくださってないんですか？」

神官が不審な目でアンジとマリスを見る。二人は、あ、言っております、とぼそぼそと付け加えるしかなかった。

「俺だけこっちの輿!?」

姿を見せないようにするためだろう。オルガは一人、四方を布で囲まれた輿に乗せられた。ジーンはキリアスと同じ輿に乗り込んだ。

「キリアス様、俺ら、し、神殿に連れていかれはしませんよね」

精霊師は、神殿に入ることはできない。宵国《よいこく》に繋がる先読の住まう神殿に入る、それすなわち死を意味する。無論、神官らや近衛兵らは、この三人がすでに精霊を所有しているなどと夢にも思っていない。通常稚児と付添人は表山の修行者から選ばれるからだ。

「そう簡単に神殿には入れんから大丈夫だ。ユセフスのいる内府は神殿よりずっと手前だ。おそらくそこで降ろされ、そこから先には入れない」

「それはよかった……。し、しかし輿って、揺れますねぇ……もうケツいてえ」

「お前馬鹿か？　〝界〟を張ればいいじゃないか」

「あーそっか！　キリアス様頭いー！　おーい、オルガ、ケツ痛かったら、〝界〟を張れよー！」

　前からオルガの、分かりました〜！　という声が届いた。王宮から来た礼儀正しい連中は、目を白黒させている。

　キリアスは本気で心配になってきた。オルガはともかく、ジーンが馬鹿すぎる。こいつは、果たしてあの王宮で無事でいられるのだろうか？

◇◇◇

　キリアスの読み通り、輿は神殿ではなく内府で止められた。首席補佐官・エルの制止に神官たちがざわめく。

「稚児役だけでも神殿に迎えませんと。地につけるわけにはいきません」

「内府のご命令です。筆頭様の許可も得ています。今回のご生誕の儀は浄化が行われてすぐのこと、大事な役回りとなりますゆえ、内府がお預かりしてしきたりを整えるとのことでした」

　エルが、神獣師筆頭であり〝鳳泉〟の依代であるトーヤの名前が書かれた命令文をはらりと目の前に掲げる。神官らの長は鳳泉の神獣師である。皆、その文面に臣下の礼をとって従うしかなかった。

　神官らが去った後、輿から降りた三人の前に、エルは膝をついた。

「お久しぶりでございます……」

　膝をつかれた相手は、何か言いたそうな表情をしていたが、ほんの少しのため息でそれを逃がした。

「ユセフスはどこにいる」

「外宮《げくう》でお待ちでございます」

　成長されたようだとエルは内心驚いていた。

　キリアスはエルのことが好きではない。それも当然のことだった。

　キリアスは内府・ユセフスが大嫌いなのである。

ユセフスからの命令は首席補佐官のエルが持ってくるため、キリアスの怒りを最初に受け止めるのは毎回エルであり、よく思われていなくてあたりまえなのだった。

「外宮か。ということは、俺らはそこに閉じ込められるということだな」

「青雷《せいらい》の殿《でん》をお使いください。長年使われておりませんし、外宮でも奥でございますので、侍従も女官も参りません。儀式の準備やらで、今、外宮には内府しか泊まっておられません。ほとんど人は下げております」

外宮とは、国王の宮である黒宮《こっきゅう》の手前にある、神獣師の住まいを指す。鳳泉、青雷、光蟲《こうき》、百花《ひゃっか》、紫道のそれぞれの殿が独立して建てられている。だが、ここに住んでいるのは今は百花の神獣師だけである。鳳泉の神獣師は神殿に住み、残る光蟲と紫道は滅多に王宮を訪れることもない。従って、外宮はほとんど人が立ち寄ることのない閑散《かんさん》とした空間になっていた。

百花の殿を訪れたジーンとオルガは、庭を彩《いろど》る花の多さに驚いた。建物自体はさほど大きくもないが、とにかく花、花、花に覆われている。

これは神獣の名にちなんで、わざと花で埋め尽くしているのだろうか。だが、オルガは咲き乱れる花に首を傾げた。今は秋である。秋の花もそれなりに見事ではあったが、春にしか咲かない花がいくつも存在し、咲き誇っている。これは幻覚なのだろうか。

「百花を宿していると、その神獣師の傍にある花は散らないと言われております。ユセフス様はこちらにおいでになることが多いので、花もなかなか散りません」

エルの説明に、オルガはため息をつくしかなかった。なんと美しい。そんな精霊が存在するのか。

「ええ、数ある精霊の中でも、百花は最も美しいと言われているのです。美しい羽の生えた銀馬の姿で、羽を揺らすだけで無数の花びらを散らせるので百花と呼ばれるとか。内府も、精霊を出される時は花を舞わせます。それはもう、筆舌に尽くしがたい美しさでございますよ」

オルガとジーンはそれを想像して、うっとりと目を細めた。

そんな二人を見て、キリアスは鼻で嗤《わら》った。

「所有者がクソでも花は咲くらしい」

「またもう、キリアス様ったらそういうこと言って」

「ユセフスの前にこの神獣を宿していたのは、誰だったかを思い出せ」

数秒考えてオルガとジーンはげええ、と一瞬で幻滅した。

百花の前の依代は、ラグーンだった。


花に囲まれた殿舎の一室で机に向かっている男は、入室の許可を与えはしたが、部屋の隅に鎮座した面々を一瞥《いちべつ》もしなかった。

「……内府、キリアス様が……ご到着なさいました……」

エルがそっと耳打ちするが、完全無視で紙に筆を走らせている。

対するキリアスも完全無視だった。座った当初から大きく胡坐《あぐら》をかき、そっぽを向いている。

「口上《こうじょう》は？」

口を開いたのは、紙に視線を落としたままのユセフスの方だった。

「偽の勅令で呼び出しておいて口上もくそもあるか。さっさと筋書きを晒《さら》せ、ユセフス」

「変わらんな、お前は。多少は角も取れたと聞いていたのに、少しも成長しとらん。俺の思惑違いか。まだ王に会わせるのは早すぎるようだな」

静かにユセフスは立ち上がった。後ろで軽く結んだ髪がさらりと揺れる。

なんと美しい男かとオルガは見惚れてしまった。セツヤルカは、男でもかなり顔立ちが整っており、内心羨《うらや》ましいと思っていたが、目の前の男の美貌は別格だった。あまりに美しいので男とは思えないほどだが、その背格好は確かに男のものである。

陶器のような肌も、艶やかな黒髪も、切れ長の青をわずかに孕《はら》んだ瞳も、まさに百花の所有者にふさわしい、花の王のような男だった。醸し出す雰囲気は氷のように冷たいが、それを補うほどの美貌に、オルガはぽっかりと口を開けてユセフスを見つめた。

「……スゲエ美人」

ジーンの呟きに、オルガは意識を戻した。キリアスはぎょっとしてジーンに顔を向けた。

ユセフスは、ゆっくりとジーンの方に視線を向けた。ジーンはアハハ、と愛想笑いを浮かべる。

「すみません、つい心の声が出ちまいました。いやー、内府はお綺麗な方とは聞いていたんですけどね？　俺の半神が五年前に儀式に参加しましたから。同じ人間とは思えないと俺のが言っていましたけど、いや、ホント美人っすね！」

ジーンは基本、師匠らに対してもこの口調である。

直接の師匠がジュドとラグーンなので、目上に対する礼が多少欠ける。ダナルやガイに対してもいささか礼儀に欠けていたが、この性格なのでそう咎《とが》められることもなかった。

「お前がテレスの半神か」

珍しくユセフスの目が細められる。それを見てキリアスとエルは背筋に汗が浮いたが、ジーンは何も気づかずにニッコリと微笑んだ。

「ハイ、そうです。俺のテレスが今回病気になっちまったんで、この二人の付添いに来ました」

「覚えているぞ。生誕の儀での働きが気に入って、正式に精霊師となった暁《あかつき》には、ぜひ補佐官として王宮に入るようにと伝えておいたにもかかわらず、何を思ったのか山の師匠らは、出来損ないを半神につけてしまった。結果、山の教師ぐらいしか使い道のない精霊師になってしまったことを残念に思っていた」

ジーンは笑顔のままそれを聞いていた。話が頭に入っていかないらしい。

「えっと、俺、責められています？」

「いいや。馬鹿にしているんだ。いいか、ジーンとやら。もう二度と俺に対して口を利くな。応えは全て〝はい〟と言え。それ以外は言葉を出すな。分かったな」

「はい……えっと、それは、どういう……」

次の瞬間、ジーンの目の前にユセフスの杖が突き刺さった。

床に胡坐をかいていたジーンは、足を組んだわずかな隙間に立ったユセフスの杖を、硬直して見つめた。座った床に穴を空けるほどのその勢いは、声を上げる間もなかった。もし反射的に動いてしまっていたら、杖は、睾丸か足をかすっていただろう。

「俺は今なんと言った？　全て〝はい〟と言えと言ったんだ。分かったか？」

「は、はあ、はは、はい」

「玉が潰れなくてよかったな？　もう二度と半神を喜ばせることができなくなるところだったぞ。竿が小さくてよかったじゃないか。なあ？」

「は、ははは、は、はいいい、はい」

がくがくと顎を震わせながらジーンは頷《うなず》くしかなかった。

「いい加減にしろよ。正式な付添人でもない者に対して」

オルガはあまりの恐ろしさに震えてしまっている。その背中に手を添えながら、呆れたように睨みつけてくるキリアスに、ユセフスはわずかに微笑んだ。

「お前、少しは変わったようだな」

ユセフスは杖を引き抜いて、エルに伝えた。

「まずは青雷の殿舎に案内しろ。王宮の見物でもさせてやれ」

ユセフスが去っていった後で、エルとキリアスは顔を見合わせた。前途多難、と互いの顔に書いてあるのを確認しながら。


「嫌だあ！　もう帰る！　俺はもう山に帰る！　なんなんだよあの加虐野郎は！　怖えーんだよ！」

ジーンが床を転げ回ってわめいている。無理もない。

「ああいう性格なんだよ。お前、ああいう女王様系得意じゃないのか。テレスだってかなり言いたい放題やりたい放題だろ」

キリアスの言葉に、ジーンは弾かれたように身を起こした。

「一緒にしないで！　俺の可愛いテレスはお姫様なの！　我儘《わがまま》でお転婆《てんば》なお姫様なの！　あんなのと一緒にしないでください！」

「なんだ。お前は下僕になるのが大好きかと思ったのに」

「す……好きですよ。可愛い姫限定ですけどね！」

「可愛い姫ってのは、こういうのを言うんだよ。なあオルガ」

キリアスは腕の中のオルガに頬ずりした。オルガは王宮を恐ろしく思ってしまったのか、姫扱いされても文句を言うことなく、キリアスにされるままになっている。

そんな様子を見て、エルは途方に暮れていた。

付添人としてやってきた人物があまりにも無作法なのも不安だったが、たった一年でキリアスが、人が変わったようになってしまっている。

あれほど尊大で傲慢だった王子が、山の精霊師と友人のように接している。

すでに半神を得ているという話にも驚いたが、その半神に骨抜きにされてしまっている。これはジュドとラグーンの修行のせいなのだろうか？　いくら半神とはいえ、こうも人前でべたべたと腕の中に抱いているのは、どうしたものか。

「あいつも加虐趣味だから、お前のような下僕体質の男は一発で見抜くんだろ」

「俺の下僕体質はテレス限定ですってば！　あんな外道冗談じゃありませんよ」

「しかしお前、仮にも神獣師に対してえらい口の利き方だな。エル以外いないからいいとしても、ここから出たら気をつけろよ」

「あ〜やだやだ、王宮なんて！　俺は一生山でいいや。キリアス様、仮にも王子でしょ。いくら相手が神獣師だからって、山の師匠らに対しての方が強い態度じゃないですか！」

キリアスはため息をついた。

「仕方ないだろう。俺はあいつに教育されたようなものなんだから。しかも、甥だしな」

「甥？」

オルガが腕の中で顔を上げる。

「ユセフスは父王の実弟だ。俺の叔父にあたる」

全然似ていない。オルガは驚いてキリアスの顔をまじまじと見つめた。キリアスも美丈夫だが、瞳も輪郭《りんかく》も男らしい力強い線である。ユセフスは、華奢《きゃしゃ》ではないが繊細な線を描いていた。共通するところと言えば、どちらも蒼穹を映したような瞳の色であるということだ。

「じゃあ、内府様も王子様だったってこと？　キリアス様と同じように、王子なのに入山したんだね」

キリアスは困ったように首を傾げた。

「いや、俺と違ってユセフスは、王子としての宣下《せんげ》すら受けていない」

「それ何？」

「王子として認められていないってことだ。生まれてすぐに他家に養子にやられた。乳母として選ばれた家に養子に入り、そこで育ったんだ。あいつは王宮で育ってもいない」

ジーンも興味深げに近寄って話に入ってきた。

「国王は三人まで妃が持てるんですよね？　四人目の

方に内緒で産ませたとか？」

「いや。先の国王は、妃を三人も持たなかった。王妃たった一人しかいなかったんだ。その王妃が、前の先読であるステファネスを産み、続いて現王・カディアスを産み、そして最後にユセフスを産んだ。三人とも同母から生まれたという珍しい姉弟だろう。先王は絶世の美女だったという王妃を寵愛《ちょうあい》した。他の女を娶《めと》らないくらいにな。だが、王妃は三人目の子供を産み落とすと同時に亡くなった。大いに悲しんだ先王は、母后の命を奪って誕生した子供を実子と認めなかった。一度も会わずに妻の家臣の家に養子にやった。……当時の鳳泉の神獣師は、先の王に言ったそうだ」

堕《お》としても無駄だ。必ずあの子供は王宮に戻ってくる。

あの子供の身体に浮かぶ巨大な斑紋《はんもん》は、必ずや神獣を宿す。

そして二十年後、その子供は執政者となって戻ってきた。

神獣〝百花〟の依代として。

◇◇◇

「依代？」

話を聞いて、ジーンはなぜかそこに反応した。

「なんだ？」

「あの鬼畜、依代なんですか？」

言われてキリアスはわずかに視線を空に投げたが、そうだ、と頷いた。

「斑紋を……昔ガキの頃、見たことがある。依代、だな」

「ホントですか！　あの加虐野郎が、受け!?」

ジーンの言葉に、エルは卒倒しそうになった。キリアスはさすがに想像したくないのか、顔をしかめている。

「そうとも限らないだろう。依代でも、その……逆ってのも、ありえるかも」

「何言ってんですか、キリアス様！　力動の流れからして、依代が攻めになるなんてありえませんよ、絶対に！」

「受けって何？　ジーン先生」

「あ、よかった！　オルガまだ処女なんだ！」

エルは泡を吹きそうになった。この青年は先程の仕置きをなんと心得ているのか。万が一にでもこんな下品な会話がユセフスの耳に入ったら、どれほど恐ろしいことになるか分からない。

「受けってのは、えっちなことする時に受け入れる方です。一般的にそう言われています」

「止めろってジーン！　お前はやっぱりラグーンの弟子だな！」

「自分だってそうでしょ～」

「お尻使う方？」

「こら、オルガ！」

キリアスはさすがにエルを振り返った。エルは腰を抜かしたように座り込んでしまっている。

「どんな精霊師だって神獣師だって、絶対に依代が受けで操者が攻めだって。操者が力動ぶっ放す快感なんて射精の感覚に似てんだから。逆にどうやって受ける側になれっつーのよ」

「え、そうなんだ」

「キリアス様、正直にそこは言わないと。ずるいなあオルガ、キリアス様、時々いきなり力動どーんと注いでこなかった？」

「してた」

「ね？　あれ似てんの」

「ジ、ジーン！」

エルはもうこの下品な会話に耐えられなかった。話に交じっていると思われるだけで恐ろしい。そろそろと離れようとすると、ジーンの悪魔の突っ込みが届いた。

「エルさん、依代ですか？　操者ですか？」

この流れだと受けですか？　攻めですか？　と訊かれているようなものである。

エルは運動音痴で体術を全然会得できなかった。胃弱なのでやせ型、文官の羽織る黄土色の上衣をわざと膨《ふく》らませるようにして身体に巻きつけてごまかしているが、ひょろひょろの体軀だった。こんな情けない体格の操者は存在しない。

蒼白になりながらもエルはこの空気を変えようと、

そろそろ移動しましょう、となんとか口にした。

「どこに行くんだ？」

「書院です。王子が戻られることを、サイザー殿には伝えてありましたので」

◇◇◇

書院とは、王宮内で飛び交う書類という書類をすべて管理している場所である。

ここの長を書院番といい、技官の精霊師がその任についていた。

技官とは、その名の通り特定の技術を所有する精霊師であり、役職は二つしかなかった。医師と、書院番だけである。

「どちらも単体の精霊師で半神はいない。ゼドのように一度宿らせたら戒を解くまで離せない精霊ではなく、目的のために使用する時だけ宿らせて操作するんだ。俺がクルトに殺されそうになった時、ルカが医療精霊を入れたろう？」

あれと同じだ、とキリアスは説明した。だから通常は精霊師といえども普通の人間と変わらん、と付け加えた上で言った。

「書院番のサイザーは、俺の家庭教師だった男だ。俺だけでなく、父王の家庭教師でもあった。齢はもう六十をゆうに越えているというのに、自分がいなければここが回らないとかぬかして、一向に引退しないジジイだ」

「実際その通りですよ、王子。サイザー殿はここの生き字引のような方ですから。私など足元にも及ばないほど博識でいらっしゃる。弟子のチャルドなんて、未だに頼り切っていますからね」

オルガらは、ずっと四方に幕が張られた輿で移動してきたため、周辺の建物などは目にしなかった。どこから王都でどこから王宮だったのかすらあやふやである。こうして王宮内の建物をまともに見るのも初めてだった。

書院の大きさに、オルガとジーンは圧倒された。

驚いたのは、まず書院の手前に蟲《むし》の養育所があったことだった。

　蟲の名前はクゴといい、成長すると掌ほどの青い蝶に変化するが、その幼虫が、ヨダ国の重要な産物である光紙の原料となる、金色の糸を出すのである。

　この虫を一般家庭で育てることは禁じられ、官営の工場で蟲の養育も紙の製造も行われている。

　ヨダ国内では、虫を育てるのも糸を取り出すのもさほど難しい工程ではないが、国外ではそうではない。何故かこの虫は、ヨダから出たとたんに死んでしまうのである。他国の行商人がこっそり持ち出そうとしてもことごとく失敗に終わる。

「書院で扱う文書は全て光紙ですから、まあ、大事にしましょうって象徴ですね」

　三人は今、仮面をつけている。キリアスは顔が知られているので仕方ないとしても、なぜオルガとジーンまで仮面をつけなければならないのか。

「仮面をつけている時点で稚児役と付添人だと分かりますから、誰も声をかけてはきませんよ」

　エルの説明にジーンは首を傾げた。

「でも仮面って変じゃないですか？　これ普通なの？」

「はい。神官ではつけている者は多いですよ。先読様の直接のお世話をする者は、皆神殿では着用しています。それが当たり前になっていて、神殿からこちらに出てきてもいちいち仮面を外しませんから、皆慣れています」

「ご尊顔をまともに見てはいけないってことですか」

「はい。先読様に直接関われるのは、鳳泉の神獣師と国王、王太子だけです」

　二年前まで王太子だった男は、赤い鳥の仮面をつけて頷いてみせた。

　赤い鳥は鳳泉を表している。オルガは青い竜の仮面、ジーンは銀色の馬の仮面をつけていた。

「羽が生えていなかったら馬は馬だよな……」

　本当に神官らはこんなふざけた仮面をつけているのかと、ジーンは首を傾げた。せめて神殿から出てきたら外そうよ、と言いたい。

　しかし、いい男は赤い鳥の仮面をつけていてもいい男だと分かるものらしい。蟲の養育はほとんど女官の手で行われているので、養育所を出たり入ったりする女官たちが、チラチラとこちらを見ている。まさか王子が神官の格好をしているとは夢にも思わないだろうから、儀式で山からやってきた男よ、仮面の下はどんなかしらと囁き合っているのだろう。

「キリアス様は、王宮で手あたり次第だったんですか？」

「は？　何が？」

「いやあ……王子だし、そんなないい男だし、周りに侍《はべ》っていた女性たちは、手を出されたがっていたんじゃないですか」

「ああそういう意味か。そうだな。俺はものすごくモテたな。当たり前だろう。俺は王子だぞ」

だがな、とキリアスは続けた。

「前にも言ったように、俺を教育したのはあの加虐趣味野郎のユセフスと、くそったれ偏屈《へんくつ》ジジイだ。俺に女と遊ぶ暇など与えたと思うか？」

「ずいぶんな言われようですな」

現れたのは、技官の茶色の上衣を纏った老人だった。


書院番のサイザーは齢六十七。二十歳で精霊師となってから、四十七年を書院で過ごし、他の場所には滅多に足を運ばないという話だった。


白い頭はもう結い上げる髪もなく、後ろに撫でつけているだけである。サイザーは白い顎髭を撫でながら言った。

「山で好き勝手やって半神まで手に入れて、烈火殿《れっかでん》（前内府・ダナルの通称）に鬼のようなしごきを受けて人が変わったと聞いて、お会いするのを楽しみにしておりましたのに、以前のままのクソガキではありませんか」

キリアスはため息をついてオルガとジーンを振り返った。

「な？　この王宮にいる精霊師は、俺のことを王子なんて思っていやしない。俺が国王になれないなら、神獣師を目指そうとした理由も分かるだろう」

「そんなことはありませんよ。私とカドレアくらいでしょう、王子に失礼なのは」

「失礼を自覚しているなら改めろ。……カドレアも俺が戻ったのを知っているのか？」

「ええ、まあ、あとがうるさいので教えましたよ」

サイザーの後について書院の中に入ると、天井まで築かれた本棚と階段を、何十人という書記官や侍従らが行ったり来たりしていた。

陽光を完全に遮断した空間は、硝子《ガラス》の筒の中の灯によって照らされ、蔵書には決して近づかない位置にそれらがズラリと並んでいる。必要な情報を探し出すまで、いったいどれほどかかるのかと思われるほどの蔵書の数に、オルガとジーンはあっけにとられた。

「ここの多くは政務の記録ですな。まあ、ここは書記官らに任せております。我ら書院番が本当に管理しているのは、あちらの護符院です」

衛兵が厳重に管理している扉を、サイザーは指した。契約され、護符に封印されている精霊が集められている。

「内部の結界を守るのは〝紫道〟様の子蜘蛛です。私と、同じく書院番のチャルド以外の人間は入れません。誤って誰かが足先少しでも入ったら、紫道の依代様の力動がそれは乱されるらしく、ライキ様は激しくお怒りになりますね。先の〝紫道〟様方はさほど気になさらなかったのですが……」

「ああ〜、ああ見えてスゲエ過保護だもんな、ライキ」

いきなり対等な口を利いたのはジーンである。

「同山なんですよ、俺と、テレスと、ライキ。あとこの書院番のチャルドね」

同山とは、同じ年に入山した修行者を言う。十四歳から入山して六年以上同じ釜《かま》の飯《めし》を食う仲となるため、同山者の絆は深い。

「まあ、それでもライキは入山当初から別格で、修行も何も俺らと一緒にはなりませんでしたけどね。もう、神獣師級だと最初っから違いますよね、持っているのが。あっちも二年遅れで入ってきたクルト様ばっかり見てて、俺らとそうは関わりませんでしたが、それでも表山で四年一緒に過ごしたのは大きいですよ」

そこでキリアスはちらりとオルガを見た。

本来正式な修行の手順を踏んでいれば、オルガも手に入れることができたかもしれない同山という仲間の話を、どう捉えたか不安になったのだ。

無理矢理半神にしてしまってから、オルガの同山はキリアスしかいなくなってしまった。学校にも行っていなかったオルガが得られる、初めての友人らだったかもしれないのに、あっさりとその機会を摘《つ》んでしまったことを後悔する。

オルガが視線に気がついて顔を向けてきたので、間口を開けて思いを伝えてみる。

（ごめんな。お前も同山の仲間が欲しかっただろう）

オルガが竜の仮面のまま、驚いたように首を振る。

（平気。だって、まともに修行していたら、キリアス様の半神に選ばれなかったかもしれないんだよ。そっちの方が嫌だ）

また、なんと可愛らしいことを言ってくれるのか。

思わずキリアスはオルガを胸の中に抱いた。その姿に、容赦なくジーンの突っ込みが入る。

「キリアス様、鳥の仮面つけたまま無言の寸劇止めてください。半神同士の心の会話って、気をつけないと痛いですからね」


「うお～、ジーンじゃねえか！　懐かしいィ～～！」

「チャルド久しぶり～。結婚した？」

「してねえよ馬鹿！　ああ腹立つ。やっぱりあの時、ラグーン様に袖の下渡しておくべきだったぜ！　そうしたら俺が今頃テレスの半神だったかもしれないのによ！　あんな美人捕まえやがって、お前ラグーン様にいくら渡したんだ⁉」

「お前のその性根の汚さ、こんなクズは半神を得るべからずという師匠の慧眼《けいがん》の素晴らしさよ……。安心しろ、俺らの結婚式の時には友人代表挨拶を頼んでやる」

これが同山かとキリアスは目の前の光景を嘆かわしく見つめた。これは、ジュドもラグーンも、どちらをテレスの半神に選ぶか悩んだだろう。

「実際単体の精霊師って、半神がいないし引きこもって仕事しているから、独身ばっかりなんだよ。ホント冗談じゃなくお前が恨めしいぜ。精霊師って対があたりまえになっているから、酒場に行って俺精霊師なんだぜ、金持ってるぜって匂わせても、女どもは、ああじゃあ半神がいるのねって相手にしてくれない」

「相手にされないのはお前自身に問題があるんじゃないか」

キリアスはサイザーが気の毒になった。弟子がこれでは、いつまでも引退できないわけである。

護符院の手前にある書院番の部屋は、光紙が山積みになっている。チャルドとジーンは昔話で盛り上がり、サイザーは、興味津々といった感じで部屋をうろつくオルガに、丁寧に説明してやっていた。

「我ら書院番の本来の仕事は、護符の管理なのです。ご存知ですよね、意志を持って書かれた文字や言葉には魂《たましい》が宿ります」

「うん。俺も少しなら、精霊を捕まえて言うことを聞かせることができるようになったんです」

「ほおお、素晴らしいですな。捕らえた精霊に戒を与えて従わせる〝授戒〟は、操者は絶対にできないのですよ。依代の力動の波動でなければ、従わないのです」

「え、そうなんですか!? だって、御山《おやま》の御師様方はやっていますよ」

「依代様方だけですよ。ああそうだ、ガイ様とゼド様なら行えますね。あのお二人は〝鳳泉〟の操者であった方と、依代の力をお持ちの方だ。ダナル様とジュド様は〝授戒〟はできません」

キリアスは、サイザーの言葉遣いに妙なものを感じた。

すでに神獣を宿しているから、オルガに対して敬語を使っているのだろうか。

現国王の教師だったこともあり、誰よりも長く王宮に住み、裏にも表にも精通しているがゆえに、サイザーの態度は時に神獣師に対しても不遜《ふそん》である。従えぬ命令は、ユセフスに対してでさえ、断固として拒否するほどだ。だが、王もユセフスもそれを咎《とが》めたことはない。それは、この老人が確固たる信念に基づいて生きているからである。精霊に守られているこの国の、心臓部とも言えるのが護符院であり、そこの長である書院番の矜持《きょうじ》と国に対する忠誠に、揺るぎがないからだった。

キリアスは幼い頃からサイザーに勉学を学んできた。子供に対し、お世辞にも優しいとは言えなかった男である。現王太子であるセディアスにもこの老人が教育係として指名されたが、初日で五歳の子供を叱り飛ばしたとかで、妃らに解雇された。それを聞いた時には、キリアスは無理もないと思ったものである。

だが今、サイザーはオルガに対して臣下のような態度で接している。キリアスの知るサイザーなら、これはありえないことだった。修行者ならば、神獣を宿していようとまだ精霊師以下の存在でしかない。

「操者はどうしても精霊を力で支配しがちです。力動の流れがそうなっているのですからやむを得ないのですが、少しは馬鹿力だけに頼るのを止めたらどうかと思う時がありますよ。その点依代は力動の流れに敏感ですし、扱いが繊細だ。戒を成すには言《こと》の葉《は》を用いる方法と、文《ふみ》の葉《は》を用いる方法の二つしかありません。

ぎちぎちと強烈な命令で縛られることを好む精霊など、いるわけがない。さあ、これをごらんなさい」

サイザーは机の上に護符を置いた。すでにボロボロで、文字もほとんど消えかかっている。

「この精霊を授戒したのは、百年ほど前の精霊師です。今これほどの精霊を授戒しようとすると、神獣師様級でないと無理でしょうね。昔は精霊師でも、ここまでの力を持った者がいたという証拠です」

昔はよかった、と言いたくなるのは老人の常らしい。

「百年も経ちますと、光紙もさすがに劣化して文字も消えてしまう。文字が消えてしまえば中途半端に戒が解け、精霊は宵国へ飛ばされます。きちんと浄化されれば悪霊にならずに済みますが、宵国に永遠に捕まり、苦しみさまようことになる。それを避けるためにも、我ら書院番はこの護符の精霊を新たな光紙に移し替えるのです」

サイザーはそこでチャルドにやってみせるように指示を出した。ジーンとの馬鹿話に興じていても、薄々そう言われることが分かっていたのか、チャルドはすぐに机の方にやってきて護符を覗き込んだ。

「授戒した精霊師は、結構神経質ですねえ」

「そんなことも分かるのか？」

キリアスの問いに、チャルドは得意そうに頷いた。

「やっぱり文字にはお人柄が出ますよ。あと、戒の仕方にもね。先程師匠がガッチガチに命令で縛ってしまう人がいると言ってたでしょ？　怖がりの人は、これでもかってくらい厳しい戒を与えますね。その精霊の特徴を摑んで、力を最大限に出せるような余力を与える人もいます。上手いよなあ、と感心しますよ」

「最近のでは上手いのは誰だった」

「ゼド様ですね。やっぱ、格が違いますよ」

聞かなきゃよかったとキリアスはそっぽを向いた。

「難しいのを授戒されるのは、ルカ様がダントツですかね。やっぱり天才だけあって、古代ヨダ語に精通しておられますから、こっちが勉強しなおさなきゃならないくらいです」

チャルドは真新しい光紙を出し、古い護符の隣に置いた。それが合図のようにサイザーはキリアスら三人を下がらせると、すでに結界紋が彫られているのだろう、一瞬で机上が結界に覆われる。

チャルドは懐《ふところ》から別の護符を取り出し、右手の上に乗せた。ぶつぶつとチャルドが古代ヨダ語を呟くと、右手がどんどん赤黒く染まっていった。

「あれが、我ら書院番が用いる単体精霊、〝鬼手《きじゅ》〟でございます」

古い護符から文字が浮き上がり、チャルドの手に貼りついていく。べたべたと意思を持ってチャルドの手を這い上がり、チャルドの着物の襟元からもぞもぞと首を這い回り顔の方まで向かっていった時は、思わずジーンは身構えた。チャルドは一向に気にせず、ぶつぶつと呟いている。

「チャルドが唱えているのは〝宵返《よいがえ》し〟の神言でございます。鬼手は、嘘か本当か分かりませんが、千年前の先読様の手の部分と言われております。ですので、鬼手は宵国と繋がっているのです。ほんのわずかではございますがね。ですから、ああして戒もすべてそのまま吸い取ることが可能なのです」

書院番自身は宵国に引きずられないように、ああして神言を唱えているのだとサイザーは続けた。

チャルドが、新たな護符に向けて一気に力動を出すのが分かった。〝突〟の勢いにより、チャルドの身体を這い回っていた文字が、一気に右手から護符へと流れてゆく。チャルドはほっと息をつき、再び護符の上で結界を張った。念のためだろう。

「すっげえ、チャルド！」

単体精霊を初めて間近に見たジーンは、興奮して思わず叫んだ。

なるほど、これは確かに医療精霊と同じように単体で用いる精霊である。キリアスは感心しながらチャルドの手にある鬼手の護符を見つめた。

「〝授戒〟と違って〝呪解《じゅかい》〟は依代も操者もどちらもできますね。力動一つでそれが可能だからです」

呪解とは取り憑いた精霊を祓《はら》うことだ。これは、巷《ちまた》で行われている。

精霊を従わせることが授戒。祓《はら》うことが呪解。

「もう一つ。呪解は、精霊の契約を外す意味もあります」

精霊と契約を行うことが授戒。契約を外すのが呪解。

「どちらも真逆の意味です。なのに、どちらも〝じゅかい〟という同じ韻《いん》を用いる。精霊とは、使えるようにもなるし、逆に使われてしまうこともある。それを忘れてはいけないという戒《いまし》めであろうと、私は思っております。表を知るには裏も知らなければならないのです。光があれば必ず影があるのがこの世の理《ことわり》です」

何を言われようとしているのか、オルガの顔に緊張が走る。そんなオルガを、じっとサイザーは見つめていた。

「サイザー、お前は何を知っている。オルガについて、心当たりがあるのか」

キリアスの問いにサイザーはオルガに視線を注いだまま答えた。

「当然でしょう。私はこの王宮の生き字引でございます。私はこの方がここに来られるのを、十五年間ずっと待っていた」

オルガはサイザーの目を見つめ返した。

「俺は、どうやって、生まれたんでしょうか？　本当の父と母を、知っていますか」

サイザーは静かに頷いた。

「知っていますとも。全て。ですが、今はここで話すことは何もありません。あなたは再びまたここに来ます。神獣師となって、王宮に戻ってきた時に、全ての真実を手にしているでしょう」

サイザーが、慈愛に満ちた微笑みをオルガに向ける。オルガが、それを混乱せずに受け止めている様子を、キリアスは安堵して見つめた。

書院を出ようとしていたキリアスらは、再び仮面をつけていたが、中に走り込んできた者に大声で身元を明かされた。

「キリアス王子～！」

技官の茶色の上衣。三十代前半と思われる女は、キリアスに飛びつくようにしてその仮面を剝《は》ぎ取った。

「やっだ、いい男になって！　肌も浅黒くなっちゃって、かなり鍛えているみたいですねえ！　嬉しいわ～、男ぶりは父上以上ですよ、王子！」

あっけにとられるジーンとオルガに、うんざりしたようにキリアスは言った。

「この女は医師のカドレアだ。王宮の精霊師でも古株で、俺には母親がいなかったから、勝手に母親代わりを自称している。そう言えば独身だったな」

「え？　なんですかそれ。私は単体だから独身なんですよ。皆、私が精霊師だと知ると、なぜか、ああ相手いるんだろって目で見るんですよ！」

チャルドと全く同じことを言っている。キリアスはどうでもいいことでわめくカドレアを隅の方へ引きずっていった。

「王子、内府は何考えてんです？　付添役なんて大嘘でしょ？」

カドレアがふざけた態度を引っ込めて訊く。

「悪いが教えられん。それよりカドレア、セディアスの様子はどうだ。まだこの季節になると伏せってしまうか」

「王太子の胸の弱さは、鍛えるしか方法はありません。近衛の誰かでいい、今から体術を基本だけでも教えるようにと、私は何度進言したか分かりませんよ」

カドレアは呆れ果てたように大きく息をついた。呆れている先は、王太子を溺愛して養育する妃二人と、息子の養育に関心が薄い国王である。

ちなみにこの国の王は三人まで妃を持てるが、カディアス王は正式な王妃を立てていない。

王の第一妃はキリアスの母でゼドの姉のセイラだった。セイラが王宮を出されてのち、王は同時に二人の妃を娶《めと》った。従姉妹《いとこ》同士の妃たちは、一人は先読を産み、もう一人は王太子を産んだ。先読は母といえどそう簡単に接することができない存在のため、妃二人は仲良く王太子の養育に勤《いそ》しんでいるのである。

カドレアは医療精霊を手にしている単体の精霊師だが、学府で医術を学んできた本物の医師だ。精霊を宿していない時には、先読の身体も診《み》ることができる、王室専属医師という立場である。

カドレアが王族の中で一番診ているのは、身体の弱い王太子である。生まれつき虚弱で胸が弱く、しょっちゅう咳き込む。風土病が蔓延《まんえん》する時期は特に注意が必要で、毎年のように伏せってしまうのだった。

内府・ユセフスは、キリアスの教育には口やかましかったが、なぜか王太子セディアスに関してはあまり興味を示さない。妃らがあまりに文句を言い出すと一喝はするが、基本的に余計な口出しはしなかった。

「兄上、お元気かなあっておっしゃっていましたよ」

幼い頃はそれなりに可愛がっていたが、三年前に廃嫡《はいちゃく》されてからは避けるようになった。王宮内の目を考慮してのことだったが、それ以上に、なぜ王となるのが俺ではないのだという思いがあったからだった。

だがこうして王室から離れてからは、国民の目に映る次期国王の姿が気にかかる。

先読生誕の儀に、王太子が出るのと出ないのとでは、改めて考えてみると雲泥の差がある。

　先読の予知を失って久しいこの国で、先読と通じ合える次期国王が姿を見せることは、大きな意味があった。セディアスでなければ、できない。先読に選ばれた者でなければ、その安寧を与えることはできないのだ。

「なんとか体調を整えて、儀式に参加させることはできないか、カドレア」

「私もそうしたいのはやまやまですけどね。あのお妃様方は、風土病が蔓延しているこの時期に、外に出すことすら嫌いますから」

　従姉妹であり親友同士だという妃二人は、常にともに行動する。キリアスは、自分を疎ましがったり高圧的な態度を取ったりしない妃二人を嫌いではなかったが、得意でもなかった。少女がそのまま大人になった雰囲気を、好む男もいるだろうが、キリアスは苦手にしていた。

　国王の父にとって子供とは、次世代の血脈そのものなのだろう。次期国王の養育に父王は積極的ではなかった。

　もともとはそうではなかったと思う。それはやはり、キリアスに母がいなかったからだろうか。

　四歳で母が王宮を去ってから、父王にはそれなりに愛された記憶がある。

　新しく妃二人を迎え入れるまでは、キリアスは父王に添い寝されて眠りにつくことすらあった。六、七歳ぐらいまでは、幸せな親子関係だったように思える。

　父王は、激しい性格ではあるが、喜びや嬉しさをあからさまに表に出す性質ではない。だが、父一人子一人であった頃は、笑っていた時が多かった気がするのだ。王は黒宮で政務を執《と》ることが多いが、やんちゃなキリアスが仕事の邪魔をしても、傍らに置いてくれた。

　なぜだろうか。気がつけば、父王は黒宮に引きこもりがちになり、あまり青宮を訪れることもなく、妃らの望むままにセディアスを養育させている。

　キリアスは、自分が傲岸《ごうがん》不遜《ふそん》な子供でいられたのは、父が幼少期に惜しみない愛情を注いでくれたおかげだと思っている。国王たる父の庇護下にあるという自覚なしに、なぜ堂々と王位継承者だと自負することができるだろう。三年前に先読である妹が正式に弟を王太子に選ぶまで、次期国王であることをみじんも疑わずにここまで育つことができたのは、断片的な幼少期の記憶が、愛情に包まれていたがゆえだ。

昔の情景に心を奪われていたキリアスは、カドレアが怪訝《けげん》そうに見つめていることに気がつかなかった。

「なんだ？」

「王子、もう、本当に王位につくことをお考えではないのですか？」

「カドレア？」

「不忠ではありません。納得されずに王宮を出られた時には、まだ王位に対するご執着がおありだったはず。まさか一年で内府に呼び戻されるとは想像もしませんでしたが、それ以上に、王子が変わられたことを意外に思いました。この王宮の、王国の行く末を見る目が変わってらっしゃる。一年余りで、何があったのですか？」

確かにそう感じられるのも無理はない話だった。

入山一年目なら、通常は大したことは教わっていない。裏山に入ることさえ考えられない。

半神を得たから、などと想像もつくはずがない。

己の一生を変えてしまう人物を、たった一年で得てしまうなど。

「カドレア、一つ頼めるか」


エルが用意してくれた夕食を平らげた後、キリアスはジーンを庭に呼び出した。

「満腹だな、ジーン。さて、風呂が熱いうちに入浴を済ませたいんだが、お前、他の殿舎に行くか、その辺を散策してきてくれんか」

「なんでたかが風呂で俺を追い出すんですか？」

ジーンはそうはさせるかという顔をしている。

「お前、気を利かせろ。こんな機会、滅多にないんだ。山の修行場で、二人一緒に風呂にゆっくりなんて入れんだろ！」

「本当に、キリアス様って、そんな男前のさわやかな顔して変態っすよね……十五のガキに、風呂場で何しようとしてるんです！」

「なんとでも言え。お前が考えているほど俺はオルガに無体なことはしていない。二十一歳になるまで指一本半神に触れられなかったお前にとっては変態だろうが、これはもう俺にとっては自然なことだ。半神の身体を隅々まで洗ってやって何が悪い？」

「人払いが必要なほど声を上げさせるつもりでしょう」

「ああ、素直なもんだから声を抑えられんのだ。お前に聞かせてやるほど俺は心が広くないんでな。二刻（二時間）ほどでいい。その辺回ってこい」

「長くない!?」

成人男性二人が庭でそんな会話をしているとは露知《つゆ》らず、オルガはなかなか戻ってこない二人を心配して殿舎の外に出た。

だが、青雷の内庭ではなく、反対側の百花の殿舎の裏側が見えた。本当にどこもかしこも花に包まれ、思わず見とれてしまうほどだ。

ふと、オルガは花の後ろの人影に気がついた。

月の光を受け、昼間とはまた別の輝きを放つ白い花々の間から、男が姿を現した。オルガを見て虚《きょ》を衝《つ》かれたような顔をする。

「子供……？　……神官、か……？　なぜ、そんなところにいる？」

オルガの格好を見て、神官と思ったのだろう。この王宮は、仕える場所や役職によって衣装が定められている。

そして男の職は、その上衣からして一目瞭然だった。

月明かりの下で艶やかさを増す、漆黒の上衣。その他の色は、純白。

髪は王宮に仕える他の人間のように結い上げておらず、後ろで軽く編み、背中に流している。

花に囲まれているせいか、冴え冴えとした月の下だからか、一瞬女と見間違えるほどに、顔立ちの美しい男だった。

「答えなさい。神殿の者が、なぜここにいる？　ここは立ち入り禁止のはずだ」

男に詰問《きつもん》され、オルガは思わず声を上げた。

「キリアス様！　ジーン先生！　どこにいるんですか!?」

いきなり叫んだオルガに、男は驚いてわずかに身を引いた。

「キリアス……？」

「どうした、オルガ！」

キリアスがオルガの気配を嗅《か》ぎつけてすぐに現われる。男は、キリアスを見て仰天《ぎょうてん》する。

「王子!?　な、なんで王宮に!?」

これにはキリアスも驚いた。逆に質問で返す。

「なんでって、お前、ユセフスに何も聞いていないのか？　それでもお前、あいつの半神か？」

茫然とする神獣〝百花〟の操者・ミルドを、キリアスは呆れて見つめた。

一方で、ミルドを見た時のジーンの顔は、なんとも形容しがたいものだった。

何を考えているのかは、訊かずともキリアスには分かった。ジーンの茫然とした言葉が外に出る。

「……これが、〝攻め〟？」

「口にするな」

ミルドは口をぽっかり開けているジーンを完全に無視して、キリアスに詰め寄った。

「王子、俺は何も聞いておりませんが、いったいどういうことなんですか？　貴方を王宮に呼び戻したのは、王ではなくユセフス様なのですか？」

「半神じゃないんですか？　ユセフス〝様〟って言ってる」

キリアスは前と横からとんちんかんな質問をされて、頭を抱えたくなった。

（オルガだって俺をまだ〝様〟づけしているだろ）

ジーンに小声で伝えてから、ミルドに向き合う。

「俺はユセフスに呼び出されただけだ。父上は何もご存知ないし、俺の存在は隠されている。ユセフスの思惑が知りたかったら、直接あいつに訊け」

「そんな……何か企んでいる時のユセフス様は、俺には何も教えてくれませんよ」

困惑しているミルドを見て、ジーンは悟ったように頷いた。

「なるほど、これでは、攻めか受けか分からないのも道理です」

「そこから外れろ！　そんなに重要か、それが⁉」

思わず叫んで返したキリアスにジーンは頷いた。

「当然です！　俺の長年の研究では、依代は受け、操者は攻め、これは絶対譲れないことだったんですから！　今後山で子供らを育てるうえで、ここは重要なことなんです。だが……目の前の方を見る限りでは、いささかその自信が失われてきました……。これは〝交互〟もありかな、と」

「そこか。ヤッてないってのはナシなのか。俺は、ヤッてないと思う。というか、想像できんのだ。したくもないが」

直接目の前の本人に訊けばいいのにとオルガは思う。

ミルドは、キリアスとジーンがなんの会話をしているのかも分からないようだった。眉をひそめて首を傾げている。まさか目の前で性行為の役割を当てはめられているとは、想像もしていないに違いない。

「しかしこの方は、本当に操者なんですか？　こんな……たおやかな方が……！　今まで俺が会った操者の中でも最もお美しいですよ。操者ってのはどうしても、『男くさい』『気が荒い』『力馬鹿』が多いのに、何もあてはまっていませんよ！」

「あの……この者は誰なんですか？　王子」

いよいよもってジーンを無視できなくなったミルドが、キリアスに尋ねる。

「千影山の精霊教師と、〝青雷〟の操者と依代だ」

その声に振り返ると、ユセフスが杖で目の前の花を雑草のように払いながら近づいてきていた。

「ユセフス様……!?　今、なんて……」

「聞いての通りだ。その者が青雷の依代。キリアスは入山して早々に授戒してしまったんだ。全く馬鹿なことをしたものだな。さすがに王に黙っているのも限界で、生誕の儀に便乗して呼び戻した」

ミルドは絶句して、まずオルガに目を向けた。その姿を、何か動物でも見るようにまじまじと見つめる。

「こ、これ……が？」

ミルドがあまりに驚いているので、オルガは気圧《けお》された。無意識にキリアスの背中に隠れようとするが、自分の甘えに我に返り、ぱっとキリアスから離れた。

だがキリアスは、構わずオルガの身体を腕の中に抱き込んだ。

「オルガに何か秘密があることは、山の連中からも大体は聞いているが、もうこれは俺の半神だ。父上がなんとおっしゃろうが、青雷の神獣師として認めていただくだけだ」

「それを決めるのはお前じゃない」

ユセフスがオルガを抱えているキリアスを面白そうに眺めながら言う。

「神獣の契約紋を入れるのは、王だ。お前らは単に、青雷を一時的に共有しているにすぎない。そうだろう？　まだ共鳴すらしていないのだからな。互いに半神と名乗れるのはな、共鳴してからなんだよ。そうだな？　ジーン先生」

ジーンは異を唱えるように口を開きかけたが、「はい」と答えた。はいしか答えるな、と言われたからではなかろう。事実、その通りなのだ。共鳴しなければ、その精霊を得たことにはならない。互いに半神とは言えない。

「あと一年でその者の契約紋は外れる。半神だ共鳴だと騒がずとも、青雷は自然と王家の手に戻る。余計な執着は持たないでおけ、キリアス。一年後、お前には別の半神と神獣を持たせるかもしれんのだからな」

「オルガを勝手に巻き込んだのは俺だ。俺が半神として一生責任持つ」

「馬鹿かお前は？」

ユセフスは、阿呆に対する見下す視線を隠そうともせずに言った。

「何度も言わせるな。決めるのは、お前ではない。山の師匠らが、お前とその者を青雷の神獣師に決めると一言でも言ったか？　言っていないはずだ。誰になんの精霊を宿すかは、王と、内府である俺と、山の師匠らで決めることだ。お前の意志など存在しない。明日、その者と一切の接触を断ち、新たに用意された〝器〟と修行しろと言われたら、従うだけだ。それが精霊師だ」

怒りで言葉を失うキリアスに、ユセフスはうっすら微笑んで、杖をわずかにジーンに向けた。

「そうだな？　ジーン先生」

ジーンは小声ではい、と答えるしかなかった。所有する精霊も、半神も、修行者に選ぶ権限はない。

怒りのままにキリアスは口を開きかけたが、その前に腕の中のオルガが、キリアスの手から逃れようと身をよじらせた。

オルガはキリアスの腕から離れると、ユセフスと向き合った。

「じゃあ、どうしたら、どうしたら俺はキリアス様の半神に選ばれますか!?」

ユセフスはその時初めて、オルガにまともに顔を向けた。

冷え切った瞳にオルガは怯みそうになったが、ユセフスの目を見据え、頼み込んだ。

「修行、しています。結界も、授戒も、小さい精霊ですけど、戒を授けられます。結界も、大きくないですけど、張れるようになりました。力動も、自分の中で動かせるようになりました。ダナル様は、十六までに共鳴できなかったら駄目だとおっしゃいましたが、それまでに必ず共鳴できるようになりますから、俺をキリアス様の半神にしてください。お願いします！」

依代であっても、神獣師のユセフスから放たれる気の強さは相当なものである。

普通ならば逃げ出してしまうほどだ。

口下手なりに、必死で思いを伝えようとしている半神に、キリアスはもういい、と言葉をかけそうになった。

だが、まだ少年らしさを残すその身体全体に力をみなぎらせて、ユセフスに必死で食らいつこうとしているオルガの邪魔はできなかった。

キリアスは身の内に、感動にも似た愛おしさがあふれるのを感じた。

「お願いされたところで、我々が判断するのはお前の修行の成果だ。ダナルからの報告では、今現在お前の方がキリアスの半神としてそぐわない。一年も待たず、無駄と思ったら切り捨てる。それだけだ」

淡々と告げるユセフスの言葉に、オルガが青ざめるのと、キリアスの怒りが爆発したのとは、ほとんど同時だった。

キリアスから一気に放出された力動と、ユセフス側から向かってくる力動とのぶつかり合いに地が割れ、力動による空気圧が柱となって天に向かって立ち上がる。

あまりの力動の凄まじさに、ジーンは声も出せずに腰を抜かした。べたりと尻が地についた瞬間、びっと皮膚に切れるような痛みが走る。強力な結界が一瞬にして張られたのだと、理解するまで時間がかかった。

「遅い、ミルド。この頃お前、体術の腕が落ちていないか」

瞬時にユセフスとキリアスの間に入ったミルドに、ユセフスが呆れたような声を掛ける。

「はあ、すみません。えーと、王子、ユセフス様が結界を張ってくださったので近衛にはまだ気づかれていませんが、さすがにこれほどの力動だとユセフス様の結界力ではもたないかもしれません。ちょっと、落ち着いてくれませんか」

怒り狂った力動を出すキリアスと同等の力動を出しながら、ミルドは平然と語りかけた。

ジーンは、この状況の恐ろしさと神獣師級が持つ力の凄まじさに、声を失っていた。

山の師匠らからも、これほどの力動の放出を見たことはない。これを出せるキリアスもすごいが、余裕で受け止められるミルドもすごい。優男《やさおとこ》なのは外見だけ、なんという力を秘めているのか。これが、神獣の操者か。単なる精霊師など、足元にも及ばない。

その時ジーンは、キリアスの後ろで、フラフラと身体を揺らしているオルガに気がついた。

「キリアス様、オルガが！」

ジーンの声に我に返ったキリアスが、オルガを振り返り、その様子に気づいて手を伸ばす。

「オルガ……！」

いきなりキリアスが全力動を使ったために、オルガの中の力動が乱されたのだ。オルガが意識を失い、キリアスの腕の中におさまる。

「やれやれ。まだまだだな。感情に任せて力動を安易に出し、半神のことなどすっかり頭から消えているようじゃ、共鳴などほど遠い」

心底呆れ返った声音でユセフスは吐き捨てると、その場を去っていった。

唇を噛みしめながら、キリアスはオルガを抱く腕に力を込めた。修行して一年。ユセフスにいいようにされ、返す言葉がない己のふがいなさに、奥歯をぎり、と鳴らす。

そんなキリアスに、いつものふざけたような調子ではなく、諭《さと》すようなジーンの声が降った。

「キリアス様、先に、オルガの力動を直してやってください」

ふと顔を上げると、ジーンが教師の顔で見つめていた。

「キリアス様。操者は、自分よりもまず、半神です。自分の感情や、疲労や、苦痛よりも先に、まず、半神のことを考えなければなりません」

悔しさを奥歯にぶつける力があるならば、まず先に力を半神に注げ。

キリアスは瞳だけで、ジーンの言葉に頷いた。

そして、腕の中のオルガを抱きかかえ、その閉ざされた唇を割った。

◇◇◇

力動の乱れを直しても、オルガは眠ったままだった。

「疲れているんですよ。休ませれば、大丈夫です」

ジーンの言葉に、キリアスはオルガを抱いて青雷の殿舎に入った。

寝台の上に横たえると、穏やかな眠りの中にいることを示すように、顔を撫でるキリアスの手に頬を擦りつけてきた。頬にかかる灰色の髪を整え、そっと額に口づけを落とす。

部屋の入口にジーンが立ったままだったので振り返ると、困った顔で視線を横に向け、合図してきた。

ジーンの視線の向こうに、ミルドが立っていた。

「なんの用だ。ユセフスはもう立ち去ったぞ。あいつの後を、追わなくていいのか。忠犬が」

キリアスが吐き捨てると、ミルドは困ったように腕を組んだ。

「王子……俺は、ユセフス様から何も聞いていませんが、その者は、ダメですよ。おそらく、王は絶対に許しません」

「ゼドが許可なく青雷を宿らせたからか。オルガそのものが、罪だからか」

ミルドは、キリアスの顔に窺うような視線を向けていたが、考え込むように視線を落とした。

「何も知らない、ということは……ユセフス様には、もしかしたら考えがあるのかもしれませんね」

「はっきり言え。父上がなんとおっしゃろうが、ユセフスが何をほざこうが、オルガは俺の半神だ。俺が無理矢理半神にしたんだ。責任を取らずにどうする」

苛立ちながらミルドに詰め寄るキリアスに、ミルドは動じることなく告げた。

「王も、ユセフス様も、あなたを次の〝鳳泉〟の操者にするおつもりなんですよ」

キリアスは、思いがけないミルドの言葉に、二の句が継げずに立ち尽くした。

鳳泉の、操者。

「全く、お考えになったことがなかったんですか？」

「トーヤがいるじゃないか。あいつはまだ引退まで確か、五、六年……」

ミルドは顔を曇らせたが、それを隠すように首を振った。

「王子、トーヤは鳳泉を宿していても、それを使うことはできません。鳳泉は、本来の仕事をしていない状態なんですよ。先読浄化という、鳳泉にしかできない仕事を」

鳳泉不在のためにどうなったか、知らないわけではあるまい。ミルドの顔はそう言っていた。

「ユセフス様はあの足になり、クルトはもう少しで死ぬところでした。それもこれも、鳳泉の操者がいないためです。神獣の中で、鳳泉だけは欠けてはならないんです。ですが、もう十数年、その状態が続いている」

宵国に全ての精霊師を引きずり込む先読に対抗できる唯一の力が、精霊最大の浄化能力を持つ鳳泉である。

先読に近づける精霊師は、鳳泉の操者とその依代二人のみ。それ以外の精霊師が浄化を行おうとすれば、とてつもない代償を負う。

「……なぜ、鳳泉の神獣師を新たに生み出さなかった?」

キリアスの問いに、ミルドはため息をついた。

「それが簡単にできるなら、王のゼドに対する怒りだって、少しはましになっていましたよ。ゼドは鳳泉の操者になる力がありましたが、もうご存知のように、拒否したんです。それ以降、現れなかったんですよ。鳳泉の操者となれる者が。神獣師の筆頭であることからも分かるように、鳳泉の神獣師だけは、他の神獣師とは一線を画しているんです。トーヤが半神を失って浄化を行えなくなってすぐ、鳳泉の依代となれる器を持った子供が現れた。国王と前先読の、同腹の兄弟です。どれほどの器を潜在的に所有していたのか、分かるでしょう」

……ユセフスか。キリアスの脳裏に、幼い頃に見たユセフスの巨大な斑紋が浮かぶ。王家の血が、〝器〟にせよ〝弦《げん》〟にせよ、強大なのは当然である。

「ですが俺は、鳳泉の操者になれるほどの〝弦〟を、持ち合わせていないと言われたんです」

ミルドには、鳳泉という最高位の神獣を、存分に動かせるだけの力動はない。どれほど修行をしても、これ以上得ることはできない。かつて鳳泉の神獣師だったガイは、そう断言したという。

「イーゼス、ライキ、あの二人も無理だと判断されました。操者がいなければ依代は成り立ちませんからね。自然、ユセフス様には、百花を宿らせることが決まったんです。そして次に、鳳泉の依代として候補に上がったのがクルトでした。しかし、クルトが幽閉され、心を失わせるように育てられた子供と聞いて、王が拒否されました」

「なぜ?」

「……トーヤと同じだったからです。今までの王は、アジス家のやり方を黙認してきましたが、カディアス王はそれを知った時、今後子供を一人でも幽閉したら、家を取り潰すとアジスに対して厳命を下しました。ですが、後に密偵の調べで、もうすでにアジスは次男を幽閉中だと分かったんです。王は激怒なさいましたが、もうクルトは十歳を過ぎていた。今さら救い出したところで、育たなかった心を人生で取り戻すことは叶うまい。廃人の人生が待っているだけです。それならば、半神を得ることができる精霊師の道を選んだ方が、一生寄り添ってくれる人間がいるだけ、幸せになれるかもしれない。そう話し合った結果、クルトのことは目をつぶることにしたんです。そんな経緯もあって、クルトをトーヤのように鳳泉の神獣師とすることを、王は哀れみました。誰か、少しでも理解してくれる半神を選んでやるようにと言われました。ユセフス様と、山の師匠らが選んだのがあのライキです」

キリアスの脳裏に、人形のような無表情で、半神の背中にしがみついていたクルトの姿が浮かんだ。

「あなたは千影山に入る前、ザフィから力動の使い方を一通り教わっていましたよね。ザフィは千影山のガイ師匠にはそれを伝えていました。おそらく王子は他の神獣の操者を凌駕《りょうが》すると。ですからあなたはもうずっと、鳳泉の操者として望まれていたんです。あなたが千影山に入られてすぐ、ガイ師匠から、あなたの検分を行ったとユセフス様に報告がありました。今はまだ私やライキと力動に差はないが、これからの修行でそう遠くない将来筆頭の力を持つだろうと」

キリアスは愕然とするしかなかった。

先読ラルフネスが弟セディアスの方を王に選んだのは、三年前の話だ。

キリアスは、そう聞かされていた。だがキリアスがザフィに稽古をつけてもらっていたのはもっと前の話だ。では、ラルフネスは、本当はそれよりもずっと前に、セディアスを選んでいたというのだろうか？

「ラルフネス様がセディアス様を王に選んだのは、正確には五年前でした。あなたが十四歳の時です。その時すぐに廃嫡となっていたら、あなたも王位にこだわることもなく、安易に〝青雷〟を授戒することもなかったかもしれませんね。ですが、二年、それを表沙汰にせず、あなたを次期国王にする望みを捨てきれなかったのは、他でもない、王です。本来は十四歳で入山すべきなのだと、再三ユセフス様や山の師匠らが進言しても、なかなか親心を捨てきれなかった」

……まさか王は、青雷を授戒してしまっているとは、夢にも思ってはおられぬでしょう。

ミルドの呟きに、キリアスは視線をさまよわせた。動揺で、身体中の血が、力動が激しく巡る。

「キリアス様、あなたは、いずれ鳳泉を与えられます。これはもう絶対だ。次の先読浄化は五年後です。五年の間に、他に鳳泉の操者になれる者が現われると思いますか。通常最短でも修行には六年かかるのです」

「現れるかも、しれない。いや、五年のうちに現れなくても、トーヤが齢四十の引退を迎えるまで」

「鳳泉が使えないとしたら、次の浄化は〝青雷〟ですよ！　〝光蟲〟には、浄化能力はありません。ユセフス様のように、クルトのように、死の淵に立たせることができますか!?　彼を！」

キリアスは、自分がわずかな足場しかない崖の端に立っているように感じた。

前に進んでも、後ろに進んでも、落ちるしかない、やっと足を乗せているることができるほどの地に立っていた。


腕の中に抱えるものは、腕にかかるこの重みは、いったいなんだ。

「宵国と繋がってしまうために毒を溜め込んでしまう先読様は、浄化ができなければ、精神を蝕《むしば》まれるでしょう。廃人となられれば、もはや予知は与えられず、この国はまた先読不在となり、民は不安に陥るでしょう。あなたは兄上として、妹君と次の治世を担う弟君に、そんな運命を課したいですか」

キリアスは、腕の中の愛おしい重みを抱きしめるようにして、思わず叫んだ。

「オルガを、オルガを鳳泉の依代にすればいいだけの話だろう！　オルガの斑紋は、この大きさなら、必ず鳳泉を宿せるはずだ！」

「王子、王は、決してその者を鳳泉の依代にすることは許しません。たとえ見合う器があったとしても、絶対にそれだけは許さないでしょう」

「なぜ！　罪人の子だからか！　オルガがいったい何をした!?　半神となった者を引き裂くほどの罪が、どれほどの罪があると言うんだ！」

「あなたと彼はまだ半神ではありません」

ミルドの容赦ない正論がキリアスに向かって投げつ

けられた。

「半神ではない。この人間でなければ駄目だという狂おしいほどの葛藤など、あなたはまだ知らない。私からすれば、あなたの執着など、戒を解けばたちどころに消え去る程度の淡い思いでしかない。事実、やってみるがいい。あなたは一日も経たずにあの少年のことなど忘れる」

ミルドの激しい言葉にキリアスは思わず怒りを忘れた。

この男は今までユセフスの陰に隠れ、自分を表に出すことは滅多になかった。

内府として政務を執《と》るユセフスは、王宮内外にその名を轟《とどろ》かせているが、半神であるミルドは、その影として常に後ろに寄り添い、ユセフスを差し置いて命を下すことも絶対にしない。

これほど激しい口調で自分の主張を通すことも、思いをさらけ出すことも、初めて目にするくらいだった。

「私がユセフス様に抱き続けた執着に比べたら、あなたの想いなど、ついこの間芽生えた程度のものだ。半神としての、自覚すらない」

「……確かに俺は、まだオルガと出会って一年しか経っていない。もともと乳兄弟の間柄のお前とユセフスに比べれば、淡いと思われて当然だろうが」

「乳兄弟？」

キリアスは、いきなり割って入ったジーンの言葉に、逆に驚かされた。

今までその存在を忘れていたこともあったが、これほど緊迫した言い合いに、声が飛んでくるとは思わなかったのである。

「乳兄弟って、なんですか？」

相変わらず空気を読まない奴だと呆れたが、ジーンの様子は普段と違っていた。驚愕に顔が固まっている。

「何って……聞いての通りだ。ユセフスは誕生してすぐ、乳母の家に養子に出されたと言っただろう。こいつはその乳母の息子なんだ。王命により養子として受け入れたとはいえ、一国の王子に違いない。ミルドの家ではユセフスを主人として扱ったから、こいつは幼い頃から、ユセフスの従者のような存在だったんだ。だから、今でも〝様〟付けしている」

「ありえません」

キリアスの言葉が終わるか終わらないかのうちに、ジーンは断言した。

「は？」

「絶対にありえません。それは、禁忌です。兄弟同士は、半神として絶対に選ばれない。何かの間違いですよ」

「間違いも何も……血の繋がりのない兄弟なら、半神になっても問題は」

「大ありですよ！　信じられない……！　それは、精霊師にとって絶対の禁忌です！　山の師匠らは、それを知らなかったんですか!?　それとも、乳兄弟でも十四歳の入山まで、一度も顔を合わせなかったんですか!?」

　ジーンの詰問の先にいたミルドは、少しも動じることなくその質問に答えた。

「いいや。同じ母の乳を吸い、物心つく前から同じ家で同じように育ち、十四歳でともに入山した。その経緯を、知らない者はいない。山の師匠らも皆知っている」

　ジーンは言葉を失い、無意識のうちにか、首を振った。とても信じられない、というように。

　驚きで固まるジーンから目を逸《そ》らしたミルドは、ゆっくりと視線をキリアスに向けた。

「俺は、兄弟同然に育った方の半神の座をもぎ取るために、死ぬほどの苦労をしたんです。ユセフス様を手に入れるために、俺がどれほど執着したか、あなたには想像もつきませんよ。絶対に無理だと、ずっと言われ続けた。そこの彼が言うように、兄弟同士は絶対の禁忌なのだと」

　だが、手に入れた。ミルドは握りしめた拳を、絶句するキリアスに向けた。

◇◇◇

　もう夜も更けていたが、キリアスはジーンを捕まえて確認せずにいられなかった。

「兄弟同士が絶対の禁忌というのは、どういうことだ？」

　ジーンの方も興奮を吐き出したいようだった。だがそれ以上に、キリアスがこれを知らなかったことに頭を抱えているようだった。まさかジーンにそう思われることになろうとは想像もしていなかったが、素直に答えを待つ。

「……あのですね、キリアス様。たとえ親族同士でも、滅多に子供らを交流させないというのは、この国の常識なんです。まあ、学校の付き合い程度ならいいですけど」

必要以上に親しくさせないためだとジーンは説明した。

「兄弟同士で半神になることは、絶対にありえません。一つ屋根の下に住む親族や乳兄弟も、兄弟同様と見なされます。万が一、子供が精霊師とならないとも限らない。その時に近くで育ったりしていると、半神の選択から外されるんですよ」

「なんでそんなに兄弟を禁忌にするんだ」

「じゃあ、キリアス様、弟君を半神にすることを想像してください。はい、精霊を入れました。否が応でも性欲が湧きます。どうなさいますか」

キリアスは黙るしかなかった。考えれば、これは当たり前の禁忌である。

「ある程度仲の良い友人同士でさえ、下手すりゃ修行中に歪んじまいますよ。入山してすぐ、操者と依代を班分けしたのを覚えていますか。あの後すぐ、キリアス様とオルガは表山の修行から外れたので分からないでしょうが、最初に数回だけ合同で基礎知識を学んだ後は、依代と操者は別々に修行して、寝起きも完全に別、顔を合わせることもさせないように、食事の時間もずらすという徹底ぶりで育てるんですよ。変に仲良くなってしまったり、意識されても困るんです。表で修行する四年間は、操者と依代はほとんど接触しないんですよ。そして裏山に行ってすぐに、じゃあこいつがお前の半神な、と決められます。それでも、表山にいる十八歳までのうちに、恋人同士になってしまった例はいくつかありますよ。一番身近な例で言うならば、ゼド様とセツ様です」

正直、よく許されたものだと思った、と、ジーンは続けた。

「力が同等で、かつ人間的によくできた方々だったからこそ、許されたんでしょうね。しかし、大概は別れさせられますよ。でないとね、常に気配を感じなきゃならない特殊な間柄で、何十年も、一緒にいることなんてできないんです。どっか、歪むんです。実際、歪みましたよね。神獣師級の恋人同士を許したために、歴史に、この国の現状に歪みが生じている」

……歪み。

今のこの国の状況は、歪んでいるということなのか。

「……ゼドとセツが、もともと恋人同士でなかったら、ゼドは二神を持ち、次の鳳泉の操者となることを受け入れただろうというのか？」

「それは分かりませんが、相手に対する異常な執着は、精霊につけ入られる隙を与えます。まだ未熟な修行者が恋人同士になってしまって、そのまま精霊を宿らせたら、嫉妬《しっと》や猜疑心《さいぎしん》や、執着ゆえに生まれる悪感情を喰って精霊は宿主を乗っ取り、魔獣になってしまう。別れて他の者の半神となるか、精霊師の道を諦めて下山するか、この二択を迫られた修行者を、俺は実際見てきましたよ。……下山の道を選んだ者もいます」

キリアスは沈黙するしかなかった。

今更だが、自分は一国の王子の身でありながら、なんという愚かな道を選んだのだろう。

どの精霊師も、長い年月を経た修行の果てに、覚悟を身の内に構築させて、相手を与えられるというのに。

「……神獣師の方々は、おそらく一般の精霊師よりも、もっと選択の自由はないでしょう……。神獣を手にできるほどの子供なんて、本当に、そうそう現れるもんじゃない。しかも神獣の授戒は、王命です。通常、ともに修行しますから、精霊師は大抵同じ年か、一歳くらいしか年が離れていません。年齢的に二歳以上離れているのはありえないんですよ。それが、神獣師の方々は二歳差ぐらい当たり前のように認められている。早くから目をつけられて、どういう半神をあてがわれて、どの神獣を入れるのか、随分前から決められているということでしょう。それに逆らうなど、おそらく絶対に許されません」

王命に逆らえば、罪人である。

「俺を、山の師匠らが憎々しく思ったわけだ」

キリアスは己の馬鹿さ加減に、深いため息をつくしかなかった。

しかしキリアス様、と、ジーンは膝を進めてきた。

「今、裏山の修行者には、神獣師級の能力を持った者はいません。表の子供らも、同じです。神獣師級は、十四、十五歳の時点で別格だと分かるくらいですから断言できますけど、今のところ、オルガ以上の斑紋を持っている者はいません」

「それは分かっている。オルガの斑紋は、正直ユセフス以上だと思う。だが、それが赤ん坊の頃から青雷を宿しているためだとすると、青雷を外してしまったら、器も小さくなってしまうかもしれないという懸念がある。鳳泉を宿せるだけの器を、本来は持ち合わせていないのではないかと……」

「……キリアス様」

目の前に、ガイの投げた質問が浮かぶ。

〝右手に国家。左手に半神。どちらかを選べと言われたら、お前はいったいどんな答えを出す……？〟

思わず、キリアスは両手で顔を覆った。

◇◇◇

青雷の殿は、柱も壁も淡い青で統一されている。

キリアスが住んでいた、王太子が居住する青宮も、青を基調とした建物になっているが、あちらの方がより鮮やかな青の濃淡で彩られている。

青雷の殿舎は、空よりは水の中にいるような淡さに包まれていた。その色は、母なる恵みの水の色を象徴し、それを目にする者を無意識に安堵させる。

光の中で微笑むオルガの瞳が、その色だった。

髪も瞳も濃い色を持つ者が多いこの国で、異質さを感じるほどの淡い瞳と髪を、愛おしいと思うようになったのは、正確にはいつからだったのだろう。

青雷を共有した瞬間に抱いた、狂ったような性欲や所有欲ゆえに、この感情まで引き起こされたというのだろうか。

では、この想いは、まやかしか。

ミルドの言う通り、精霊を外してしまえば、霧散してしまう程度の、儚《はかな》い想いなのだろうか。

あの欲望も、あの愛おしさも、あの嬉しさも、精霊を共有したことで一時の幻に支配されただけだと言われてしまうのだろうか。

お前の想いなど、愛などと呼べないと言われればそれまでだった。

確かに、国か半神かの二択を問われ、迷うことなく半神を選べない時点で、この想いに愛という名をつけることは許されまい。

　反逆者になろうとも半神を選んだゼドのように、禁忌を乗り越えても半神を手にしたミルドのように、迷うことなくその問いに答えられない以上、想いは、なんの名も得られず、何かの形にすらならない。

「……キリアス様……？」

　眠りの中にいても、半神の想いを、感じ取ったのだろう。

　瞳を閉じたまま、わずかにオルガが寝台の上で身をよじらせる。

　お前にだけは、伝わるか。

　この名もなき想いが、お前にだけは、何にも邪魔されることなく、伝わってくれる。

　キリアスは、眠るオルガに口づけを落とした。

　伝えたい。消え去ってしまう程度の想いだろうと、お前にだけは、今の俺の、精一杯を分かってほしい。

　相当疲れているのだろう。キリアスに口を吸われても、オルガはなかなか重い瞼を開けられないようだった。閉ざされた意識の中でも、キリアスの舌にわずかながら反応して舌を絡めてくる。

「つあ、ふっ……う、ン」

　キリアスが這わせる手に、舌に、オルガの身体がほんのりと熱くなってゆく。薄い肌着を通しても、肌がしっとりと潤んできたのが分かると、キリアスはゆっくりと下着をオルガの身体から剝がした。

　寝台の上の、少年らしさを残しつつ、男へと変わろうとしている身体から瑞々《みずみず》しい香気が立ち上った。

　キリアスは、その美しい果実のような身体をしばし見つめていたが、ゆっくりと自らの肌着を脱ぐと、オルガの肌に自分のそれをぴたりと添わせた。

　一年前、性的なことを怖がって、なんとか逃げようとしていた身体は、いつの間にかその四肢を伸ばし、抱き合っても腕に、足に、背中に、余裕を持って絡んでくるほどになっている。

　合わせた互いの陰茎は、擦り合わせた熱で、溶け出す液で、このまま貼りついて同化してしまうのではないかと思うほどに、互いを求め合っている。

「ああ、あ……、キリアス、さま……」

　半ば意識がない状態でも、お前は俺の名前を呼ぶ。

　こんな状態になるのは、俺以外にはありえないというように。

　俺しか世界に存在しないというように。

これが、消えてしまうというのか。

共有する精霊を失っただけで、本当にこれが全て、消滅してしまうのか。

「……オルガ……」

熱くなるオルガの吐息を、上気する熱を、昂る精を、キリアスは全身で感じていた。

「オルガ……オルガ、オルガ……！」

オルガの頬に、名もなき想いから生まれた滴《しずく》を落としていることに、キリアスは気づいていなかった。

4

ミルドが〝百花〟の殿舎に入り、執務室に足を踏み入れる前に、すでにユセフスの不在は分かっていた。

ユセフスが気配を消そうが、ミルドはわずかな波動から、その姿を的確に捉えることができる。

俺がお前から完全に逃れるためには、死ぬしかなさそうだな。

その通りだと言ってやったのはいつだったかと、ミルドは思った。

名実ともに半神となってからだったか。それとも、表山にいる頃だったか。

実際ミルドは、精霊を共有する前から、ユセフスの声ならどこにいても聞くことができたし、どれほど静かな佇《たたず》まいをしていても、その姿を見つけることができた。

ユセフスが湯殿にいることが分かった時、今日は新たな精霊師を正戒する儀式があったことを思い出した。

正戒とは王の許しを得て正式に精霊を授戒することだ。千影山で修行した精霊師二人が下山し、正式に精霊を共有し配属先を決定する儀式が、王の前で行われる。

脱衣所に控えている神官二人が、湯殿に入ってきたミルドを見て、恭しく頭を下げる。神官らに席を外すように、ミルドは無言で手を振った。

「禊《みそぎ》の最中でございます」

「分かっている。儀式に立ち会うためだろう。いいから下がれ。……儀式用の衣は、俺のを用意しろ」

神官らが了解する前に、ミルドは服を脱ぎ始めた。音もなく神官らが下がった後、ミルドは湯殿の扉を開けた。

もうもうと湯気が立ち込める中で、ミルドは、水音の一つもなく湯の中に身体を沈めているユセフスの姿を見つけた。

突如、欲情が湧き上がるのをミルドは感じた。もう、限界だ。

このところ、生誕の儀の準備で多忙を極めていたために避けられていると思っていた。忙しさが落ち着く頃合いを見計らっていたが、裏にあんな思惑を抱えていては、いつまで経っても受け入れてはくれまい。

禊のために髪をそのまま下ろし、背中に黒髪が張りついている。苛立ちを通り越して呆れているその背中にはもう慣れた。生まれてこのかた、この背中を何度怒らせたか分からない。本気の拒絶も、何度も経験した。いつしか、諦めというものをこの背中に浮かばせるようになったことを、勝った、と思っていいのだろうか。

「状況が分かっているのか」

背中は呆れていても、振り返ったユセフスの切れ長の瞳には怒りしかなかった。見る者を凍らせる瞳が容赦なくミルドを射貫《いぬ》く。

だが、興奮しきったミルドにとって、そんな怒りは何も意味をなさなかった。

「神官らは下げました。儀式には、俺が代わりに出ます。新しい二人は、警備団に入るんですか？」

王宮を守るのが近衛団、国境周辺や軍事上重要な土地に配置され、国の防衛にあたるのが護衛団である。そして警備団は国内の警備にあたるのが仕事で、主に王都やその周辺の公共の秩序を守り、犯罪を取り締まる役割をはたしていた。

「近衛だ。そんなことも知らない立会人なんて、……ミルド」

欲望を止めないことを悟ったのか、ユセフスの語尾

「俺の代わりに儀式に出るなら、不浄を行った身体では行けんぞ、ミルド。俺のをくわえても、お前は抜かずに終えることができるのか」

「そのつもりです」

「……呆れた奴だな、本当に」

ユセフスは完全に力を抜いて、浴槽に倒されるままになった。

足が高々と持ち上げられ、ミルドの肩に乗せられる。そのまま、舌と手だけで身体が揺さぶられるような愛撫を受け、放った精の最後の一滴まで、ミルドに吸い上げられた。


儀式用の正装に身を包んだミルドを見て、同じように黒宮に向かっていたライキは、ほんの少し片眉を上げた。渡り廊下を進む足を止め、ミルドが近づいてくるのを待っている。

「なんだ、あんたかよ。女王様はどうした？」

「急用だ。立会人は俺がやる。今回の新人の配属先は近衛だって？　何連隊になる」


に呆れがにじむのをミルドは聞いた。

精を放つことは不浄である。禊のために身を清めているというのに精を抜いてしまっては、立会人としての役割は果たせない。

「ここずっと身体に触らせてもくれなかった人は誰ですか。生誕の儀の準備が整うまで、なんて言って。あんなややこしい二人を王宮に入れてしまっては、まともに準備なんて終わるわけがない。ひどい人だ」

ミルドはユセフスの身体を湯から上げると、浴槽の縁に座らせて自分は湯に沈んだ。ユセフスの足を割り、その間に顔を埋める。

ユセフスは観念したように小さくため息をついた。

「ややこしい、ね。この王国の先行きが、この数日で決まってしまうかもしれないというのに、お前ときたら俺の股を舐める方が重要か？」

「知っているでしょう。私にはあなた以上に重要なものはない。無論、優先順位はあなたが決めてください。あなたの命令だったら、私はなんだって従います」

硬さを増してくるユセフスの陰茎を口いっぱいに含みながら、舌や、口内の愛撫の最中にミルドは告げた。

ユセフスは先程よりもう少し大きなため息をついた。

「そのくらい引き継いでこいっつーの……。第三だ。サジとリーグが引退したから、第三連隊長のセイルとムツカを第一連隊長に配置替えした。これから正戒する精霊師は、新たな第三の連隊長と副連隊長になる」

ミルドは後ろからついてきた神官が差し出してきた二人の経歴にざっと目を通した。ライキに確認する。

「お前、授戒人を務めるのは初めてではないんだろう」

「二年前に護衛団に一組入ったから、もう経験がある。まあ、俺の方は心配しなくていい」

軽く儀式の打ち合わせをして歩くライキとミルドの前を、濃紺の上衣が遮る。侍従を伴った国王カディアスが足を止めた。

「珍しい組み合わせだな。ミルド、ユセフスはどうした？」

「急な用が入りましたので私が立ち会うことになりました。王こそ、お早いおなりで。精霊師たちはまだ、心の準備ができておりませんよ」

必ずしも国王が正戒の儀式に出なければならない決まりはないが、これから精霊師として国家に尽くす人生を歩む二人が、忠誠を誓う王と初めて相まみえる場でもある。カディアス王は必ず正戒の儀式には顔を出し、新たに精霊師となる二人に声をかけることを怠《おこた》らなかった。

「いい、呼ばれるまでは下がっているからゆっくりやれ。……ライキ、クルトは連れてこなかったのか」

「一人で十分ですので……」

ライキはもともと報告でもなんでも口数が多い方ではない。が、王が話の続きを待っているのに気づき、少々怪訝《けげん》な思いをしながらも詳しく教えた。

「浄化の儀の折の負傷は治りましたが、念のため千影山に留まらせております。生誕の儀が終わりましたら、迎えに行くつもりです」

カディアス王は軽く頷いた。

「そうか。大事にしてやれ」

国王と別れたミルドとライキは、儀式の待合に同時に入った。

そこには、これから精霊師となるべく、儀式に臨《のぞ》もうとしている二人がいた。

千影山で修行し、正式に戒を授けてもよしと師匠らに判断された操者と依代である。

純白の衣装に身を包み、緊張した面持ちで待合に座っていた二人は、ミルドとライキの姿を見て弾かれるように立ち上がった。

「そんなに緊張しなくてもいい。座れ。これより、王に正式な戒を許される前に、確かめておきたいことがある」

二人は現役の神獣師を見ることさえ初めてである。緊張するなという方が無理だろう。二人は近衛に入団することが決まっており、ライキが直接の上官となる。

「さて、お前たちは今現在精霊を共有していると言っても仮の契約の段階だ。これから王の許しを得て、正戒を授ける儀式に入る。授戒人は、お前たちの所属先の長である俺となる。結界を張る立会人は百花の操者だ。これに対して異論はあるか？」

ありません、と操者がはっきりと口にする。依代は操者にすべて任せるというように、口を結んで身を固くしたままだった。

「聞いていいか？　互いに二十三歳だな。珍しい。理由はあるのか」

ミルドの問いに、顔を伏せるようにしていた依代が何かを言いかけた。

通常、修行は二十歳まで、どれほど遅くなっても二十一歳で下山する。

それ以上の成長は望めないと判断され、仕官が遅くなってまで精霊師にする必要はないという考えのためだった。

「裏山に入山した後、これが病にかかりましたので」

言葉少なに答えたのは操者の方だった。依代がライキに顔を向け、もう治りました、と訴えるように言う。

「山の師匠らが太鼓判を押したものを、今更所属を変えるつもりはないから安心しろ。結界能力ではかなり強い精霊と聞いている。しかし二年、よくも待ったものだな。他の奴を勧められただろうに」

操者は無言だった。ライキも答えを求めはしなかった。

国の事情がすべてで相手への想いも黙殺される神獣師に比べ、相手を二年、待ち続けることができる精霊師のなんと幸せなことかとミルドは思った。

この操者は、おそらく依代が病を癒《いや》して裏山に戻ってこなければ、ためらうことなく精霊師の道を捨て、下山しただろう。

心に想う相手と違う人間を半神として指名された時に、拒否して道を捨て、下山することが、神獣師には許されない。

もしも、自分が半神にと望んだ相手がとてつもない大きさの斑紋を所有していたら、その操者となりたかったら、その座をもぎ取るために、血を吐くような努力をしなければならない。

弱かったら、その座は他の男に奪われる。

ライキも、死に物狂いの努力の果てに、その座を手にした。

そしてミルドも、執念の末にその座におさまることができた。

手に入れたかったら、誰もがかなわぬぐらいに強くなれ。お前以上に強い者が現われなければ、選ばれるのは必然お前しかいなくなるのだから。選ばれる側ではなく、選ぶ側になれ。

神獣の操者は、この言葉を与えられ、奮起し、過酷なまでに自分を追い詰める。

諦めてしまえば、目の前の巨大な斑紋を浮かび上がらせる身体は、他の男のものになる。

神獣の依代に与えられるのは、常に、その時最も強い男なのだ。

黒宮の儀式の間は、神官たちによって清めが終わっていた。

儀礼の間の中央の床に、操者と依代は座った。その前に授戒人であるライキが立つ。はるか後方に、立会人であるミルドが立った。

正面の御簾《みす》に人影が映り、カディアス国王が儀礼の間に入ったことを告げた。国王の椅子に座ったカディアスは、侍従に御簾を上げさせる。

最初は半分しか上がらなかったが、カディアスの指示によりすべて上げられた。床に座った操者と依代が平伏する。穏やかに国王が声をかけた。

「近衛だそうだな。第三連隊は、近衛の中で最も黒宮近くに配置される。よく励むように」

「は」

神官が、ライキに剣を渡す。

通常腰に下げる剣よりも細く長いそれは、この儀式にしか使用されない。ヨダ王室に伝わる授戒剣であり、この剣が精霊師の身体を貫くことにより、正式に戒が成される。

ライキが神言を唱えると、剣に戒が浮かび上がった。

すでに依代に宿っている精霊を、剣で貫くことで正式に戒を与え、ヨダ国に忠誠を誓う精霊とすることが、正式な授戒である。

この戒を授かることにより、精霊だけでなく、宿す依代も共有する操者も、ヨダ国に忠誠を誓い、ヨダ国のためだけに精霊の力を用いる。

精霊を宿したまま他国へ逃げたり、謀反《むほん》を考えたりすれば、精霊もろとも焼き尽くされる。

齢四十を迎えて引退するまでは、ヨダ国のためにその身を捧げる。そのための儀式であった。

「斑紋はどこにある。精霊が宿っているのはそこだ。そこを、この剣で貫くことになる」

ライキが手にしているのはどう見ても剣である。衝撃はあるが、痛みもないし血も出ない、当然死ぬこともないと言われても、剣で身を貫かれるのだから、不安に思って当然だろう。いったいどういう仕組みで、剣が人を貫いても平気なのかと疑いたくもなるというものだ。

依代は心の臓のある左胸を示した。不安そうに、本当にここを貫いても大丈夫なのかと目で訴えている。

ライキは頷いた。

「俺の依代も同じ箇所だ。大丈夫だ。これで死んだ者は一人もいない」

「恐れながら」

剣の前にひざまずく依代の背を、抱えるように操者が支える。

「紫道様、剣で身を貫くのならば、反対側から刺すことはできませんか」

ライキは操者が何を望んでいるのかすぐに分かった。

「可能だ。……ただし、支えていてもいいが身体は添わせるなよ。操者にとってはただの剣だ。刺されれば傷がつくぞ」

操者は依代を自分に向き直らせると、抱きしめるように肩を支えた。操者と見つめ合った依代から、たちまち恐怖が流れるように消えてゆく。目の前の男を信じ切った微笑みが、依代の顔に浮かぶ。

ミルドが張った結界が、儀礼の間に円を描く。次の瞬間、ライキは長い剣で一気に依代の身体を貫いた。

その身体を支える操者にぎりぎり触れないところで、剣が止まる。

「……はっ……」

息を詰めた依代が気を失って操者に倒れ込む。操者がその身体をかき抱く前に、一瞬、精霊がわずかな残像を現した。

依代が持つ、精霊の心象風景である。

本来ならば共有する操者しか見ることのできない依代の宿す精霊の中の世界が、授戒剣で貫いた一瞬だけ外にこぼれ落ちる。

この依代が宿しているのは樹の精霊だったが、結界の円の空間に広がったのは、春の若草を思い起こさせる萌黄色《もえぎいろ》の葉だった。

「……これはまた美しい。……なるほど、二年、操者が待つわけだな」

カディアス国王が満足げに目の前の光景に見入る中、操者は気を失った依代を愛おしそうに抱きしめていた。

◇◇◇

服を通常のものに着替えたミルドは、百花の殿で待つユセフスに報告するべく、黒宮を後にした。

外宮の敷地内に入ったとたん、首席補佐官のエルが慌てた様子で近寄ってきた。

「ミルド様、お、王子のお姿が見えませぬ。ご存知ありませんか？」

エルは昨日、青雷の殿舎にキリアスとオルガとジーン三人を戻してからは、王宮内にある自宅へ早々と戻っていた。

エルは半神とともに二歳の養女を育てているが、その娘が熱を出したのだ。

エルはユセフスの首席補佐官であるため、今はエルの夫である半神が娘の養育にかかりきりである。エルの伴侶はミルドの秘書をしているが、今は子育てを優先し、時短勤務をしている。普段は伴侶に任せきりだが、娘が寝込んだ時ぐらいは早く戻ってやれとユセフスが許し、キリアスらの食事と風呂の準備を整えた後自宅に戻った。朝やってきてみると、キリアスの姿が消えていたのだ。

「ミルド様は、王子にお会いになったとか。昨夜のことはジーン殿に聞きました。お心当たりはございませんか」

エルのことだ。真っ先にユセフスには報告しているだろう。だがおそらくユセフスは探せ、としか伝えてはいまい。エルはユセフスの真意を知りたくてミルドに縋ってきたのだろうが、ミルドも教えてやれるほどのものは持っていなかった。

ミルドは、結果がどう出ようとユセフスの言うことだけを信じ、それに従う。だから、どれほどユセフスが妙な行動を取ろうが、正直どうでもよかった。キリアスが王宮に戻り、オルガの存在を目の当《ま》たり《あ》にした時にはさすがに驚いたが、今となってはどう転ぼうが、ユセフスの次の一手を見守るだけである。

先程、わずかなりともあの冷めた顔を乱すことができたと思ったのに、今ではもう溜めた熱を霧散させ、その身に純白の着物と漆黒の上衣をまとい、執務室に戻っているのだろう。ミルドは溜まった己の熱を、弾け出せずに留めておくしかないことに、軽くため息をついた。そんなミルドの欲望を、十分感じていながらもユセフスは足蹴《あしげ》にする。それは、半神となるずっと以前、幼い時からそうだった。

「ミルド様！」

必死に縋りつくような声が飛ぶ。ミルドがそちらに目を向けると、オルガとジーンが走ってくるところだった。

「こちらに来てはいけません！　青雷の殿でお待ちください」

エルの制止を振り払うように、オルガがミルドの漆黒の上衣を握りしめた。

「ミルド様、お願いします、どれだけ呼んでも、キリアス様に俺の声が届きません。キリアス様を、探しに行かせてください。お願いします」

呼んでも、届かない。ミルドはオルガの言葉を、心の中で反芻《はんすう》した。

「お前が呼べば、いつも王子は応えてくださったのか？」

「は、はい、意地悪して、無視することはあっても、必ず俺の声は拾ってくれていました。けど、今は完全に気配を消してしまっていて、俺の声が届かないんです。こんなこと、今まで一度もなかったのに」

「今まで、一度もか。幸せなことだな。なぜ俺の中に入ってくるのがよりによってこの人間の声なのだと呪われたことがないのか。精霊を共有することを嫌悪されたり、拒絶されたことがなかったとは、何という幸福か。俺が想像していたよりも、キリアス様は人間ができた方と見える。ユセフス様が、兄弟同然に育った俺を、どれほど拒絶し、毒虫のごとく嫌ったか、お前には想像もできまいな」

美しく微笑みながら語るミルドに、オルガは摑んでいた上衣を離し、一歩引いた。

「……それは、ごくまともな反応だと、山の教師である俺には思えますけどね」

ミルドはやはり美しい微笑みを浮かべたまま、そう言い放ったジーンに目を向けた。

「異常だという目だな。乳兄弟同士の半神の契りなど、お前の立場からすれば、畜生同様にしか見えんのだろうな」

ジーンは困ったように頭を掻いた。

「まあ、最初は正直そう思いましたよ。絶対に、ありえない禁忌ですから。ですが、前の百花の所有者は、ジュド様とラグーン様だったと思い当たって、俺も考えました。あのお二人は俺の直接の師匠で、ラグーン様は特に頭がおかしい指導をなさいますが、実は師匠らの中で最も教え方が上手い。それは、精霊を所有する人間の特性、本質を正しく見抜かれるからです。性格的に操作系精霊は苦手で、どれだけ修行しても会得できないという奴もいる。ダナル様やルカ様はその辺案外適当だが、ラグーン様はいい加減なようできちんと見てくださる。落ちこぼれの烙印《らくいん》を押された者が、あの二人の弟子になれば開花するのはそれが理由です。俺もそうだった。ダナル様のもとでもう諦めろと言われて、ジュド様とラグーン様のところに回され、そこで与えられた精霊が、性に合っていたんです。俺は馬鹿だ馬鹿だと言われて、実際俺もそう思ってますよ。けど、馬鹿じゃなきゃできないことがあるんだと言われて、俺は精霊師としての道が開けました。軍人としても、文官としても役に立たないだろうと言われていた俺が、山で教える精霊師になれたのは、ジュド様とラグーン様のおかげです」

ジーンはそこでまっすぐにミルドに顔を向けた。

「魔獣にならないという確信がなければ、ジュド様とラグーン様が弟子に精霊を許すわけがない。禁忌を超えるほどのものがなんなのか、俺には正直分かりませんが、おそらく御師様らはそれを見抜いて、授けられたということでしょう」

そこで初めてミルドは、美しい笑みに色を付けた。

それはまるで、花が咲くがごとく美しい笑みだった。

「そうだな。俺も言われた。馬鹿だ馬鹿だと言われ、諦めろとガイにもダナルにもルカにも何度も言われ、それでも諦められなかった俺に、大馬鹿だと言ってくれた声だけが、違っていた。お前のその馬鹿の一念だけで、不可能を可能にしてみろと、あの二人が百花を抱えて千影山に来てくれなかったら、今の俺はない。続くイーゼスがもしかしたら鳳泉の操者に選ばれ、ユセフス様は鳳泉の依代になっていたかもしれない。そして俺は、この想いを昇華《しょうか》できずに、とうの昔に魔獣と化して、始末されていたかもしれない」

ミルドはそこで、顔をオルガに向けたが、そこにもう笑顔はなかった。

「お前が半神にと望んでいる方は、この国を支える責務を負って生まれた方だ。そしてお前は、それに相反するものを負って生まれてきたのだとしたら、あの方の半神でありたいと望み続けられるか？　その望む心が、あの方の心をどれだけ苦しめるとしても、それを貫くというのであれば、愚かな一念で半神を得た俺の話を教えてやろう」

責務と、相反するもの。

それは、この国に対する、罪か。

運命の重さに、オルガは目がくらみそうになった。

自分の誕生は、どのような罪だったのか。何を狂わせたのか。そしてそれは今も、狂い続けているのか。心の中にある漠然としたものが、墨《すみ》がじわじわとにじんでいくように、次第に大きくなっていく。

真実は、自分の想像をはるかに超えるものであることを、オルガは悟り始めていた。

真実の大きさゆえ、詳細を知ることを心のどこかで拒否している。

知るのが、怖かった。

覚悟はしたはずだった。その覚悟は、キリアスに追いつける力を得るための覚悟だった。一人で立つ。それは、キリアスの傍らに、堂々と立つための力だった。強い半神に、見合うだけの力を。まだまだ、釣り合わないのは分かっている。決して諦めないことだけは己の心に誓った。どんな修行でも耐えてみせると。

だが、そう強く念じていても、自分の心が、弱いことは自覚している。

今こうしていても、心は情けないほどにキリアスを呼んでしまう。

「……俺が、あの人を求めたら、全てが狂ってしまいますか……？」

それが、一念を貫くということならば、おそらくその道を選ぶことは自分にはできない。

王都を去り、辺境を転々とする人生になっても、自分を育ててくれた父と母がいる。

命を助けるために、神獣師の道を捨ててくれた人がいる。

恋人と離れ、たった一人で戦う人生を選んだ人がいる。

この命は、この人生は、生かされ愛されて皆が繋いでくれたものだ。

それを無にしてまで、自分の想いを貫くことはできない。

たとえ荒野にたった一人で立つことになろうとも、

キリアスを、一国の王子として生を受けた半神を、自分の欲だけで縛ることはできない。

◇◇◇

青雷の殿舎を抜け出したキリアスは、気配を殺しながら、青宮にしのび込もうとしていた。急にいなくなった自分を、オルガは探そうとしてくるだろう。キリアスは間口を閉じ、張られた結界を慎重に潜《くぐ》り抜けた。

青宮は、キリアスが生まれてから入山するまでずっと、暮らしていた場所である。

サイザーの授業から逃げ出したり、悪さをしたお仕置きで部屋に閉じ込められたりするたびに、悪知恵を働かせては外に飛び出していた。そのたびにユセフスは、近衛兵に青宮の結界と守護の甘さを説教していた。キリアスは、壁のどのあたりなら力動を使って伝うことができるか、近衛兵の死角になる箇所はどこか、知り尽くしていた。

青宮の王太子の部屋は、キリアスが去ってからは王太子セディアスが暮らしている。

二人の妃の部屋とは離れるため、妃らはずっと反対していたのだが、ユセフスは問答無用でセディアスを母親から離した。もう九歳ならば乳母も必要なかろうと、セディアスは一人で寝起きをするようになった。

セディアスは、頬を撫でる風に、瞼を震わせた。

風土病を心配する妃らに昼間の活動を制限されているので、子供のくせに夜の眠りも浅い。

セディアスは、闇の中で己を見つめる人物に驚かなかった。

添い寝をされたことなど一度もなく、ここ数年はまともに話しかけられたことすらなかったのに、目の前にあった懐かしい兄の微笑みに、セディアスの心にはすぐ喜びが広がった。

「あにうえ！」

兄の指がそっと唇に押し当てられる。

「しー、セディアス。静かに。……今、カドレアに頼んで外の見張りを少し外れたところに移動させてもらっているが、声を響かせるのはまずい」

素直にセディアスが頷くと、キリアスは慈愛に満ちた目でセディアスの顔を覗き込み、綺麗に顎で切りそろえられた髪を撫でた。

「大きくなったな、セディアス」

「兄上、窓から来られたんですか？」

「ああ。俺が王宮に戻っていることは秘密なんだ。誰にも言っちゃ駄目だぞ」

「じゃあ、やっぱり姉上のおっしゃった通りなんですね。兄上は神獣師になるから山に入ったんだって」

キリアスは目を見開いた。

「お前、ラルフネスと会話……予知が、伝わるようになったのか？」

ラルフネスは現実世界では会話ができない。口が利けないのである。

ラルフネスと会話をするのは、宵国に魂を飛ばさないと無理である。鳳泉という神獣を宿したトーヤだけしか、ラルフネスの意志は確認できない状態だった。

キリアスも神殿で何度かラルフネスに会い、宵国を通し、わずかながら会話を交わしたことがある。これは、現王で父でもあるカディアス国王でさえできない。ラルフネスが反応するのは、鳳泉の神獣師以外では、兄弟であるキリアスとセディアスだけだ。

これは、どの世代の先読も同じである。父と母に、先読は反応しない。必ず、兄弟だけである。

だが、ラルフネスはただの一度も、キリアスに予知を伝えたことはなかった。

「眠っている時に、夢の中で会うだけ。その時に姉上は色々なものを見せてくれたりするんだけど、起きたら忘れちゃうことが多いんです。もう少し大きくなったら覚えていられるし、すぐ夢から覚めることができるようになるからってトーヤは言うけど、姉上には宵国でいつも怒られる。役立たず！　って」

　セディアスが不満そうに頬を膨らませる。キリアスは、心に衝撃が走るのを止められなかった。先読の予知を確実に形にできる、未来の王が、目の前にいる。

「姉上も、僕じゃなくて兄上に見せてくれたらいいのに」

「セディアス、幼いお前に自覚しろというのは酷《こく》だろうが、これは、俺には絶対にできない。お前にしかやれないことなんだ。この国では、予知を形にできる者が王になるんだ」

「でも、僕は身体が弱いから」

「身体の弱さなど関係ない。お前に病が襲ってきたら、俺が守ろう。矢が降ろうがどんな疫病が流行《はや》ろうが、お前の身に何も及ばぬように俺が結界を張り、俺が盾になろう。俺は……」

　盾に。

　お前を、この王室を、この国を守る、盾になる。

　頭の中で紡がれた言葉は、胸の内から込み上げてくる想いに遮断された。


　それは、弟妹に感じる愛おしさとは別のものだった。

　その者の身体も、感情も、全て身の内に取り込んで、自分のものにしたい、共有したいという狂おしいほどの欲望。

　そこに甘く、時に泣きたくなるほど切なく、まとわりつく恋情。

　キリアスは、言葉の続きを口の中で噛みしめた。

　俺は、盾にはなれない。

　もう俺の腕の中には、巨大で、美しい器がある。

　あの器からあふれ出す精霊をかき鳴らす弦になる。

　弟の細い手首を握りしめながら、キリアスは瞳を閉じた。

　共鳴もしていない。真の意味で、半神とはなっていない。

　だが俺の身はすでに、一人の人間と同一のものとなっている。

　決意も、覚悟も、その者と共有したい。

　未来を、願う心も。

5

王宮で第二王子として誕生したユセフスが、ミルドの家にやってきたのは、ミルドが生後八ヶ月の時。

最愛の王妃がこの子供を出産したために命を落とす事態となり、王は一度も目通りすらせず、臣下の家に養子にやったのである。

ミルドの家は王妃の遠い親戚であり、第二王子が誕生した暁には、ミルドの母が乳母として仕えることが決定していた。鳳泉の神獣師からユセフスを託されたミルドの両親は、王子を哀れみ、どうか名前だけでも王家を象徴するものを与えてくれと泣いた。神獣師らは、養父母の想いを汲《く》み取《と》って、ヨダ国で賢王の誉《ほま》れ高かった王子の祖父の名を、国王に無断で与えたのである。

子に非《あら》ず。弟に非ず。この方は、主《あるじ》である。我らは従《じゅう》である。ゆめゆめそれを忘れずにお仕えせよ。

養父母はミルド以外に長男と長女を育てていたが、対等な口を利くことを決して許さなかった。

王の子であることは、もちろん隠されていた。大っぴらに臣下の礼を取って育てたりはしなかったが、大事な預かり子であると周りに伝えていた。

死んだ王妃は絶世の美貌で有名であり、その親戚であるミルドの母も美しい女で、子供たちも容貌麗しく育ったが、ユセフスの美貌は幼少の頃から噂になるほどだった。

男でありながら亡き王妃の美貌をこれほど受け継ぐとは、と、ミルドの両親は心配で毎日気が気ではなかった。美少女にしか見えないユセフスに声をかける輩《やから》は跡を絶たず、力動が強く、体格もいい長男を護衛にしたほどである。

が、親戚が長男を自分のところで預かると申し出てきた。

理由は一つ。長男の力動が素晴らしいものであったため、精霊師として成長するかもしれないと判断されたからである。

ユセフスの斑紋の大きさを見れば、将来精霊師になるのは間違いなかった。

王宮を出る際に、鳳泉の神獣師は、必ずこの子供は神獣師になるだろうと予想したほどである。

　ユセフスと長男は二歳差。兄弟同士で半神となることは、精霊師として禁忌である。巨大な斑紋を持つ子供の傍で、力動の強い子供を育てるべきではない。万が一ということがある。この国の習いに従って、長男とユセフスは離された。この長男は、後に精霊師となり、現在護衛団の第一連隊長となっている。

　次男であるミルドは、ユセフスとともに育っていた。この時点で、ミルドが後に神獣師となるなど、誰一人予想していなかった。

　なぜならこの頃のミルドは、虚弱体質であり、ユセフスを守るどころか、かえって世話を焼かれていた方だったのである。

　操者は、幼い頃から力動が強く外に現れる者が多い。そういった子供は自然体格が大きくなる。内にも外にも自信がみなぎれば、自然そうなるのだろう。

　毎年入山してくる操者候補の子供たちも、九割が年相応よりも体格が大きく、性格も荒々しい子供ばかりである。

　だがこれが、実際に精霊師になった者の体格を見ると、平均よりはるかに体格が大きい者は、七割に満たないのだ。

　生まれ落ちた時期や環境によって差が生じることはあるにせよ、幼少時代の体格や力動の差は、さほど重要ではないと千影山では認識されている。

　力動がおさまらないほどになってくるのは、男子で言えば十二歳から十五歳にかけての成長期で、ここで一気に伸びる者は伸びてくる。

　ここからいかに鍛え上げるかで、操者としての幅が違ってくると言ってもいい。

　ミルドが自分の力動の大きさに気がついたのは十三歳、入山一年前のことだった。

　物心ついた頃から、ミルドはユセフスの袖を引き、どこへ行くにも後をついて回った。

　八ヶ月年下でも、ユセフスの方が手のかからない子供だった。食事中飲み物をこぼして泣きわめくミルドの服を着替えさせてやり、走って転んでは泣くミルドを背負って家に戻り、母親の不在で眠れないミルドが寝台に潜《もぐ》り込んできた時は、背中を撫でてやった。

　生まれの違いとはこういうものかと皆はため息をつき、どちらが臣《しん》か分からないと嘆いた。

　ミルドはユセフスを心から慕っており、美しいユセフスの傍に永遠にいることを信じて疑わなかった。

十歳だった長男が家を出る時に、ミルドは兄が出ていってしまうことを嘆き、その理由を訊いた。

「俺は、精霊師になりたいんだ。力動が強いと、操者になれるから。もちろん、修行をしないといけないけど、そのためにはユセフス様と離れなきゃならないんだ」

「どうして？」

「ユセフス様のお身体には、斑紋があるだろ」

「うん」

「あれほど大きくてはっきりしている斑紋を持っている子供は、滅多にいないんだってさ。やっぱり王子だからなんだろうな。いずれは精霊師の、依代になるだろうって皆が言ってる。一緒にいたら、俺がその相手役にと選ばれる機会があっても、候補から外されちゃうだろ。兄弟同士は相手役に選ばれないんだってさ」

「兄弟じゃないよ」

「一緒に暮らしていたら駄目なんだってさ。精霊師って、結婚、するんだよ。このまま一緒に過ごしていたら、俺とユセフス様が結婚、とかできないだろ。……いや、しないと思うけどさ」

困ったように首を傾げる兄を前にして、ミルドは一つのことを訊いた。

「ユセフス様は、誰かと結婚するの？」

兄は、それはそうなる、とあっさりと頷いた。

「必ず精霊師になるだろうから、いずれは誰か、操者と結婚するだろうな」

操者と、結婚する。

八歳だったミルドは、何度も何度もそれを繰り返した。

永遠に自分の傍にいると思っていたユセフスに、他に相手ができる。結婚するような、相手ができる。

その相手になるためには、操者にならなければならない。

ミルドが虚弱体質から抜け出したのは、兄が親戚筋に預けられた直後からである。

すぐ熱を出しては伏せってしまい、腹を壊しては学校を休んでいたやせ細った体格に肉が付き、ユセフスより頭一つ小さかった背を伸ばした。

兄がいなくなってから意識が少し変わったのだろうと、皆が喜んだ。

今まで兄が行っていたユセフスの護衛を、他の人間には任せたがらず、自分が付き従うといって聞かなかった。

「俺が、守ります。ね、ユセフス様。俺が、どんな時だってお守りしますからね」

ユセフスの手を取りながら必死で訴えるミルドに、家族らは笑い合ったが、ユセフスはじっとミルドの瞳を見つめ返すだけだった。

兄弟同士は、相手に選ばれない。

兄が語ったその言葉を、成長するにつれてミルドは理解していった。

誰にも言ってはいなかったが、十二歳を迎える頃、ミルドは自分の力動とユセフスに対する想いを自覚するようになった。

ユセフスの操者になるためには、兄よりも力をつけなければならない。

だが、操者になりたいからといって、ユセフスと離れて暮らすのは嫌だった。

十二歳のユセフスは街を歩けば皆が振り返るほどに美しく、ただでさえ気が気ではないのに、一瞬でも離れることなど考えられない。

「……ユセフス様、髪が伸びてきましたね。もう十三ですし、少しは肩を越えてもいいですよね。切りそろえましょうか？」

艶やかな黒髪に触れながらミルドが言うと、ユセフスは顔も向けずに言い放った。

「アーサにやってもらう」

アーサとはミルドの母でユセフスの乳母である。ユセフスはこの頃になると、ミルドに触れられるのを極端に嫌がるようになっていた。おそらく、触れる指先からにじみ出るミルドの欲望を、知るようになったからだろう。

「俺が、触るのは嫌ですか？」

ミルドは少しも傷ついていなかった。

まとわりついていた幼少の時分から、ユセフスの気持ちなど考えたことはなかったからである。

ミルドは、自分の想いしか見えていなかった。

「ミルド。お前、力動が出てくるようになったんじゃないのか」

ユセフスは、髪に触れてくるミルドに冷え切った視線だけを向けた。

ミルドはその瞳を間近で捉えながらも、ユセフスの髪に指を絡めたままだった。

「ええ、一年くらい前から、外側にも出るようになってきました。内緒にしていたのに、すごいな。気をつけていたんですよ？　絶対に父さんや母さんにばれないように、表に出ないように自分の中で抑えて」

ミルドが後に、扱いが難しいと言われる百花の神獣師になれたのは、この力動の調整が優れていたからである。

腹が立っただけで、力動で物を壊してしまう。成長期の操者候補の子供たちは、力動が上手く発散できないだけで感情が苛立ち、周りと衝突してしまうこともあった。

成長に伴い、潜在的な力が表に出てしまうこの年頃に、ミルドは、みなぎる力動を調整し、周りに気づかれない術を、自ら編み出していた。これが、入山後に才能が開花するきっかけとなった。

「なんで、内緒にしている」

「だって、兄のように他所《よそ》に預けられるかもしれないじゃないですか。そしたら、ユセフス様と離れてしまう。そんなのは絶対にごめんですからね」

「お前が操者になったとしても、この歳まで一緒に育ってしまったら、もう絶対に俺の相手になんて選ばれないから安心しろ」

ミルドは、何か決定的なものを伝えられたことに気がついたが、完全にそれを無視した。

髪に触れていた手が、ユセフスの頬に触れ、そのまま顎に、白い首に落ちていっても、ユセフスは顔色一つ変えず、ミルドに向ける視線も動じなかった。

「……俺はね、ユセフス様。あなたの相手に、半神になるためだったらなんだってしてしまいますよ」

その座を手に入れるためなら、数多くの人間を蹴落《けお》とさなければならないとしても。

たとえそこに実の兄が混じっていたとしても、ためらわず払い落とし、踏みつけても上に行くだろう。

この美しい人を手にするためならば、自分はなんだってする。

永遠に傍にい続けることができるのならば、どれほどの目にあっても構わない。

「……他の男には、渡しません。絶対に」

その白く美しい顔を両手で挟みながら、ミルドは未来に向けてそう誓った。

ユセフスは、一切の感情を浮かべずに、それを見返していただけだった。

そしてミルドとユセフスは、慣例に従い、十四歳で千影山への入山を果たした。


当時の総責任者と管理人は、現在と同じアンジとマリスであった。

王弟であるユセフスが入山する話は前々から千影山に伝えられていたが、二人がそれ以上に驚愕したのは、ミルドの存在であった。

神獣師級の子供が入山すると、とりあえず裏山に報告する。王宮まで話が行くこともある。神獣師の誕生は、これからの王国の行く末を図る上で非常に重要であり、いったいどう育てていくかは国政に関わることだった。

これから六年間の中でどう育つかはなんとも言えなかったものの、ミルドの力動とユセフスに対する執着は、異常だと判断された。ガイはミルドを一目見て首を振り、修行の場すら与えず、下山させるようにとアンジとマリスに伝えた。ガイがこう断言するのは非常に珍しい。ここでアンジとマリスが時の内府・ダナルに連絡をしなかったら、ミルドは精霊師になる道すら閉ざされていただろう。

報告を聞き、ダナルは顔をしかめてしばし考え込んだ。

「入山したてなら、まだそう結論付けなくともいいだろう。とにかく今は神獣師のなり手がいないんだ。目下どうにかしなきゃならんのは鳳泉だ。ユセフスが鳳泉を継ぐことになるかもしれないのは明白、それに見合う操者候補を、一人でも確保しなければならない。むやみに芽を摘《つ》むことはない」

「しかし内府、ガイ様は、兄弟同然でありながらミルドがユセフス様に邪《よこしま》な感情を抱いていることに、危機感を抱いてらっしゃいます。まともに育った子供なら、あれほどの力動を誰にも知られないように身の内で調整などしない。それがユセフス様に対する異常なまでの執着によるものならば、今ここで断ち切った方がいいというお考えなのです」

ダナルはその瞳に激しい炎を燃やしながら断じた。

「くどい。それで魔獣と化すならそれでもよし、なんらかの反逆心を起こすなら獄に繋ぐまでだ」

当時は、鳳泉の神獣師トーヤが半神を失い、早急に鳳泉を継ぐ者を確保しなければならない状況だった。

神獣師は、ある程度世代が固まっている。

前の神獣師が引退をする頃に、次世代の才能ある神獣師の卵たちが生まれる。

精霊を選ぶのは、人ではなくこの国だと言われるゆえんである。鳳泉は失われ、当時、百花を所有していたラグーンとジュドは、既に三十代後半、神獣師の引退が目前に迫っていた。だが、後を継ぐ者が一人もいない状況だった。

光蟲を所有するダナルとルカとて、のんびりしていられる年齢ではなかった。才能を簡単に潰すのはもったいないと、ダナルが思ってしまうのは無理もないことだった。

修行中、依代と操者は別々に育てられる。十四歳からの多感な時期に四年近くも引き離されていれば、おそらくその異常な執着も収まるかもしれない。アンジとマリスも、そう考えた。

だがそれは、甘い考えだった。

どれほどアンジがミルドに注意を払い、時に罰を与えても、ミルドはユセフスに会いに行った。

操者の組と依代の組、絶対に接触しないように細心の注意を払っていても、大きな山でのことである。子供のずる賢さで、教師の目をすり抜けることなど簡単にしてしまう。

言わんこっちゃないと、ガイは露骨に顔をしかめてみせた。頭を下げるアンジとマリスを叱りつけた後、ユセフスに小さい精霊を宿らせ、裏山で引き取ることにした。

裏山に入るために時空の歪みをくぐり抜けるのは、精霊を所有していない限り不可能である。

千影山をどうさまよってもユセフスに会えないことに、ミルドは半狂乱になった。

放っておけばそのうち諦めるだろうと、アンジとマリスは放置した。というより、他に方法がなかったのである。ミルドがユセフスに対する執着を捨て去り、新たな道を見つけるには、時間しか解決方法がないと見守るしかなかった。

幼い頃からミルドはユセフスの気配を感じながら生きてきた。だが今は全く感じられない。精霊が浮遊する森の中を、泣きわめきながらミルドは進んだ。力動が強くなかったら、精霊らに取り憑かれてしまっていただろう。負の感情をまき散らしながらも、ミルドはユセフスを求めて、森の中を何日も何日もさまよった。

ミルドがその男に会ったのは、ほんの偶然にすぎなかった。

森を徘徊《はいかい》し続けるミルドは、自分がどこをどう歩いているのかすら、意識していなかった。だが、大木に寄りかかり、瀕死状態の男を見つけた時は、さすがになんとかしなければと焦った。

男は衰弱しきっており、怪我の程度が分からないほどに、傷ついていた。胸も、肩も、動いていない。死んでいる、とミルドが恐る恐る手を伸ばして男の呼吸を確かめようとした時、意識を失っていた男の手が、ミルドの手を摑んだ。

瞬間、ミルドを襲ったのは、虚無だった。一気に身体中の力が削げるように失われ、空っぽの人形になったかのようだった。死ぬ、という意識すら浮かばなかった。

「……人か！」

再び何かが襲ってきたと思ったら、今度は吐き気がするほどの力の衝撃が身を貫いた。

弾き飛ばされ、ミルドは二つの衝撃に完全に死にかけた。通常の子供ならば、即死だっただろう。

男……ゼドは、近寄ってきた気配を精霊と勘違いし、その生命力を奪おうとした。

そして、ミルドが人だと瞬時に気がつき、奪った力を戻したのである。

当時ゼドは、単体精霊『香奴《こうど》』を習得するため、一人で修行をしていた。

単体精霊など、誰も修行をつけることができないため、山の片隅に結界を張り、一人閉じこもる格好で修行に励んでいた。たまたま結界が切れた時に、ミルドが迷い込んでしまったというわけである。

「まあ、お前、近寄ってきてくれてよかったよ。あのまま意識を飛ばしていたら、今度こそ死んでいたな」

ミルドが意識を戻しても、ゼドは、話すのがやっとという状態だった。身体は肉がげっそりと削げ落ち、頬がこけて青黒い顔をしており、やつれはてた姿は老人のようだった。精気と体力が極限まで失われるところいう状態になるのだと、ミルドは教えられた。

「精霊を入れてから、三ヶ月、寝てねえんだよ。自分で調整できなくて、乗っ取られそうになる。記憶を操作する精霊だから、まず真っ先に宿主の俺の記憶を奪ってきそうでな……」

そこでゼドは自嘲《じちょう》気味に嗤《わら》った。

「……前は、七日しかもたなかったんだから、マシな方か……。潮時だろうな、またいったん、精霊を外すしかない」

まだミルドは入山したばかりで、単体精霊がなんなのかも知らず、操者と依代についても詳しくは分からなかった。

だがその時、ゼドに話してもらったことが、ミルドの将来を決定づけたと言ってもいい。

「はあ、同じ場所で十四年育っちまったら、兄弟と見なされて当たり前だな。それは、完全な禁忌だ」

ゼドは、意識を飛ばさぬようにするためか、ミルドとの会話に付き合っていた。

「しかし、禁忌と言うなら、俺だってさんざん師匠に禁忌だと言われたよ。俺が、半神と出会ったのは入山直後だ。一目見た時から、こいつを俺の半神にすると決めていたからな。俺も、怒鳴られても罰を受けてもセツの……半神のいる部屋に忍び込んだなあ……」

「相思相愛だったの？」

「口説き落とすまで二年かかったけどな。……裏山に進んだら、別れて別の男のものになれと言われるかもしれないんだ。そりゃ、俺を受け入れるのを躊躇《ちゅうちょ》して当然だろう。俺は馬鹿だったからな。……自分の欲しか見えていなかった」

ゼドはそこで、大きく息をついた。

「……今も、全然変わらねえ馬鹿だけどな」

「ゼドは、絶対に、この人を半神にするって決めて、駄目だと言われても貫こうと思ったの？」

「だからこの状態なんだよ」

「それは、可能なの？　絶対絶対諦めなかったら、たとえ禁忌でも、叶うものなの⁉」

ゼドは、少年の必死の声を、朦朧《もうろう》とした頭で拾った。

この時ゼドは、精霊師として、この国に殉じて生きるしかないのだと知っている者ならば、叶わない、と言うべきだったのかもしれない。

これと決めた者を半神にできる者など、ほとんど存在しないのだと。

存在したとしても、その思いを貫くために、こうして常に、死を覚悟しなければならないのだと。

相手を死ぬほど苦しめるとしても、この者こそが唯一無二であると、声高に叫ぶのであれば。

全てを狂わせる覚悟を持てと、言わなければならなかったのかもしれない。

この国の未来を狂わせるほどの覚悟を、持つことができるのかと。

「……可能だ。強ければ」

ミルドは、目の前の、死と生の狭間に立っているかのような、弱りきった男を食い入るように見つめた。

「お前が、誰よりも強ければ、それは可能だ。前を見ても後ろを見ても、誰一人お前にかなう者はいないほどに強ければ、必然、その時最も大きい斑紋を所有する依代は、お前のものになる。師匠らに選ばせるのではなく、こちらが選ぶくらいに強くなれば、お前の指は、お前が求める斑紋を宿す者を示すことができるだろう」

その言葉は、ミルドにとって、福音《ふくいん》だったのである。


ミルドが、人が変わったように修行に明け暮れだしたのは、ゼドとの邂逅《かいこう》の直後からだった。

細身の身体の線はなかなか太くならなかったが、どれほど大きい身体の相手だろうと、一瞬で跳ね飛ばせるほどの力動をあっという間に身に着け、体術もめきめきと上達していった。

その様子を見ていたアンジとマリスは、ミルドの中になんらかの変化があったことを喜び、これならば、ユセフスを戻しても大丈夫と判断した。アンジとマリスは千影山の責任者としては適任だったが、教師としてはあまり優秀ではないと言わざるを得ないだろう。

ミルドの執着を甘く見ていたと言うしかない。

ミルドは、確実に一番だと自他ともに認められるまでは、ユセフスに会うのを自制していた。

移動の際、森の中を通り過ぎる美しい姿を目にするだけで、ミルドは幸せだった。

いつか、必ず、誰もかなわないほどの男になったら、堂々と正面から会いに行ける。それまではミルドは我慢に我慢を重ね、山の教師らの目を騙《だま》しながら生活していた。

同じ時期の入山者が激減していき、ミルドの自信が大きくなっていった一年後、また新しい修行者が入山した。

そこにいた一人の子供が、わずか三ヶ月で頭角を現さなかったら、ミルドのユセフスに会いに行く計画も狂わなかったかもしれない。

のちに神獣〝光蟲〟の操者となるイーゼスである。


次世代の登場が続いたことに表山の連中は浮き立ったが、ミルドはざわざわと心が乱されるのを止められなかった。

この四年後に登場するライキも含めて、ミルド、イーゼス、ライキ、この三人の操者は、力動そのものに差はない。

体術で二人を凌《りょう》駕《が》するのはライキだが、力動の使い方は様々であり、三人の中で優劣はつけられない。

ミルドとイーゼスは、力動の得手不得手が酷《こく》似《じ》していた。

力動には大きく四つの使い方がある。

大きく力を放出する〝放《ほう》〟。力を遠くまで飛ばすのが〝散《さん》〟。一点集中、力の強さを放つのが〝突《とつ》〟、力で結界を作って攻撃を止めるのが〝界《かい》〟。

精霊の属性によって、結界系、操作系、攻撃系、浄化系と分けられるが、単純に考えると、力動の出し方で〝突〟が得意ならば、攻撃系精霊が合っているということになる。

だがこれが、そう単純でないために、山の教師らは頭を悩ませるのだった。

こいつは力馬鹿で単細胞なので〝突〟が得意だろうと判断し、そういう査定をして裏山で精霊を与えてくれるように送り出したものの、三ヶ月ももたずに下山させられるなどザラだった。

なぜなら、裏山にいる師匠らは、天才だからである。天才は、人を教えることなどできないのだ。理由は一つ。神獣を扱うほどとなると、なんでもできてあたりまえだからである。できない人間の理由など、考えることもできないのだ。

せっかく表山の教師らが精査に精査を重ね、これはおそらくモノになるだろうと判断して送り込んでも、表山で査定した通りの性質の精霊を与えて扱えなければ、下山となる。

裏山は精霊師になる最終修行の場なので、師匠らが駄目だと判断したら、もう表山に戻ることもない。そこで精霊師としての道を閉ざされるということである。

操者だけでなく依代も、自分の性格や性質により、合う精霊合わない精霊が当然ある。攻撃系が合わないならば、考えを改め、結界系を与えて修行させてくれないかと表山の連中は思うのだが、天才らは、そんなことは全く考えもしなかった。

お前らの査定が悪いんだろう、四年間表山で子供の何を見てきたと言われれば、返す言葉がない。手塩にかけて育てた子供らが泣く泣く下山となっても、表山の連中は裏山の師匠らに文句が言えなかったのである。

余談ではあるが、後にこれを改革したのが、ジュドとラグーンである。

本来は一人の師匠に内弟子入りし、一つの精霊を習得できなければそれまでとされてきたが、表山で精査された情報をもう一度裏山で査定する方法を取り、場合によって、複数の師匠をつける方法を取らせた。

それは、力動の得手不得手だけでなく、子供一人一人の性格や体質も考慮に入れたものだった。

裏山では修行期間が二年しかないため、そんな悠長なことをやっている暇があるのかという声も上がったが、結果、脱落者が激減したのはもちろんのこと、修行も円滑にいくようになったのである。

誰の目から見ても、操者として一番優れていると認められなければ、ユセフスを得ることはできない。

だがミルドは、性質的に似ているイーゼスを引き離すことが、どうしてもできなかった。

それどころか、イーゼスは成長とともに、一歳差を縮めてきた。イーゼスの入山二年目には、神獣を操作する候補者として、ミルドとイーゼスは他の修行者とは別に修行をさせられた。ミルドはイーゼスに対し敵《てき》愾心《がいしん》を剝《む》き出《だ》しにし、イーゼスの方も敵意を向けられて黙っているような男ではないため、二人は体術の稽古というよりも殺し合いをしているような修行を繰り返していた。

「放っておけ。それで互いに力が伸びるなら、それに越したことはないだろう」

　国の行く末しか頭にない非情な内府・ダナルは子供らの修行を偵察し、山のアンジとマリスの心配を笑い飛ばした。

「しかし、それだけ切磋琢磨《せっさたくま》していても、ガイはあの二人のどちらも鳳泉の操者にすることは許さんか」

「ミルドの執着やイーゼスの性格を差し引いても、力が足りないというお考えに変わりはないご様子。ガイ様はこうと決められると山のように動きませぬ。内府より、何か指針となるものを示されてはくれませんか」

「鳳泉の操者だけは俺の判断の及ぶ所ではない。ガイに任せるところちらも決めている。……しかし鳳泉の操者候補がいないとなると、ユセフスには別の神獣を入れることになるか。話を聞く限り、ユセフスは光蟲の依代に適任なんだがな。イーゼスとやらも、なかなかにふてぶてしい性格で、俺の後を継がせるのも悪くはないかもしれん」

　鳳泉の次に、人材選定に慎重にならなければならないのが光蟲である。

　浄化能力がないゆえに五大精霊の中では最も格が下、しかもこの精霊は数多《あまた》の精霊の中で最も忌《い》み嫌われているると言ってもいい。

　なぜなら、数千の虫を操るその能力は、盗聴、謀殺、拷問に用いるのに適しているからだった。古くからこの神獣の所有者は、特にその操者は、『王室の虫』と呼ばれ、恐怖の対象であった。


「性格的に外道か鬼畜しか、能力を会得できないと言われる〝光蟲〟の操者の相手に、ユセフス様を選ぶというんですか！」

　思わず叫んだミルドを、アンジは叱責した。

「口を慎め、ミルド！　光蟲は、鳳泉同様に絶対にこの国に絶やしてはならない神獣と言われている。その理由は、国の裏を支えておられるからだ。輝きは暗部なしに存在しない。内府とその半神のルカ様が、この国のために己をどれだけ犠牲にしてこられたと思っている！」

「イーゼスも、人としてどうかと思われたがゆえに、光蟲の候補に上がったことは間違いないでしょう」

吐き捨てたミルドに、マリスは冷静な声で告げた。

「ああ、そうだな。そしてお前は、光蟲の候補にすら上がらなかったということだ。誰よりも強い意志を持ち、強靭な精神力を最も必要とする光蟲の操者として、イーゼスの方が優れていると内府に判断されたわけだな」

ミルドは焦燥で頭がどうにかなりそうだった。

ダナルは、自分の後継として、王弟であるユセフスを内府の座につかせることを考えているという話だった。

冷静沈着で頭の切れるユセフスならば、鳳泉を失ってから不安定な王国の采配《さいはい》も、また国王も支えていけるだろう、と。

冗談ではない、とミルドは身体が震えるほどの怒りの中で思った。

あのイーゼスなどに、指一本触れさせてなるものか。あの美しいユセフスを、あんな外道にいいようにされるなど、考えただけで気が狂う。

頭がおかしいと言われれば、そうなのだろう。

兄弟同然に育った、主たる人間に、物心ついた頃から執着し、欲情し、己一人のものにしたいと願う。畜生そのものと言われても仕方ない。

なぜあれほど美しい人間が乳兄弟となったのか、運命を呪うつもりは毛頭ない。ユセフスと出会わなかった人生など、考えられない。

強くなりたい。

何も文句を言われぬほどの、誰よりも圧倒的な強さが欲しい。

これ以上いったいどうしたら、強さを得ることができるのだろう。

死にそうになりながらも、半神への想いを貫くために、単体精霊を習得しようとしていたゼドの姿が脳裏に浮かぶ。

もう二年、ユセフスの姿を垣間見ることはあっても、正面から見たことはない。それどころか、声すら聞いていない。その気配を探し当てて、遠くから見つめるだけだ。ミルドが見つめているのを知っているのか、知っても知らないふりをしているのか、ユセフスは決してこちらに顔を向けようとはしない。

あの美しい青を孕んでいる瞳は、横顔の影によって黒く染まったままだった。

「……ユセフス様……！」

たまらずに声を漏らしてしまったミルドは、ふと、ほんのわずかな気配に意識を集中させた。

これが人だとしたら、思い当たるのは一人しかいなかったが、様子を窺った。

突如襲いかかってきた力動に、ミルドは一瞬にして〝界〟を張った。これほど気配を完全に消すことができる精霊師は、ミルドはゼド以外知らなかったが、自分を襲ってきたことで違う、と判断した。瞬時に臨戦態勢を取る。

「……へぇえ……大したもんだな、ジュドの気配まで感づくとは、相当の手練《てだ》れだぞ。まだ十八だろ？　裏で修行をしてないはずなのに」

嘲《あざけ》るような声が闇夜に流れる。

「珍しいな、こんな可愛らしい顔をして操者の方か。カディアス《国王》の弟かと思って近づいてみたら」

「ちょっかい出すなよ、ラグーン」

「いいじゃないか。ちょっと、遊んでいこうぜ。さて坊ちゃん、俺らの姿がどこにあるか分かるかな？」

どれだけ目を凝らしても、そこには闇しかなかった。無風の中で、樹々はひっそりと息をひそめ、葉一つ動かしていなかった。周りの空間を全く乱さずに力動が飛んできた時、ミルドは〝界〟で身を守ることができなかった。内臓を押し上げられる感覚がゆっくりと襲ってきたと思ったら、身体が石のように弾き飛ばされた。

「まあ、表で習うことなんてこんなものか……。俺らの引退がいつまでも延びている原因は、こいつかね？」

意識を失う寸前のミルドの視界に、闇夜に輝く花が、竜巻のように舞い上がった。

その花の中から現れた男二人が、後にミルドの運命を大きく変えることになったのである。


ミルドがユセフスとともに千影山に入山した時、ジュドとラグーンは四十歳を迎えようとしていた。

四十歳で引退するのが通例だが、跡を継ぐ者が存在しなかったため、ジュドとラグーンは二年の引退延長を国王より申し渡された。

だが、約束の二年後に至ってもなお、後進が育っていないという現状だった。再度一年の延長が命じられそうになったジュドとラグーンは、冗談ではないと言わんばかりに千影山に乗り込んできたというわけである。

四十を過ぎれば体力気力も一気に落ち、精霊を宿す限界を超えると言われている中、二年も延長したのである。ジュドとラグーンが文句を言うのは、無理もない話だった。

『長の役目まで放り出して勝手に入山とは、それでも神獣師か、お前ら！』

ダナルの激高など、ジュドもラグーンも屁《へ》とも思わない。所詮《しょせん》、年下である。神獣師になりたての頃、さんざん小突き回していた相手である。年の差による上下関係は、そう簡単には変わらない。

「やかましいわ。鳳泉はあの有様《ありさま》、青雷もガキの中、神獣師の尻拭いは同じ神獣師でやって当然。だから俺らは二年延長することに納得したんだ。だがこの二年の性欲減退ときたら、半端なかったぜ！　浮気の一つもできなかったじゃねえか！」

「最後のセリフはいらん。ラグーン」

ダナルの操作する黄金の蝶を相手に、ラグーンとジュドは悪態をついた。

「警備団の長は、蟲を何匹か飛ばしてお前がやりゃあいいんだよ、ダナル。恫喝《どうかつ》でもなんでもして、まとめ上げればいいだろう」

『そんな暇が俺にあるか！　王宮の方だってまだ……』

「泣き言なんざ聞きたかないね。お前にガキの教育まで任せたら、引退がいつになるか分かりゃしねえ。大体な、お前もガイも阿呆なんだよ。俺らは俺らで勝手にやらせてもらう。ユセフスにも会ってみたが、お前、あのガキを本当に〝光蟲〟の依代にするつもりか？」

ラグーンの呆れたような声に、黄金の蝶が静止する。

『性格的には、適していると思ったが』

「馬鹿か」

ジュドすらため息をついた。

「〝光蟲〟を宿してみろ。そつなく習得するだろうが、実際に神獣師になったら、半年で潰され、廃人になるか魔獣化する」

黄金の蝶が、ふらふらと考えるようにジュドとラグーンの上を浮遊する。

『……ミルドの方ではなくてか？』

「ミルド。ああ、あの大馬鹿な。ダナル、お前も相当馬鹿だと思っていたが、あの馬鹿はお前に匹敵する大馬鹿だぞ」

精霊を宿し、それを二十年近く共有することがどれほど精神力を必要とするか、ミルドはどう説明されても分からなかった。

「光が眩《まぶ》しいほどに影は濃くなり、光が弱まれば影もまた薄くなる。精霊も然《しか》り。この世の万象はこの表裏一体にて形成される。分かるか、ミルド。ユセフスが影を抱くならばお前は光を持たねばならん。ユセフスが光を放つならばお前は影とならねばならん。それを可能にするのは、たとえ精霊を共有しているとはいえ、自分と相手は違う人間なのだと認識することなのよ。基本は、〝個〟。これを忘れてはならん」

「……〝個〟」

「半神は、決してお前自身ではないのだ。お前の所有物と思ってはならん。たとえ相手がたまに浮気をしてもそれは生理現象の一つとして捉えてやることが大事……」

「せっかく途中までよかったのに混乱させることを言うな、ラグーン」

ジュドはため息をついて、妙な方向に流れてしまった話を戻した。

「お前の母も、父も、兄も、お前とは別個の人間だ。分かるか？　だがなあ、人間なぜか、特別な関係に陥ると、自分と切り離して考えられんのよ。それが一番顕著なのが、恋人だ」

互いに好きだという感情を共有する関係は、度が過ぎると相手を〝自分のもの〟と思ってしまう。

「五感も、感情も、能力も、生死も全て共有する半神など、特にそう思ってしまうに決まっている。だが、目の前にいる相手は決して自分のものではない。まして自分自身でもない。あくまで、対となるもの。相手への執着は、お前の心一つにはおさまりきらず、いつか相手を喰い殺し、自らを魔物にするだろう」

「俺はユセフス様を自分のものだなんて思っていません」

「ならばユセフスにも心の自由を与えろ、ミルド。お前を選ばなくてもいいはずだ。違うか？」

どうしても、ミルドには分からなかった。

ごく小さい精霊を入れ、慣れさせる修行は、通常は裏山に入ってから行われる。

大概は、これと決められた相手とお見合いのように、小さな精霊を共有するところから始まる。

精霊を入れれば否応なく相手を意識してしまうため、最初に決められた相手が変わるということは、ほとんどない。無論、相性もあるので、慎重に選ばれる。

ジュドとラグーンが、通常の修行の流れを無視し、これをミルドとユセフスに行おうとした時、ガイは止めなかった。

「このくらい小さい精霊なら、一気に魔獣になっても喰われることもなく、俺らでも止められる」

精霊を宿す授戒は、ミルドとユセフスを別々の場所に離して行われることになった。

ミルドは、一瞬でもユセフスと繋がることができる嬉しさで、頭がどうにかなりそうだった。

共有する、という言葉一つで、授戒がどういうものか、想像できる者はいない。想像を絶する世界である。


今まで自分が信じていた、脳で、目で、耳で、感覚で知った世界が、根底からひっくり返される。それが、授戒である。

右の掌に精霊の契約紋が描かれ、左の手からわずかに血が抜かれ、他の場所にいるユセフスのもとへ運ばれるのを、胸の高鳴りとともに見つめた。入れ替わりに、ユセフスの血が運ばれてくるのを見た時には、頭が沸騰しそうだった。

ああ、ユセフス様の血だ。喜びとともに見つめるミルドは、ジュドに右手を取られた時も上の空だった。

契約紋に、ユセフスの血が落とされ、自分の皮膚の上にそれが流れるのを、うっとりと見つめた。

次の瞬間、凄まじい血の流れが身の内を襲った。力動によって反射的にそれを抑え、無意識のうちに精神の混乱を抑えようとする。力動の乱れは、操者の方が、整えるのは容易である。ほんの小さな精霊だったこともあり、ミルドの混乱はすぐに収まった。凄まじい勢いで自分の方に向かってくる、ユセフスの混乱に気がつくほどに。

〝いや……嫌だ、嫌だ、嫌だ！　気持ち悪い！〟

「ユセフス様……！」

ユセフスの声だ。ミルドは、身の内に広がるユセフスの声を、狂喜して抱きしめた。

「ユセフス様！　ああ、あなただ！　ユセフス様……！」

だが、ミルドの方に返ってきたのは、ユセフスの悲鳴のような声だった。

〝嫌だ‼　嫌だ、気持ち悪い！　ああ嫌だ、向こうへ行け！　ミルドだ！　大嫌いだ、嫌いだ、近寄るな、俺に入るな、嫌だ嫌だ嫌だ嫌だ‼〟

身の内に広がった喜びを一瞬にして霧散させるような、狂ったようなユセフスの心の声に、ミルドは頭が真っ白になった。

〝大嫌いだ。あんな奴大嫌いだ！　いつもいつも俺にベタベタまとわりついてくる、俺が養子だからって、逆らえないと思ってべたべたしてくる！　畜生、畜生、あいつがあんなだから、俺はこんな目にあわなきゃならない！〟

「……信じられんだろうが、それがまぎれもないユセフスの心の中だ。ユセフスにも、お前の欲情も何もかも伝わっている。……あいつは、なんと言っとる？　ミルド」

〝ああ気持ち悪い！　俺に寄ってくるな、俺に触るな、嫌だ嫌だやめろ！　俺はお前など半神にしたくない。絶対に嫌だ‼〟

「誰もが皆この状態に慣れれんが、恋人同士や、兄弟同士だとこれに耐えられんのよ。兄弟同士だと生理的嫌悪感が大きすぎる。恋人同士だと失望が大きすぎる。これを無理に押し通すと、精神的に傷が生じる。これが、禁忌の理由だ」

〝俺はいずれ神獣師になる。必ず、王宮で、王室の傍で、生きる男になる。あんな無能の、自分一人では何もできやしない男などいらない。ああ、いやだ、邪魔だ、邪魔だ‼　俺から出ていけ、俺の視界から、俺の世界から消えろ!!〟

「……責めはしない、ミルド。愛が強ければ強いほど、この状況に耐えられまい。自分を拒絶する相手に対して憎しみを抱く、それが当然の反応だ。お前が、魔獣と化してもそれはそれで仕方ない」

ミルドは、自分の呼吸がおかしくなっていることに気がついた。

ふと手を見ると、今までの自分の手ではなくなっていた。皮膚が裂けんばかりに内側から血管が浮き上がり、膨張していた。手首も、腕も、膨らんで赤黒く染まっている。

憎しみ?

俺が、魔獣と化しているのか。ユセフスへの、憎しみから?

「精霊を外せば、すぐに楽になれる。……お前にも、ようやく分かっただろう」

俺の、あさましい心が、ユセフスへの執着が、これほど醜《みにく》いということか。

己の身体を失うほど、己の心を忘れるほどに、憎んでいるということか。

ユセフスを?

……いいえ、違います。御師様。

ユセフス様を、憎んでいるわけじゃない。

「ミルド?」

御師様。俺は、本当に、気持ち悪くて、馬鹿で、無能で、どうしようもない男なんでしょうね。

これほど嫌われても、憎まれても、どうして好きなんでしょう。

御師様。どんな罵詈雑言《ばりぞうごん》を浴びようと、あの人のいる世界は、こんなにも美しい。やっぱり、泣きたいくらいに美しいのです。

……ごめんなさい。

俺のような人間が、傍にいてしまって、ごめんなさい、ユセフス様。

でも、愛しているんです。ごめんなさい。あなたを愛しています。


「……こいつは、前代未聞の大馬鹿だ」

ミルドは、結界の中で、気を失っていた。

つい先程までミルドの身体を覆っていた、魔獣へ変化する斑紋は、跡形もなく消え失せていた。

ミルドが百花の操者として、ユセフスの半神に正式に選ばれたのは、この時から二年後だった。

6

ミルドの話が終わった後、オルガは、外宮を抜け出し、どこへ向かうのかも分からぬままに、その奥へと足を進めた。

キリアスの気配はいまだに感じられない。

ユセフスの裁可を仰ぐまでは青雷の殿からは決して出ないようにとエルに言われていたが、身体が勝手に外へ向かっていた。

オルガらが青雷の殿にいることを知るのはごく一部の者しかいないため、外宮周辺を守っている兵らもいない。フラフラと夢遊病者のように、おぼつかない足取りで奥へ進むオルガを、気に留める者はいない。

内府までは、様々な職種の役人らがあふれ返っているが、外宮より先は人が少ない。黒宮と、それの向こうに建つ青宮には、もともと近衛兵はわずかである。神通門《じんつうもん》から先は、そこに配属されている者以外は自由に出入りできないからだ。精霊師でさえ、火急の用事以外は許可を取って門を潜る。許可なく潜ることができるのは王と、神獣師だけである。

国王の住む黒宮に仕える者は侍従と神官のみであり、どちらも体術剣術に精通しており、兵の役割も果たす者だけが集められている。王太子と妃らの住む青宮に仕える者も、ごくわずかな近衛兵と侍従、女官しかいない。

そして神殿には、神官しかいない。配属されている神官以外でここに自由に出入りできるのは、やはり国王と鳳泉の神獣師だけである。

キリアスが、王宮の外に出ていくことはオルガには考えられなかった。キリアスがいるとしたら、かつて自分が住んでいた場所だろう。王が、王太子が、先読が、王族らがいる場所以外にないとオルガは胸が張り裂けそうな思いの中、確信していた。

自分のような身で、黒宮や青宮に行ってはならないことぐらいは分かっている。見つかれば、断罪されるかもしれない。だが、オルガの足は奥へ、奥へと進んだ。身体が危険を察しても、心が、そこにいる男を求めてやまない。

自分の心だけを見つめて未来を選んでいいのなら、生まれながらに背負っているという罪がどんなにキリアスの心を苦しめようとも、自分は、キリアス以外いらないと、叫べばいいのだろう。

かつてそうしてこの蒼天に叫んだ神獣師はいるだろう。ゼドのように、ミルドのように、己の心のみを、この空に向かって貫いた者は、存在する。

「……キリアス様」

足がよろめきながらも心が奥に進むというのに、心がちぎれてもなお求めているというのに、その空に叫ぶことが出来ない自分は、弱い人間なのだろうか。

強さがあれば、叫ぶことができるのか。

強さが欲しかった。何にも揺らぐことのない、貫ける、強さ。

だが、強さとはいったいなんなのだろう？

「……おい。そこの子供」

目の前に浮かんだ問いを、ぼんやりと見つめながら歩いていたオルガは、黒宮のどのあたりをさまよっているのか、全く意識していなかった。まだ夢から覚めぬ頭を上げ、声がした方向を探る。

「神官か？　子供に見えるが、生誕の儀の稚児か？」

目に入ったのは、目の覚めるような濃紺の上衣だった。

頭に乗せている冠は、微妙に色の違う、様々な青の宝玉で飾られている。

この国では、頭に冠を乗せるのは王以外にいない。その姿は、誰が見てもカディアス国王と分かるはずだった。だがオルガの目には、男の青を孕んだ瞳と、その容貌しか入らなかった。

「キリアス様！」

カディアス国王の、オルガを見る目がわずかに細まる。侍従は、オルガに叱責の声を飛ばした。

「無礼者！　何者だ。なぜこんなところにおる！」

怒鳴られて、ようやくオルガは我に返った。外宮から真っ直ぐ奥へ歩いてきて、いつの間にか黒宮の中庭の方へ紛れ込んだらしい。黒々とした柱や屋根が目に入る。建物にぐるりと囲まれた場所の一角に、立っていた。

百花の殿にありとあらゆる花が咲き乱れるように、外宮の庭の草木は花が多いが、この黒宮は花が一輪もない。あるのは濃い緑の樹々だけだった。黒宮の壁は白いが、他は全て艶々とした黒である。その色は、神獣師の漆黒に翻《ひるがえ》る上衣を思い起こさせた。

ここまで辿り着けるのは、王以外は、配属されている男性の神官と侍従のみ、そして、神獣師だけである。

黒宮は、完全に男しか存在しない宮であった。それを証明するように、この宮殿に存在する色は、黒、白、緑、全てが深い。

そこに立つ灰色の髪と、水色の瞳をした少年は、異様にさえ見える存在だった。

オルガは、目の前のカディアス国王の瞳が、再び細められるのを見た。

そして次の瞬間、自分の内部が、いきなり引っ張られ、身体が浮きそうになった。嘔吐のような感覚に、思わず口を押さえる。

だが、そんな不快感を吹き飛ばすような怒声が飛んだ。

「……〝青雷〟か!!」

「……〝王の目〟？」

「そうです。操者は、自分の依代の精霊の心象風景を見ることができるでしょう？　国王は、全ての依代の中を、一瞬だけですが見ることができるんですよ」

青雷の殿舎を抜け出したオルガを探しに、エルとジーンは黒宮方面へと走っていた。

オルガが行った先は、おそらく黒宮か青宮だろうと、二人の考えは一致した。そしておそらく、キリアスもそちらにいるはずだ、と。

エルの立場でも、黒宮へ行くことは禁じられている。ユセフスの許可もなく、奥へ入ることなど、普段のエルならば絶対にしない。だが、あれからユセフスもミルドも姿が見えなかった。もしかしたら二人とも、黒宮へ行っているのかもしれない。

ユセフスは、いつも必ず首席補佐官であるエルに自分の居場所や行動を伝えている。だが、今回はそれをせず、ミルドとともに姿を消した。これは、何か、ユセフスの企みがあるのかもしれないとエルは考えた。

オルガがどう関わっているのかは分からないが、何も知らない、半神を求めてさまよう少年が、黒宮へ入り込んで断罪されることは、なんとしても避けなければならない。

「それに、あなた方が来られる前に、内府は私に、青雷を宿した少年がやってくると教えてくださった。そしてそれは、自分が明らかにするまで、決して王には、王にだけは知られてはならないと。キリアス様の存在よりも、です。もしオルガさんが王に会ってしまったら、〝王の目〟は、青雷を宿していることをすぐに見抜いてしまわれる」

ちょっと待てよ、と、ジーンは走りながらエルに聞いた。

「共鳴できるのって、半神だけだろ!? 俺のテレスのあの綺麗な精霊の中を、よその男も見ることができるって言うのかよ!?」

「よその男って……王ですよ?」

「俺以外は皆よその男だ！ テレスの世界を見ることができるのは、俺だけだって信じてたのに！」

「共鳴とはほど遠いですよ。依代の精霊の中の、ほんの一部を垣間見るだけの能力らしいです。正戒の際に依代を剣で突くと、一瞬精霊の中の世界がこぼれ落ちるじゃないですか。あれを目に映し出すだけです。全ての精霊を宵国に飛ばせる、先読様と繋がる王だからこその〝目〟なのでしょう。だが、その目で見られてしまったら、オルガさんが青雷を宿していることを王が知ってしまわれる。それは、止めないと」

「お止まりを！」

近衛兵である。エルとジーンは足を止めるしかなかった。

「補佐官殿とお見受けする。火急の御用でも、これより先はお入りになれぬはず。理由を、お聞かせいただいても?」

「ここに、子供が来なかったか。十四、五歳くらいの少年だ。神官の格好をしている」

「自分は見ておりませぬ。神官に確かめます。外宮へ、お戻りください」

「すぐに、確認させてほしい。神官長殿に目通りさせてくれ」

「補佐官殿、ご存知ないはずはありませんね。本来神通門より先は、たとえ首席補佐官であろうとも許可なく進むことは禁じられております。内府からの通達では、補佐官殿は神通門の先といっても外宮の敷地内まででしか許されておらぬはず。黒宮へ向かう許可は届いておりません。これ以上こちらに留まるとおっしゃるなら、私どもは上官に報告しなければなりません」

ジーンとエルは目配せし合った。教え子を見つけることしか頭にないジーンは、やる気満々である。精霊師の、操者を止めることは、単なる近衛兵には絶対に無理である。エルは、ジーンに頷いた。

「悪いが、通らせてもらう」

ジーンが近衛兵の後ろに回ったのは、ほんの一瞬だった。気絶させられた近衛兵三人が地に膝をつくのを、エルは茫然と見つめた。

「よし、行くぜ、エルさん」

「……すごいな、あなた。体術の域は、単なる精霊師を越えているじゃないですか」

「まあね~。俺が操者としてはいまいちでも、下山にならなかった一番の理由がこれだ。俺の自慢は、一瞬でもジュド様を吹っ飛ばすことができたこと。まあ、その後ボッコボコにされたけどさ」

どん、という音とともに、大気が割れたのは、次の瞬間だった。

天が、割れた。空を振り返った時に、少なくともジーンはそう思った。

身に襲いかかってきたのは、凄まじい突風と、雨だった。

ジーンもエルも、反射的に身体の表面に〝界〟を張り、外界の衝撃から身を守った。一瞬にして変わったこの空間を確かめるべく、己の身を守りながら、目を凝らす。

ほんの目と鼻の先、黒宮の宮殿の中から、空に向かって、細く、長い竜巻が、弧を描いている。

その滴と風が、こちらまで飛んでいるのだった。

ジーンとエルは、目を疑った。

その細い竜巻は、水の竜の姿をしていたのである。

◇◇◇

オルガは、自分に向かって放たれたものに、気づくこともできずに吹っ飛ばされた。

それが力動であり、王が放ったものだと知ったのは、浮いた身体が樹に叩きつけられた後だった。

背骨が軋《きし》み、地に伏せる。身体を動かすことができなかったが、生命の危機を感じて本能的に〝界〟を張った。そのため、第二弾の攻撃は寸前で止めることができた。

「王！」

「剣を持て！　結界剣だ！」

前方から、激高した人間が、足早に近づいてくる声がする。オルガは、視線を上げられぬままに、己の身を守ることを優先した。

『状況が読めない時にはまず〝界〟を。ひたすら、自分の身を守れ』

体術の師匠であるジーンの教えが頭をよぎる。依代は、決して死んではいけない。依代が死んでは、操者は精霊を使えない。それすなわち操者の死も意味する。操者は精霊をその身に縛りつける〝血戒〟以外では、依代はまず何よりも、自分の命を確保しなければならない。攻撃するのは、操者の役目である。

オルガはこちらに向かって走ってくる王の姿を認めた。空間を振り払うように、王の腕が斜めに空を裂く。まるで、刃のように、力動が放たれる。

オルガは〝界〟と同時に〝放〟を放った。自分の周囲に、結界の円を描き、それは刃の力動を弾き飛ばした。そのまま円はオルガの周囲に固定される。その円の中に入った者を瞬時に切り裂くことができる、〝界〟

と〝放〟の合わせ技である。

カディアス王は、その円に気がつき、足を止めた。

オルガは、痛みが残る身体をやっとのことで起こし、王に向かって、防御の構えを取った。

たとえ目の前の人物が王であろうとも、死ぬわけにはいかない。攻撃をしてくるのなら、応じるしかない。その意思表示をしたつもりだった。

カディアス王は、構えを取るオルガを、怒りに満ちた目で睨み据えてきた。

キリアスが生まれながらにあれほどの力動を所有するように、王族とは優れた力動を備えているのだろうとオルガは考えた。だが国王の力動は、精霊師のそれには及ばぬらしく、カディアス王はまともに戦う意志はないようだった。

「……それほどまでに力動を使えるということは、誰かに修行をつけてもらったということだな。ゼドか。あいつが、お前に教えたのか」

違います、と答えようとしたが、王はオルガの返答など求めていないかのように、続けざまに言い放った。

「それとも山の連中か。あいつらめ、俺に黙ってカザンの息子を入山させていたか。十六になれば自然、青雷は戻ると言っておきながら、修行させるとは、何を考えている！」

王の凄まじい怒りに、オルガは、王の口からこぼれ落ちた名前を、思わず繰り返した。今まで、ただの一度も聞いたことがなかった、名前を。

「カザン？」

カディアス王は、怒りで視線をさまよわせるようにしながら、オルガの呟きに反応した。

「父親の名前も聞いたことがなかったか。そこまでは教えてもらわなかったらしいな。お前の父親が何をしたのか、知らぬままにここまで来たか。何も知らぬままに、体術を磨いてきたか。笑わせる！」

「俺……俺の、俺の父親が、何をしたんですか？」

オルガの質問に、カディアスは乾いた嗤《わら》いをほんの少し飛ばしながら、わずかに顔を伏せた。王冠にかかった乱れた前髪をかき上げ、そのまま握りしめる。

「知りたいか。ならば、教えてやる。お前の父親はな、俺の姉を、先読を殺したのだ」

……先読を……殺した。

この国において、生き神とされる、この国の未来を予知する、先読を、殺した。

オルガは、その言葉も、意味も、容易に頭の中で処理できなかった。先読殺し。それが、この国において、どれほどの罪になるのかすら、想像できなかった。

「……許さない……俺は、絶対に、絶対に、カザンを許さない……!!」

王の口から怨嗟《えんさ》の声が漏れ、オルガを射貫《いぬ》く瞳が青く燃え上がったことに、オルガは気づかなかった。茫然とするあまり、力動を乱していることも。その一瞬の隙をついて、オルガの周囲に張られていた結界が、カディアスの力動によって吹き飛ばされた。

オルガが我に返りもう一度結界を張ろうとした瞬間、従者から剣を受け取ったカディアスは、声を張り上げ、古代ヨダ語——神言《しんごん》を放った。

『王の目を見よ、〝青雷〟！　我に従え！』

結界剣に、カディアスの言霊《ことだま》が浮き上がる。そのままカディアスは、オルガに向かってその剣を突き刺した。

オルガの身を衝撃が貫いたが、苦痛が襲ってきたわけではなかった。剣が、肩のあたりを確かに貫いているのに、血も出なければ痛みもない。逆に、身体が自分のものではなくなったように、動けなくなった。筋肉の動きは当然として、呼吸も、血の巡りも、思うように動かない。内臓まで固定されてしまったようだった。

剣に貫かれたまま、言葉を失い、目を見開いたままオルガは、吊り人形のようにがくがくとその場に立った。そんなオルガを前に、カディアスはオルガの着物に手をかけると、力任せに左右に広げた。

腹を中心に広がっている斑紋と、そこから浮き上がるように描かれている青雷の契約紋を目にしたカディアスは、唇を噛みしめた。そしてそのまま、乱暴にオルガの帯を解こうとする。だが、ややこしい結び方をしている神官の飾り紐に、思うように解けずに苛立ちを見せた。

「おい！　短刀をよこせ！」

騒ぎを聞きつけた神官や従者が集まってきた。皆、武術に精通しているとはいえ精霊師ではない。精霊を宿した者に容易に近づくことが恐ろしく、後方で様子を窺っていたが、王に命令され、一人が短刀を掲げて近づいた。

カディアスは、オルガの帯や服を結んでいる紐を短刀で切り裂くと、まとわりつく衣を乱暴に引っ張った。筋上半身だけでなく、下半身の服まで剝ぎ取られ、オルガは一糸まとわぬ身体をさらけ出す格好になった。

素裸にされるのは、罪人だからだろうか。オルガは、指一本自分の力では動かせぬままに、恐怖と混乱で、いったい何が起きているのか把握できずにいた。

カディアスがオルガの足をすくうように払うと、人形のように立っていたオルガの身体は、難なく地についた。

カディアスが次にオルガにしたことは、両足を摑んで大きく股を開かせることだった。

さすがにその行動に、後ろで控えていた侍従や神官らはぎょっと目を見張った。だが、カディアスは真剣そのものの表情で、まるで実験動物でも観察するかのように、オルガの股間をしげしげと見つめている。

そして、カディアスはオルガの足を折り曲げて、その陰茎と睾丸のあたりに手を伸ばした。

その時、ひらりと白い花が上空に舞った。

『……いい加減になさいませんか、王。神官らも引いておりますよ。ただの危ないおじさんですよ、それでは』

カディアスはオルガを真下に見つめたまま、地を這うような低い声を出した。

「……貴様、知っていたな、ユセフス。カザンの息子がここまで来たのは、お前の差し金か」

ユセフスはそれには答えなかった。カディアスの周りに花が広がり、輪を描くように回る。

『育ての親に確認しております。その子供は、完全な男です。確かめなくとも』

「黙れ！　人に隠れてコソコソと何をしている！　お前の指図を俺が受けると思ったか！」

カディアスは一喝すると、オルガの身体から剣を引き抜いた。急に身体が自由になり、オルガは裸のまま、地に動物のように這いつくばった。振り返ると、カディアスが再度剣を頭上高く振り上げているところだった。先程とは違い、剣には神言は浮かんでいない。

カディアスがオルガにその剣を下ろそうとした瞬間、剣が弾け飛んだ。

力動によって飛ばされたのだと、オルガもすぐに気がついた。

「ユセフス……！」

力動が飛んできた方向を睨みつけたカディアスは、そこに立つ人物を見て、目を見開いた。

「父上……！　お願いします、お止めください」

息を乱しながら駆け寄ってきた人物を、オルガは渾《こん》身《しん》の力を込めて呼んだ。

「キリアス様!!」

オルガは、キリアスの様子に、自分の中の青雷が王によって封じられていた間、キリアスの自由も奪われていたのだろうと理解した。やっと動けるようになり、全力で走ってきたのだろう。肩で息を繰り返しながら、じりじりと父王との間合いを詰める。

「父上……その者を、お許しください。その者は、何もしておりません。どうか、落ち着かれて。話を、聞いてください」

「……キリアス……お前、なぜここに……!?　その格好はいったい」

カディアス王は、息子が神官の格好をして現れたことに、困惑した様子を見せた。だが、すぐ瞳に怒りを戻し、上空を浮遊する花を睨みつける。

「ユセフス！　どういうことだ！　キリアスを山へ追い払ったのはお前だろう！　キリアスまで巻き込んで、貴様何を考えている！」

「違います！　話を聞いてください、父上！　入山してすぐに、この者が青雷を宿していると知って、私が」

「その通り、この者は青雷を宿している。ゼドが勝手にやったことだがな！　だが、これが、これの親が何をしたか知っているか、キリアス。これの父親はな、先の先読を、ステファネスを殺したのだ！」

キリアスの顔が驚愕で強張るのを、オルガは目にした。自分に向けられる目が恐ろしく、それを目にする前にオルガは思わず顔を伏せた。非難であれ、蔑《さげす》みであれ、怒りであれ、それを見ることに耐えられそうもなかった。

「山の連中が、ガイまでもが、子供には罪はない、命ばかりは助けてくれと口をそろえたから助けてやったが、こうして勝手にコソコソと何かを企んでいるというのなら、もう許さん。これは、もともと生きてはならなかった子供だ。これが生まれたからこそ、すべてが狂った！　今ここで、俺が、あいつらの罪を、完全に絶ってやる！」

怒りに任せて激高する国王の声を、突き破るような鋭い声が、放たれた。

「ならばその罪とともに私もお絶ちください！　その者は、私の半神です！」

次の瞬間、水柱が空に向かって立ち、その姿は竜の姿を描いたのである。

◇◇◇

もうこれ以上何も聞きたくない。

何も、知りたくない。

王に向かってキリアスが何か叫んでいたが、オルガは耳を塞いだ。

心は、外界を遮断した。傷つくことを恐れて、キリアスさえも閉ざす自己防衛本能が働いた。

修行中も無意識のうちにこれを行い、何度か師匠のラグーンに注意されたことがある。キリアスの乱れた力動を受け止める修行をさせられ、力動の強さに耐えきれず間口を閉ざしてしまったのだ。

――自分の意思で閉ざすならともかく、無意識に閉ざしてしまったら、操者は精霊を操るどころか、お前を助けることもできなくなるんだぞ。

身を護《まも》る本能を操者への信頼へ変えろ。何度も、そう言われていたのに。

だが今、意識を閉ざしたと同時に目の前に広がったのは、現実世界ではない空間だった。

そこは、水の世界であった。

今自分が、水の中にいるのか、それとも水が自分にまとわりついているだけか、それさえも分からない。なのに、水の中にいては息ができないという常識が、なぜか、頭からこぼれ落ちている。

それもそのはずだった。オルガは、今まで感じたことがないほど満ち足りた、高揚した気分に包まれていた。胸いっぱいに息を吸い込めば、周りの水は嬉しそうに膨らみ、息を吐き出せば七色に輝いて弾ける。水が、意志を持って、自分に向かってまとわりついてくるのだ。オルガには、これらのきらきらと輝く水が、自分を本当に好きだということが十分に伝わっていた。

なんて幸せな世界！

美しさと、心地よさと、安堵感しかない、この世界は、決して自分を裏切らない。ここにいれば、一生守ってもらえるのだ。ずっと、ずっとここにいたい。この水たちと、戯《たわむ》れていたい。

〝……オルガ……〟

キリアス様！　キリアス様、ここに来て。ずっとここにいよう。ねえ、キリアス様、キリアス様なら、ここに来られるでしょう⁉

〝オルガ……駄目だ……まだ、俺には、無理……戻れ……戻ってこい……〟

キリアス様？

どうしてここにいちゃいけないの？

一緒にここに来て、外になんて出たくない。ここに来て、キリアス様。

〝オルガ……こっちに来い。俺のもとへ。俺は、そっちにまだ、入る、余裕がない、早く……〟

……キリアス様……？

キリアス様は、こっちに来られないの？

……こっちは、こんなに幸せな、世界なのに……。

「オルガ！」

何度呼んでも、オルガは目覚めなかった。

青雷が暴走しかけている。キリアスの力動を勝手に消費して動き、制御しきれない。

キリアスは、力動の調整ができず、生命力が奪われていくのを実感していた。

凄まじい勢いで、水は空に向かって渦を巻きながら立ち上り、それは次第に、ただの透明な水から、きらきらと七色の鱗《うろこ》を作り上げ、竜の姿を描き始めた。

「力動を抑えることだけに集中しろ、キリアス！　際限なく力動を引き出されれば、お前が死ぬぞ！」

ユセフスの叫ぶ声がするが、どうやって抑えたらいいのかすら、キリアスには分からなかった。自分の意志とは関係なく、抑え込もうとしても、身の内から剝がれるように力動が持っていかれる。

次第に、呼吸が荒くなり、酸素不足のような状態になる。身体全身で呼吸が始まり、死ぬ、と一瞬頭をよぎった。

オルガの声が、応じない。かすかに、自分の声が届いている気がするのに、間口を開けてくれない。

この状態には覚えがあった。わざと乱れた力動を依代に受け止めさせるという修行を、ジュドとラグーンに課せられたことがあった。

依代側は状況を恐怖に感じて門口を閉ざそうとする。オルガは年少なせいか、本能的に遮断してしまった。ラグーンに言わせればこれは無意識にやってはいけない行為だった。

この修行を、まだ克服していなかった。

どうしてもオルガは、身の危険を感じると門口を閉ざしてしまう。

それは未熟ゆえに仕方のないことだった。

だが今は、そう言っていられる状況ではない。

門口が開き、オルガと心が繋がらなければ、キリアスの力動で青雷を制御することはできない。青雷をオルガの中に戻さなければならないのに、オルガが、現実世界と繋がることを拒否している。

「オルガ……！」

いっそこのまま、お前に殉じれば、楽になれるだろうか。

青雷に、この力動の全てを吸いつくされて、ただの骸《むくろ》になってしまえば、お前は、原点に戻れるだろうか。

入山を果たしたあの初日に、俺に会わなければ、お前には別の未来があったはずなのに。

仲間と切磋琢磨し、友を得て、悩みを共有し、精霊師となる段階を一歩一歩急ぐことなく進み、いつか本当の、お前にとって真の半神を得ることができる未来が、確かにあったはずなのに。

すべて、愚かな俺のせいで、しなくてもいい苦労を、感じる必要のない苦痛を、お前に与えてしまった。

今なら、お前は、別の道を再び歩むことができるだろうか。

……オルガ。

お前が、光の中で、再び、笑っていられるならば。


黒土門付近は、今頃近衛兵が大騒ぎをしているだろうが、今この黒宮で起こっていることを、なんとかできる精霊師は一人もいないだろうとジーンは思った。

なんと言っても相手は神獣である。

ただ手をこまねいて見ているしかないのか。ジーンは隣のエルに嚙みつくように訊いた。

「エルさん、半神を心話《しんわ》（心の中で会話すること）で呼んで、精霊出せない!?」

「出せません。私の半神がいる場所から距離が遠すぎます。しかも私の精霊は、攻撃型なんですよ。攻撃型の最上位である青雷に太刀打ちできるわけがありません」

「文官なのに攻撃型なの!?」

ちなみにジーンも攻撃型である。遠く離れている半神は、心話すら届かない場所にいる。

ジーンが青宮へ目を向けると、青宮から飛び出すように出てきた侍従や女官が、神通門方面へ走る姿が見えた。

「青宮が……！」

エルが、中にいる王太子の存在を心配したその時である。

地面から、いきなり花が湧き上がり、あっという間に青宮全体を覆った。

「〝百花〟……！」

青宮から王太子を移動させるより、宮全体を花の結界で覆って守ったのだろう。

続けて信じがたいほどの量の花が、空を、地を、空間を覆い始める。赤、朱、黄、青、白、紫、色とりどりのまさに百種の花によって、世界が覆われる。目と鼻の先にいる互いの姿までが花に覆われるのだ。いったいこれはどれほどの花の量なのかと、ジーンもエルも絶句するしかなかった。

そして花は、いきなり螺旋《らせん》状に空に舞い上がり、水の竜の周りを覆うように、旋回し始めた。

花の量が少なくなったことで、ジーンは、この花を操っている人間と、そして、この花を出している人間の姿を見ることができた。

ジーンは、百花を出しているユセフスの姿に、言葉を失った。

文字通り、ユセフスの身体からとてつもない量の花があふれ出ているのである。手から、指先から、口から、髪から、目に鮮やかな花びらが無数に舞い上がる。そして最も目を疑ったのは、その背中から、白い翼が生えていることだった。その翼が緩やかに動き羽ばたきを見せるだけで、羽が空に揺れただけで花がこぼれ落ちる。

ジーンは、数多《あまた》の精霊の中で最も美しいと言われる〝百花〟の姿に、この状況も忘れて茫然とするしかなかった。

「……ユセフス様、操作まではできないとはいえ、王子が青雷を水の姿で抑えているということは、共鳴ができているのではありませんか？」

上空の水の竜を、追いかけるように花の輪がまとわりつくが、なかなか捕らえられずにいた。ミルドは上空を見つめながら両手を大きく広げ、安定した様子で立っていたが、次第にその額に汗が浮かんでくる。青宮に結界を張りつつ、竜の姿を追っているのである。力動のほとんどを使っているに違いなかった。

「これは共鳴とは言えん。キリアスも別に、青雷が暴走しないようにするために竜の姿ではなく水の姿に留めているわけではない。共鳴できていないから自分の力動で竜を顕現《けんげん》できんのだ」

「なるほど」

「王の怒りに触発され、キリアスはオルガへの気持ちが急激に膨らんだのだろう。瞬間的な力動の爆発だ。だがオルガは恐怖心から間口を閉ざしてしまっていた。傷つきたくない、だから相手を受け入れたくないという防衛本能だな。お前もさんざん俺にやられたあれだ」

「ユセフス様は意図的に行っていたじゃないですか」

ミルドは水で形作られる青雷を無数の花びらで的確に捕らえながら恨み言を口にした。ユセフスは杖を払い、身にまとわりつく花びらを竜巻のように飛ばした。

「結果、力動を発散できず、当然調整もできずにのたうち回ることになる。ラグーン師匠がここにいたら、操者の焦燥も、困惑も、あさましい欲望も、受け入れられずに何が依代だと叱咤するだろうよ。こんなものは共鳴とは言わん、突発的な激情とともに繋がっただけだ、とな。見ろ。オルガは身の内の心地よさに精霊の中に閉じこもってしまい、精霊は操者の制御がはずれ、キリアスは力動を吸い取られて虫の息だ」

そこでユセフスは、茫然としているジーンとエルに目を向けた。

「おい、そこの二人、ボーッとしていないで仕事しろ。エル、オルガの様子を見ろ。まだ目覚めぬか。ジーン、お前はキリアスの方だ。魔獣化しそうになったら教えろ」

二人は弾かれたように二手に分かれた。

エルは、裸で眠りにつくオルガに自分の上衣を絡め、呼吸を確かめた。正しい寝息で、単に眠っているだけの様子である。

ジーンは、土気色の顔で息も絶え絶えになっているキリアスを抱え起こした。汗という汗が体中から噴き出し、生命の危機を訴えている。

「キリアス様……！」

これでは、魔獣化してしまってもおかしくない。力動が意志に関係なく吸い取られ、死の淵に近づいていることを、おそらく誰よりもキリアスが感じているに違いない。

いつ魔獣化するか分からない状態の男を抱えても、ジーンは恐ろしさよりも必死で願った。

「キリアス様！　しっかり！　しっかりしてください！　力動、力動を……」

操者側には、もう何もできることはない。ジーンは歯を軋むほどに食いしばり、思わず絶叫した。

「オルガ!!　起きろ!!」

ユセフスは傍らに立つミルドに声をかけた。

「ミルド。お前まだ、神獣化できる力は残っているか」

ミルドは上空を見つめながら、ふと笑みをこぼした。

「力も何も、あなたがそれをしろと言うのなら、それに従うだけです」

ユセフスはミルドの額から顎へ、汗が滴《したた》り落ち始めた様を見つめた後、後ろを振り返った。

心ここにあらずといった様子で立ち尽くすカディアス王に、声をかける。

「キリアスが魔獣化したら、王の腰にさしてある結界剣で殺してください」

カディアスは、ゆっくりとユセフスに視線を向けた。

その視線に、ユセフスは一切の感情を浮かべずに告げた。

「キリアスが魔獣化したら、あの竜の水は毒の水となり、王宮全体に散らばるでしょう。百花だけでは魔獣を止められません。青宮と先読がすぐ近くにいます。なんとしても、守らねばなりません」

ジーンは、抱えていたキリアスの身体が、ビクビクと大きく揺れるのを感じ、思わずその身体を地に戻した。

首に筋が浮き上がり、腕に、額に、血管が浮き上がる。

そして表れた斑紋に、思わずジーンは絶望の悲鳴を上げた。

「キリアス様!!」

それが合図のように、ユセフスの身体が真っ白に発光したかと思うと、空間を覆っていた花は一つに集まり、大空に、白銀に輝く翼を持った馬の姿が現われた。

その翼は、次第に色を黒く染めていく竜を取り囲もうとするように、青い空に大きく広がった。

ガシャン、という音に、ジーンがその音のした方向を見ると、カディアス王が剣を引きずるようにしてこちらに向かってていた。

その瞳が、何を映しているのか、ジーンには分からなかった。ジーンは今まで、そんな瞳を、見たことがなかった。あまりに、あまりに深い闇しか、そこには映っていなかった。だが、その深淵の底に、わずかに光る何かがある。

おそらくそれは、一国の王たる者しか、見ることのない、光なのだろう。

その光に名をつけるとしたら、この国の未来というものなのかもしれない。

たとえ我が子を手にかけることになろうとも、王たるものが、目を逸らしてはいけない光なのかもしれない。

それでも、ジーンは、叫ぶしかなかった。

祈ることしか、できなかった。

次第に魔獣化しようとするキリアスの身体に覆いかぶさり、必死で願った。

「お願いします、殺さないでください！　殺さないでください!!」


オルガが異変に気がついたのは、虹色に輝いていた水が濁《にご》り始めたからだった。

陽光を映し出していた透明な輝きが失われている。

これはいったい、どういうことだろう。

「……キリアス様……」

オルガは、いつの間にか消えてしまったキリアスの声を求めた。

次第に澱《よど》み始めた水から離れ、〝外〟に意識を向けようとしたが、どうキリアスと繋がるのか、方法が分からない。

どうやるんだっけ？　いつも、どうやって間口を開けていたんだっけ？

困惑しながら周囲を見渡す。どんどん、水は濁っていき、その勢いが止まらない。オルガは訳も分からず不安になってきた。キリアスを、呼ばなければ。キリアスと、繋がらなければならない。

ふと、水の中に人影を見つけたオルガは、思わずそちらに意識を向けた。

「キリアス様？」

ゆらゆらと水の中に浮かんでいるのは、一人の、幼子だった。

白い衣を身に纏い、水の中に浮遊するその髪の色は、白。

そして、オルガを見つめてくる瞳の色は、赤だった。

オルガは、その二、三歳ほどの幼女を、じっと見つめた。

そしてなぜか、確信した。

これは、先読だ。

幼女の口が、ゆっくりと開く。黒々としたその口の中から、声が、勢いよく飛び出した。

〝オルガ!!〟

「キリアス様！」

キリアスの声だった。自分を呼ぶ、明らかに自分を求めているその声に、オルガは全身が粟立《あわだ》つのを感じた。

次に響いたキリアスの声は、自分の身の内から伝わってきた。

〝オルガ……オルガ、オルガ……俺の、半神〟

巡る血の中に、キリアスの声が響く。身体中の水分が、キリアスの声に反響する。細胞という細胞が歓喜の声を上げる。なんとも言いようのない快感が、全身を貫く。

あまりの幸福感に眩暈《めまい》を覚えながら、オルガは自分の身体をかき抱いた。中にある。中にいる。キリアスが、自分の中にいる。

これが、共鳴なのだ。全身全霊で相手を感じている。自分の全ては相手のもので、相手の全ては自分のものだという感覚。これが、唯一無二の世界なのだ。

「ああ……キリアス様……!!」

愛おしさのままに、体内を巡る相手を抱きしめると、水は、再び七色の光を宿し、激しく弧を描き始めた。

◇◇◇

オルガは、ゆっくりと目を開いた。

最初に映す光が、太陽のそれであることを、オルガは目を開く直前に分かっていた。

現実の世界に、戻ってきたことを。

「……オルガさん」

自分を覗き込むエルの顔が、疲労で力が削げたようになっている。オルガは、エルの腕の中で身体を動かした。エルが、身体を支えるように上衣をかけてくれた。

身体を起こしたオルガの目に飛び込んできたのは、仰向けに地に伏せるキリアスと、その身体に剣を向けているカディアス王の姿だった。カディアス王は、キリアスの身体をまたぐようにして立ち、剣先を顔に近づけたまま、身動き一つしなかった。その傍らで、ジーンが食い入るようにカディアス王の顔を見つめていた。

「……その者を、勝手に、半神にしたのは、私です。父上」

唇をかすかに動かしながら、剣を向ける父親に、キリアスは告げた。

「……この国のことも、何も考えようとせず、ただ、己の欲のみで、神獣を求めた結果です。王家に生を受けておきながら、私は、何一つ、知ろうとしなかった……」

瞳が、今にも閉じられようとしている息子を、カディアスは瞬きもせずに見つめ続けた。

「この愚かな息子を、お許しくださいとは、言いません……ですが、オルガは、オルガだけはどうか、あれに、未来を与えてやってください」

カディアスの瞳が、わずかに細められた。

剣がゆっくりと、キリアスの真上から外される。カディアス王は、息子の身体の脇に立つと、蒼穹《そうきゅう》を背に、王の声で告げた。

「キリアス、お前が操るのは、青雷ではない。鳳泉だ。王家に生まれた者ならば、王室に、この国に、その力動を使え」

キリアスは、静かに、限界まで開けていた瞼を、ゆっくりと閉ざした。

「……御意」

そんな息子の声を、カディアス王は背中で聞いた。

力強い足取りで、まっすぐに向かっていく先は、先読のいる神殿だった。

オルガは、エルがかけてくれた上衣で体を覆っただけの格好で、地に横たわるキリアスに近寄った。

土気色の顔は、まだ生気が戻らず、力動を搾《しぼ》り取られた有様は、まるで死人のようだった。思わずオルガはキリアスの頭を両腕で抱え、胸元に引き寄せた。

「……キリアス様……！」

オルガが身体を震わせながら、キリアスの額に自分の頬を何度も擦りつけるのを、ジーンは傍らで見つめるしかなかった。

ジーンがふと視線を上げてみると、同じように地に伸びている身体があった。こちらの操者は、死にかけるほどは力動を使わずに済んだらしいが、は、は、は、と、荒い呼吸を繰り返して力動を整えている。

「久々に神獣化したが、まだあれくらいの大きさを俺もお前も出せるらしい。参考になったな、ミルド」

淡々とそう言いながら声もない半神に近づいたユセフスは、地に膝をつくと、身体を屈めてミルドの顔にさらりとした黒髪を落とした。

そのまま重ねた唇を通して、力動を注いでいく。

通常、操者側は依代に力動を注ぐことができるが、依代は操者に自分の力動を分けられない。オルガも、ここまで弱っているキリアスに対し、力動を分け与えられない。

だが、神獣師は、これが可能だった。

わずかながら、依代も操者のように力動を動かせる。相手を助ける、という行為が可能になる。

「寝てろ、ミルド。……よくやった」

ミルドの荒い息が収まり、静かな寝息に変わる。その様子をしばし見つめていたユセフスは、音もなく立ち上がると、そのまままっすぐオルガの方へ近づいてきた。

一瞬ジーンは警戒したが、ユセフスの表情が、いつもの、感情を捨て去ったような、冷たさを浮かべたものではなかったことに、力を抜いた。ユセフスはキリアスを抱きしめるオルガの目の前で、片足を地につけ、オルガに諭《さと》すように言った。

「……まあ、あれで悪い人間ではないんだ。弟が生まれてしまったばかりに、母を失い、同時に父からも放置され、たった一人でこの王宮で、生きてきた人だ。王になるべくして生まれ、王になる運命を課せられ、他の道など、わずかも許されなかった。心優しい養父母に恵まれ、愛しんで育てられ、理解のある山の師匠らに出会えた俺らの方が、ずっと幸せだ。そう思わんか？」

オルガは、ユセフスの柔らかな口調に、堪えに堪えたものが、ついに決壊した。キリアスの頭を抱きしめながら、滂沱《ぼうだ》の涙を流す少年に対するユセフスの瞳は、変わらなかった。

「……お前は今日、真実を知った。だが、その真実は、まだ一片にすぎない。これからお前が、神獣師となる道を歩み続けるというのなら、今日よりもはるかにつらい真実を知ることになるかもしれん。それでも、その道を、歩み続けるか」

オルガは、穏やかな表情を浮かべるユセフスの顔を、食い入るように見つめた。

俺は、キリアス様の半神に、なれるでしょうか。

その言葉を、ユセフスに向けようとしたオルガは、口元まで出かかったその言葉を飲み込んだ。

未来は、人に訊くものではない。

どれほどその道が険しくとも、どれほどの苦しみが待っていようとも、自分の手で、選び取らねばならないのだ。なれるか、なれないかは、己の心一つにかかっている。

貫けるかどうかだ。その道を。これから先、目を背けたくなる事実が、現実が待っていようとも、それを受け入れる覚悟が自分にあるかどうかだ。

オルガは、腕の中の重みを、抱きしめた。

もし、彼が、自分を離してしまっても、自分は、絶対に、これを離すまい。

どれほど彼を苦しめて、悩ませることになろうとも、たとえ、彼にしがみつく力が指一本だけになったとしても、最後の力が失われるその瞬間まで、自分は、彼を、離さない。

「はい……歩みます。必ず……必ず、いつか、道が一つになれるまで」

あの美しい、真に共鳴する世界に辿り着けるまで、絶対に、この手を、離さない。

ユセフスは、穏やかな瞳に初めて笑みを浮かべ、オルガを見つめた。

「ならば聞け。お前の、父親の名を。名前と出自だけは教えてやれる」

ユセフスの瞳に、押し出されるようにしてオルガはその問いを口に乗せた。

「俺の、父親の、名前は……？」

「カザン・セグレーン・ヨダ・ミグ・アルゴ」

オルガは目を見開いた。セグレーン・ヨダ。アルゴ。ミグとは、次男を指す。それでは。

「……そうだ。アルゴ家の次男……つまり、ゼドの、弟だ。お前は、ゼドの甥にあたるんだ。お前が抱えているそいつと同じくな」

キリアスを抱えている腕が思わず震える。

……従兄弟《いとこ》、同士……。

血の繋がりなど、どこにも存在しないと思っていた。先祖との繋がりが、正名が何よりも重い意味を持つこの国で、いきなりぽつんと現れた存在だと思っていた。

だが、自分の名前は、正しく祖先と繋がっている証明だった。オルガ・ヘルド・ヨダ・ニルス・アルゴ。この名を、ゼドは、セツは、いったいどんな思いで付けてくれたのだろう。

オルガは、身の内に熱いものがほとばしるのを感じながら、再びキリアスの頭を強く抱え込んで、慟哭《どうこく》した。

ユセフスは立ち上がると、漆黒の上衣を翻し、力強い足取りで神通門へと向かった。

その凜とした背中は、カディアス王のそれと、酷似していた。

◇◇◇

青雷の殿舎にキリアスを運び医師を呼んだが、カドレアは休息するしかない、と言った。

「ご存知でしょうが、力動の乱れも喪失も、医療では治せません。他に外傷などもありませんし、身体を休めて回復するしか方法はないかと。……それよりも、オルガさん、依代であるあなたの方が、休まねばなりません。本来、依代の回復も、器の状態を確認するのも、操者の仕事です。操者が目覚めるまでは、あなたも絶対に動いてはならないのですよ」

ジーンにもきつくそう言われたが、安穏《あんのん》と休んでなどいられない。この一連の騒ぎのせいで、普段は人気がない外宮の方にも近衛兵や役人が行ったり来たりしており、落ち着かない状態だった。

「オルガ。身体を一刻も早く回復させられるようにするのも、精霊師の大事な仕事なんだぞ」

ジーンの言葉に、オルガは仕方なく頷いた。まだ睫《まつ》毛《げ》一つ動かさない、蒼白なままのキリアスの顔に、自分の頬を寄せる。

先程キリアスが、王に告げた一言をオルガは思い出していた。

お前が操るのは、青雷ではない。鳳泉だ。そう言われて、キリアスが返した言葉を。

――御意。

キリアスが絞り出すように答えた言葉に、どんな意味が込められているのか、オルガはその事実を見据えた。

共鳴はしたと思ったが、これは完全な共鳴ではない。操者が死にかけるような状況ではとても正戒など授けられないと師匠らは言うだろう。

だがこの先、修行して青雷の正戒が許されるほどになったとしても、王がキリアスに許す神獣は、鳳泉である。

神獣を授けるのは王命、神獣を正戒するのは王である。

この国最高位の神獣・鳳泉を宿し、共鳴しなければ、キリアスの半神にはなれないのだ。

あと一年。十六歳になったら、この身に宿る青雷は自動的に外れる。

人が敷いてくれた道がなくなる。オルガは未来を見据えた。そこからどう生きるか、答えは、決まっていた。

オルガは顔を上げ、瞳を閉じたままのキリアスの手を取った。

……目覚めた時に、青い瞳が、自分を見つめてくれるかどうか分からない。

この肌に、この息に、触れることができるかどうかも分からない。

人を、求めるということは、これほど苦しく、恐ろしいものだったのか。

保証のない未来に、それでも必死で手を伸ばして、皆、たった一人の手を、求めようとする。

その心なしに、唯一無二など、手に入れることなどできないのだ。

「……キリアス様」

この先、永遠に求め続けるであろう男の手を、オルガは最後に強く、握りしめた。

◇◇◇

夜、人けのなくなった青雷の殿舎に、一羽の青い鳥が舞い降りた。

『……そうか。ユセフスが、オルガを王に目通りさせてくれたか』

ゼドの声を出した青い鳥は、ジーンとミルドが立つ近くの樹で羽を休めた。

「生誕の儀にかこつけて、キリアス様を呼び出したのかと思ったら、目的はオルガの方だったんだな。おかげで久々に百花を出す羽目にまでなった」

一晩寝ただけで力動を回復させたミルドは、やれやれとため息をついた。

「だがゼド、王の心はオルガを許せたわけではない。オルガが、鳳泉の依代になれるという保証もない。なんと言っても、鳳泉だけは特殊だ」

『分かっている』

ここから先は、誰も読めない未来だろう。ジーンは、考え込むように黙るミルドと青い鳥を見比べることしかできなかった。

『だが王が、オルガの存在を知ってくれただけで一歩前進した。少なくとも、この国に関わろうとしていることを知ってくれているのといないのとでは大きな違いだ。この方法でしか、目通りは叶わなかっただろう』

ゼドの言葉に、ジーンは首を傾げた。

「なぜ内府は、それをやろうとしてくれたんでしょうね。今思えば、書院に連れていってくれたことも内府の考えでしょうし、オルガに、この国について何かを教えようとしていたと思うんですが。オルガを、鳳泉の依代にと望んでいるからこそじゃないんですか？」

『鳳泉の依代だけは、我々の判断の及ぶところじゃない。あれは、あれだけはこの国の神が選ぶ存在としか思えない。……先読のようにな。ユセフスも、そこまでは考えてはいないだろう』

ゼドは鳥の姿で軽く頭を振った。

『……オルガを、自分と重ねるところがあるんだろうよ。あの男の王室への忠誠は、自分が生まれたがゆえに王室が狂い、全てが歪んだと思っているからだ』

そこでゼドはため息をついた。

『ユセフスを生んで王妃が亡くなった後、自暴自棄になった先王は執政を放棄し、先読と繋がることすら拒否した。当然王宮は荒れ、先読も狂い死ぬという事態に陥った。カディアス王の御代になってからも、当時の混乱をずっと引きずることになった。ユセフスは、自分が生まれていなかったら、今のこの状態まで酷くはならなかっただろうと思っている。……馬鹿なやつだ。それを言うならば、明らかにこの国に背いた俺が、一番の原因だろうに……』

ユセフスが忠誠ならば、ゼドは責務でこの国のために動いている。

一見真逆だが、根本は、この国に対する贖罪《しょくざい》なのだろう。


ゼドと違いユセフスは、抱えなくてもいい贖罪だ。

だが人間は、どれほど愛されて育ったとしても、生きていく上で目を逸らせない何かがあるのだろう。

目を逸らすことは、自由だ。だが、ユセフスは逸らさなかった。そして今、目を逸らすことも許されない未来を進もうとしているオルガに、なんらかの道を指し示してやりたくなったのかもしれない。

ふと、ミルドが顔を上げた。

つられてジーンがその顔を見ると、ミルドの顔にたちまち喜色が広がった。

あまりに分かりやすすぎて、赤面するほどの表情に、ゼドが青い羽をひらひらと舞わせた。

『ほら、早く行け。全く、珍しいこともあるもんだな、あいつの方からお前を呼ぶなんて』

ゼドの言葉を最後まで聞かず、ミルドは百花の殿舎に向かって駆け出した。

その後ろ姿を見送ったジーンは、樹の上の青い鳥を振り返った。

「ゼド様、どうしても俺には分からなかったんですが、なぜ、一つ下にイーゼス様がいたのに、内府の半神はあえて禁忌の乳兄弟になったんでしょう？　正直、半神同士を結びつけるのに、相性なんて関係ありませんよね？」

『さあな』

バサバサと鳥は羽ばたきしてみせた。

『まあ、一つだけ分かったのは、ミルドは変わらなかったということだ。あいつは、何度拒絶されても嫌悪されても、ユセフスへの想いが翳《かげ》ることはなかった。見事なまでにな。ならば禁忌を越えたのはミルドの一念か？　俺は、そうではなかったと思う。ジュドとラグーンがあの二人を半神と決めたのは、ユセフスが、変わったからだと思う』

「乳兄弟に対する嫌悪が、愛情に変わったと？」

鳥は、胸を大きく膨らませ、頭をそこに埋めた。そんなに簡単なものではない、というように。

『……五年前、先読浄化を行ったのは百花だった。俺は、ユセフスの方の介添人に選ばれた。百花は、風を操る神獣だが、その花の香りで人を惑わせ、その花は時に人を死に至らしめる。この精霊の最大の力は、催眠だ。数万の人間を、催眠状態に陥らせることが可能なんだ。この間の紫道の時と同じように、五年前百花も宵国に引っ張られ、戒が解けかかって魔獣化しそうになった。その時あの美しい神獣が、何をやったと思う。眠らせたんだ。その花の香りで、王宮内の人間を全員。浄化をしなければならないミルドを含めて、介添人の俺もな」

ただ一人、宿主であるユセフスを除いて、だ。

『あいつは、たった一人で、二刻（二時間）の時を耐えた。依代は、操者がいなければ絶対に神獣を操作できない。精霊が魔獣化しないように、ひたすら自分に繋ぎとめることしかできない。その究極の方法が、クルトが用いた血戒だ。だが、あいつは足をやられようが、死の際に立とうが、絶対に血戒だけは使わなかった。気が狂いそうな二刻もの絶対的な孤独の中で、ひたすらミルドに起きるように呼びかけ続け、それに気づいたミルドが目を覚まし百花を動かすまで、たった一人で耐え抜いた。……分かっていたからだろう。血戒を使えば、必ずやミルドは魔獣化する。あれは、その執着ゆえに、ユセフスの死に耐えられん。ミルドよりも先には、絶対に死なない。ミルドを、魔獣化させない。それが、ユセフスが己に課した覚悟だ。あの執着ゆえに、いつ魔獣と化してしまうか分からぬ半神を救えるのは、自分しかいないという覚悟を持ったからだろう』

子供の時から、自分よりも何よりも、この王国を優先してしまっていた。

そんな人間が、最終的に選び掴んだものは、無条件で盲目的に自分を愛してくる者を、守ることだった。

そこまで語ると、ゼドは空高く羽ばたいて去っていった。

◇◇◇

ミルドが、百花の殿舎に駆け込んでくる音が聞こえた。

ユセフスは、寝台の上に腰を下ろしながら、かすかに開けた窓から見える月を見つめた。

五年前、先読浄化を行い、片足はもう動かすことも困難になると言われた。寝台の上に括《くく》りつけられ、身動きできない状態の時に、一人の供《とも》もつけずにカディアス王が見舞いに来たことを思い起こした。

……兄上。

その時、ユセフスは、生まれて初めてカディアス王に、そう呼びかけた。

兄上、俺は、少しはこの国のために役に立つことができたでしょうか。

カディアスは、寝台の上の弟をしばし見つめた後、言った。

……そんなことを、考えていたのか？　……馬鹿だ、お前は。

ユセフスは、瞳を閉じた。耳に残っている、兄王の掠れた声を流す。

今、もうすぐ、自分を、ただひたすらに求める声が、全身に響き渡るはずだった。

たとえ何があろうとも、自分を満たし、求めてくれる唯一無二の声が。

「……ユセフス様！」

……ご命令を、王。

私は、王家のために生まれた男です。

私がこの命を、そのために全《まっと》うできるように、神はあのような半神を私に授けてくれたのでしょう。

これほど我儘に己の道を通す私に添ってくれる、唯一無二の、男です。

私の、ミルドは。

永遠の時空

千影山に入ってすぐ、セツは迷子になってしまったことに気がついた。

王都の街中で育ち、山に登るのは初めての経験である。木霊らしき精霊らが足元にまとわりつき、こっちだよ、こっちだよというように道案内をしようとしているが、それを信じていいか分からない。セツの認識では、精霊は全て人を騙《だま》すものだった。

「ギャア〜」と、奥の方で声がした。誰かを騙したのだろう。木霊らが大喜びしながら木の間をすり抜けてくる。

道を指し示しながら木霊が荷物を引こうとするが、疲労と足の痛みからセツは切り株に腰を下ろした。

周囲の木々は、太陽の光を遮るほど高く伸びており、刺すほど強い陽光は届かない。だが、初夏の山中の蒸し暑さは話に聞いていた以上だった。セツは額の汗を拭い、大きくため息をついた。

途方に暮れていても仕方なかった。この国では、斑紋を所有する限り、修行をしなければならない。もう精霊避けの護符程度では、身が守られなくなっている。

木霊らが足元にどんどん増えてくる。立ち上がろうとした時、セツは人の気配を感じた。振り返ると、そこに同い年くらいの少年が一人立っていた。

少年も、木霊に誘導されて来たようだった。木霊らが少年の衣服を引っ張っている。

少年が驚いたようにこちらを見ているので、セツはあたりを見まわした。いつの間にか、木霊が湧くようにわらわらと集まってきている。

これでは薄気味悪いだろうと木霊を手で払うと、木霊らはスポスポと樹に戻っていった。

「木霊に、いたずらされたの？」

セツは少年に問いかけたが、少年は返事をせず黙ったままセツを見つめていた。なんだろう、まだ変な木霊がついているのだろうかとセツが周りを見渡すと、少年は口を開いた。

「木霊は依代には優しいんだよ。操る側の操者は嫌いだけどね。君は今、懐かれていたんだよ。君の様子を心配して、木霊らは俺をここに呼んだんだ」

ポカンとしていると、少年は初めて微笑んでみせた。

「依代だろ？」

「若！」

息を切らしながら男がやってきた。なんと、従者つきかとセツは驚いた。貴族制がないこの国では、子供に従者がつくのは相当の資産家だけである。

「ああ、すまん。ダダ、お前はもう王宮に戻っていい」

「しかしそういうわけにはいきません。ゼド様が入山なさることは、もう通達してあるのですから」

「いや、これから先は従者は入れないらしい。お前がいると、山は侵入をかえって拒んでくるだろう。逆に危険な目にあわせる。すまんな、ダダ。ここで引き返してくれ」

ゼドと呼ばれた少年は、おそらくセツと同じ十四歳だと思われるが、人に何かを命じるのに慣れていた。従者はまだ渋る様子を見せていたが、仕方なさそうに地に片膝をついた。

「分かりました……では、お父上には無事入山されたとお伝えしておきます」

「ああ、頼む」

従者が去ると、木霊らはまたポンポンと飛び出してきて、セツとゼドの周りをきゃわきゃわと喜んで回り始めた。

少年の話では、操者は嫌われる、とのことだった。それでは、この少年も依代なのだろうか。

「君、依代なの？」

セツの質問に、ゼドはニコリと笑ってみせた。

「どっちもかな」

「え？」

「名前、聞いていい？　俺はゼド・アルゴ」

「……セツ。セツ・オルガ」

「セツ、俺も斑紋があるんだけどね、人に見せるなって言われてて、比べたことないんだよね。どの程度なのか、君のを見せてもらえるかな。俺のももちろん見せるから」

セツは自分の斑紋が大きいのは自覚していた。家が商家なので、特に隠されていたということもある。

精霊を宿す大きい斑紋の持ち主は、嫉妬される恐れもある。客足が遠のくのを恐れて、両親はそれを絶対に外に漏らさなかったのだ。

そのため、セツも誰かと斑紋を比べたことはなかった。学校で比べ合っている子供たちを見て、どうも斑紋の大きさが人と違うようだと思っていた程度だ。人の斑紋の大きさに興味を持つ気持ちは分かる。

「そっちも見せてよ？」

「うん。約束する」

どうせ入山すれば、斑紋の大きさなど隠しようがないだろう。セツは着物の帯を解き、服をたくし上げ、背中を見せた。

セツの斑紋は、脇腹から背中にかけて、左側ほとんど全てと言ってもいい。

三分の一は腰から下に広がっているが、ズボンの中に隠れている。

ゼドは真剣な目でそれをじっと見つめていたが、いきなりズボンに手をかけ、尻が半分出るほどに下げたので、セツは驚いて飛びのいた。

「ひゃっ！」

「あ、ゴメン」

セツは真っ赤になって着物を直した。どこのお坊ちゃまか知らないが、非常識すぎる。

「……しかしすごいな。そんな斑紋初めて見た」

ゼドの言葉に振り返ると、ゼドは大人びた表情でこちらを眺めていた。

「次、そっち見せて」

「俺は、操者だから」

はい？　とセツは首を傾げた。

「だって、木霊に嫌われてないよね？　操者だと嫌われるんでしょ？」

「うん。まあ、俺はどっちも可能なんだよ。けど今、操者になるって決めた」

何がなんだか分からず首を傾げ続けるセツに、ゼドは微笑んでもう一度言った。

「俺は、絶対に、誰よりも強い操者になる」

その笑顔に、セツは反対方向に首を傾けるしかなかった。妙に大人びている様子だが、何を考えているのかよく分からない。

セツは荷物を抱えなおした。もうそろそろ歩き出さないと、夜になってしまう。ゼドが手を取れそうな位置にまで近づいてくる。

「一緒に行こう。あっちに着いたら、すぐに操者と依代は別々にされちゃうから」

「どうしてそんなこと知ってるの？」

「知り合いに聞いた」

ゼドは木霊らの導きに素直に従い、どんどん先に進んだ。木霊に騙されているとはみじんも思わないのだろうかとセツが不安になるくらいだった。へー、そお、お前らも大変だねー、と木霊と会話すらしている。

「木霊が何を言っているか分かるの？」

「え？　君だって分かるよね？」

「若干伝わってくるけど、それが本当の言葉かどうか……木霊《ことだま》の言霊は拾った人間の言葉を繰り返しているだけだって教えられたけど」

「繰り返すだけの言葉でも、そこに意思がこめられていたら立派な言語だよ。な、お前ら」

きゃわっきゃわと木霊らがゼドの周りを喜んで飛び跳ねる。

不気味としか思えなかった木霊が、セツの目にも可愛らしく映った。

これからどんなことが行われるのか、不安しかなかった心に、風が吹いたようだった。呼吸するのも難儀《なんぎ》に思えた周囲の空気が、爽涼《そうりょう》に感じる。不思議と、足の痛みも気にならなくなっていた。

「途中で君に会えてよかった」

思わずセツが呟くと、前を歩くゼドが振り返った。

「俺も」

ニッコリと笑みを浮かべるその顔を、まじまじとセツは見つめた。ゼドの顔がまた前を向く。

「修行場だ」

突如、太陽の光があふれ出る。

山の中腹だというのに広々とした空間が開け、そこには大きな建物があった。

◇◇◇

ゼドの言う通り、道場に辿り着いた子供たちはすぐに操者と依代を分けられた。

班紋を見せて確認するのかと思っていたら、違っていた。木霊のようにふわふわと漂う小さい精霊を当てられただけである。

これで何が分かるのだろうとセツは疑問に思ったが、目の前に座る白髪を一本にまとめた女性はセツの中に吸い込まれていった精霊をじっと見つめ、わずかに視線を上げた。かなり年齢を重ねているように見えるが、眼光は鋭かった。

「気分は？」

セツは一瞬返答に詰まったが、後方にいるゼドが代わりに答えた。

「このくらいの精霊なら吸い込んだ自覚すらありませんよ。ね？　セツ。気分悪くなったりしてないでしょ？」

器が小さいと、この程度の精霊が通っても気分が悪くなっちゃうんだよ、とゼドは続けた。

器って何？　とセツは尋ねようとしたが、セツの前に座る女性が先に言葉を紡いだ。

「君が摂政《せっしょう》殿の若君ね。話には聞いていたけど、どっちも可能そうね。君の処遇については今裏山に確認中だから」

「操者に」

女性の言葉を遮って、ゼドは宣言するように言った。

「俺は操者の修行しかしません。裏山のお師匠らにそうお伝えください」

ゼドの顔には微笑みがあり、口調も穏やかだったが、まるで喧嘩を売るような言葉に聞こえた。

女性は腕を組み顔をしかめていたが、大きくため息をついて声を張り上げた。

「アンジ！」

別の列で子供たちを見ていた男が立ち上がり、近づいてくる。

「はい、総責」

「神の獣が現れたと裏山に伝えなさい。マーサも呼んで」

アンジと呼ばれたまだ若い男が、ゼドに目を向ける。

「話のあった、摂政様のご長男ですか」

「こいつじゃないわよ。こいつは別にいいのよ。すぐ裏山にぶん投げるから」

セツは、総責と呼ばれた白髪の女性の指先が自分に向けられるのを見た。

だが女性の射貫くような目は、後ろに立つゼドに向けられていた。

「覚えておきなさい。弦と器なら器の方がはるかに貴重。裏山の判断次第ではその身体、器になるかもしれないわよ」

「ならば誰よりも強い操者になるだけの話だ」

千影山総責・ネスティに言い放ったゼドの顔にはやはり微笑みが張りついていたが、言葉は、何かに挑むような力強さを隠さなかった。

アイクはせっかく食べた昼食を吐いてしまっていた。床に横になったまま、ため息をつく。

「久々に体術の時間だったからなあ……身体を動かすと分かっていたらあんなに食わなかったのに」

アイクはやせ細った自分の腕を撫でた。

「けど、先生たち、俺の胃腸が激しい運動に耐えられるかどうか調べるために、科目をわざわざ変更したな」

アイクはセツと同い齢だが、十三、四歳くらいの体躯である。

幼い頃から親に放置され、まともな食事を与えられずに育ったらしい。そのせいか栄養失調になり、食べても太らない体質になったという。消化の機能が弱いのだろうと教師らは言っていた。

裏山では身体の虚弱さなど考慮してくれない。食事量を増やし力をつけなければ裏山には行けないとアイクはさんざん忠告されていた。

「けど俺は戻れる場所なんてないからさ。孤児院だって戻ってこられても困るだろうし。学もないのにこの身体じゃ、精霊師にならないとまともに生きることすらできない」

アイクは自嘲気味に嗤い、己の腕を摑んだ。

◇◇◇

表山で修行する操者と依代は、顔を合わせることはない。

体術を学ぶために演習場に向かう時や、食堂や風呂場を利用する時など、山の教師陣は気配すら感じさせないように気を遣っていた。

それはさほど難しいことではなかった。入山後一ヶ月には、修行者は両手で数えられるほどしか残らなくなる。

そこから一人、また一人と脱落していき、入山二年目の十六歳になると、表山での査定はほぼ終わっている状態と言われている。

「あとはもう、裏山での修行に耐えられるかどうかの話ってわけ」

十六歳の時点で、セツと同じ時期に山に入った同山修行者の依代は一人だけになっていた。

「大丈夫か、アイク」

「だから誰が相手だろうが文句言える立場じゃねえけどな……俺の相手は気の毒だと思うが」

アイクはそこで空を見つめていた視線をセツに向けてきた。

「セツ、お前は美人で、才能があって、斑紋もでかくて、誰からも求められるだろう。だがそれは、自分の意思は通らないってことだ。こいつだと定められたらもう逃げられない。それが、神獣を宿す器だ。選択を間違えたらそのつらさは精霊師の比じゃない。表山にいる間は、絶対に操者に目を向けるなよ」

アイクの忠告は、表山の教師らからすでに言われていることだった。

接触してはならない。何を言ってきても耳を塞ぎなさい。目を逸らしなさい。

コン、と窓に何かがぶつかる音がした。

外には風もないのに。胸騒ぎを抑えきれず、セツは立ち上がり窓辺に寄った。

窓を開けると、そこには誰もいなかった。だがセツは目を凝らした。小石を、力動を使って飛ばしてきた人物が木々の向こうにいるはずだ。

「セツ、駄目だ、窓を閉めるんだ」

アイクが床から上半身を起こし、咎めてくる。それを理解しながらも、セツは窓からわずかに身を乗り出した。

「セツ」

呼びかけてきた声の主は、窓の上にいた。

壁に両足の裏側だけをつけ、立っている。力動だけで壁に足を固定しているのだろう。

ゼドはニコリと笑ったかと思うと、セツに手を伸ばしてきた。

ゼドは入山早々に裏山の預かりとなった。十四歳から裏山にいる師匠連中から手ほどきを受けるなど、いくらなんでも無理だろうと山の教師であるアンジとマリスは顔をしかめたが、半年も経たないうちにそんな心配は無用だと知ることになった。

山の教師らを悩ませたのは、ゼドが自らに小さな精霊を授戒し、時空を超えて表山に来てしまうことだった。千影山管理者のマーサは、異物が結界を通り抜けるとすぐに察する。そのたびにこっぴどく叱られる羽目になるのだが、ゼドは表山に来るのを止めなかった。

何度怒られても、仕置きを与えられても、わずかな時間でもゼドが会いに来る相手が自分だと分かったら、好意を向けられていると嫌でも気づく。

だがそれは、受け入れることのできない好意だった。

「ゼド、駄目だよ。今度、総責やアンジ先生たちに知られたら下山させられるかもしれないよ」

セツがそう訴えても、ゼドは微笑んだまま手をもっと近づけてくる。セツが首を振ると、ゼドの足が壁面を歩いてきた。

部屋の中にはアイクがいる。アイクの姿を、ゼドに見せるわけにはいかない。操者と依代を接触させてはいけない。

セツは窓の外に上半身だけでなく、窓枠に足がかけられるほどまで身を乗り出した。

ゼドの腕が身体に巻きつき、横抱きにされる。そのままゼドの身体が落下するのに気づき、セツはゼドの首にしがみついた。

「セツ！」

アイクの声を聞きながら、セツは思った。

頼むアイク、先生たちにはすぐに分かってしまうだろうけれど、まだ、俺がいなくなったことは話さないで。

◇◇◇

ゼドがセツを連れてきた場所は、朽《く》ちかけた丸太小屋だった。

「たまたま見つけたんだけど、ここの空間は時空の歪みが生じているんだよね。千影山にそれは何ヶ所かあって、その都度《つど》総責が直しているのは知っているんだけど、また亀裂が生まれるんだな」

完全完璧なものなんてなかなか存在しないんだね、とゼドは小屋の扉を開きながら言った。

「ひどいところでごめんね。でもここなら、ちょっと時間が作れると思って」

木が朽ちた箇所からわずかにこぼれてくる日光が、ゼドの身体を部分的に浮き上がらせる。

「この間師匠にこっぴどく怒られて、会いに来られなかったから……」

セツは無言のまま立ち尽くしていた。

無理矢理連れてきたことをセツが怒っていると思っているのか、ゼドは何度もごめんね、と繰り返した。だがセツの胸には、そんな謝罪の言葉など響かなかった。

「ゼド、さっき、部屋の中にいる子、見た？」

「え？」

「アイクっていう、俺の同山者。身体が細すぎるけど確実に精霊を宿す斑紋はある。見た？」

「ああ……操者側には俺と同い齢でジュードって奴がいるんだけど、多分そいつの……」

「見た？」

強い口調でゼドの言葉を遮ったセツは、自分の口調に思わず口を押さえた。

なんだこの言葉は。

「もう、表山に来ないでよ。本来、依代と操者は顔を合わせることすら禁止されているんだよ。他の、他の依代とばったり会ったりしたら……」

こんなことは言いたくない。言ってはいけないのに、口を覆う指の間から言葉がどんどんこぼれ落ちてくる。

「アイクがゼドを見て、この操者がいいって思ってしまったらどう責任取るんだよ！」

先程、アイクの姿をゼドに見せるわけにはいかないと窓の外に身を乗り出した。

アイクの姿をゼドに見せたくなかったからだ。

自分以外の依代を、目に入れてほしくなかった。

「俺みたいに、なっちゃったら……」

塞ごうとしても、ゼドの声を、ゼドの出す音を拾おうと耳を澄まし、逸らそうとしても、ゼドの姿を捕まえようと目を凝らしてしまう。

何を言われようと、もう遅い。

両手で顔を覆いかけたセツは、その手をいきなり摑まれて驚いて顔を上げた。

目の前に、ゼドの顔があった。

壁の破損した箇所から差し込む光が、ちょうどゼドの瞳を浮かび上がらせていた。

そこにあったのは、強烈なほどの、欲望だった。

見開かれた瞳が、欲望の熱でわずかに赤く染まり、潤んでいた。

その目に射貫かれた瞬間、セツの身の内を走ったのは、恐怖だった。

もう、これで、終わってしまう、という恐怖。

この欲望に包み込まれたら最後、どれほど嘆いても、苦しんでも、戻れることはあるまい。

熱の塊のような口づけが落ちてくる。

セツは瞳を閉じ、震えながら、熱が己の唇を、口内を這うのを感じた。

抵抗もできぬまま、ただされるがままになっていた。顔に熱が広がっていき、やがて自分のすべてを覆いつくすであろう予感に、震えるしかなかった。

ふと、熱の塊が顔から離れるのをセツは感じた。強く抱きしめていた腕から急に解放され、セツは一瞬身体がよろめいた。

ゼドはセツから一歩離れ、顔をわずかに背けてため息とともに告げた。

「……ごめん」

ゼドはセツの手を引き、丸太小屋から出た。

そしてセツの後ろに立ち、林の中を指した。

「……ここにいて。もうすぐアンジ先生が君を探しにここに来る」

セツが振り返った時には、もうゼドの姿はそこにはなかった。

◇◇◇

それから三日後、セツは千影山総責・ネスティに呼ばれた。

「セツ、あなたは裏山に行くことになりました。これから神獣を宿すにあたり、どれほどの器か見極めたいとのお師匠らの希望です。ただしこれで神獣師になれるという保証はありません。どの神獣も宿す器にあらずと判断されたら、精霊師の修行をすることになります」

ネスティの説明をセツは俯きながら聞いていた。

「神獣師の資格なしと言われるならまだいいのよ。あなた、ゼドの半神になれないのなら精霊師になれなくていいと思っているでしょう」

その言葉に、セツは思わず顔を上げた。ネスティはいつものように厳しい表情をしていたが、瞳は慈悲に満ちていた。

「けどね、神獣を宿せと言われたら、拒否はできないのよ。ゼドは今、鳳泉の操者にと皆に望まれている。けどあなたは、おそらく鳳泉を宿せるほどの器は持っていない」

鳳泉。この国最高位の神獣。

──俺は、絶対に、誰よりも強い操者になる。

最初に出会った時のゼドの言葉がセツの頭に蘇《よみがえ》った。

「誰よりも強い操者に、確かにゼドならなるでしょう。けどね、だからと言ってあなたを選べるとは限らないの。神獣の宿主を決めるのはこの国であり、王なのよ」

セツは、自分の手を握りしめてくるネスティの手に目を落とした。私はね、と紡ぐ声がわずかに震える。

「裏山の決定で別れさせられた修行者たちを知っているる。もうあんな目には誰にもあわせたくなかった。だから、あなたにもゼドにも忠告したんだけど……」

ネスティの瞳に浮かぶものを、セツは見つめた。

この山で、何人もの子供たちの将来を願い、祈り、そして送り出してきた千影山の主の瞳を。

「……あなたは、心に決めてしまったのね、セツ」

セツは無言のままネスティの瞳を見つめ続けた。ネスティの慈愛に満ちた瞳が、鋭いものに変わる。

「国の意思に逆らうということは、この国の未来も運命も狂わせるということ。その覚悟があるのなら、突き進みなさい。どんなことがあっても、半神の手を決して離さずに」

セツはただ、未来を見据えるように、ネスティの瞳から目を逸らさなかった。

◇◇◇

管理人マーサの身に宿すという方法を用いてまで、強力な結界を張り巡らせているこの千影山になぜ時空の歪みが生じるのか、セツには分からなかった。

完全完璧なものなどない、というゼドの言葉を思い出す。

「セツ」

同じ齢なのになんでもできてしまう男は、予想通り簡単に時空の歪みを通り抜けてきた。

おそるおそる小屋に入ってきたゼドを、セツは見つめた。

先日ここで別れて以来、ゼドはもう表山に来なかった。

「まさか俺に呼び出されるとは思わなかっただろ？ネスティ総責の出す合図に、ゼドならすぐに気づくと思った」

ゼドは何がなんだか分からないという表情をしていた。それもそうだろう。今まで表山に来るなとさんざん叱られていたというのに、こっそり道を用意されたのだから。

「俺が総責に頼んだんだ。明日、俺は裏山に入ることになった。そこでどんな命令が下されるかは分からない」

ゼドの表情が引きしまる。その顔に、セツは口早に続けた。

「国の事情も、王宮がどうなっているのかも、俺には分からない。摂政を父親に持つお前なら察するところがあるんだろう」

「セツ、俺は」

「だが俺はお前以外を半神にするつもりはない」

身体が震える。

なぜこの道を選ぶのか、何度も何度も自分に問いかけた。

本来臆病な自分がなぜ、この先、何かを狂わせるであろう道をあえて選ぶのか。

それでも、たった一つの答えだけは、消せなかった。

「……だからここで、俺を、おまえのものにしてくれ」

言葉が終わった瞬間、ゼドの腕の中に引き寄せられていた。

この前以上に熱を帯びた口づけで唇を塞がれる。

もう、震えはなかった。身体を確かめるように手を這わせ、布の下の肌に触れてこようとするゼドにしがみつく。

「ゼド……ゼド、俺の腰袋の中、香油、入っている、から……」

決死の想いで口にしたとたん、セツは足の力が抜けた。ゼドがその身体を支え、再び深く接吻《せっぷん》してくる。

背中を、腰を支えられたまま、セツは床に座り込んだ。

服をほぼ脱がされ、腰帯が巻きついただけの状態となる。香油が背中を滑るゼドの指先とともに尻の割れ目に伝う。セツはゼドの首にしがみつきながら、指先が、香油が、次第に深く、深く入っていくのを感じていた。

自分でも触れたことのない箇所に異物が押し入り、内臓が圧迫される。

もしも裏山で精霊を共有し、繋がることができたら、こんな痛みは、苦しみは、感じなくてもいいのに。

なぜ自分たちはわざわざ、肉体だけで繋がることを望むのだろう。

ゼドの指が何本になっているのか、セツには分からなかった。圧迫感だけを与えていた指が、次第に快楽を生んでいく。陰茎を擦り上げてくるゼドの左手と、孔《あな》を突き上げる右手の指先が呼応する。突き上げてくる快感に、セツの口からは抑えきれない嬌声が漏れた。

指が孔から抜かれ、代わりにもっと硬く太いものが侵入してくる。

突き上げられるような圧迫感は、指の比ではなかった。

先程までの快感は去り、再び息が詰まるような苦しさに変わる。

だがその律動は、次第に、セツの最奥《さいおう》を溶かしていった。

「はぁっ、あっ、あぁっ、んんっ、ああ、ああうんっ」

再び口から声が漏れだす。

ゼドの動きに全て委ね、生み出される快感に身を投げ出す。

身体も心も溶けていく感覚の中で、セツは思った。

この時空の歪みの中に、永遠にいられたらいいのに。

国も、神獣も、未来も、何からも自由な二人だけの世界で。

永遠に、ただ抱き合って、微笑んで、愛を語り合えたら。

◇◇◇

——あの日から六年。

今セツの目には、闇に包まれた空しか映っていなかった。

この暗黒は、あの時の選択の結果か。

意識が落ちそうになる。ああ、これは、死が迫っているのか。

目の前の愛する男が叫んでいる。

半神となってたった二年。あの選択は、あの命がけの決断は、わずか二年の幸せしか与えてくれなかったか。

それでもいいだろう、と運命は告げるだろうか。

自分たちでこの道を選んだのだから。我を通して。国の意思に反して。何も悔やむことはあるまい、と。

ゼドが抱きかかえる赤ん坊の姿が、セツの目に入った。

暗闇に染まりそうだった意識が、明瞭になる。

まだだ、と何かが己に命じる。

まだ自分は、運命に従うわけにはいかない。

セツは渾身の力で、ゼドの腕にしがみつき、そして、告げた。

「ゼド……俺から青雷を外せ。子供に、青雷を宿すんだ」


これを告げたことで、運命はさらに非情な道を自分たちに歩ませようとするだろうか。

それでも、どんな道を歩もうと、あの時間だけは後悔することはない。

どんな運命でも二人でと誓い合った時間。

時空の歪みに二人だけで存在した、あの一瞬の永遠だけは。

あとがき

このたびは、「精霊を宿す国　青雷」をお手に取っていただき、誠にありがとうございます。

この話は、二〇一七年二月から二〇一八年十一月まで小説投稿サイトに連載していた小説です。他の書籍化作品に比べたら、決して多くの方々の目に止まった小説ではありません。しかしながら、連載中、完結後も、色々な方々がこの小説を支え、励まし続けて下さいました。書籍化のお声をかけていただけたのは、そんな皆様のおかげだと思っております。

自由気ままに書きましたので、登場人物がやたらと多いことが懸念材料でした。キャラの年齢も幅広く、把握しづらいのではないかと不安でしたが、吉茶先生がたくさんのキャラに命をふきこんで下さり、ああ助かったと胸を撫で下ろしました。素晴らしいイラストをありがとうございます。

一巻となる本作はまだ序盤で不明な点が多いと思われますが、少しずつ謎が解明されていきますので、引き続き読んで頂けたら幸いです。全四冊で完結し、二冊目となる「黄金の星」は九月十九日発売となります。そこでまたお会いできたらと願っております。

読んで下さって、ありがとうございました。

二〇二三年　八月

佐伊

精霊師は、必ず二人で一人。
一つの精霊を二人で共有する。
感覚も、感情も、運命も分かち合う
その唯一無二の存在を、彼らは半神と呼ぶ。
東洋BLファンタジー
精霊を宿す国
Novel 佐伊　Illustration 吉茶
精霊を宿す国　青雷《せいらい》　大好評発売中
精霊を宿す国　黄金《おうごん》の星《ほし》　9月19日発売
以下、続刊予定！

『精霊を宿す国　青雷』をお買い上げいただきありがとうございます。
この本を読んでのご意見、ご感想など下記住所「編集部」宛までお寄せください。

アンケート受付中

リブレ公式サイト　https://libre-inc.co.jp

TOPページの「アンケート」からお入りください。

初出　精霊を宿す国　青雷
永遠の時空
＊上記の作品は「ムーンライトノベルズ」（https://mnlt.syosetu.com/）掲載の「精霊を宿す国」を加筆修正したものです。（「ムーンライトノベルズ」は「株式会社ヒナプロジェクト」の登録商標です）

精霊を宿す国　青雷

著者名　佐伊

発行日　2023年8月18日　第1刷発行

発行者　太田歳子

発行所　株式会社リブレ
〒162-0825 東京都新宿区神楽坂6-46 ローベル神楽坂ビル
電話　03-3235-7405（営業）　03-3235-0317（編集）
FAX　03-3235-0342（営業）

印刷所　株式会社光邦
装丁・本文デザイン　ウチカワデザイン

Printed in Japan
ISBN978-4-7997-6389-6